연애의 법칙

연애의 법칙

초판 1쇄 찍은 날 § 2007년 8월 25일
초판 1쇄 펴낸 날 § 2007년 9월 5일

지은이 § 심은정
펴낸이 § 서경석

편집장 § 문혜영
편집책임 § 이종민
편집 § 한지윤

펴낸곳 § 도서출판 청어람
등록번호 § 제1081-1-89호
등록일자 § 1999. 5. 31
어람번호 § 제5-0157호

주소 § 경기도 부천시 원미구 심곡1동 350-1 남성B/D 3F (우) 420-011
전화 § 032-656-4452 팩스 § 032-656-4453
http://www.chungeoram.com
E-mail § eoram99@chollian.net

© 심은정, 2007

ISBN 978-89-251-0873-5 03810

연애의 법칙

심은정 지음

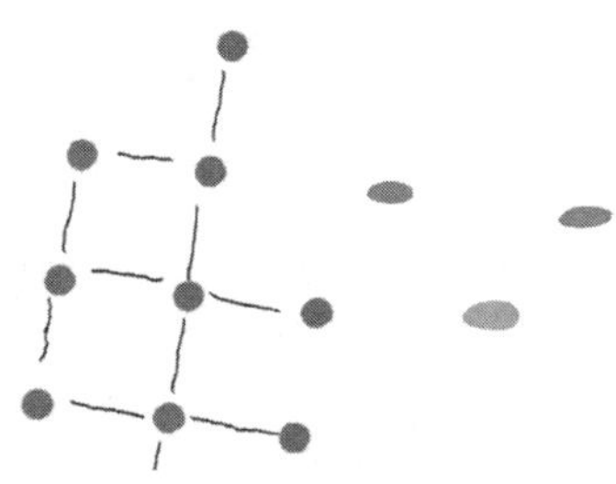

"으앙. 우아앙!"

"그만 울어, 계집애야! 남자가 그놈뿐이야?"

"세상에 진서혁은 한 명뿐이야."

그렇다. 세상은 넓고 남자는 많아도 그 얼굴에, 그 목소리에, 그 눈빛을 가진 사람은 진서혁 딱 한 명뿐이었다. 그러나 딱 한 명인 진서혁에게 단심은 오늘 아주 제대로 차였다. 12월 25일 크리스마스, 고3인 단심에게 이번 크리스마스는 아주 특별했다. 반 친구들과 작별하는 날, 이날 아니면 이제 기회가 없다. 육 년 동안을 고민하고 망설였다. 얼굴 한 번 제대로 나온 것이 없긴 하지만, 그를 따라다니면서 열심히 찍은 사진을 무려 천 장이나 소유하고 있었고, 매일 서혁에게 하고 싶은 말을 주저리주저리 써놓은 비밀 일기장만 삼십 권. 이 정도면 말 다 한 것이나 다름없었다. 그런 단심을 보고 친구 애희는 스토커 수준이라고 할 만큼 서혁을 향한 단심의 마음은 컸다. 그래서 단심은 큰맘먹고 처음이자 마지막 고백을 했다.

"서혁아, 나…… 실은 너 좋아해……."

그 앞에 당당히 서서 처음으로 용기내어 말한 단심의 고백에, 전혀 당황한 기색 없이 가만히 서서 바라보던 서혁의 차가운 눈빛을 생각하면 단심의 서러움을 정말 극치에 다다를 정도였다.

"그런데?"

멀뚱멀뚱 단심을 바라보며 되묻는 말, '그런데?'. 그 말인즉, 자신에게 무얼 바라느냐는 말이 함축되었다는 걸 직감적으로 느낀 단심은 얼른 입을 열어 변명했다.

"뭘 바라는 게 아니라 그냥…… 나란 애도 널 좋아한다고 그거 말해주고 싶어서……."

서혁은 우물쭈물하며 말꼬리를 흐리는 단심의 말에 콧방귀를 뀌더니, 얼굴에 살짝 재수없는 미소를 걸치고는 비꼬듯 말했다.

"그 말은 나랑 사귀고 싶다는 거냐?"

이때 알아챘어야 했다. 저놈은 단심이 알던 그 고귀하고 순수한 왕자님이 아닌 이기심으로 가득 찬 왕 싸가지라는 것을.

'나도 미쳤지, 그 말을 듣고도 기대에 찬 눈빛으로 바라보다니…….'

말도 안 되는 김칫국부터 마신 원맨쇼는 단심의 일생일대에 가장 큰 사랑의 아픔을 느끼게 했다.

"너 같은 애가 나랑 어울린다고 생각해? 미안하지만 뚱뚱하고 못생긴 너희 족속은 사절이다."

깜박했다……. 단심은 자신의 외모에 대한 생각은 전혀, 눈곱만큼도 하지 않았다. 단심은 자신에게 그렇게 잔인한 말을 던지고 가버리는 서혁이의 뒷모습을 멍하니 바라보다가 서서히 자신의 몸을 내려다보고는 망연자실하며 주저앉았다. 살에 파묻혀서 그런지 더 작아 보이는 키, 통통의 도를 넘어선 뚱뚱한 몸, 잠자리 눈을 연상케 하는 검은 뿔테안경……. 외모지상주의 팽배한 이 시대에 단심의 모습은 당연히 KO패당할 만한 외모였던 것이다.

키 164㎝, 몸무게 80㎏. 단심은 잠시 잊고 있었던 자신의 외모와 그걸 기억해 내지 못한 멍청한 머리를 비관하며 조용히 집으로 돌아와, 참고 참았던 눈물을 흘리며 대성통곡했다. 십일층으로 이루어진, 단심과 열 명의 언니들이 모두 모여 사는 빌딩에 그녀의 통곡 소리가 울려 퍼졌다. 언니들은 물론이고 단심의 형부들까지 모두들 그녀를 달래주었으나 소용이 없었다. 달래면 달랠수록 그녀의 울음소리는 더 커져만 갔다. 참다못한 단심의 열째 언니 현심이 버럭 소리를 질렀다.

"왜 그러냐니까!"

"몰라! 흐아앙! 날 왜 이렇게 내버려 뒀어! 살찌게 왜 내버려

두었냔 말이야! 왜!"

"웃겨, 정말! 네가 네 맘대로 먹고 살쪄놓고선 지금 누구한테 화풀이야? 웃겨, 진짜!"

아무렇지도 않게 잘 먹고 잘 지내던 아이가 살이 어쩌니 저쩌니, 하면서 화를 내는 것에 황당한 현심이 단심의 머리를 쾅 쥐어박자 단심은 더더욱 소리를 높여 울었다.

"더 울어라! 울어! 나이가 몇인데 성질이야? 언니들이 네 밥이니? 어? 이게 오냐오냐하니까 점점 기어올라!"

"현심아! 우는 애한테 왜 그래. 나가, 다들 나가자."

단심과 두 살 터울인 현심이 인정사정없이 단심을 구박하자 곁에서 보고 있던 첫째 일심이 현심을 데리고 방을 나갔고, 다른 언니들 역시 걱정스런 얼굴을 하고 나갔다.

한참 휴지로 눈물, 콧물을 닦던 단심은 코가 아파오자 손거울로 자신의 얼굴을 살폈다. 코와 눈이 빨갛다. 단심은 자신이 들고 있던 휴지를 살폈다. 두루마리 휴지였다.

'이씨! 어쩐지 아프더라!'

단심이 전혀 부드럽지 않은 두루마리 휴지를 바닥으로 던져버리고 사각티슈를 찾고 있을 무렵, 일심은 하는 수 없이 단심의 하나밖에 없는 친구 애희를 불렀다. 나이 많은 언니들보다 같은 또래에게 터놓는 게 더 편할 수 있겠다는 생각이 들어서였다. 크리스마스. 정신없이 놀기 바쁜 날이었지만 그래도 십오 년 지기 친구라는 타이틀을 가지고 있는 애희로서는 할 수 없이 모든 것을 내팽개치고 단심의 곁으로 와야만 했다.

'소리없이 사라질 때부터 알아봤다, 모단심.'

불과 세 시간 전.

"어찌하여! 어찌하여 붙여놨다 떼어놓으시냔 말입니까아. 이러실 수는 없사옵니다. 흑흑."

"놀고 자빠졌네."

크리스마스, 고3 마지막 파티를 위해 차려입던 단심이 거울을 보며 손수건으로 눈물 닦는 시늉을 하자 꼴사납게 보고 있던 애희가 그녀의 머리를 살짝 밀며 욕을 내뱉었다.

"진짜 할 거야?"

"그럼 가짜로 할까?"

"진짜 사랑이 무섭긴 무섭구나. 너같이 성격 이상자가 사랑 고백한답시고 나선 걸 보니."

"성격 이상? 내가 뭘?"

"초등학교 6년, 중학교 3년, 고등학교 3년. 통틀어 친구 몇 명?"

"한 명."

"얼마나 성격이 못났음 친구가 나뿐이겠냐고. 너 잔뜩 벽 세워서 사람들 못 다가오게 하는 이상한 병 있잖아. 네가 다가가는 건 더더욱 못하고."

성격 이상한 게 뭐 하루 이틀이라고. 단심은 대수롭지 않게 여기며 여전히 거울 속 자신의 모습에 푹 빠져 있었다. 짧은 단발머리도 최대한 예쁘게 빗질을 해서 단정하게 묶었다.

"오늘따라 나 왜 이렇게 날씬해 보이니?"

"미쳤니?"

"나 마돈나 같아 보이지 않아? 아니, 눈이 좀 커진 거 보니까 오드리 햅번도 닮은 것도 같고."

"쯧쯧. 정말 사랑의 힘은 아주 위대하구나. 그런데 친구, 괜한 짓 말게. 그놈은 우리가 넘볼 수 없는 놈일세."

"넌 동화도 안 읽어봤니? 신데렐라의 주인공은 오늘 내가 될 것이다. 가자."

이렇게 말한 것이 불과 세 시간 전의 일이었다. 말릴 것을. 이때 말렸어야 했다. 아니지. 말리기는 했다. 저것이 말을 귓구멍으로 안 들었으니 그런 게지. 그때 말을 들었음 이렇게 울고 있지는 않겠지.

단심의 첫째 언니인 일심의 전화에 바로 달려온 애희는 단심의 곁에서 티슈를 한 장씩 뽑아주면서도 그녀를 못마땅한 눈빛으로 바라보았다. 그러자 단심이 서럽다는 듯이 또다시 눈물을 흘렸고, 그녀의 커다란 울음소리에 애희가 버럭 소리를 질렀다.

"무슨 계집애가 목소리가 이렇게 커! 야, 모단심! 그만 좀 울어!"

"넌 몰라! 뚱뚱한 자의 비애를!"

"아휴, 시끄러, 진짜! 가지가지 하네, 남자한테 한 번 차인 걸

가지고. 휴지가 아깝다! 두루마리 휴지를 쓰면 말도 안 해, 아까운 사각 티슈 쓰고, 어?"

"씨, 코가 아프잖아!"

"그럼 안 울면 되지!"

"이씨! 이거 우리 집 거야! 너희 집 거 아닌데 왜 참견이야!"

"아까워서 그런다! 아까워서! 나이가 몇 살인데 그걸 가지고!"

'그래, 황애희! 너는 지금 이깟 티슈가 아깝다 이거지? 네가 뭘 알아! 너같이 예쁘다고 소문나고 인기있는 것들은 나 같은 사람들의 비애를 몰라. 난 억울해! 살! 살! 이놈의 살! 이 많은 살들만 아니었어도, 내가 서혁이에게 그렇게 심한 말은 안 들었을 텐데. 아니, 내가 밥 먹고 싶어서 먹었어? 배가 신호를 보내잖아! 밥 달라고! 안 주면 지들끼리 싸우고 난린데, 어떻게 밥을 안 먹을 수 있어?

그동안 아무렇지도 않게 살았었다. 단지 너도나도 코피 흘려가며 공부하는 이 실정에 단심 역시 공부를 해야만 했다. 수재들만 간다는 그 과학고등학교. 한낱 소문에 불과하긴 했지만, 진서혁도 그 학교에 간다고 해서 단심도 기를 쓰고 공부를 하고 또 했다. 그놈의 공부 때문에 스트레스가 쌓였다. 중학생이 어디서 그 스트레스를 풀 수 있겠는가. 그래서 먹었다. 먹고 또 먹고. 책상 앞에 앉아 책을 보면서도 먹고, 변기 위에 앉아 있으면서도 먹었다. 물론 말리는 사람은 단 한 사람도 없었다. 오히려 형부들은 이랬다.

"우리 막내 처제, 많이 먹고 힘내! 그래야 열심히 공부할 수 있는 거야!"

그 말에 힘입어서 더 먹었는지도 모르겠다. 어쨌든 그렇게 먹으면서 스트레스 풀고 공부를 하기는 했으나, 진서혁이 간다는 그 과학고는 떨어졌다. 그렇게 열심히 공부했는데…….

과학고에 떨어졌다는 아쉬움에 또 먹었다. 왜? 그냥 속이 허전했다. 먹어도, 먹어도 허전했다. 진서혁과 같이 학교를 다닐 수 있다는 꿈이 허무하게 무너져서인지 자꾸 마음이 아파서 그냥 먹기만 했다.

그런 나를 하늘이 불쌍하게 여겼을까? 진서혁은 과학고에 간다던 무성한 소문들은, 서혁이 다른 학교를 선택했다는 선생님의 말에 조용히 사라졌고 난 속으로 쾌재를 불렀다. 이건 단지 하늘이 나만을 위해서 그러시는 것은 아니다. 분명! 진서혁과 나, 모단심은 운명이다! 라고 생각했는데…….

"우린 분명 운명이야! 그렇지 않고서야 어떻게, 어떻게 진서혁 같은 수재가 과학고를 마다할 수가 있어?"

"암요, 그렇게 생각하고 싶으시겠죠."

애희와 함께 집으로 돌아오는 길. 눈이 하트 모양으로 변해 있는 단심에게 애희가 태클을 걸어왔다.

"나 지금 환상에 젖어 있으니까 산통 깨지 마."

"환상은 무슨. 생각을 해봐라. 너랑 진서혁이랑 같은 학교에 갈 수 있다고 생각해? 무슨 수로? 우리가 가는 그런 학교에 진서혁이 간다? 말이 되니?"

"말이 안 될 건 또 뭐야? 과학고도 마다했는데, 우리가 다니는 학교라고 오지 말라는 법이 어딨어?"

애희의 말이 전혀 이해가 되지 않은 단심이 뚱한 얼굴로 애희의 말을 걸고넘어졌다. 그러자 애희가 한숨을 푹 내쉬며 단심의 머리를 기분 나쁘게 쓰다듬었다.

"넌 어떻게 하나는 알고 둘은 모르니? 진서혁이 왜 과학고에 안 가겠니? 그렇게 돈 많은 집의 잘 나가는 회장 손자님께서 미쳤다고 한국에서 학교 다니겠니? 외국으로 가겠지."

뭐? 말도 안 돼! 어떻게, 어떻게 그럴 수 있어!

"안 돼! 어떻게 나를 두고!"

"네가 뭔데? 그 애가 널 알기나 할 거 같아? 넌 그냥 진서혁을 따라다니는 여자들 중 한 명일 뿐이야. 정신 차려."

싸가지. 꼭 말을 해도 저렇게 정 떨어지게 한다. 너 같은 애들 때문에 예쁜 것들은 싸가지가 없다는 소리를 듣는 거야. 하긴 그 말이 틀린 것은 아니다. 나같이 못생긴 애들이야 잘생긴 애들 쫓아다니느라 정신이 없지만, 저렇게 예쁜 것들은 그런 잘생긴 애들이 세트로 덤비는데 뭐가 아쉽겠나? 그래서! 난 너 같은 애들이 싫다는 거야! 근데 왜 난 이런 애를 친구로 둬서 비교를 당하는 거야? 내가 멍청한 거야, 저년이 나쁜 거야?

"나쁜 년."

“욕하지 마. 현실적으로 이야기하는 거야. 확실히 진서혁이 일반고에 간다고 한 것도 아니고, 과학고에 안 간다고 했을 뿐이지 외고에 온다는 말은 없었다.”

“다 필요없어! 과학고에 안 간다는 것 자체로만 봐. 우린 운명이야.”

“순 억지. 운명 타령하지 말고 절에 가든지 교회를 찾든지 가서 빌어라. 빌어서 네 말대로 되면 너흰 정말 운명이다.”

단심의 속을 박박 긁는 애희 때문에 단심은 집에 도착하자마자 교복을 벗어 던지고 가장 가까운 교회부터 찾았다. 교회에서 한 시간을 기도로 시간을 보냈다. 그리고 다음 코스는 성당. 열심히 기도했다. 마지막 코스는 절인데 산골에 있는 절을 어떻게 찾아가지? 단심은 할 수 없이 첫째 형부를 졸라 형부의 차를 타고 그나마 집과 가까운 사찰을 찾았다. 옆에 있는 아줌마들을 따라 눈치껏 열심히 절을 올렸다.

기진맥진한 채 집으로 돌아온 단심에게 열째 현심이 시비를 걸었다.

“네가 멍청해서 못 들어간 학교를 그렇게 기도한다고 해서 들어갈 수 있겠니?”

알지도 못하면서 저런 막말을. 어쩜, 황애희랑 말하는 게 저렇게 똑같을 수가 있어? 언니만 아니면 정말 한 대 확!

단심은 현심의 시비에도 꿈쩍하지 않고 씻기 위해 욕실로 들어섰다. 문을 닫으려고 문고리를 잡는데 현심이 반대편 문고리를 잡고 놓지를 않는다. 정말 왜 내 주변엔 저렇게 못된 사람들만 있는 거야?

"왜?"

"너 지금 나 무시했지?"

'알긴 아니? 알아서 다행이다, 언니야.'

단심이 기분 나쁜 얼굴로 그녀를 무시하고 문을 닫으려 하자 현심도 단심 못지 않게 버텼다. 할 수 없이 단심은 현심을 상대해 줘야만 했다.

"언니, 공부 안 해? 언니 고등학생이야. 공부할 때야. 내년에 대학 가야지."

"걱정 마. 난 알아서 잘하고 있으니까."

잘하는 게 만날 반에서 30등 하니? 단심은 애써 웃으며 다시 문을 닫기 위해 힘을 줬다.

"아, 쫌!"

"야, 너 영어 잘하지? 내 책상에 영어 공책 있거든? 그거 해석 좀 해놔라."

왜 또 자기 숙제를 나보고 하래? 중학생이 아무리 영어를 잘해봐야 거기서 거기지. 어떻게 고등학교 영어를, 그것도 해석을 하라는 거야? 진짜 못됐어!

"나 바빠."

"뭐가 바빠? 왜, 이번엔 정화수 떠놓고 빌려고? 꼭 멍청한 애들이 미신을 믿어요. 야야, 그거 백날 해봐라, 네 소원이 이루어

지나. 잔말 말고, 씻고 나와서 꼭 숙제해 놔라.”

현심은 매정한 얼굴로 돌아서 집 밖으로 나가 버렸다. 단심은 가만히 현심의 뒤태를 노려보다가 문득 그녀의 말이 떠올랐다. 정화수? 맞다, 정화수!

서둘러 대충 씻고 나와 하얀 도자기 그릇을 꺼내 물을 담긴 했는데, 수돗물로 해도 되는지 모르겠다. 정화수가 이른 새벽 우물에서 처음 기른 물이라는데, 우물이 어디 있어? 그래, 물은 중요치 않다. 기도에 정성을 들이면 된다. 암, 그렇고말고. 단심은 TV에서 봤던 것처럼 하얀 소복을 찾아 입고, 정화수를 상 위에 놓은 후 손바닥을 쓱쓱 비비며 빌기 시작했다.

“비나이다. 비나이다. 천지신명님께 비나이다. 제발, 아주 제발 부탁인데요. 내가 아주 좋아하는 남자애가 있거든요?”

두 눈을 꼭 감고 두 손을 연신 비비적거리면서 단심은 서혁의 프로필을 읊어댔다.

“이름은 진서혁이고요. 생년월일은 1979년 4월 5일이구요. 혈액형은 O형입니다. 집은 평창동에 살거든요? 주소까지는 제 능력으로 알아내지 못했답니다. 대충 알겠죠? 신이 그 정도도 모르면 안 되죠. 어쨌든 제발 같은 학교에 좀 가게 해주세요. 네? 제발요.”

마음을 다해 빌던 단심의 손동작이 느슨해지더니 하늘을 바라보며 따지듯 말을 해댔다.

“솔직히 제가 천지신명님께 이런 말 하기는 뭐하지만 하늘에

서 별로 할 일도 없으시잖아요.”

도대체 어떤 배짱으로 천지신명님께 그따위로 대드는지 알 수 없으나 단심의 배짱은 도를 지나쳤다.

“만화에서 보니까 그냥 손가락 한번 까딱해 주시면 뭐가 막 바뀌고 그러던데. 좀 해줘요. 손가락 한 번 움직이는 게 뭐가 그렇게 어려운 일이에요? 좀 도와주세요. 네?”

도와달라고 비는 건지, 신을 비방하는 건지 알 수 없는 단심의 기도가 신의 화를 돋우었나, 아님 신이 자신의 행동을 뉘우치고 도와줬나. 그건 알 수 없다. 그러나 정말 기적 같은 일이 일어나고 말았다.

다음날 학교에선 난리가 났다. 뭐, 물론 애희 혼자서 난리가 난 것이다. 전날 단심에게 기도를 해봐라 어째라 하며 비꼬던 그녀는 단심이 정말 기도했다는 말과 진서혁이 외국에 가지 않고 외국어고등학교로 진학한다는 말에 거품을 물었다. 단심은 눈에 가득 눈물까지 달고 외쳤다.

“우린 운명이야!”

그러나 운명은 무슨. 악연 중에 악연인 것을.

이제야 깨달은 사실이지만, 신이 단심의 말을 들어준 것이 아니었다. 자신을 비방해서 너 한번 당해봐라, 하는 심산으로 서혁과 단심을 같은 학교로 진학시켜 준 것이었다. 신 비방은 하지 말 걸. 이제 와서 후회하면 뭐 하겠나. 이미 지나 버린 시간인 것을.

　　단심은 점점 뚱뚱하게 변하는 자신의 모습을 알면서도 방치한 스스로가 미웠다. 바보같이 서혁만 보면 생기는 말도 안 되는 환상, 로맨스라는 환상에 젖어 '서혁인 이런 내 모습까지 사랑해 줄 거야' 라고 생각했었다. 단심은 자신이 서혁을 좋아했던 육 년이라는 시간이 너무 허무하게 무너져 내림에 가슴이 아파 닭똥 같은 눈물을 뚝뚝 흘렸다. 애희는 휴지를 뽑아주며 입방정을 떨었다.

　　"잊어! 아니, 아무리 네가 외모지상주의라는 사상이 담긴 이 나라에서 용서받지 못할 몸을 가졌다지만, 그래도 그렇지. 말을 그따위로 해? 그딴 놈은 잊어!"

　　"씨, 너 지금 은근히 나 욕하는 거지, 뚱뚱하다고!"

　　"그, 그게 아니라…… 어쨌든! 솔직히 네가 그런 놈 하나 때문에 눈물을 흘려야겠어? 하긴 그런 말 들었으니 기분 나쁘기도 하겠다."

　　달래주는 건지 아님, 단심을 기죽이는 건지 알 수 없는 말을 늘어놓는 애희를 향해 단심이 울어서 퉁퉁 부운 눈을 부릅뜨자, 애희가 그녀의 등을 토닥이며 달랬다. 단심은 자신의 등을 토닥이는 애희의 손길 박자에 맞춰 처음 자신이 서혁을 봤던 중학교 시절의 기억으로 빠져들기 시작했다.

　　처음 서혁을 본 것은 중학교 입학 후 이 개월이라는 시간이 흐른 뒤였다. 소심한 성격 탓에 친구라곤 같은 중학교에 입학하게 된 애희뿐이었던 단심은 다른 친구들처럼 활달하게 수다를 떨고 어울리는 것은 생각지도 못했었다. 그렇게 하루하루 재미없게 지내던 단심은 학교 체육대회 때 서혁이란 이름을 듣게 되었다. 그동안 심심찮게 여학생들의 입에 오르내리던 이름이었으나 단심이 서혁을 실제로 본 것은 그때가 처음이었다. 반 대항 농구 경기가 있어 서혁의 반인 3반과 4반의 경기가 열릴 때였다. 처음에는 3반, 4반 여학생들만 관전하고 있었는데 진서혁이 출전한다는 말에 다른 반 여학생들이 우르르 몰려갔다. 단심도 그들의 물결에 휩쓸려 우연찮게 경기를 보게 되었다.

"단심아, 우리 나가면 안 돼?"

"어떻게 나가. 애들이 저렇게 많은데. 그냥 좀만 구경하자."

자꾸 가자는 애희를 달래며 관전한 경기. 단심은 땀 흘리는 남자의 모습이 그렇게 멋있는 줄 꿈에도 몰랐다. 베르사유의 장미에 등장했던 오스칼이 한국 땅에 진출해 경기를 펼치는 줄 알았다. 조각 같은 날카로운 외모에 하얀 치아. 하얀 피부. 그다지 길지 않은 새까만 머리칼. 천사처럼 사뿐사뿐 뛰어다니며 웃음을 잃지 않는 그의 모습에 모든 여학생들은 소리를 꽥꽥 질러댔다. 단심 역시 저도 모르게 점점 입이 벌어졌다. 침을 흘리는지도 모를 정도로 넋 놓고 바라보고 있자, 애희가 손수건을 이용해 입을 닫아주었다. 만약 애희가 그렇게 해주지 않았다면 단심은 수분 결핍성 탈수증으로 병원에 실려 갔을 것이다.

어쨌든 단심은 그렇게 서혁을 처음 보았고, 점점 진서혁이란 남학생에게 매료되었다. 그는 운동만 잘하는 게 아니었다. 전교

회장에 공부도 1등을 놓친 적이 없었다.

"아니, 어떻게 내가 떨어질 수가 있어? 내가 뭐가 부족해서?"

"황애희. 넌 진서혁을 못 따라가지. 네가 어떻게 진서혁을 이기겠니?"

그랬다. 애희도 전교회장 선거에 출마했다. 그러나 당연히 떨어졌다. 황애희가 아무리 남자애들한테 인기가 있다고 해도 진서혁을 따라갈 수는 없었다. 참고로 학생 수는 남자보다 여자가 더 많았으니까.

"너 나 찍었어, 안 찍었어?"

당연히! 안 찍었지. 내가 미쳤니, 널 찍어주게? 날 탓하지 말거라. 사랑이란 녀석을 탓하라. 어쩌겠니, 사랑에 눈이 멀었는데.

"애희야, 투표란 비공개로 이루어지는 거란다. 그걸 발설하면 그건 투표가 아니지."

어쨌든 인기 많다는 애희도 따라올 수 없는 진서혁. 얼굴도 잘생겼고, 공부도 잘하고, 거기다 회장으로서의 카리스마. 중학교에 이어 고등학교까지 그 인기는 식을 줄 몰랐다.

"쯧쯧, 저럴 시간에 공부를 하겠네."

"황애희, 진서혁 팬클럽 애들이 들으면 너 맞아 죽는다."

"팬클럽 좋아하시네. 명문 외고? 웃기지도 않아. 명문 학교 애들이 저런 남자애 하나에 미쳐서 공부고 뭐고 때려치우고 저런 짓을? 아휴, 학교 망신이다."

그래. 이해해 주마, 황애희. 네가 진서혁을 당연히 미워할 수밖에 없지. 두 번씩이나 회장 자리를 서혁이에게 내주었으니 좋게 보일 리가 없지. 이 언니가 이해해 줄게. 하지만 넌 예나 지금이나 진서혁을 따라갈 수 없는 아이란다.

육 년 동안 애희와 단심은 똑같이 서혁을 가슴에 품었다. 물론 다른 의미에서였다. 애희는 두 번씩이나 자신을 물먹인 서혁이 죽이고 싶을 정도로 미워서 가슴에 품었고, 단심은 너무너무 좋아해서 가슴에 품었다. 고등학생이 되어 더욱 성숙해진 아이들은 서혁에 대한 자신들의 마음을 숨김없이 표출했다. 그에게 고백을 했던 아이들이 장난 아니게 많았으니까. 물론 진서혁을 소유한 아이들은 없었다. 그러나 단심의 생각은 달랐다. 다른 아이들을 받아주지 않는 만인의 남자인 진서혁을 자신은 가질 수 있다고 생각했다. 그래, 고백하자. 육 년이란 시간이 아깝다. 고백하면 받아주겠지, 하는 그런 생각에서 한 처음이자 마지막 고백이었는데…….

어느새 회상에서 깨어나 사각티슈에 마지막 남은 화장지로 코를 횡 풀어낸 단심은 휴지를 쓰레기통에 골인시키고는 침대에 누워 이불을 뒤집어썼다. 애희는 황당한 얼굴로 단심의 머리맡으로 자리를 이동해 말했다.

"이제 휴지 없다. 언니한테 가져다 달라고 할까? 더 울 거니?"

"복수할 거야."

“뭐?”

“진서혁, 부숴 버릴 거야.”

애희는 자신의 귀를 의심하다 말고 드라마에서나 나올 법한 대사를 구사하는 단심을 한심하게 바라보더니 들고 있던 사각 티슈 빈 통을 단심에게 던졌다.

“정신 좀 차려!”

빈 박스는 단심의 머리에서 튕겨져 나와 방바닥을 뒹굴었고, 단심은 모서리로 맞은 머리를 쓰다듬으면서도 이를 갈았다. 이대로 물러서지 않을 것이다. 훗날 무슨 일이 있어도 복수한다. 진짜 미인이 되어서 내가 간다. 기다려라, 진서혁!

단심은 한국대학에 진학했다. 단심은 살이 찌기 쉬운 계절, 겨울에 수영장과 헬스장, 그리고 무작정 굶어 살빼기에 돌입해 날씬한 모습으로 새롭게 탄생했다. 그리고 춘삼월 학교 입학식을 치르고 느긋하게 진서혁에게 복수를 하려던 찰나, 청천벽력 같은 소식이 들려왔다.

“진서혁, 한국대 안 갔다며?”

“그럼?”

“호주로 유학 갔대.”

‘유, 유학이라고라? 세상에, 세상에. 오, 마이 갓!’

그렇게 복수라는 어쭙잖은 시도가 끝나고 말았다. 인생, 참 알 수 없다는 것을 그때서야 비로소 깨달았다. 그리고 십 년이란 세월이 흘렀다.

‘오케이. 십 분 지났다.’

경쾌한 쇼팽의 왈츠곡이 흐르고 있는 호텔 커피숍에 지루한 모습으로 손목시계만 바라보고 있던 서혁은 정확히 십 분이 지나자, 혼자서 뭐가 그리 신났는지 주저리주저리 말을 늘어놓고 있는 여자를 빤히 바라봤다.

“그래서 유학 가서 발레를 전공하고, 돌아와선……..”

“이봐요.”

서혁은 표정 없는 얼굴로 테이블을 똑똑 두드리며 그녀의 시선을 잡아끌었다.

“네?”

“능글맞은 남자가 좋으세요, 무뚝뚝한 남자가 좋으세요?”

갑자기 엉뚱한 질문을 하는 서혁을 당황한 얼굴로 바라보던 여자는 어떻게 해서든 서혁의 비위를 맞추기 위해 최대한 웃으며 대답했다.

“무뚝뚝한 사람보단 차라리 능글맞은 사람이 좋겠죠?”

“그래요? 그럼 능글맞게 말할게요.”

“네?”

“나 그쪽 맘에 안 들어요. 이유는 단 한 가지. 그쪽 가슴이 너무 커요. 난 사람하고 살고 싶어요. 젖소 말고.”

서혁은 잔뜩 꼬인 웃음을 지어 보이고는 여자의 가슴을 빤히 바라보았다. 가만히 듣고 있던 여자는 참다못해 자리에서 일어나 물컵을 잡았다. 그러자 서혁이 서둘러 그녀의 손목을 붙잡았다.

"물세례 하시게요? 그건 좋은 매너가 아니죠. 전 그쪽이 좋아하는 취향에 맞춰서 말해 드린 건데."

"매너? 나 참, 기가 막혀서."

"남자들이 대체로 가슴 큰 여자를 좋아하긴 하는데요, 그쪽 건 부담되네요. 이참에 유방축소술 해보는 게 어때요? 제가 잘 아는 병원 있는데 소개해 드릴까?"

여전히 미소를 잃지 않고 마지막 쐐기를 박듯 말하는 서혁. 여자는 손에 들고 있던 가방을 떨쳐 버리고 서혁의 얼굴을 향해 강하게 뻗었고, 살과 살의 마찰음이 홀 안을 가득 메웠다.

"으! 손도 매우시네. 더더욱 안 되겠네. 이러다 매 맞는 남편 되겠어."

서혁은 빨갛게 부어오른 뺨을 만지며 붙잡고 있던 여자의 손목을 서서히 풀고 자리에서 일어났다. 미소도 거둔 채, 진지한 얼굴로 말했다.

"우리 오늘까지 세 번 봤어요. 그쪽은 우리가 운명 같아요? 난 아니라고 보는데. 운명을 믿는 편은 아니지만 그래도 느낌이란 게 있잖아요. 근데 그쪽은 아니네요. 죄송합니다."

잔뜩 약을 올려놓고서는 또 정중하게 사과를 하고 가는 서혁을 여자가 빤히 바라봤다. 때마침 여자의 휴대폰이 울렸고, 서혁의 뒷모습에 시선을 고정한 채 여자는 전화를 받았다.

[보람아, 잘하고 있는 거야?]

"엄마, 나 이 남자 무슨 일이 있어도 잡아야겠어."

오늘도 한 건 마무리지은 서혁은 자신의 은색 세단을 몰고 근처 공원으로 향했다. 이제 자신의 나이 스물아홉. 집에선 결혼을 서두르고 있지만 서혁은 그다지 결혼이란 것에 얽매이고 싶지 않아 이런 식으로 집에서 소개해 준 여성들과의 자리를 파투 냈다. 수많은 여자들을 만나봤지만 이 여자다, 라는 느낌을 주는 이는 단 한 사람도 없었다. 세상을 살면서 느낌이라는 게 많은 비중을 차지하진 않지만 그래도 결혼이란 건 왠지 느낌을 중시하고 싶었다.

한적한 공원에 앉아 있던 서혁은 바지 주머니 속에서 울리는 휴대폰을 꺼내 전화를 받았다.

"네, 진서혁입니다."

[형님이시다.]

"왜, 주원성."

[궁금해서. 어떻게 됐냐?]

"The end. 끝났다."

[그냥 아무나 대충 붙잡고 결혼해. 뭘 그렇게 골라? 어차피 부잣집 딸한테 장가갈 거면서.]

"아무나 붙잡고 했다가 너처럼 이혼남 돼서 밤마다 친구 불러서 술 퍼? 난 됐다."

[자식이 꼭 말을 해도. 곧 준영이 형 온다더라. 아버지가 마중

나가라는데 같이 가자. 정확히 귀국 날짜 잡히면 내가 연락…….]

"됐어! 내가 돌았냐? 그놈 얼굴을 보게."

[어차피 끝난 일이다. 언제까지 그 일로 서로 그럴 거야? 그 정도 했음 너도 됐고, 형도 됐어.]

"끊어, 그딴 소리 지껄이려면."

서혁은 원성과의 대화의 주제가 점점 준영이란 인물로 초점이 맞춰지자, 짜증을 내며 먼저 전화를 끊어버렸다.

'강준영이 온다고? 이게 덜 맞았나. 죽으려고 어딜 와.'

강준영. 이제 서른한 살이 된 서혁의 고등학교 선배이자 집안끼리 아주 잘 아는, 한때 가깝게 지낸 형이었다. 그러나 이젠 형이라는 것, 한때 자신이 형이라 부르며 따랐던 그 모든 기억도 다 지우고 싶을 뿐이었다.

"젠장! 강준영 이야기 들으니까 기분 또 더러워지네."

서혁은 갑자기 나빠진 기분 탓에 공원의 한적함도 싫어져 자리에서 일어나 자신의 차를 몰고 집으로 돌아왔다.

서혁이 들어서자 때마침 기다리고 있던 서혁의 할아버지가 그의 귀를 잡아끌었다.

"아! 아! 할아버지!"

"이놈이!"

"이거, 이거 놓고 말해요! 아프다고요!"

자신보다 한참 키가 작은 할아버지께 한쪽 귀를 잡힌 채, 서

혁은 서재로 개 끌려가듯 끌려들어 갔다. 할아버지는 서재의 방
문을 닫고서야 서혁을 풀어주었다. 서혁은 할아버지의 손아귀
에서 벗어나 빨갛게 부어오른 귀를 감쌌다. 서혁이 아파하는 것
도 눈에 들어오지 않는지 할아버지는 아무 일 없었다는 듯 근엄
하게 책상 의자에 앉았다.

'노인네가 요즘 운동하더니 힘이 장사네, 아주.'

"너 왜 그렇게 무례하게 구는 거야? 도대체 뭐가 맘에 안 들
어?"

"다요."

"하나씩 꼬집어서 말해, 요놈아!"

씩씩거리며 화를 내는 할아버지와 다르게 서혁은 대수롭지
않다는 듯 대답했다. 의자에서 벌떡 일어난 할아버지는 주변에
있던 두꺼운 책을 서혁의 머리통에 내리꽂았으나 순발력이 남
다른 서혁이 먼저 두 손으로 막았다.

"휴. 그 여자가 말 안 하던가요, 내가 오늘 뭐라고 그랬는지?"

"어서 말 안 해!"

"가슴 커서 싫댔어요. 사람하고 살고 싶지, 젖소랑은 살기 싫
다고."

"그게 여자한테 할 소리야! 당장 사과하고 다시 만나!"

서혁의 황당하고 거침없는 대답에 할아버지가 기가 막혀 소
리를 버럭 지르자 서혁이 시끄럽다는 듯 귀를 후비며 말을 이었
다.

“싫어요. 싫은 여자랑 어떻게 또 만나요. 다른 여자를 구해주시든지 제 결혼을 포기하시든지 둘 중 하나 선택하세요.”

“그럼 다시 호주 가.”

“미쳤어요? 저 죽어도 안 가요.”

“이놈이 말하는 꼬라지 봐라! 가, 좋게 말할 때.”

“죽어도 싫어요!”

죽어도 못 가겠다고 버티는 서혁의 눈에 할아버지의 고집 센 눈썹이 꿈틀대는 것이 보였다. 그러나 서혁은 굴하지 않았다. 절대로 못 간다. 그 생지옥 같은 곳에 다시 가라고? 다시는 가고 싶지 않는 나라인만큼 할아버지의 말을 절대 따를 수 없었다.

“죽어도 싫다? 죽어서 송장이라도 되면 가련?”

“할아버지!”

“잔말 말고 가. 그렇게 결혼은 싫다고 자리 박차고 나오니 이 참에 호주에서 외국 여자나 찾아봐.”

“한국 여자가 더 좋아요.”

“그럼 결혼을 해! 좋은 여자들 소개해 줘도 싫다는 놈이 무슨 잔말이 그렇게 많아!”

또 소리 지르신다. 끝내 눈썹이 미간으로 모아지면서 역정을 내시는 할아버지 때문에 서혁은 분위기를 바꾸고자 장난스럽게 말을 던졌다.

“할아버지가 가면 갈게요. 할아버지가 외국 할머니랑 결혼하시면 저도 할게요.”

“나 회장이야. 할 일 많아.”

진짜 유치하게 나오시네. 가끔 이렇게 말씀하실 때 보면 꼭 유치원생이랑 대화하는 기분이 든다. 유치원생을 상대하려면 유치원생이 되는 수밖에 없다. 할아버지의 인상이 구겨질수록 서혁은 더욱 활짝 웃었다.

“전 본부장입니다. 이번 모델 홍보 신경쓰라면서요. 저도 바빠요. 호주까지, 그것도 여자 고르러 못 가요.”

“이놈이 끝까지!”

쨍그랑.

‘뭐야, 이번엔 재떨이야?’

끝내 화를 참지 못한 할아버지가 손에 집히는 대로 던진 것이 하필 재떨이였고, 서혁의 머리를 스치고 바닥으로 추락해 요란한 소리를 내며 깨져 버렸다. 그 소리에 놀란 서혁의 부모님이 서재 안으로 들이닥쳤다. 이미 서혁의 이마에서는 붉은 피가 흘러내리고 있었다. 서혁의 엄마, 김 여사가 그의 이마를 수건으로 지혈했다. 김 여사는 서둘러 그를 데리고 나가려 했으나 서혁은 꿈쩍도 하지 않고 덤덤한 목소리로 쐐기를 박았다.

“저 안 가요. 결혼도 안 할 기고요.”

그의 말에 할아버지는 또다시 손에 무기를 들자 김 여사는 힘을 주어 서혁을 밖으로 끌어냈다. 할아버지 앞이라 잊은 척, 괜찮은 척 장난스럽게 말했으나 전혀 괜찮지 않은 서혁이다. 이렇게 자꾸 호주를 거론하시는 할아버지가 밉기까지 했다.

이마에서 피가 뚝뚝 흐르자 김 여사는 서혁을 방 침대에 눕히고 주치의에게 전화를 걸었다. 그리곤 조심히 피를 닦아주며 입을 열었다.

"괜히 호주 가라고 하시는 거 아니야."

"뭐가요?"

"할아버지. 준영이가 한국에 들어온다는 소리 들으시고는 너랑 어떻게 해서든 안 마주치게 하시려는 모양이야."

"저 이제 괜찮아요. 준영이 형이야 안 보면 그만인걸요."

"괜찮은 녀석이 호주 이야기 나올 때마다 그래? 엄마 생각에도 차라리 호주에 잠시 가 있는 게……."

"호주엔 지수가 살잖아요. 싫어요. 어딜 가나 두 사람을 봐야 한다면 지수보다 형이 나아요. 나 버린 여자보단, 그 상대가 낫지 않겠어요?"

애써 밝게 웃으며 대수롭지 않은 듯 이야기를 꺼냈으나, 아들의 눈빛은 여전히 상처가 치유되지 못한 채 곪아 있었다. 삼 년이란 시간이 흘렀음에도 불구하고 아들은 여전했다. 가서 잘살기나 하지. 차라리 그랬다면 아들이 더 아파하지는 않았을 텐데. 김 여사는 아들을 아프게 한 준영과 지수 두 사람이 너무 미웠다. 김 여사는 차마 아들의 말에 대꾸하지 못하고 입을 꾹 다문 채 수건을 바꿔가며 지혈을 해주면서 주치의가 오기만을 기다렸다.

"단심아! 빨리 와서 일 안 거들어? 너희들은 뭐 해? 소 옆에서."

"엄마, 제기(祭器) 어디 있어요?"

보름달 정기를 듬뿍 받고 있는 깊은 산속 시골집. 시끌벅적한 소리가 밖으로 새어나오고, 어린 아이들은 외양간에 있는 소들을 구경하며 연신 까르르 웃으며 놀고 있었다. 둘째 혜심의 크고 높은 음성에 어린 조카들은 흙 묻은 손을 털며 일어나 집 안으로 들어섰다.

"어머, 그새 또 흙장난을 했어? 가서 손 씻고 와."

"이모, 배고파."

"그러니까 손 씻고 와. 제사 모시고 밥 먹자. 인경아, 단심이 이모는 어디 갔다니?"

"화장실."

열 명이나 되는 이모들 틈 속에서 제기를 얌전하게 닦고 있는 둘째 혜심의 딸, 인경에게 단심의 위치를 추적한 혜심은 꼭 필요할 땐 사라지는 단심에게 나지막이 욕을 하고 일을 시작했다. 자신의 욕을 하고 있는지도 모르는 단심은 여전히 푸세식 화장실 냄새에 쩔쩔 매고 있었다.

"모단심! 빨리 끊고 안 나와?!"

한참 휴지를 부여잡고 끙끙거리고 있는데 자신을 찾는 소리가 들려오자 단심은 서둘러 옷을 추슬러 입고 집 안으로 들어섰다. 제사 막바지 준비로 언니들의 손길이 바쁘게 움직이고 있었다. 단심도 얼른 손을 깨끗하게 씻고 첫째 일심의 곁으로 다가

가 접시에 나물을 담기 시작했다.

"단심아, 나물은 정갈하게 담아야지."

단심이 접시에 나물 담는 모양을 보고 있던 일심은 가르쳐 주 듯 자신이 대신 담아 보였다. 단심이 언니가 하는 대로 다른 접 시에 나물을 담았다.

"둘째 언니, 아버지가 향 찾으시던데?"

부엌으로 들어오며 묻는 아홉째 은심을 혜심이 황당한 듯 쳐 다봤다.

"나 참, 그걸 왜 나한테 물어봐? 야, 여기 아버지 집이야. 우 리 집 아니다. 엄마한테 물어보면 되겠네."

꽃향기 그윽한 춘삼월에 돌아가신 친할머니의 제사를 모시기 위해 온 가족들이 시골로 내려와 서로를 도와 제사 준비를 서둘 렀다. 어느새 과일과 고기, 나물 등이 상 위에 차려졌다. 아버지 의 지시에 따라 첫째 형부와 둘째 형부가 함께 제사를 지냈고, 언니들이 차례대로 인사를 올렸다. 그렇게 열한 번째 단심의 차 례까지 오고서야 끝났다.

식사를 마친 후 여자들끼리 빙 둘러앉았다.

"할머니, 오늘 배 많이 부르셨죠? 우리 엄마나 되니까 할머니 제사상 차려주는 거야. 알아요?"

"아니, 얘가! 어디 할머니께 그런 소리를 해?"

"뭐 어때? 우리나라 민주국가야. 할 말은 해야지. 엄마가 할 머니 때문에 좀 고생했어?"

"맞아. 할머니가 여기 오셨음 듣고 가셔야 할 말이네. 아들 아들 하시던 양반, 끝내 제사상은 우리가 차려 드리잖아? 작은 집 놈들은 오늘 할머니 제사인지도 모를 거유."

벽에 걸려 있는 할머니의 영정사진을 바라보며 둘째 혜심의 불만 소리가 퍼지자, 할머니보다 더 많은 주름을 가진 엄마가 그녀를 나무랐다. 차마 자신이 내비치지 못한 마음을 딸들이 대신할 모양이었다. 넷째 성심 역시 속상한 마음을 내비쳤고, 그녀의 말에 엄마는 조용히 고개를 숙이셨다.

"내가 죄인이지. 그렇게 아들 소원하시던 양반인데."

"어머, 엄마가 왜? 아들 낳고 싶다고 하면 낳아지나? 삼신할미가 점지해 줘야 낳지."

"그건 성심이가 맞는 소리 했네. 그게 왜 엄마 죄야? 난 아직도 이해 안 가. 어떻게 아들 못 낳았다고 미역국도 안 끓여주고 막걸리 마시고 마실 가실 수가 있어?"

뻔한 레퍼토리. 똑같은 이야기가 어김없이 또 나왔다. 넷째 성심이 태어난 후 또 딸이란 것을 안 할머니가 엄마에게 미역국도 끓여주지 않은 채 막걸리 한 사발을 드시고 마실 나간 이야기. 그리고 엄마의 눈물겨운 시집살이. 사실 단심은 직접 겪어 보지 못한 일들이라 그리 실감은 나지 않았다. 그러나 그 고생은 엄마의 얼굴에 남은 잔주름과 마디마디가 굵어져 터질 것 같은 통통한 엄마의 손을 보면 어느 정도는 알 것 같았다.

"모단심, 넌 막내로 태어난 걸 감사해라. 안 그랬음 너도 공부고 뭐고 일해서 돈 벌었어야 했다.”

“치, 나도 안다 뭐.”

“알긴 뭘 알아? 우리는 진짜 고생고생 했다. 일심 언니랑 나랑 학교도 제대로 못 나오고 서울 공장 다니면서 돈 벌고.”

정말 맺힌 것이 많았는지 둘째 혜심은 쉴 새 없이 말했다. 혜심의 말에 모두들 숙연해진 얼굴로 방바닥만 바라본 채 앉아 있었다. 일심 역시 두 살 터울인 혜심의 말에 과거를 회상해 보았다. 어려운 가정을 이끌어가기엔 너무도 벅찼었다. 부모님과 동생들을 모른 척하고 도망가고 싶었던 게 한두 번이 아니었다. 그만큼 그때는 힘들고 아팠다. 가장 힘들었던 것은 자신만 아니라 셋째 효심과 넷째 성심까지 직업전선에 뛰어든 것. 그런 동생들이 고마우면서도 미안했다. 조용하게 앉아 있던 일심이 애잔하게 웃으며 입을 열었다.

“그래도 우리 둘째 혜심이, 그리고 효심이, 성심이한테 얼마나 고마운지 몰라. 동생들 뒷바라지한다고 돈 벌고.”

“언니, 그래도 효심이 언니랑 나는 하고 싶은 공부는 다 했어. 고맙기는 무슨. 언니만 희생하라는 법이 있는 것도 아닌데 고마워할 필요 없어.”

힘들다고 투정도 부릴 법한 생활 속에서도 어쩜 하나같이 딸들은 저렇게 예쁜 마음을 가지고 있는지, 자신에게 너무도 큰 복인 것 같아 엄마는 감사하는 마음과 과거 고된 시집살이의 마음고생이 함께 떠올라 끝내 눈물을 흘렸다.

어린 나이에 촌으로 시집와서 갖은 시집살이며 구박을 받아 온 어머니. 이제는 그 예쁜 얼굴이 주름살에 가려져 흔적도 없이 사라져 버렸다. 사람은 참 바보 같은 존재인가 보다. 짧은 인생, 행복하고 웃으면서 살아도 아까운데 그깟 허울뿐인 것들에 왜 그렇게 연연하면서 사는 건지. 이젠 갖고 싶어도 가질 수 없는 모습과 청춘. 그 모든 것을 다 바치고 남은 것은 인생의 주름살과 고생의 아픔뿐이었다.

"이 엄마가 다 고맙다. 우리 막내딸, 고생 안 하고 큰 것 생각하면 얼마나 뿌듯한지."

"그랬지. 이 계집애 남부럽지 않게 키우려고 우리가 번 돈, 엄마 대신 이것이 다 썼지. 우리는 입지도, 구경도 못한 그런 옷들 사다가 입혔지. 우리는 못 먹어본 음식만 먹였고."

엄마의 따뜻한 말이 끝나기 무섭게 불쑥 끼어든 열째 현심을 보고 단심이 눈을 부릅떴다.

"그건 언니 대사가 아니잖아!"

그랬다. 단심과 두 살 터울인 현심이 할 이야기가 아니었다. 단심의 날카로운 지적에 현심 역시 자신의 이야기가 어처구니없있다는 깃을 깨닫고 피식 웃었다.

"그런가? 어쨌든! 우리가 이 정도 클 수 있었던 건 다 언니들 덕분이다, 이거지. 또! 엄마가 우리를 안 낳았으면 이럴 일은 없었고."

"맞아. 엄마가 없었음 너희들은 이 세상 빛도 못 봤어."

현심의 기특한 말에 일곱째 유심이 뒤를 이었고, 그 말에 답하듯 엄마는 눈물을 보이셨다. 둘째 혜심이 속상한 마음에 휴지로 엄마의 눈물을 터프하게 쓱쓱 닦아주었다.

"나이 먹으면 애 된다더니 그 말이 딱 맞네. 왜 애처럼 울고 그래? 그래도 이렇게 애들 잘 큰 거 보면 우리들이 복덩이야."

혜심은 동생들을 뿌듯하게 바라봤다. 셋째 효심은 작가가 되었고, 넷째 성심은 독학으로 상담 선생님이 되어 학교에서 근무하고 있었다. 거기다 다섯째 옥심은 등록금 벌면서도 약대를 졸업해 약사가 되었고, 여섯째 경심과 일곱째 유심은 나란히 의상 디자이너가 되어 함께 일을 하고 있었다.

"맞아. 난 이름만 대면 알아주는 방송작가가 됐고, 우리 아홉째 은심이는 파티 플래너 사업가로 대성했고."

"맞아. 연심이 언니 따라서 나도 방송 코디네이터 해서 우리 호준 씨랑 결혼도 하고. 오호호호."

왜 저 소리가 안 나오나 했다. 자랑할 것이 그렇게 없어서 영화배우랑 결혼한 것을 자랑 삼는 것인지. 열째 현심은 호호 웃으며 자신의 남편 호준을 꼭 닮은 아들 호진이를 품 안에 안고 볼을 부비며 뽀뽀를 해주었다. 그러자 둘째 혜심이 피식 웃으며 말을 이었다.

"거기다 큰언니랑 나도 식당 번창하잖아. 엄마 덕분에 다 잘 컸다, 우리들. 단심이는 남들이 다 부러워하는 스튜어디스 됐으니. 다 잘됐네 뭐."

흐르는 눈물의 양보다 내쉬는 한숨의 횟수가 잦은 엄마는 또다시 깊은 한숨을 내쉬었고, 한숨 소리에 맞춰 눈물 한 줄기가 흘러내렸다. 세월이 흘러 겉모습이 늙는 것처럼 눈물도 늙는 것일까? 처녀 때는 힘차게 내려오던 눈물이 이젠 가느다란 실처럼 힘없이 흘러내린다. 엄마의 아픈 눈물에 아홉째 은심이 단심의 옆구리를 쿡쿡 찔렀다. 그러자 단심이 움찔하며 왜 그러냐는 눈빛을 보냈다. 은심은 어이구 하는 눈빛으로 한심하다는 듯 단심을 바라보다 말했다.

"막내야, 넌 그렇게 눈치가 없니? 엄마 마흔넷에 힘들게 널 낳으셨는데, 뭔가를 좀 해야 하지 않겠냐? 재롱이라도 부려봐라."

"그래, 그래라. 엄마, 단심이 쟤가 춤을 얼마나 웃기게 추는 줄 알아?"

언니들의 부축임을 받은 단심이 처음엔 못한다고 손을 설레설레 흔들다가 할 수 없다는 듯이 털털 자리를 털고 일어나 코믹 춤을 추기 시작했다. 그와 동시에 언니들과 엄마는 박수를 치며 웃기 바빴다. 웃음소리가 밖으로 새어나가자, 남자들이 하나둘 방 안으로 들어와 단심의 춤을 구경했다. 단심은 그렇게 한참 동안 가족들을 위해 기꺼이 몸을 흔들며 웃겨 드렸다.

"난 우리 막내처제가 왜 결혼을 못했는지 알겠어."

대한민국의 자랑이라고 할 수 있는, 외화를 가장 잘 벌어오는 영화배우 1위인 현심의 남편 호준이 단심을 향해 공격적인 대사를 날렸다. 단심은 호준의 말에 황당한 눈빛으로 '어머'를 연발하며 얼른 답했다.

"어머어머. 형부, 말은 바로 해요. 제가 안 가는 거예요, 제가."

솔직히 조금 찔리는 말이기는 하지만 그래도 단심은 얼굴에 철판을 깔며 대답했다. 그녀의 말에 호준은 피식 비웃으며 다시 입을 열었다.

"에이, 무슨. 매일 나한테 남자 소개시켜 달라고 전화하면서. 가족들 앞에서만 그렇게 해야지, 밖에서도 그런 춤 추고 하니까 남자가 안 생기는 거야."

"형부, 남자나 소개해 주고 말해요. 멋있는 연예인들 소개시켜 달라고 전화하면 바쁘다고 끊는 사람이 누군데!"

"처제, 연예인들은 바쁘잖아. 난 우리 예쁜 처제가 홀로 독수공방하는 꼴은 맘 아파서 못 봐. 근데 진짜 남자 없어? 처제 나이 이제 스물아홉이야, 스물아홉."

"콕 집어서 말 안 하셔도 다 아네요."

진짜 기분 나빠 죽겠다. 왜 노처녀들이 집에 가기 싫어하는지 단심은 요즘 들어 뼈저리게 느끼고 있는 중이었다. 집에 오기만 하면 어김없이 단심의 결혼 문제로 시끄러우니 말이다. 단심은 맘에 들지 않는다는 듯 눈살을 찌푸리며 말을 이었다.

"제발 그러지 좀 말아요. 나도 누구보다 빨리 시집가고 싶은 사람입니다."

"단심아, 너 정말 이러고 있다가 시집 못 가. 지금은 괜찮다고
그러지만 때 놓치면 노처녀로 늙기 십상이야."

한숨을 푹푹 쉼과 동시에 복장이 터진다는 제스처를 취해 보
이는 단심에게 혜심이 다그쳤다. 일심은 혜심과 묘한 눈빛을 교
환했다.

"안 되겠다. 너 시집 좀 가라."

일심과 묘한 눈빛을 교환하던 혜심이 단심의 머리를 쓰다듬
으며 피식 실소를 터뜨렸다.

1. 일심 언니 :사랑이 보이면 천천히 다가서라

「사랑은 나의 영혼을 누군가에게 던지는 것이다.」 ―그라시안

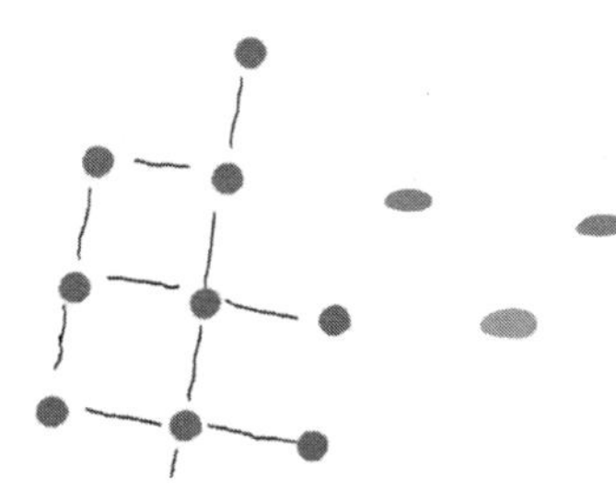

"언니 말대로 하는 거야. 알았지?"

"언니, 그게 가능성이 있는 줄 알아? 우리 회사에서 그런 짓 했다가는 모가지야. 알잖아, 형부 가차없는 거."

"그건 이 언니가 알아서 해. 그러니까 넌 언니 말대로 움직이기만 해. 알았지?"

푸른 새벽에 출근하는 단심을 위해 일심은 일찍 일어나 밥상까지 차려주며 당부에 또 당부를 거듭했다. 단심은 출근해서 기내에 오르면서까지 그 생각이 떠나지 않아 한숨을 내쉬었다. 그런 단심의 곁에 친구이자 동료인 애희가 다가왔다.

"뭐 해? 후배들 일도 안 하고 우왕좌왕하고 있던데, 지시 안

내려줘?"

"휴, 그건 네가 해도 되는 거잖아. 난 지금 만사가 귀찮은 사람이야. 머리도 복잡하고."

다가와 어깨에 다정스럽게 손을 올리는 애희의 팔을 뿌리치며 단심이 괜한 한숨만 푹푹 내쉬는 사이, 날카로운 눈빛에 못된 심보가 덕지덕지 붙어 있는 직장 상사 민경이 나타났다.

"모단심!"

"어, 언니."

"언니? 모단심 씨, 여긴 비행기 안입니다. 호칭 정정해 주세요! 그리고 지금 여러분이 여기서 노닥거리고 있을 땝니까?"

"지금 막 하려고 그랬는데 언니, 아니, 선배가 들어온 거예요. 지금 할게요."

비명에 가까운 민경의 소리에 단심은 화들짝 놀라 얼른 문 앞을 가로막고 있는 민경을 스쳐 애희와 함께 빠져나와 후배들에게 지시를 내렸고, 후배들은 그녀들의 지시에 따라 기내 청소를 시작했다. 한참 청소를 하는 후배들을 바라보며 VIP석을 정리하던 애희가 단심의 옆구리를 쿡쿡 찔렀다.

"왜? 우리 이러다 또 혼나."

"너 소개팅 안 할래?"

"무슨 소개팅?"

"우리 아버지가 나보고 나가라는 자리가 있는데, 좀 나가주라."

"네가 드디어 제정신이 아니구나. 미쳤니, 그 자리에 내가 나가게?"

"남자 괜찮대. 나이가 좀 많긴 하지만 능력 좋고, 어때? 확 땡기지 않아?"

한참 청소를 하던 단심에게 애희가 두 눈을 반짝이며 입을 놀렸고, 단심은 그런 애희의 입을 손으로 툭 치며 자리에서 일어났다. 그러자 애희도 따라 자리에서 일어나 단심의 입술에 강타를 날렸다.

"아!"

"이게 어디서 누굴 때려? 죽으려구. 야! 나 때렸으니까 네가 소개팅 나가! 무슨 일이 있어도 나가라! 어!"

"야아! 내 성격 잘 알면서 거길 어떻게 나가라는 거야!"

"네 성격에 나가면 바로 차이니까 나가라고! 나가서 차이고 들어오면 되잖아! 무슨 일이 있어도 나가라!"

언니들이 만들어준 무슨 연애 법칙인가 그것도 골치 아파 죽겠는데 애희는 자신의 소개팅에 단심을 대신 내보내는 짓까지 하려 했다. 단심이 못하겠다며 울상을 지어도 애희는 막무가내였다. 친구라곤 저것 하나뿐인데 안 들어주면 있는 성질, 없는 성질 다 부려가며 단심을 괴롭힐 것이 뻔하니 단심에게는 선택의 여지가 없었다.

"나쁜 계집애!"

“이것으로 오늘 일정 끝입니다. 그리고 본부장님, 오늘 다섯 시에 강준영 사장님께서 귀국하신답니다.”

“사장님?”

장 비서는 모든 보고를 마친 후 조심스럽게 준영의 이야기를 꺼냈다. 아무 말 없이 듣고만 있던 서혁이 언짢은 얼굴로 그를 올려다보자 날카로운 시선에 당황한 장 비서가 이리저리 시선을 돌렸다.

“장훈, 너 나랑 일한 지 얼마나 됐지?”

“삼 년 됐습니다.”

“삼 년. 누구보다 내 사정을 잘 알 테지? 그때가 내 일생에서 고비였다면 고비였으니. 그 이유도 물론 알겠지?”

“저, 저는 그저 사무적으로…….”

“다른 사람한테는 사무적으로 깍듯이 대해도 돼. 하지만 강준영은 아니다. 내 앞에서 그딴 자식한테까지 그럴 필요 없어. 나가봐.”

서혁은 죄없는 장 비서에게 심통을 부리며 그를 쫓듯 내보냈다. 귀국한다는 소식을 들었음에도 불구하고 막상 그 일이 닥쳐오니 마음의 준비를 했던 것도 소용없게 되어버렸다. 삼 년, 참 많은 일이 있었던 시간이었다. 사랑하던 여자가 가장 믿고 의지했던 형과 덜컥 결혼을 했다. 믿을 수 없는 일. 서혁은 배신감에 휩싸여 그들이 결혼 준비를 서두르는 한 달 동안 술로 나날을 보냈다. 혼자 한 사랑이었다면 웃으면서까지는 아니더라고 행복을 빌어줄 수 있으련만…… 그녀와 서혁은 서로 사랑했다. 서혁처럼 열렬히 사랑한 것은 아니었으나 어쨌든 사랑을 하고 있다 믿었고 연애도 했다. 그런 여자가 서혁을 버리고 결혼을 했다. 그래서 미워하려 했다. 저주를 퍼부어주려고 했다. 결혼 전날, 그녀의 전화만 받지 않았으면 미워하며 살 수 있었을 텐데. 평생 원망하며 살려고 했는데.

"서혁아, 미안해……."

"뭐가?"

"너 좋아했던 거, 사랑이 아니어서 미안해……."

좋아했었다. 그런데 사랑은 아니었다. 이 말에 공감되지 않았더라도 그녀를 미워할 수 있었을 텐데. 바보같이 모든 것을 이해해 버렸다. 그녀는 참 아름다운 여자였다. 외모도 그러했고, 마음도 천사가 따로 없었다. 호주라는 먼 땅으로 입양된 그녀는 다행히도 착한 양부모 밑에서 부족한 것 없이 자랐다. 그런 서지수라는 여자를 만난 것은 서혁이 대학 생활을 위해 호주라는 땅에 가서였다. 하얀 미소를 가진 여자를 처음 보자마자 마음을 줘버렸는데. 이젠 자신만의 천사가 아닌 여자를 한참 생각하던 서혁은 갑자기 울리는 휴대폰 벨소리에 정신을 차리고 서둘러 전화를 받았다.

"네, 진서혁입니다."

[……나야, 지수.]

그녀였다. 삼 년 만에 처음으로 그녀가 전화를 걸었다. 당황

스러움보다 반가운 마음이 먼저 드는 이유는 무엇일까? 퉁명스
럽게 대꾸하고 싶은데, 다시는 전화하지 못하게 말하고 싶은데,
마음과 다르게 흘러나온 목소리는 서혁의 마음을 헤아려 주지
않았다.

"잘 지냈지? 아픈 데는 없고?"

[응……. 너도 잘 지냈지?]

"나야 늘 똑같지. 요즘은 어때? 강준영, 한국 들어온다. 알고
있지?"

[응. 보고 싶다, 너. 삼 년 동안 그 생각만 했어. 넌 어떻게 변
했을까. 여자가 생겼을까, 안 생겼을까. 애인 있지?]

목소리가 많이 흔들렸다. 지수의 목소리가 심하게 흔들리고
있다는 것을 서혁은 진작부터 느꼈으나 모른 척 그녀의 말에 대
답해 주었다.

"아직. 곧 생기겠지."

[호주 궁금하지 않아? 호주도 많이 변했어. 우리 다니던 대학
교도 많이 변했구. 나도 변했구.]

"지수야."

[서혁아, 정말 너한테 염치없는 부탁인데 말이야. 호주에 와
줘. 나 너무 외롭고 슬퍼서 못 견디겠어. 이대로 있다간 정말로,
정말로…….]

그녀는 끝내 눈물을 보였다. 흔들리던 목소리가 끝내는 무너
져 내리고 말았다. 그녀의 눈물 젖은 음성에 서혁은 끝내 알겠

다고 대답했다.

"갈게. 내일이라도 갈 수 있음 당장 갈게. 지수야, 갈 테니까 울지 말고 있어. 꼭 갈게."

서혁은 그렇게 조용히 전화를 끊었다. 그녀에 대한 마음은 이미 지웠다고 생각했는데 그게 아니었을까? 그녀의 부름에 당장 달려가겠다고 한 이유는 단지 그녀의 눈물 때문일까, 아님 아직도 그녀를 사랑하고 있는 것일까?

"이번에 혹시 잘되면 그 사람으로 공략해 보자."

"언니, 나 지금 애희 대신에 차이러 가는 거라니까, 무슨 공략이야?"

"혹시 아니? 잘될 수도 있지. 잘하고 와. 이런 기회가 흔하니?"

말을 말자. 괜히 언니들한테 말했다 싶은 단심이다. OFF인 일요일. 단심은 애희의 부탁과 협박으로 인해 할 수 없이 옷을 차려입고 애희 대신 소개팅 자리에 나가기 위해 준비를 했고, 단심의 둘째 언니인 혜심이 그녀에게 신신당부했다. 밝은 베이지색 톤의 치마 정장을 얌전하게 차려입은 단심은 씩씩한 걸음보다 다소 거칠고 화가 잔뜩 든 걸음으로 계단을 내려왔다.

"힘들어 죽겠네! 이게 뭐야? 막내라고 십일층 꼭대기에 살게 하는 언니들이 어딨어?"

툴툴거리는 단심의 뒤를 따라 단심과 별반 차이나 보이지 않

는 열째 언니 현심이 장난스럽게 웃으며 그녀의 등에 강한 힘을
가했다.

"이게 오늘따라 되게 말 많네. 잔소리 말고, 잘하고 와."

"아, 아파!"

그녀의 강한 힘에 단심은 손이 닿지도 않는 등짝을 겨우 쓸어
내리며 아프다, 투덜거리고는 한숨을 푹 내쉬었다.

"휴우, 나 진짜 이거 못하겠어."

"왜 못해?"

"내 성격에 누구 만나서 이야기하고 호호거리는 거 못해. 젬
병인 거 알잖아."

"고칠 때도 됐다."

단심은 가려던 길을 멈추고 열째 현심에게 도저히 못하겠다
며 하소연 아닌 하소연을 시작했으나 현심은 모두 무시한 채 계
단을 툭툭 내려갔다. 단심은 어쩔 수 없이 언니의 뒤를 따랐다.

"언니야, 내 말 좀 들어보라니까?"

"뭘 들어?"

'지금까지 안 듣고 뭐 했니?'

단심은 자신의 이야기를 전혀 들어주지 않았던 열째 현심을
향해 다시 한 번 자신의 마음을 알리기 위해 입을 움직였다.

"그러니까 내 말은, 내 성격에 누구 만나서……."

"네 성격이 어떤데? 네 성격에 어떻게 서비스업을 하고 있
어? 그냥 내 비행기에 탄 손님한테 친절 봉사한다 생각해."

"……그, 그럴까?"

단순함의 극치를 달리는 단심은 언니의 말에 그새 귀가 펄럭이면서 혹하는 마음으로 계단을 내려오는데 갑자기 열째 현심이 버럭 소리를 질렀다.

"아! 얼른 와! 늦었어!"

놀란 단심은 계단을 내려오다 발까지 헛디뎌 넘어질 뻔했다. 그런 단심을 간신히 붙잡은 현심이 머리를 콩 쥐어박았다.

"어떻게 계단 하나 제대로 못 내려오니?"

"그러게 누가 그렇게 갑자기 소리 지르래?"

"잔소리 말고 얼른 가, 콜택시 불러놨다."

"김 기사는?"

"형부 지방 내려가셔서 없어. 야, 김 기사가 네 기사니? 넷째 형부 기사지."

"한가족끼리 뭘 그런 걸 따지시나. 아무튼 이건 차이려고 나가는 자리고, 내 성격에 전혀 오래갈 수 없는 자리라는 걸 명심하세요."

단심은 대기하고 있던 택시를 타기 위해 문을 열다 말고 현심을 향해 몸을 획 돌려 경고를 했다. 현심은 귀신 씻나락 까먹는 소리 한다는 핀잔을 던지고는 단심을 강제로 차에 태웠다. 단심을 실은 차는 부드럽게 움직였다. 점점 빠르게 움직이는 자동차를 따라 단심의 심장도 빠르게 뛰었다. 불안감이 극도로 고조된 심리상태가 신체 변화로 신호를 보낸 것이다.

‘진짜 긴장되네. 청심환을 하나 먹어볼까?’

불안과 긴장의 상태가 지속되자 단심은 아무래도 안 되겠다 싶어 차를 세웠다.

“아저씨, 약국 앞에 잠깐 세워주세요.”

단심의 주문에 택시는 약국 앞에 친절하게 멈춰 섰고, 기사가 그녀에게 시선을 돌려 물었다.

“왜요?”

“잠시만요. 청심환 좀 사가지고 올게요.”

“그러세요.”

단심은 빠르게 차에서 내려 약국으로 들어섰다. 책을 보고 있던 여 약사가 환하게 웃으며 단심을 맞이했다.

“뭘 드릴까요?”

“청심환 있죠?”

“네. 액체와 고체가 있는데 어떤 걸로 드릴까요?”

‘액체? 고체? 어느 것이 더 효과가 있을까?’

단심의 눈앞에 두 종류의 약을 꺼낸 약사가 준 선택권에 단심이 양손으로 두 약을 집어 들고 살폈다.

“효과 직방인 게 뭐예요?”

“둘 다 똑같아요. 그냥 드시기 편한 걸로 고르세요.”

한참 고민하던 단심은 도저히 확답이 내려지지 않자, 두 약을 내려놓았다.

“둘 다 주세요.”

약 값을 계산하고 대기하고 있던 택시에 몸을 싣고, 약의 효능을 꼼꼼히 체크하던 단심은 끝내 약사의 처방도 무시하고 고체를 씹어 액체와 함께 꿀꺽 삼켰다. 오, 좋긴 좋다. 긴장이 서서히 풀리는 것 같은 느낌이 왔다. 두 개의 약을 아무렇지도 않게 먹은 단심을 유심히 살피던 택시 운전사는 걱정스런 얼굴로 그녀를 바라봤다. 그리곤 조용히 읊조렸다.

"그거, 하나만 먹어야 되는 거 아닌가?"

기사의 걱정과는 다르게 단심은 한결 마음이 가벼워졌다. 긴장감도 사라지고.

어느새 호텔 앞에 차가 멈춰 섰고, 단심은 천천히 안으로 들어갔다. 일요일 열두 시 정각. 그곳은 맞선 현장이 적나라하게 드러나 있는 커피숍이었다. 참 많기도 하다.

단심은 테이블이 꽉꽉 들어찬 커피숍 안을 쓱 둘러봤다. 그리곤 창가에 혼자 앉아 있는 한 남자를 발견하자 씩씩하게 그곳으로 향해 걸었다. 이 많은 사람들 중에 혼자 있는 사람이라면 필시 자신의 맞선 상대, 정확히 말하자면 애희의 맞선 상대가 분명했으니까. 약 기운 덕인지 첫 맞선임에도 불구하고 긴장감이 없었다. 그만큼 걸음도 씩씩했고 당당했다. 미소까지 머금고 다가간 단심이 예쁘게 인사했다.

"안녕하세요. 오늘 선보기로 한 황애희라고 해요. 제가 많이 늦었죠?"

뻔한 대사와 뻔한 웃음을 보인 단심은 자신의 이름 대신 애희의 이름을 끄집어내며 인사를 했다. 그런 단심에게 천천히 고개를 돌린 이 남자. 어라?

"누구? 그쪽이 내 상대라고? 노인네, 진짜 노망들었나? 어디서 이런 물건을 골랐왔어? 힘들게 골랐다더니, 틀린 말은 아니네. 이런 걸 어디서 찾아?"

'지금 뭐라고 그랬지? 무, 물건? 이게 미쳤나!'

나이 서른다섯 됐다는 남자치곤 상당히 젊고 잘생긴 페이스에 분위기있는 저음까지 맘에 들었는데 그 고운 목소리를 타고 흘러나온 저 싸가지없는 말투에 단심은 황당해 눈만 금붕어처럼 뻐끔뻐끔 뜨고 그를 바라봤다.

'뭐 이딴 자식이 다 있어? 아니, 근데 이 자식 말이야…… 꼭 닮았는데?

단심은 도저히 들어줄 수 없는 말만 지껄이는 남자에게 한마디 던지려던 찰나, 옆 테이블에 앉아 있던 또 다른 남자가 다가와 단심의 어깨를 툭툭 쳤다. 단심은 몸을 획 돌려 남자에게 소리쳤다.

"왜요!"

"저, 황애희 씨? 안녕히세요. 오늘 선보기로 한 임영훈입니다."

"예? 아, 네. 아, 안녕하세요? 아하하하."

'아, 쪽팔려!'

인상 좋게 웃는 남자를 보자 단심도 잔뜩 찡그린 얼굴을 천천히 펴려 했으나 끝내 표정을 다 풀지는 못했다. 왜? 단심의 어색한 웃음의 뒤를 이어 귓가를 마구 헤집어놓는 싸가지 남자의 목소리 때문에.

"그럼 그렇지. 어떻게 저런 물건하고 나를."

단심은 거만하게 앉아 있는 남자를 향해 이를 갈았으나 예의상 죄송하다는 인사를 남기고는 임영훈이라는 남자와 함께 자리를 잡고 앉았다.

어색한 시간. 단심이 가장 참을 수 없는 시간이기도 했다.

"많이 어색하시죠? 제가 말주변이 없어서."

'그런 것 같다. 무슨 남자가 선 자리에 나와서 말 한마디 안 하고 십 분을 흘려보내니?'

"괜찮아요."

단심도 내키지 않는 자리기에 빨리 일어나고 싶은 마음이 굴뚝같았으나 이 자리를 주선한 사람이 다름 아닌 애희의 아버지이기에 애희와 그녀의 아버지 입장을 생각해서 애써 참아내고 있었다. 그래도 다행히 청심환의 효력으로 버티고 있었다.

또다시 말이 없어져 어색해진 분위기에 단심은 고개를 돌려 옆 테이블에서 선을 보고 있는 사람들을 쳐다봤다.

'뭐야, 무슨 여자가 저렇게 생겼어? 얼굴은 조그맣고, 키는 멀대같이 크고, 얼굴색은 지가 무슨 백인이야? 왜 저렇게 하얘?'

괜히 모르는 여자 얼굴을 하나하나 꼬집어보며 트집을 잡아

보긴 했으나 솔직히 흠 잡을 데 없는 완벽한 얼굴이었다. 상당히 거슬리는 예쁜 외모인 것이었다. 거기다 어디서 본 듯한 것도 같아 기분이 묘했다.

"어디서 봤더라……."

"누구를 말입니까?"

"네? 아, 아니요. 혼잣말이에요."

"혼잣말 잘하시나 봐요. 저도 가끔 그래요. 그런데 직업이?"

"승무원이에요. 스튜어디스."

"그럼 외국어 실력이 상당하시겠네요."

"외고 다녔고 외대 졸업하니까 자연히 실력이 늘더라구요."

그녀의 말에 한참 대답이 없던 남자가 문득 쑥스러운 듯 웃으며 입을 열었다.

"그거 아세요? 상당히 미인이십니다. 승무원들은 미모를 보고 뽑는다던데, 그 말이 정말인가 봐요. 감탄이 절로 나옵니다."

입바른 말인지 어쩐지 남자는 자꾸만 단심의 외모를 칭찬했고, 단심은 슬슬 콧대가 높아지기 시작했다. 이 몸매와 외모를 만들기 위해 투자한 그동안의 아픔과 오기가 떠올랐다. 막 대학교에 입학해 온갖 놀림을 받던 단심이 점점 살이 빠지면시 예쁜 외모가 드러나자 단심에 대한 말이 학교에 나돌기 시작했다.

"야, 모단심 진짜 예뻐지지 않았니?"

"뭐가 예뻐?"

"살이 점점 빠지더니 요즘 봐, 완전 다른 사람이야."

“야, 여름방학 끝나고 저렇게 살이 빠져서 돌아왔음 뭔가 감이 잡혀야지, 이 바보야.”

“무슨 소리야?”

“수술했겠지.”

꼭 이런 애들이 있다. 아침에는 생식을 먹고 점심에는 과일, 운동을 끝내고 돌아온 저녁에는 삶은 달걀 흰자 네 개와 키위 두 개만 먹으면서 죽어라 살 뺀 사람을 수술한 거라고 몰아가는 저 여인네들을 죽여도 시원찮지만 조용한 성격과 소심함을 겸비한 단심으로서는 무리가 있으니 못 들은 척 지나갔다.

“어머, 다 들은 거 아니야?”

“들었겠지. 근데 쟤 웃긴다. 다 들어놓고 못 들은 척하네? 뭐야, 예뻐졌다 이거야?”

점점. 이것들이 왜 이상하게 몰아가? 왜, 예쁜 애가 무시하니까 기분 나쁘니? 나는 그걸 육 년 동안 겪었다. 기분 나쁜 걸로 치면 내가 더하니까 입 다물어라. 응?

그때 그 무시와 소문을 생각하면 지금도 치가 떨리는 단심이 그때의 기억에 빠져 허우적대고 있을 무렵 그녀의 선 상대인 남자가 헛기침을 하며 그녀를 불러댔다.

“저기, 황애희 씨?”

“네?”

“제가 실수했나요? 전, 단지 상당히 예쁜 외모이신데 왜 아직 결혼을 못하셨나…….”

"아, 결혼이요? 그냥 때를 놓쳤어요. 일에 치여 살다 보니."

'정확히 말하면 연애를 한 번도 못했답니다.'

한참 과거를 회상하던 단심을 흔들어 깨운 남자의 소리에 단심이 힘없이 피식 웃었다. 남들이 한미모 한다고 칭찬하고, 다가오는 남자도 꽤 있었으나 아쉽게도 단심의 마음까지는 열지 못했다. 그것이 단심이 결혼을 하지 못한 이유였다.

점점 대화가 리듬을 타면서 왠지 좋은 예감이 들기 시작했다.

'황애희, 잘되면 맛난 거 사주마.'

조금씩 웃음까지 매달고 있던 단심의 귀에 갑자기 커다란 소리가 들려왔다.

"이봐요, 진서혁 씨. 정말 너무하단 생각 안 드세요? 벌써 네 번째예요! 당신한테 네 번씩이나 퇴짜 맞으러 나온 거 아니에요!"

"그러니까 그만 하자고요."

여자가 화내는 걸 즐기는지 실실 미친놈처럼 웃고 있는 서혁을 바라보던 단심이 얼른 고개를 돌려 버렸다.

'뭐어? 저, 저놈이 진서혁이었어? 그 왕 싸가지 진서혁이었단 말이야? 마, 말도 안 돼! 그렇게 마주치고 싶어할 땐 안 나타나더니, 이제야 나타나?!'

당연히 일이 좋게 될 리 만무하건만 언니들은 궁금했던 모양인지 단심의 집으로 쳐들어왔다. 별일없었단 단심의 말에 언니들은 하나같이 한숨을 내쉬며 단심의 집을 빠져나갔다. 단심은 언니들이 나간 뒤를 정리했다. 죄다 얼음물을 마셔서 남은 얼음도 없고, 컵도 열 개나 되는 것을 씻어야만 했다. 막 설거지를 끝낸 단심은 요란하게 울리는 휴대폰의 액정을 바라봤다.

"왜."

[꼭 전화를 그딴 식으로 받아야겠니?]

"그딴 식? 전화 확 끊어버린다."

[죽고 싶음 뭔 짓을 못해.]

심드렁하게 전화를 받은 단심에게 애희가 핀잔을 주자 단심이 그녀를 협박했으나 뛰는 단심 위에 나는 애희가 있었다. 급작스럽게 살벌해진 목소리에 단심이 슬쩍 말을 돌렸다.

"용건만 간단히 해. 언니들 땜에 몸과 마음이 지쳐 있다, 지금."

[잘 끝냈어?]

"그러니 집에 있지."

[남잔 어땠어?]

그렇게 선 상대에 관심이 많으면 자기가 볼 것이지 왜 단심을 시켰는지 애희가 미운 단심은 때려주고 싶은 충동을 이겨내고 대충 대꾸해 주었다.

"괜찮았어. 매너도 좋고."

[아쉬운가 보다?]

"아쉬울 건 없는데, 기분이 더럽다."

[왜, 왜?]

"제2탄은 내일. 내일을 기대해 주세요."

[야!]

단심은 말할 힘도 없을 뿐만 아니라 나쁜 기분이 더 나빠질까 염려되어 전화를 툭 끊어버렸다. 애희의 외침이 귓가에 맴돌았다.

'차라리 성악을 배우라고 할 걸. 완전 하이톤 음색이잖아. 으, 듣기 싫어, 진짜.'

단심은 또다시 걸려올 전화를 예상하곤 휴대폰 배터리와 전화기 코드를 모조리 빼버리고는 침대에 누워 밀린 잠을 청했다.

똑같은 일상이 반복되었다. 비행을 준비하기 위해 기내에 오른 단심은 청소 구역에 후배들을 배치시키고 자신도 청소를 하고 있는데 애희가 커피 한 잔을 들고 단심에게로 다가왔다.

"청소 안 해?"

"다 끝냈고, 지금은 티타임. 마셔."

단심은 애희가 들고 온 커피를 받아 들고 갤리(Galley) 의자에 나란히 앉아 커피 한 모금을 들이켰다.

"어제 이야기 계속해 봐."

"뭐?"

"제2탄!"

아무것도 모른다는 얼굴을 하고 있는 단심에게 애희가 버럭 소리를 지르자, 그제야 무슨 얘기를 듣고 싶어하는지 알아차린 단심이 아무렇지 않은 얼굴로 대꾸했다.

"아아, 난 또. 진서혁 만났어."

"누, 누굴 봤다고?"

"진서혁."

"진짜? 정말? 진짜 동명그룹 재벌 3세 진서혁을 봤단 말이야?"

"뭐가 그렇게 거창해? 그냥 딱 잘라, 싸가지 진서혁이면 됐지."

선본 것부터 시작해 우연히 진서혁을 만난 것까지 단심의 이야기를 경청한 애희는 신기하단 얼굴로 자꾸 캐물었다.

"웬일이야. 많이 변했어?"

"변한 게 뭐 있어. 그냥 짧았던 머리가 길었다는 거, 교복 대신 말끔한 정장을 입었다는 거. 그거 말고는 별로 변한 게 없더라."

"궁금하다, 어떻게 변했는지."

"궁금해할 것도 없어. 싸가지는 여전하니까."

단심은 마지막 남은 커피 한 모금을 마저 마시고는 자리에서 일어나 종이컵을 구기며 갤리에서 빠져나갔다. 애희가 단심의 뒤를 따르며 혼자서 뭐라 중얼거렸다. 그녀의 중얼거림이 귀에 거슬린 단심이 인상을 구기며 애희를 쳐다봤다.

"뭘 그렇게 중얼거려? 주문 외우니?"

“신기하다. 진짜 신기해.”

자신을 못마땅하게 바라보는 단심의 얼굴을 애희가 부여잡더니 이리저리 돌리며 살피고 또 살폈다. 단심이 애희의 손길에 거부반응을 일으키며 얼굴을 빼내자, 애희가 자꾸 고개를 까우뚱했다.

“뭐가 그렇게 신기해? 지구가 둥글긴 하지만 좁단다. 지나가다 우연히 만나는 게 흔치는 않지만 신기할 정도는 아니지.”

단심은 자신이 서혁을 선 자리에서 만났다는 것을 신기해하는 애희를 향해 한심하다는 듯이 말했으나 애희는 전혀 신경 쓰지 않고 얼빠진 얼굴로 말했다.

“그게 아니라…… 내가 저번 주에 점집에 갔었거든?”

“아직도 거기 쫓아다니니?”

“언제 시집가는지 날짜 빼러 갔다. 아니, 그게 중요한 게 아니라 내가 네 것도 빼봤거든? 근데 무당이 그러는 거야, 이 언니 곧 가겠다.”

“어딜 가? 해외로 발령난다던?”

“뭔 소리해? 그게 아니라 시집. 그래서 내가, 애는 남자 없는데요, 그랬더니 무당이 뭐랬는 줄 알아?”

“뭐랬는데?”

“웬수는 외나무 다리에서 만나. 그런데 둘이 눈 맞아.”

단심이 심각한 얼굴로 무당의 성대모사까지 해대는 애희의 머리를 힘껏 밀치자 그녀의 머리가 튕기듯 꺾이다 다시 제자리로 돌아왔다. 그러나 여전히 심각하고 얼까지 빠진 얼굴이었다.

"황애희, 나 점 좀 볼 줄 아는데 내가 네 점 봐줄까?"

"정말?"

"너 왜 시집 못 가고 있는 줄 알아?"

"왜?"

"무당이 네 남자를 다 잡아먹고 있다."

"그건 또 뭔 소리야?"

"알아서 생각해. 슬슬 준비하자."

단심이 점을 봐준다는 말에 그새 혹한 얼굴로 단심의 말을 주의 깊게 듣던 애희는 단심의 의미심장한 말을 곰곰이 생각하며 땅에 박힌 듯 가만히 서 있었다. 단심이 그런 그녀를 한심하게 바라보더니 갤리를 빠져나갔다.

"근데 너희가 진짜 인연이긴 인연이다."

"무슨 소리야?"

"너 브리핑 안 들었니? 설마 진짜 졸고 있었던 거야? 하긴 그러니 네가 이렇게 태평하게 있지. 알았음 벌써 단장하고 치장할 텐데. 우리가 치장해 봐야 거기서 거기지만."

주저리주저리 늘어놓은 애희의 말을 하나씩 모으던 단심은 이야기를 짜맞춰 보려 해도 도통 무슨 말인지 알 수 없자, 궁금한 얼굴로 되물었다.

"무슨 소리냐니까?"

"너 이제 어쩔래? 오늘 VIP 고객이 진서혁이라는데."

‘이건 또 뭔 소리래?’

"진서혁? 너 또 장난칠래? 동명물산 사장님 아니야? 진서혁 사장님."

단심은 애희가 장난을 치고 있는 것이라 확신하고는 멈춰 있던 손길을 다시 움직였다. 애희의 장난. 사람의 심장을 들었다 놓았다 했던 엄청난 장난을 또 하려 하나 보다 생각했다. 단심의 심장을 농락했던 그 장난. 지난 겨울, 호주행 승객 명단에 진서혁이라는 이름이 있었고, 애희는 동명물산이라는 글자를 살짝 고쳐 동명그룹으로 만들었다. 그것을 본 단심은 종일 가슴 졸이며 단장에 단장을 거듭했다. 예쁘게 변한 자신을 보고 깜짝 놀랄 서혁을 상상하면서 말이다. 자신의 예뻐진 모습에 반한 서혁을 데리고 놀다가 뻥 차버릴 스릴 넘치는 상상에 빠져 있던 단심은 거울을 보며 웃는 연습을 수십 번 했는데, 서혁인 비행기에 타지 않았다. 아니, 정확히 말하자면 진서혁이 타긴 탔다. 하지만 그 사람은 단심이 고대하고 기다리던 그 진서혁이 아닌, 나이 지긋하게 드신 할아버지 진서혁이었던 것이었다. 그 일이 있고 난 후 단심은 다시는 진서혁이라는 이름만 듣고 단장하는 짓은 하지 않았다.

"동명이인(同名異人). 그때 그 할배. 이게 어디서 또 장난질을. 죽을래?"

"졸았어, 졸았어. 너 틀림없이 브리핑 시간에 졸았어. 그치?"

"아니거든."

"그럼 그 사람 나이 알아?"

'나이라…… 알 턱이 있나. 잤는데.'

"그, 그게…… 아, 뭐였더라? 아무튼 동명그룹이 아니라 동명물산인 건 안다."

"웃기지도 않아. 확실해. 너 졸았어. 으이그, 이 바보야. 동명그룹이잖아, 동명그룹!"

"동명그룹? 동명물산이 아니라, 동명그룹? 그럼 진짜 그 진서혁이란 말이야?"

"그래!"

단심을 한심하게 쳐다보며 애희가 확실한 어조로 말했고, 애희의 말에 단심의 눈이 심하게 커지나 싶더니 다시 작아졌다.

"에잇, 거짓말."

"이게 미쳤나. 진짜라니까?"

아뿔싸! 애희가 전혀 일어날 수 없다고 단정지었던, 0.01%의 가능성이 일어나고 말았다. 단심의 10% 예상이 일어난 것이었다. 브리핑 시간, 살짝 졸았던 것이 화근이었다. 이럴 줄 알았으면 오늘 화장 좀 제대로 하는 건데.

단심은 들고 있던 걸레를 애희에게 던져 주고는 얼른 갤리로 들어가 거울 앞에서 자신의 얼굴을 살폈다. 얼굴에, 그것도 코 옆에 뾰루지가 나 있었다. 미치겠네! 단심은 서둘러 가방을 뒤져 컨실러를 찾았으나 때마침 컨실러가 발이 달려 달아났는지 보이지 않았다. 다급한 마음에 파운데이션을 진하게 발라보았으나 오히려 역효과였다.

"내가 미쳐! 그걸 왜 이제야 말해주는 거야? 저것도 친구라고 진짜! 아휴."

"넌 그 와중에도 내 욕이 나오니? 나 컨실러 있는데. 야, 얼굴이 그게 뭐야? 무슨 파운데이션을 그렇게 두껍게 발랐어? 비행까지 몇 분 남았지?"

"삼 부운! 빨리 어떻게 해봐, 좀!"

"이게 어디서 성질이야? 삼 분 동안 어떻게 하지? 휴, 우선 하는 데까지 해보자."

언제 들어왔는지 작은 화장품 가방을 들고 들어온 애희는 컨실러를 꺼내다 말고, 단심의 황당한 화장에 기겁하고 바라봤다. 시간도 얼마 남지 않은 상황에서 할 수 있는 거라곤 파운데이션으로 톤을 만들어주고 파우더 팩트로 마무리해 주는 방법밖에 없었다. 한창 애희가 손질을 하고 있는데, 아무래도 아닌가 보다. 자꾸 찍어 바른다.

"야, 아직도 멀었어?"

"그, 그게…… 좀 아니네?"

"야, 이 계집애아!"

"황애희, 모단심, 너희들 인사하러 나와. 어머! 너희 지금 뭐 하는 거야? 지금 화장을 왜 고쳐?"

"민경 선배, 그게 단심이 얼굴에 뾰루지가 났는데 너무 티가 나서……."

"그럼 그거만 커버하면 되지, 이게 뭐니? 너 지금 경극하니? 참 나, 애희는 빨리 나가서 준비하고, 단심이 너는 얼굴이나 씻어. 너 자꾸 그렇게 행동해라, 응? 너 자꾸 그럼 국제선 못 탈 수도 있다!"

단심은 우물쭈물거리며 나가는 애희를 째려보다가 민경의 등쌀에 세수를 하고 화장을 다시 했다.

단심이 그러고 있는 동안 애희는 떨리는 마음을 안고 진서혁이 등장하기만을 기다렸다. 단심만 떨리는 것이 아니었다. 왜 황애희가 떨리느냐? 그건 모르겠다. 그냥 떨린다. 어쨌든 자신도 모르게 떨리는 마음을 부여잡고 들어오는 승객들을 향해 인사를 했다. 한참 백만 불짜리 미소로 인사를 하던 애희 앞에 드디어 그가 나타났다. 진서혁!

"안녕하십니까?"

옥구슬 굴러가는 음성으로 인사를 하고 고개를 든 애희 앞을 서혁은 획 지나갔다. 잠시 당황한 애희는 자신을 몰라보는 서혁 때문에 기분이 나빠져 단심이 있는 갤리로 들어왔다.

목이 빠지게 애희를 기다리던 단심은 그녀가 오자 조잘거리며 질문을 던졌다.

"알아봐? 알아봐?"

"못 알아봐. 걔 진짜 싸가지없다. 아니, 십 년밖에 안 지났는데 내 얼굴을 못 알아봐? 같은 반이었는데? 어떻게 그렇게 획 가?"

"십 년이면 강산도 변한다는데 그게 십 년밖에야? 그리고 꼭 같은 반이었다는 게 알아볼 이유가 되니? 나도 못 알아봤던 애란다.”

“아, 몰라, 몰라. 짜증나니까 말 걸지 마.”

자기 못 알아보는 게 뭐 그렇게 화나는 일이라고 불같이 화를 내는지, 단심은 도저히 이해되지 않는다는 얼굴로 기내식을 준비했다. 화장을 고치고 깔끔한 모습으로 돌아온 단심을 가만히 지켜보던 애희가 한숨을 푹 내쉬었다.

“이제 어쩌니? 민경 선배가 그러는데, 오늘 VIP 고객은 우리가 담당하래.”

‘뭐? 이 미친. 왜 자기 할 일을 우리한테 시켜? 죽어도 안 해. 암, 비행기에서 떨어져 저승길을 날아서 가더라도 못해. 그걸 하면 모단심이 아니라 최단심이다, 아니, 최민경 동생이다! 흥!’

“못해. 아니, 안 해. 왜 항상 자기가 하더니 오늘은 우리한테 하래? 하여튼 지 맘이라니까.”

“지 맘? 이게 진짜 많이 컸네? 감히 내가 자리에 없다고 호박씨를 까? 그래, 앞으로는 계속 너희가 VIP 고객 담당해. 알았어!”

어쩜, 타이밍 하나는 기가 막히게 잘 맞춰 들어온 민경은 자신의 지위를 강조하듯 또박또박 힘을 주어 말한 후, 강제로 단심의 손목을 부여잡고는 다짜고짜 갤리에서 데리고 나왔다.

“서, 선배! 제발요. 전 안 돼요.”

한 번은 우연으로 봤다고 하지만 두 번은 싫다. 진짜 복수할 것도 아닌데 왜 두 번씩 그놈 얼굴을 봐야 한단 말인가? 사실, 무엇보다 그놈을 선 자리에서 만난 이후로 며칠 동안 잠을 설쳤다. 자꾸 눈앞에 아른거려서. 이제야 겨우 진정됐는데 또 얼굴을 보라 이 말씀? 어휴, 그건 싫다. 진짜 그런 일이 생기면 하늘은 정말로 무심한 것이다! 라고 하늘을 원망하면 뭐 하나. 민경에게 개 끌려가듯 끌려가고 만 단심이다. 다행히도 중간에 애희가 민경을 붙잡아주는 바람에 민경의 손길에서 벗어날 수 있었다. 민경에게 다가가 뭔가를 속닥거리던 애희가 차마 큰 소리 내어 웃지는 못해도 키득거리며 웃었고, 민경도 따라서 함께 웃었다.

'저것들이!'

"무슨 말 하는 거야?"

"풉. 야, 모단심, 너한테 그런 과거가 있었다는 거야? 숨겨진 진주냐, 네가? 어쨌든 일은 일이야. 공과 사는 구분해야지, 모단심 씨?"

그 짧은 시간에 길고 파란만장한 단심의 과거를 용케도 요점만 뽑아 이야기했나 보다, 황애희께서. 단심은 민경의 킬킬거리는 웃음소리에 귀를 막고, 애희가 예쁜 척하며 웃어 보이자 눈을 가렸다.

"왜 사람 손은 두 개뿐이야? 네 개는 돼야 눈 가리고 귀 막지. 으, 꼴 보기 싫어, 진짜. 넌 친구 과거를 그렇게 말하고 싶던? 어? 저것도 친구라고."

"널 위해서야."

"그래서 일이 성사됐어? 됐냐고. 일은 일이라잖아! 공과 사는 구분하라잖아, 이 미련 곰탱아!"

"뭘 그렇게 고민해? 어차피 못 알아본다며 무슨 상관이야?"

"그래도 싫어. 상관이 있든 없든 싫다고."

"왜, 복수의 마음이 활활 타오르나?"

'복수 대신 이상야릇한 감정이 타오른다. 됐니? 라고 하고 싶으나 나이 스물아홉에 그런 감정이 생긴다면 정말 볼 장 다 본 것이란 소리 들을까 봐 못하겠다.'

"오냐. 복수가 아주 활활 타올라 죽겠다. 지금 진서혁을 보면 비행기 안에서 살인나니까 참으련다."

"참긴, 이미 선배 명령이 떨어진 뒤란다."

참! 단심 자신에게는 선택권이 없다는 것을 또 까먹은 그녀는 죽을상을 하고 애희의 뒤를 따라가려는데 뭐가 그리 신이 나는지 싱글벙글 웃는 민경이 단심에게 말을 걸었다.

"뭐 해, 모단심? 빨리 안 와? 잘해봐라. 혹시 아니? 너 예전의 그 드럼통? 이러면서 알아봐 줄지."

'저런 왕 싸가지. 아휴, 황애희! 그것도 이야기하셨어?!'

살다 살다 저렇게 얄미운 사람은 없을 것이라 단심은 속으로 곱씹었다.

'어쩜 인간이 저러냐? 시집을 왜 못 갔는지 알겠네. 이 서른넷, 노처녀 괴물아.'

약 오르게도 민경은 웃으며 단심의 속을 살살 긁었다. 할 수
없이 단심과 애희는 민경의 뒤를 따라 서혁이 있는 자리로 걸어
야 했다.

"안녕하십니까? 최민경 승무원입니다. 오늘도 저희 항공사를
이용해 주셔서 감사합니다. 오늘, 이 두 승무원이 승객님을 모
실 것입니다. 편안한 여행 되시길 바랍니다."

민경의 소개에 따라 애희는 백만 불짜리 미소를 머금었고, 이
에 질세라 단심도 항공사 최고의 승무원으로 뽑힌 미모와 웃음
을 가진 사람답게 복사꽃처럼 활짝 웃으며 서혁에게 인사를 건
넸다. 서혁은 쓱 한번 얼굴을 쳐다보고는 이내 고개를 돌려 창
가로 시선을 던졌다. 아무 말도 하지 않는, 무례하기 짝이 없는
서혁 때문에 당황한 민경은 얼른 단심과 애희에게 사인을 보냈
고, 그들은 말없이 각자의 위치로 돌아갔다.

'뭐야? 또 못 알아봐? 저거 저, 돌대가리 아니야?'

아무리 관심이 없고, 대화도 딱 한 번 했던 사이지만 그래도
고백까지 한 사람이었는데 못 알아본 것에 대해 단심은 점점 기
분이 나빠지면서 우울해지려 했다. 그때 갑자기 서혁이 고개를
획 돌렸다.

"너……."

"응?"

너무 놀란 나머지 단심이 반말로 응답했다. 그녀의 응답에 서
혁을 살짝 고개를 까우뚱하더니 다시 입을 열었다.

“화이트 와인 한 잔 부탁해.”

'썩을 놈. 혹 했네, 그냥. 와인을 달라 말하려 했음, 저기요, 해야지. 너가 뭐야, 너가! 심장마비 걸릴 뻔했잖아!'

사람 놀라게 하는 재주를 가진 서혁 때문에 단심은 잠시 멈추었던 심장박동을 다시 재생시키고는 와인을 가지러 갤리로 갔다. 갤리 안에서 시끄럽게 기내식을 준비하던 후배들은 단심의 등장에 화들짝 놀라 입을 다물었다.

“여기가 너희 잡담하는 장소야, 어? 밖에서 소리 들리면 어쩌려고! 와인 어디 있어?”

아무리 물러터진 성격을 소유한 단심이지만, 후배들 교육만큼은 호랑이 민경과 맞먹는 수준인 단심의 불호령에 후배들은 일제히 굳은 채 서 있었다. 그런 그들을 헤치고 와인을 찾던 단심에게 눈치없는 후배 하나가 불쑥 말을 걸었다.

“여기 있어요. 근데요, 선배, 저 남자 괜찮아요?”

“뭐가?”

“얼굴도 잘생겼고, 돈도 많은데 성격은 어떠냐고요.”

초롱초롱한 눈빛으로 질문을 하는 후배의 말에 다른 후배들도 기대에 부푼 눈으로 단심을 바라봤다. 단심은 그런 그들을 향해 코웃음을 쳤다.

'어린것들. 진서혁의 성격이 어떠냐고? 뚱뚱한 족속하고는 어울리지 않는다는 말을 서슴없이 하는 싸가지 중에 싸가지지. 쯧쯧. 이 어린 핏덩이들, 니들이 진서혁을 알아?'

"너희들이 지금 고객 성격에 대해 왈가왈부할 때야? 벌점 받
고 싶음 계속 이렇게 해라. 쓸데없는 생각 하지 말고 기내식이
나 착실히 준비해! 한주희, 방송했어?"

"아, 아니요."

"빨리 못해?"

"네, 알겠습니다."

단심은 후배들에게 따끔한 충고를 던지고 와인을 챙겨 들었
다. 단심이 와인을 챙기고 있을 무렵 신입생 중 가장 높은 점수
로 들어온 주희가 먼저 기내 방송을 시작했다.

"저희들은 비행 시간 동안 승객 여러분께서 안전하고 편안한
여행하시길 바라며, 기장님이 좌석벨트 착용 신호를 끄기 전까
지는 좌석벨트를 매주십시오."

스튜어디스가 되기 전 신입생들은 교육을 받는데, 인사는 물
론이며 화장법 목소리 높낮이까지 교육을 받는다. 그 교육 덕택
인지, 주희의 음성은 참으로 고왔다. 서울에서 호주로 가는 비
행이기 때문에 먼저 한국말로 설명을 하고 다음은 영어로 설명
을 했다. 그런데 뭐가 문제인지 갑자기 주희의 음성이 흔들렸
다. 민경은 물론이고 애희와 다른 승무원들도 놀라서 쳐다봤다.
가장 가까이에 있던 단심이 얼른 주희에게서 마이크를 뺏어 들
고는 차분하게 영어를 구사했다.

"We ask that you do the following to ensure your
safety and comfort during the flight. Please keep your

seatbelt fastened until the captain has turned off the fasten seatbelt signs."

무사히 기내방송을 마친 단심은 민경과 함께 주희를 데리고 벙커로 들어왔다. 민경의 얼굴은 말할 것도 없었고, 단심도 너무 놀라 멍하니 주희를 바라볼 뿐이었다. 비행기를 자주 타지 않는 승객들은 이것이 실수라는 것을 모르고 넘어갈 수도 있는 일이었다. 그러나 승무원의 입장에선 이건 엄연히 벌점을 받을 큰 실수였다.

"너 연습했어, 안 했어! 정신이 있는 거야?"

"죄송합니다."

"영어 하나 제대로 구사하지 못해서 어떻게 해? 그런 실력으로 국제선을 타? 귀국하면 실장님께 말씀드려서 너 국내선으로 바꿀 테니까 그렇게 알아!"

서비스업인만큼 작은 실수 하나도 용납할 수 없기에 민경은 불같이 화를 내며 급기야 스케줄을 바꾸겠다고 말했다. 그러자 주희의 눈에서 닭똥 같은 눈물이 뚝뚝 떨어졌다. 신입 때 가장 많이 흐르는 것이 바로 눈물이다. 어디를 가나 처음이 가장 힘든 법. 민경 옆에 서 있던 단심이 조금 부드러운 음성으로 주희를 달랬다.

"그 정도는 기본 중에 기본인데 그렇게 떨면 어떡하니? 연습도 아니고."

"죄송합니다. 영어를 하려니 갑자기 목이 막혀서……."

"울지 마. 화장 번졌다. 가서 화장 고쳐."

단심은 주희에게 휴지를 건네주고 민경과 함께 갤리로 돌아왔다. 주희 때문에 정신이 없던 단심은 그제야 와인이 생각나 얼른 서혁에게로 향했다.

"화이트 와인 준비했습니다, 손님."

"응. 근데 너 어디서…… 아니다."

서혁이 뭔가 거슬린다는 표정으로 단심에게 질문을 하려다 말았다. 단심은 어색하게 서혁의 시선을 피하며 와인을 건네고는 민경을 찾았다. 민경은 일반 승객들에게 서비스 주스를 나눠 주고 있었다. 단심은 얼른 그 일을 다른 후배에게 넘기고 민경을 데리고 갤리로 들어왔다.

"선배, 주희 봐주세요. 신입 땐 그럴 수도 있잖아요. 진짜 열심히 하는 아이인데. OJT STWS(수습 여승무원 교육 수료 후 삼 개월)치고 잘하고요. 그러니까 국제선도 타고."

"국제선 탄 건 우리 항공사 승무원 인원이 딸려서 그런 거고! 하긴 모단심 너도 그랬지. 널 그때 그냥 방치해서 여기까지 온 거 아니야. 선배한테 막 기어오르고."

'내가 언제 기어올랐니? 네가 내 성질을 긁었지.'

후배 생각한답시고 나선 단심을 민경은 있는 대로 비꼬아주었다.

"어쨌든 그냥은 안 돼. 벌점이라도 줘야지. 어떻게 가장 기본적인 방송을 못해? 그것도 떨린다는 이유 하나만으로. 어이가 없어. 근데 네가 지금 주희 걱정할 때니? 너나 잘해!"

'마귀할멈. 독사. 악마. 아니, 왜 날 걸고넘어져? 내가 뭘 어쨌기에? 하이고, 나도 됐네요. 내가 잘리는 것도 아닌데. 나도 흥이네!'

냉정하게도 민경은 단심의 애원을 칼같이 잘라 버리고 갤리를 나갔다. 그런 민경의 뒤에 대고 온갖 못된 말을 해보았으나, 입 밖으로 내지 못하니 무슨 소용 있겠는가. 단심은 할 수 없이 포기하고 서혁의 옆에 서 있는 애희에게 다가갔다.

"어디 갔다 와?"

조용히 소곤거리는 애희의 말에 단심은 입모양만 비추었다.

"못된 악녀한테."

"왜?"

"주희 뺀대서 그러지 말라고 그랬더니 칼같이 잘랐어. 악마. 그리고 나한테 너나 잘하라는 거 있지? 저는 얼마나 잘해서. 아휴, 재수 없어, 진짜."

소리 없이 투정 부리는 단심을 보고 애희가 피식 웃었다. 작은 웃음소리에 서혁이 고개를 돌렸다.

"승무원이 손님 앞에서 그렇게 웃어도 되나?"

갑작스런 공격. 그 어떤 표정도 짓지 않고 애희의 눈을 똑바로 주시하는 서혁의 급작스런 행동에 당황한 애희가 어색한 미소를 지으며 고개를 살짝 숙였다.

"죄송합니다."

그녀의 사과에 서혁이 작은 실소를 터뜨리더니 이내 목젖이
보일 정도로 크게 소리 내어 웃었고, 그의 어이없는 행동에 애
희와 단심은 황당한 얼굴로 그를 빤히 바라봤다.

"황애희, 너 진짜 많이 변했다. 능청스럽기까지 하네? 왜 아
는 척 안 해?"

'뭐야, 애희를 알아봤단 말이야? 능청스러운 건 애희가 아니
라 너야, 인마. 근데 왜 난 못 알아봐?'

애희를 알아본 서혁이 짓궂게 웃자, 놀란 애희가 멍하니 그를
바라보았다. 그런 애희를 단심이 툭 치자, 애희가 얼른 미소를
걸치고 말했다.

"난 네가 못 알아보는 줄 알았지. 괜히 아는 척했다가 네가 몰
라보면 어떡해. 그래서 그랬지. 어쨌든 반갑다, 아하하하."

'저 어색한 미소. 웃으려면 제대로 웃든지, 아니면 웃지를 말
든지. '아하하하'가 뭐야? 진짜 황애희답다. 아니, 근데 왜 나는
못 알아봐?'

애희는 조심스럽게 고개를 돌려 서혁을 보고 있는 단심을 바
라봤다. 살기가 느껴졌다.

'모단심, 저러다가 진서혁을 죽이고 교도소 들어가는 거 아니
야? 유명한 교도소가 어디더라? 청송? 무섭다, 무서워. 여자가
한을 품으면 오뉴월에도 서리가 내린다더니. 내리겠다, 내리겠
어.'

애희는 살기의 오로라가 뿜어져 나오는 단심의 눈길에 몸서

리쳤다. 애희가 서혁에게 안부를 물었다.

"잘 지냈어? 너 대학은 외국에서 다녔다고 들었다."

"그랬지, 본의 아니게."

"너 아직 결혼 못했다며? 선본다며? 합!"

'뭐야, 황애희! 그걸 네가 말하면 어떡해! 이 멍청아!'

'내가 선본 걸 황애희가 어떻게 알지? 잠깐, 근데 저 여자…… 어디서 많이 봤는데. 아까부터 계속 거슬려.'

생각하던 서혁은 문득 애희 옆에 서 있는 단심에게로 시선을 던졌고, 가만히 그녀를 노려보다 다시 애희를 바라봤다.

"그걸 어떻게 알아?"

"아, 그러니까, 그게…… 맞다! 신문을 아무리 뒤져도 네 결혼 소식이 없더라고. 그래서 추측으로 선을 보고 다니지 않을까 해서……."

'어이고, 저 말도 안 되는 소리.'

"그래? 그건 그렇다 치고 이거 내 명함이야. 비행기에서 내리면 연락해라."

'저거 확실히 바보 맞아. 그걸 또 그렇다고 넘어가니?'

서혁은 명함 한 장을 꺼내어 애희에게 건넸고, 애희가 받은 명함을 단심이 곁눈질로 슬쩍 쳐다봤다. 부잣집 아들이라 그런지 명함부터 달랐다. 명함에 금테를 둘렀다. 부러운 놈.

"그래, 술이나 한잔하면서 이야기하자."

"그래. 그쪽도 같이 오세요."

서혁은 애희 옆에 서 있는 단심에게 시선을 던졌다. 아무리 봐도 낯은 익은데 누군지 기억이 나지 않았다. 상당히 예쁜 얼굴이었다. 키와 몸매는 나무랄 것 없이 만족스럽고 거기다 동글하면서도 작은 얼굴, 고운 피부가 무척이나 서혁의 맘에 쏙 들었다. 한 가지 더 추가를 하자면 묘하게 사람을 끌어당기는 알 수 없는 오묘한 매력을 가진 여자였다. 저절로 눈길이 가는 그녀에게 서혁이 친절하게 말을 건네자 단심도 살며시 웃으며 고개를 끄덕였다.

'나쁜 놈. 그쪽도 같이 오세요? 네가 기억해야 할 사람은 황애희가 아니라 이 모단심이란 말이다!'

"가지 마. 안 돼!"

"언제는 가라면서요. 다녀올게요, 할아버지."

"안 된다면 안 돼! 누가 지수 보러 가라고 그랬어! 지수는 안 돼! 절대 안 돼!"

"눈물 펑펑 쏟는 여자를 어떻게 혼자 놔둬요. 잠시만 돌봐주고 올게요."

소리를 고래고래 지르면서 끝까지 안 된다고 하시는 양반을 겨우 진정시킨 서혁은 불편한 마음으로 호주행 비행기에 올라탔다.

삼 년 만에 다시 밟는 호주 땅. 감회가 새롭다고 해야 할까? 마음이 휭하다고 해야 할까? 참으로 마음을 울적하게 만드는 나라다. 서혁은 비행기에서 내리자마자 지수의 살림집으로 향했다. 그의 비서 훈과 함께.

"지수야, 나야."

어느덧 집 앞에 도착한 서혁이 벨을 누르자 지수가 활짝 웃으며 문을 열어주었다. 서혁도 그녀의 웃음에 화답하듯 밝게 웃어주었다.

"들어와. 오느라 힘들었지?"

"아니, 힘은 무슨."

"들어오세요. 장 비서님이죠?"

변한 것이 없는 지수는 친절하게 그들을 안으로 안내했다. 서혁과 장 비서는 나란히 그녀의 뒤를 따랐고, 그녀는 그들을 작은 소파가 있는 거실로 안내했다.

"잠깐 있어. 차 내올게."

지수가 부엌으로 간 후 서혁은 잠시 일어나 집 안을 살폈다. 디자이너답게 멋지게 꾸며놓았다. 한참을 이리저리 구경하던 서혁의 시선을 잡아끄는 물건이 하나 있었다. 바로 사진이었다. 작은 아기의 사진. 지수에게 아이가 있었나?

"제인이야. 이름 예쁘지?"

"누구 애야?"

"우리 아기가 될 뻔했던 애야. 아쉽게도 그렇게 못 됐지만."

"입양하려고 그랬어?"

"응, 그랬어."

"왜 굳이…… 네 과거 때문에?"

"아니. 과거 생각했음 낳았겠지. 낳아서 정말 예쁘게 키웠을 텐데 아쉽게도 난 하늘이 그것도 허락 안 해주더라고. 불임이래. 애를 못 낳는대."

이제 아무렇지도 않은 이야기가 되어버린 것처럼 지수는 허전하게 웃으며 이야기를 계속했다. 분명 그때는 죽을 것처럼 가슴 아픈 일이었을 텐데. 시간이 약이라는 그 말이 어쩜 이렇게 마음에 와 닿는지. 지수는 여전히 웃고 있었다.

"궁금했지? 왜 이혼까지 했는지. 아무렇지도 않게 잘살던 부부가 어느 날 갑자기 이혼을 하고 이상한 소문까지."

"너였니?"

"뭐?"

"이혼하자고 먼저 이야기를 꺼낸 사람, 너였어?"

"오빠가 그 말은 끝내 안 했나 보구나? 내가 가지 말라고 말렸는데도 너에게 사죄한다고 기어코 가서 맞고 오다니. 정말, 오빠도 웃겨."

지수가 이혼했다는 소식을 듣고 막 호주로 오려던 서혁 앞에 준영이 알아서 나타나 주었다. 서혁은 그를 향해 아끼지 않고 주먹을 내질렀다. 그땐 준영이 그랬다, 자신 때문이라고. 그 말을 들은 서혁은 당연히 준영이 먼저 이혼을 요구했을 거라고 생각했다.

'강준영, 네놈 속을 모르겠다.'

"왜 그랬어? 왜 이혼하자고 한 거야? 불임이 이유야? 아기 못 갖는 게 이유였어? 입양은 싫다고 그래? 그 자식이 그래?"

"내가 못 견디겠더라. 오빠가 입양하자고 한 걸, 내가 싫댔어. 죽어도 싫댔어. 그렇게 애 가지고 싶으면 애 잘 낳는 여자랑 재혼하라고 그랬어."

"서지수, 너 정말!"

모든 정황이 드러나자 서혁은 화를 참지 못하고 소리를 지르려 했으나 끝내 내지르지 못하고 멈췄다. 그의 속내를 훤히 아는 지수가 투정을 섞여가며 이야기를 계속했다.

"신경질나잖아. 난 어릴 때 버림받고 한국 사람인데 호주 땅에 와서 호주 국적으로 살아가지만 그렇다고 완전한 호주인이 될 수도 없는 거."

"행복했잖아, 적어도."

"단 한 번도 행복하다고 생각한 적 없어. 고맙긴 해, 많은 나라 중에 대한민국 아이를 선택해 준 부모님께. 하지만 그뿐이야. 행복하지는 않았어."

"내가 보기엔 너 행복했어. 단 한 번도 그런 생각 갖지 않았다면 네 미소, 그럴 수 없어."

"그래. 어쩌면 내가 모르는 행복이 나를 감싸고 있었는지도 몰라. 근데 난 정말 하늘이 미웠다. 난 버림받았기 때문에 내 자식은 정말 행복하게 해주고 싶었는데, 자식을 낳을 수가 없다니."

지수는 서혁이 들고 있던 사진을 슬며시 빼앗아 들고 가만히 바라봤다. 천사 같은 이 아이가 왜 이제야 눈에 보이는 건지.

"괜히 이 아이가 원망스러웠어. 이 아이만 아니었음 내가 오빠랑 헤어지지 않았을 거라는 생각에."

"후회, 하니?"

"안 한다면 거짓말이겠지. 근데 오빠 이제 나한테 너무 질렸대. 내가 자꾸 오빠한테 기대려고 하니까 회사 핑계로 한국으로 가버렸어."

서혁은 더 이상 말을 잇지 못했다, 지수가 끝내 눈물을 흘려 버렸으니까. 서혁이 가만히 지수에게로 다가가려 하는데 그때 갑자기 장 비서가 그를 막아섰다.

"여기까집니다. 더 이상 선을 넘지 마십시오. 그럼 걷잡을 수 없게 됩니다."

장 비서는 서혁을 살짝 밀치고 지수에게 반듯하게 접힌 손수건을 건넸다. 그리고 그녀를 소파에 앉혔다. 가만히 장 비서가 하는 행동을 지켜보던 서혁이 다시 걸음을 떼려는데 때마침 휴대폰이 울렸다.

"네, 진서혁입니다."

[나 황애희. 어디니? 아직 일 안 끝났니?]

"아, 미안한데 오늘은 좀 그래."

"서혁아, 친구 만날 일 있음 다녀와."

애희와의 약속을 깜박하고 있던 서혁은 갑작스런 전화에 미

안한 얼굴로 대꾸하는데 지수가 끼어들어 막았다. 진정이 되었
는지 눈물이 사라진 얼굴로 다녀오라고 재촉하는 그녀의 성화
에 서혁은 다시 약속을 잡았다.

"그래, 그럼 내가 그쪽으로 갈게."

[그래, 출발하면 연락해.]

서혁이 천천히 휴대폰을 닫고 지수를 바라보자 지수가 피식
웃어 보였다.

"갔다 와. 대신 며칠 더 있어줘야 돼."

"그래, 알았어. 갔다 올게."

발걸음이 떨어지지 않지만 서혁은 할 수 없이 애희가 묵고 있
는 호텔로 향했다. 호텔 지하에 있는 작은 클럽으로 들어간 서
혁이 애희에게 연락을 취했다.

"황애희, 진서혁 만나러 가냐?"

"오냐. 왜, 꼽나?"

호텔에 도착해 샤워를 마치고 편한 옷으로 갈아입은 단심이
애희를 향해 비꼬며 물었다. 웃으며 대답하는 애희에게 더욱 약
오른 단심은 콧방귀를 꼈다.

"흥! 잘 갔다 와라."

"그러니까 같이 가자고. 왜 안 간다고 해?"

"싫어. 천하에 모단심을 못 알아본 사람을 내가 왜 만나?"

"넌 내가 그렇게 말해도 아무 소용이 없구나. 네가 좀 많이 변

했니? 누가 보면 수술했다고 그러지. 그리고 너희가 그렇게 각별한 사이도 아니었는데.”

“그러는 너는 뭐 각별했니?”

“각별했지. 전교 부회장 선거, 회장 선거 같이 출마해서 경쟁했던 아주아주 각별한 사이지.”

“그랬지. 매번 서혁이에게 당하는 불쌍하고도 기구한 사이였지.”

“염장을 질러라.”

사사건건 불만을 토로하는 단심은 잔뜩 심사가 꼬여 있었다. 애희는 단심의 시비에 두 주먹을 불끈 쥐어 겁을 주었고 그러자 단심이 슬쩍 꼬리를 내렸다. 단심이 옷을 들자 애희가 물었다.

“옷은 왜?”

“나가려고.”

“어딜?”

“그, 그냥.”

‘계집애. 그냥 따라오는 건 존심이 상한다 이거지?

단심은 거울을 통해 애희의 행동을 몰래 감시하면서 얼굴에 화장을 하고 선글라스를 꼈다. 그런 그녀의 모습을 보던 애희는 픽 한번 웃고 못 본 척 방을 빠져나와 클럽으로 향했다. 뒤에서 따라오는 단심의 발소리와 강한 눈빛을 느끼던 애희는 클럽에 다다르자 머뭇거리고 있는 단심을 끌어당겼다.

“이거 놔!”

"시끄러워! 나중에 무슨 원망의 소리를 들으라고 그래? 잔말 말고 따라와. 힘 빠진다."

은근슬쩍 애희의 행동이 반가웠던 단심은 살며시 힘을 뺐다. 단심은 억지로 끌려왔다는 표정으로 클럽에 들어섰다.

"많이 기다렸니?"

"아니, 나도 이제 왔어. 오셨어요?"

'야, 이놈아! 나야, 나! 모단심! '오셨어요'가 뭐니!'

반가운 얼굴로 애희를 반기던 서혁은 뒤따라 들어오는 단심을 바라보며 어색한 미소를 지었다. 떨떠름한 표정의 단심은 애희 옆에 앉아 그들의 대화를 조용히 듣고만 있어야 했다.

"그때 정말 재미있었는데. 어휴, 이제 사회생활이 싫다."

"그래도 애희 넌 직장 제대로 잡았잖아. 뭐가 걱정이야? 시집만 가면 금상첨화네."

"시집? 시지입? 누가 몰라서 안 가니? 남자가 있어야지, 남자가!"

"애희야, 너 취했다. 그만 마셔."

"모단심! 너 그러는 거 아니야! 진서혁 너도! 그러는 거 아니야!"

기분 좋아 한잔두잔 마시던 애희는 자신의 주량을 훌쩍 넘었다. 그러자 그녀의 취중진담이 시작되었다. 술만 들어갔다 하면 모든 과거를 까발리고 보는 애희의 술버릇을 잘 아는 단심으로서는 불안함을 감추지 못했다. 단심이 살며시 애희 손에서 술잔

을 빼앗아 들고 서혁의 눈치를 살폈다. 애희의 혀 꼬인 소리에
서혁이 살짝 웃더니 물었다.

"내가 뭘?"

"너! 네가 잘나서 회장 된 거 아니야!"

"그럼?"

"우리 학교에 여학생 수가 많아서 그랬어! 다 네놈 인기 때문
이었다고! 능력은 내가 더 좋아!"

'참 나, 무슨 근거로 그따위 말을 지껄여? 네가 무슨 능력이
돼? 공부도 서혁이보다 한참 못했던 것이.'

"알았다, 내가 다 잘못했으니까 그만 마셔라."

풀린 눈의 애희는 말이 끝나자 목이 탔는지 다시 술잔을 부여
잡았고, 단심이 손을 뻗기도 전에 서혁이 먼저 술잔을 빼앗고는
물을 따라 애희 손에 쥐어주었다. 그러자 애희가 술인 줄 알고
벌컥 마셨다가 도로 내뿜었다.

"으이씨! 물이잖아! 퉤퉤. 야! 모단심 너만 예뻐지니까 좋아?
어? 나쁜 년! 진서혁, 너 진짜 모단심 몰라?!"

'이게 미쳤나!'

"황애희! 그만!"

놀란 단심이 애희의 등짝을 사정없이 때리며 외쳤으나 이미
서혁의 눈동자가 이상하게 빛났다. 급기야 서혁이 확신에 찬 눈
빛으로 테이블을 쾅 내려치며 소리쳤다.

"그때 그 돼지!"

[그래서, 그 애를 만나서 놀았어?]

"그냥 오려고 했는데 할 수 없이 놀았어. 뭐라는 줄 알아? 그때 그 돼지! 이러는 거야. 그러면서 저 혼자 배꼽 잡고 웃으면서 성형했냐고 물어보는 거 있지?"

[정말?]

"아주 저 혼자 생쇼했어."

[돼지? 웃기는 녀석이네. 그때 네가 살이 좀 있긴 했어도 돼지 정도는 아니었어. 그냥 토실토실 정도였지.]

"……솔직히 토실은 아니었어, 언니."

호주 땅은 아침 여덟 시. 한국 땅은 아침 일곱 시. 정반대에 위치한 나라임에도 불구하고 어떻게 시차는 단 한 시간밖에 안 나는 걸까? 어쨌든 지금 이게 중요한 것은 아니다. 어제 그 사건이 심하게 중요하다. 황애희는 있는 대로 일을 벌여놓고 그대로 테이블에 쓰러져 잠까지 청했다. 남은 단심과 서혁은 어색함의 시간을 보내는 것이 당연했으나 이상하게 전혀 어색하지 않았다. 어색함 대신 단심의 화를 돋우는 대화들이 오갔다. 단심이 겨우 참아내고 버티다 방으로 돌아와 쓰러져 잠을 잤는데, 꿈에 나타나 괴롭히는 서혁 때문에 새벽 네 시에 잠들어 여덟 시에 깨어나는 불상사가 생겼다. 눈이 번쩍 떠지는 바람에 단심은 한국에 있는 첫째 일심에게 연락을 취했고, 일심은 단심의 하소연을 들어주었다. 확실히 피붙이는 다르다는 말이 틀린 말은 아니었다. 남들은 다 뚱뚱했다는 걸 언니라고 토실토실했단다. 열을 내며 토실토실했다고 우기는 일심의 말을 단심이 슬쩍 정정했다. 혹시나 하늘이 노할까 싶어서.

[그래도 잘했어. 거기서 네가 피하면 너만 바보야. 어이구, 우리 단심이 잘했어. 근데 꼭 그 애여야만 하니? 솔직히 언니 입장에선 그런 애는 별로다.]

무슨 소리? 언니 입장보단 내 입장이 더 중요하답니다. 포기했던 복수를! 그냥 조용히 묻어 넘기려 했던 그 복수를 되살아나게 한 인물은 바로 진서혁 본인이었다. 한때 끓어오르는 분노에 못 이겨 마음먹었다. 그놈의 유학으로 묻어두었던 복수를 관에서 꺼낸 사람이 진서혁인데, 자기가 그렇게 복수를 받고 싶다 난리인데, 해줘야 하지 않겠나? 나이 스물아홉의 단심의 복수심을 불태운 어제의 그 일이 머릿속을 빠르게 스쳐 지나갔다.

"그 돼지, 아니, 모단심 맞네! 와, 너 진짜 많이 변했다."

이 말에 모든 게임은 아웃! 단심은 활활 불타오르는 복수심에 입술을 깨물었다.

'감히, 이 모단심을 돼지로 기억해? 그럴 수도 있다 쳐! 그래도 사람을 앞에 놓고!'

말 한 마디로 천 냥 빚도 갚는다는데, 서혁은 천 냥만큼 맞을 소리만 지껄였다. 기분이 나빠 벌컥벌컥 술을 마시는 단심과 다르게 서혁은 한 모금씩 음미하며 마셨다. 단심은 큰 눈을 작게 만들어 서혁을 째려보았다. 기분이 무척이나 상한 단심은 정말로, 다시는 하지 못할 말을 큰맘먹고 내질렀다. 뭐, 내질렀다기보다는 살며시 내질렀다고 해야 하나?

"저기, 근데…… 그렇게 말하는 건 실례가 아닐까…… 요?"

"그래? 그럼 실례하지 뭐. 근데 수술했어? 그 많던 살들은 다 어디 갔어?"

'어휴, 진서혁! 주먹이 운다, 울어!'

"아, 아니, 수술은 아니고, 운동하고 칼로리 조절하니까 빠지더라구."

'뭐야, 모단심? 왜 말을 더듬어? 왜 말을 차분하게 하는데? 화를 내는 게 당연한 거야! 성격 개조했다며! 소심녀가 아니라 대담녀 됐다며. 왜 이러니, 모단심?'

주먹이 울면 뭐 하나. 때리지도 못할 성격이면서. 폭력을 행사하지도 못하고, 그렇다고 말을 똑부러지게 하는 성격도 못 되는 단심은 활활 타오르는 속을 달래며 술을 들이켰다.

"술 잘 마시나 봐?"

"아, 아니. 조금."

'아니, 선 자리에선 그렇게 말을 잘하던 애가 왜 이러니? 어?'

"진짜 웃긴다. 지금에 와서야 하는 소리지만, 니 고백 받고 나서 일주일 동안 악몽에 시달린 거 알아? 상당히 충격이었나 봐."

‘뭐시라? 악몽? 충격? 이런! 내가 뭘! 그때도 예뻤어! 우리 형부가 예쁘다고 했다 뭐!’

“그, 그랬니? 그럴 수도 있지 뭐.”

‘어휴, 모단심! 답답한 계집애.’

뭐 그리 대단한 남자 앞이라고 말도 제대로 못하고 속만 태웠다. 그 속을 달래기 위해 술을 마시다 보니 슬슬 기분이 업 되기 시작했다.

‘진서혁, 감히 나를 건드려? 그 대가를 치르게 해주겠어. 두고 봐!’

[언니 말을 듣는 거야, 마는 거야? 꼭 그 애여야만 하는 거니?]

“그렇고 말고. 꼭 그 사람이어야만 한답니다, 언니.”

‘넌 이제 죽었어!’

단심은 마시고 있던 생수통을 찌그러뜨렸고, 그 압박을 못 이겨 물이 넘쳐흘렀다. 수건으로 젖은 손을 닦는 단심의 귀에 일심의 허락이 들려왔다.

[그럼 어쩔 수 없네. 사랑은 자고로 마음이 먼저여야 하는 거니까.]

“뭐, 그 연애 법칙? 그 애한테 그게 먹힐까?”

언니들을 못 믿는 것은 아니지만, 상대가 상대인만큼 이번엔 각별히 신중해야 했다. 일심이 버럭 소리를 질렀다.

[애! 호준이 제부가 현심이랑 어떻게 결혼했는데? 잔말 말고 이 언니들이 하라는 대로만 움직여. 그나저나 한국에는 언제 오는 거야?

"내일 갈 것 같아."

[그럼 오늘은 그 애 만나지 마. 알았지? 무슨 일이 있어도 만나지 마.]

'복수는 언제 하라고?'

"왜? 싫어. 오늘 안 보면 또 언제 볼지 모른단 말이야."

[말 들어. 앞으로 지겹게 보게 될 거니까 오늘은 절대 안 돼!]

"치. 알았어."

무슨 이유에서인지 일심은 절대 만나서는 안 된다며 신신당부했고, 단심의 확답을 받고 나서야 전화를 끊었다. 언니와의 전화를 끊고 난 단심은 할 일이 없어지자, 침대에서 일어나 옆 침대에서 자고 있는 애희에게 시선을 돌렸다.

'일은 일대로 벌여놓고 넌 잠이 오냐?'

단심은 아주 편안한 얼굴로 잠에 취해 있는 애희에게 다가가 그녀의 베개를 확 뺐다. 애희는 머리가 툭 떨어져 뒤척이는가 싶더니 다시 잠의 나락에 빠졌다.

'황애희! 평생 도움 안 되는 계집애.'

단심은 애희에게 베개를 확 던지고 욕실로 들어가 치약을 들고 나왔다. 치약을 힘주어 짜고는 단꿈에 젖어 있는 애희의 두 눈과 코 밑 인중에 바르기 시작했다. 숨을 쉴 때마다 느껴지는

치약의 향기에 애희의 콧구멍 벌렁거림 횟수가 잦아졌고, 급기
야 코 밑을 쓱 닦았다.

"아악, 이게 뭐야!"

코 밑에 신경이 다 쏠리기도 전에 눈가에 예쁘게 자리 잡은
치약을 알아차린 애희가 황급히 욕실로 들어가 세수를 마치고
얼굴 닦은 수건을 단심에게 획 던졌다.

"너지! 내 얼굴에 치약 바른 거!"

"바보, 여기 나 말고 누가 있니?"

"이게 죽고 싶어서!"

"어제 너의 만행을 알면 그런 말이 그리 쉽게 나오진 않을 터
인데?"

"만행이라니?"

"너 때문에 진서혁이 알고 말았다. 과거를 다 알았다, 그 말이
다!"

"아~ 기억나. 그게 뭐? 너한테 고마운 일이지. 못 알아봐서
너 서운해했잖아. 내 덕분에 알아본 거고. 그럼 된 거 아니야?"

말이나 못하면 밉지나 않지. 어쩜 인간이 저렇게 자기 생각만
하는지, 단심은 저 주둥이를 꿰매 버리고 싶은 충동을 간신히
눌렀다. 참자, 참아야 하느니라. 단심은 참을 인을 세 번 삼킨
뒤 옷을 차려입었다.

"어디 가게?"

"너 없는 곳으로. 따라오지 마!"

"무슨 술을 그렇게 마셨어?"

"별로 안 마셨는데 어젠 빨리 취하더라고. 동창을 만나서 기분이 좋기도 했고."

"해장국 먹어."

부스스한 모습으로 눈을 뜬 서혁 앞에 꿀물을 대령한 지수가 식탁 가득 음식을 차려놓았다. 꿀물을 마신 서혁이 식탁에 앉아 국을 들이켰다. 한국에서 살아본 적이 없는데도 지수는 한국 음식 솜씨가 상당했다. 지수를 위해 양부모가 책을 통해 배우고 습득한 솜씨를 그대로 그녀에게 물려주었기 때문이다.

"맛있다."

"많이 먹어."

서혁이 맛있다고 칭찬하고 본격적으로 먹으려던 찰나, 장 비서가 휴대폰을 들고 다가왔다.

"왜?"

"회장님이십니다."

비서의 목소리가 굳은 것으로 보아 한소리 하신 모양이었다. 서혁은 미안한 마음이 들기도 하여 얼른 전화를 받았다.

"네."

[얼른 못 와!]

"갈 거예요. 걱정 마세요. 내일 가요."

[당장 와!]

"할아버지, 저 어제 왔어요. 오늘은 여기 있다가……."

[아버님! 아버님!]

할아버지의 고함이 들려야 할 타이밍에 갑자기 어머니의 다급한 목소리가 들려왔다. 서혁이 할아버지를 불러보았으나 사람들의 시끄러운 소리만 뭉쳐 들릴 뿐, 할아버지의 음성은 들리지 않았다. 그리고 전화가 허망하게 끊겨 버렸다.

"안 되겠다. 장 비서, 오늘 오후 비행기 알아봐."

"네, 알겠습니다."

"왜, 무슨 일이야?"

"할아버지가 쓰러지신 것 같아."

걱정스런 얼굴로 바라보던 지수가 서혁의 입을 타고 흘러나온 말에 걱정스러운 표정을 지었다. 한때 자신을 예뻐하고 아껴 주셨던 분이 이젠 자신 때문에 기절하시는 상황까지 왔다니.

지수는 가만히 일어나 자신의 방으로 사라졌고, 서혁도 그녀를 잡지 않았다. 지수의 마음을 누구보다 잘 아는 자신이니까. 지금 그녀가 그녀 자신의 처지를 아프게 생각하고, 이렇게 되어 버린 것에 대해 후회를 하고 있다는 것을 잘 알기에. 자신의 위로에도 지수의 상처는 치유될 수 없다는 것을 잘 아는 서혁은 몸을 돌려 밖으로 나가려 발길을 떼다 말고 우뚝 멈춰 섰다. 그래도 혹시나, 강준영이 아닌 자신의 위로에 지수의 마음이 편해질 수 있지 않을까 하는 헛된 바람에 급히 몸을 돌려 지수의 방을 향해 갔다. 그러나 이 방 문고리만 잡고 돌려 안으로 한 발짝

만 들어가도 되는 걸, 서혁은 끝내 하지 못하고 발길을 돌려야
만 했다. 아무리 그래도 자신은 진서혁이지 서지수의 마음을 치
료해 줄 수 있는 강준영이 아니니까. 그것을 너무도 잘 알아서.

"그래서 어떻게 했어?"

이야기를 하다 보니 다시 그때의 화가 치밀어오른 단심이 씩
씩거리자, 현심이 덩달아 서혁을 씹기 시작했다.

"진짜 웃긴 놈이네. 나이가 스물아홉 살인데 돼지가 뭐니? 아
무리 돼지 같아도 그 말은 하지 말았어야지."

"언니!"

"아니, 그게 아니라, 스물아홉 살이나 먹어서는 말버릇이 그
게 뭐냐 이 말이야. 애도 아니고."

"내 말이. 나한테 너 많이 변했네 어쩼네. 그래서 내가 그렇게
말하는 건 실례가 아니냐고 그랬더니 뭐라는 줄 알아?"

"뭐랬는데?

"그래? 그럼 실례하지 뭐. 이러는 거 있지? 나 참, 말하는 꼬
라지를 확. 진짜 주먹이 울었는데 참았어."

서혁과의 만남에 황당하고 어이없던 기억을 꺼낸 단심이 주
먹을 불끈 쥐며 흥분하자, 옆에서 듣고 있던 열째 현심이 그녀
의 주먹 위로 물을 주르륵 따랐다.

"아, 차가워! 뭐 하는 거야, 지금!"

"행여나 주먹에 불붙을까 봐 미리 끈 거야."

“언니!”

“근데 그놈 말발 장난 아니다. 정말 그런 애한테 마음이 간다는 거야? 이상하네?”

다른 때는 눈치도 없으면서 이럴 때는 귀신같이 잘도 안다. 마음이 가는 것이 오히려 이상할 수도 있지만 지금은 복수를 위해서 그런 척! 해야 한다. 이 시점에서 복수라는 말을 꺼냄과 동시에 내 계획은 공중에 분해되어 사라질 것이 분명했다. 왜냐하면 앞에서 언급했듯 나이 스물아홉, 시집갈 궁리를 해도 모자랄 시간에 복수한다고 설치고 있는데 어느 누가 얼씨구 해주겠나. 상당히 눈치가 빨라진 현심을 향해 두 손을 번쩍 들고 과도한 오버 액션을 펼쳤다.

“아니야, 아니야. 내가 마음이 가. 얼마나 마음이 간다고. 언니 왜 그래? 왜 사람 마음을 의심해?”

“아니면 됐지 왜 화를 내고 그래? 얼른 내려가자. 밥 먹어야지.”

“진짜야?”

“뜬금없이 뭐가?”

넷째 성심이 반짝이는 눈빛으로 질문을 던지자, 단심은 아리송한 얼굴로 도리어 성심을 쳐다봤다. 그러자 성심이 답답하단 얼굴로 그놈! 이라고 외쳤고, 단심은 알았다는 탄성과 함께 본격적인 연기에 돌입했다.

"뭐, 아직은 정확하게 모르겠어. 휴, 나 같은 게 그렇게 잘난 남자를 골라도 되는지 모르겠어. 천상천하 유아독존 녀석을 내가 감히."

"네가 어때서? 너 자기비하가 너무 심하다. 그리고 저 혼자 천상천하 유아독존이면 뭐 해? 야, 석가도 사랑을 했어."

'갑자기 왜 여기서 석가 이야기가 나올까? 천상천하 유아독존 때문에?'

석가가 태어나서 일곱 보 걷고 내뱉었다는 그 말을 알고 있는 건지 의심을 품고 있는 단심의 예상을 딱 맞춰주는 아홉째 은심이 이야기를 계속했다.

"석가는 애도 낳았다. 그렇게 위대한 석가도 사랑하고 애도 낳았는데, 그럼 그 부인 되는 여자는 너보다 잘난 것 있다던? 그 시대에 공주로 태어난 것 말고 뭐가 있어?"

"저기, 언니 그러니까 내 말은 그게 아니고."

"너도 현대판 공주나 다름없어. 직장 좋아, 얼굴 예뻐, 머리 좋아. 삼박자 제대로 갖췄으면 그게 현대판 공주야."

"지금 뭔 소리 해?"

이야기가 많이, 아주 많이 중심에서 벗어나면서 아무도 이해할 수 없게 되었다. 단심 빼고는 모두들 은심이 무슨 소리를 하나 고개를 까우뚱했다.

"그러니까 내 말은, 진서혁이 천상천하 유아독존이라면서, 그러니까, 그러니까, 내가 지금 무슨 소리를 하니?"

그럴 줄 알았다. 자기도 모르는 말을 그냥 내뱉었다. 아홉째 은심은 자신도 모르겠다는 듯 어벙한 표정을 지었다. 단심이 그런 은심을 보고 한숨을 푹 내쉬었다.

"안 될 거야. 우리가 정말 인연이었다면 십 년 전 그때 이어졌 겠지. 언니들 급한 건 아는데, 좀만 기다려. 나도 서혁이를 잊을 수 있게 만들어줄 남자 찾을 거야. 그러니까 걱정 마."

'차라리 연기자의 길을 갈 걸 그랬나? 너무 연기를 잘하잖아?'

단심은 괜히 힘 빠지는 척하면서 언니들을 은근히 슬픈 눈빛 으로 바라봤다. 그러자 둘째 혜심이 오묘하게 웃었다.

"너 하나는 알고 둘은 모르는구나. 십 년 후에 다시 만난 것도 단순한 우연은 아니지."

2. 혜심 언니 :우연을 만들면 운명이 되는 거야

「사랑에는 항상 약간의 광기가 섞여 있다.

그러나 또한 그 속에서도 항상 약간의 제정신도 있는 것이다.」 ―니체

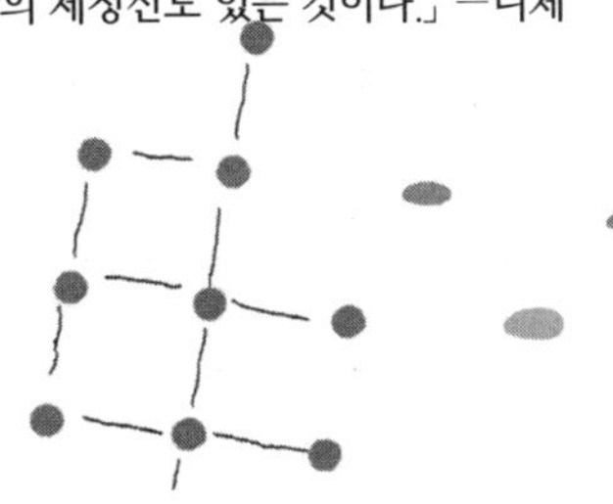

"**그**럼 어쩌지? 무슨 뾰족한 수가 있어? 휴, 언니를 믿지만 그게 먹힐까?"

역시 하늘이 내려주신 연기력이다. 분명 대학생 때까지만 해도 성격이 극단적으로 소심했는데, 나이 한살두살 먹더니 점점 뻔뻔해지고 있는 것 같긴 하다. 어쨌든 단심이 스스로 자랑스럽게 여기는 연기력에 넘어간 둘째 혜심이 대안을 내놓았다.

"우선 잦은 만남이 있어야 돼."

"잦은 만남? 어떻게? 내가 아는 거라고는 회사밖에 없는데?"

"회사가 정답이지. 본격적으로 시작하자. 우연을 가장한 첫 번째 만남."

"그게 가능할까?"

어리석었다. 암, 모단심은 정말 어리석은 인간이었던 것이다. 끝까지 이건 아니라고 우길 걸. 너무 단순한 것이 아니냐고 혜심에게 따져 보기는 했지만, 나이 오십 줄을 넘긴 언니를 이기기란 무리였다. 게다가 언니의 말에 단심의 팔랑 귀가 팔랑거리기 시작했다.

"인연의 고리가 중요하니, 안 중요하니?"

"중요하지."

"그래. 근데 할 일 많은 부처님이나 하느님이 인연의 고리를 알아서 만들어주실까?"

"무슨 소리야?"

"인연이 뭐니? 운명이 뭐야? 갑자기 길을 가다 우연히 마주치면서 인사하고 그게 반복이 되면 운명이고 인연인 거야. 우연을 만들면 운명이 되는 거야."

팔랑 귀의 작동으로 인해 기껏 차려입고 서혁의 회사 앞에 오는 것까지는 좋았다. 그러나 세 시간이 지난 지금은 처음과 정반대의 일이 발생했다. 4월 중순. 따뜻하기 그지없는 화창한 날씨였다. 그러나 가는 날이 장날이라고 모처럼 빼입고 서 있자니, 화창하던 날씨가 갑자기 초겨울처럼 바람이 쌩쌩 불었다.

'분명, 강제로 인연을 만들려고 하니까 하늘이 노한 거야. 아니, 복수를 한다고 노한 건가?'

빌어먹을 날씨에 벌벌 떨던 단심은 가방에서 손거울을 들어 자신의 얼굴을 살폈다. 공들여 했던 색조화장은 온데간데없이 사라져 버렸고, 남은 건 파란 입술과 진한 다크서클뿐이었다. 누가 다크서클이 피곤할 때만 생긴다고 했는가. 추위에도 생긴다. 29년 인생에 처음 깨달은 것이었다. 애희의 정보에 의하면 단심이 돌아오기 전날 서혁이 한국으로 들어왔다는 소식이 있었다. 그런데 왜 여태 나타나지 않느냐 이 말이다.

"이게 다 혜심 언니 때문이야. 뭐? 인연이 어쩌고 저째? 나 참, 인연 만들려다 얼어 죽겠네."

회사 앞에서 서성인 지 세 시간째, 벌써 열두 시가 다 되어가는 이 시간 동안 서혁은 출근을 하는 건지 마는 건지 도통 알 수 없는 단심은 춥고 배고파 도저히 안 되겠다 싶어 발걸음을 돌렸다. 막 돌아서던 찰나, 저 멀리서 은색 세단이 눈에 띄었다. 단심은 바람에 휘날려 제멋대로인 머리카락을 정리하고 부스스한 얼굴을 대충 손으로 톡톡 두드려 주고는 일부러 도도하게 차 앞을 지나갔다.

어라? 지금쯤 클랙슨을 울려 인사를 해야 하는데 차가 그냥 지나친다. 황당한 얼굴로 차를 바라보고 있던 단심의 눈에 갑자기 차가 후진하는 것이 보였다. 후진한 차는 정확히 단심의 앞에 멈춰 섰다.

"여기서 뭐 해?"

"어? 아, 그러니까, 그러니까…… 내가 여기서 뭐 하냐면……."

“우선 타.”

갑자기 차에 타라는 서혁의 말에 잠시 머뭇거리던 단심은 이게 웬 떡이냐 싶어 얼른 차에 올라탔다. 서혁이 앞을 주시하며 말했다.

“동창님, 여기까지 어인 행차실까?”

“아, 지, 지나가는 길에⋯⋯.”

왜 친하지 않는 사람 앞에서는 이렇게 말더듬이가 되는지 도통 알 수 없었다. 게다가 단심은 서혁 앞에서 유난히 말을 더듬었고, 그와 동심에 심장도 벌렁벌렁거렸다. 참 힘들다. 그런 단심을 가만히 쳐다보던 서혁이 심각한 얼굴로 물었다.

“너 혹시 병 있어?”

“무슨 병?”

“왜 말을 더듬어?”

“아, 그건⋯⋯ 긴장하거나 그, 그러면⋯⋯.”

‘긴장? 내 앞에서 긴장을 한다?’

서혁은 단심의 말에 그녀가 귀엽다는 듯 피식 웃으며 쳐다보았고, 단심의 얼굴은 붉게 달아올랐다.

‘되게 귀엽네.’

자신을 빤히 쳐다보는 서혁의 시선을 회피한 단심이 얼른 그에게 질문을 던졌다.

“이제 출근하나 봐?”

“그럼 출근하지, 뭐 하러 여기에 왔겠어?”

꼭 말을 해도 저렇게 토를 단다. 그냥 응, 출근해. 이러면 어디가 덧나나? 확 죽지 않을 정도만 패서 병원에 눕히는 것으로 복수를 대신 할까 하는 생각이 잠시 드는 단심이다.

능숙하게 주차하고 내린 서혁이 조수석 문을 열어주기 위해 내리려는데 천하에 진서혁이 문을 열어주리라고는 전혀 생각하지 못한 단심이 먼저 내렸다. 서혁이 어이없게 바라보며 한마디 했다.

"너 연애 한 번도 안 해봤구나?"

'아니, 저놈이 그건 또 어떻게 알았지?'

"아, 아니야. 나 연애 많이 해봤어. 연애 바, 박사야, 나."

"아하, 연애 박사? 뭐, 자기가 자기 입으로 연애 박사라는데 믿어줘야지."

있는 대로 비꼬며 웃는 서혁 때문에 단심의 속에서 뭔가가 올라왔으나 간신히 참으며 억지 미소를 지어 보였다. 서혁은 더는 뭐라 말하지 않고 엘리베이터에 몸을 실었고, 단심이 고민했다.

'타? 타지 마?'

"안 타고 뭐 해?"

"응?"

"안 타고 뭐 하냐고. 차라도 마시고 가."

차라도 마시라는데 마셔야지, 공짠데. 단심은 예쁘게 웃으며 다소곳하게 엘리베이터에 올라탔다. 엘리베이터가 올라가면 갈수록 밀폐된 공간에서 단심이 침을 삼키는 횟수가 잦아졌다. 서혁의 숨소리가 단심의 귀를 자극해 왔다. 상당히 거칠게 들려오는 숨소리. 그런 서혁의 숨소리가 귀에 거슬리면서도 왠지 섹시하게 느껴지는 이유는 뭘까?

'저 자식, 나이 먹더니 이제 섹시하기까지 하네.'

"아, 이놈의 축농증."

에이, 섹시하단 말은 취소다. 확 깬다. 숨소리가 거친 것이 축농증 때문이라는 사실에 단심이 살짝 흐르려던 침을 다시 들이켰다. 단심은 자꾸 코를 훌쩍이는 서혁에게 조심스럽게 말을 걸었다.

"내가 잘 아는 한의원 있는데 소개해 줄까?"

"됐어."

"축농증은 수술해도 안 낫는다던데, 이참에 한방의 힘으로……"

"됐다니까. 축농증이라는 거 뻥이야. 감기였어."

'저 미친놈, 뻥칠 게 따로 있지.'

축농증이란 말이 뻥이라는 말에 단심의 얼굴이 살짝 일그러졌다. 그런 단심이 재미있다는 듯 서혁이 웃으며 그녀를 약 올렸다.

"네가 내 숨소리 듣고 침 흘리기에 해본 소리다."

'저 싸이코, 내가 언제 침을 흘렸어. 흘리려는 거 다시 먹었구만. 아, 이 미친놈한테 복수해야 돼? 꼭 나까지 미친 여자 되는 기분이잖아!'

서혁의 진담에 단심의 얼굴은 자동차 바퀴에 밟힌 음료수 캔처럼 구겨졌고, 자신도 모르게 손으로 입술을 쓱 닦았다. 단심의 반응을 본 서혁이 기분 좋은 걸음으로 자신의 집무실로 들어갔고, 단심도 그의 뒤를 따라 안으로 들어서며 이리저리 살폈다.

"진짜 넓다."

"앉아 있어. 나 잠깐 회장실 좀 다녀올게."

"저, 저기……."

단심이 미처 부르기도 전에 서혁은 파일 뭉치를 들고 집무실을 나가 버렸다. 여비서가 오렌지주스 한 잔을 놓고 나갔다. 단심이 어색하게 주스를 홀짝이고 있는데 문이 벌컥 열렸다.

"진서혁 씨!"

있어야 할 남자는 없고 이상하게 생긴 여자가 앉아 있는 것을 본 보람은 섹시한 자태로 서서 단심을 바라봤다. 단심 역시 보람을 바라보며 고개를 까우뚱거렸다. 어디서 많이 본 듯한 얼굴이었다.

'뭐야, 나보다 못생겼네.'

'뭐야, 나보다 못생겼네.'

서로를 바라보며 강한 경계심을 드러내고 있는 가운데 보람이 먼저 말문을 열었다.

"누구시죠?"

기분 나쁜 말투. 네가 뭔데 여기에 앉아 있냐는 것이 그대로 드러나는 말투에 기분이 나빠진 단심도 따지듯 되물었다.

"그러는 그쪽은 누구신데 이렇게 막무가내로 들어오시는 거죠?"

"내가 먼저 물어봤잖아요."

'어휴, 유치해라. 내가 먼저 물어봤잖아요? 나이가 몇 살인데 그런 걸 따지니?'

"전 모단심이라고 하고요, 진서혁 씨와 동창 되는데요. 그러는 그쪽은 누구세요?"

"저요? 진서혁 씨 애인인데요."

'애, 애인?'

단심은 늘씬하다 못해 마른 몸의 보람의 입에서 전혀 예상치 못한 답변이 흘러나오자, 순간 정지 상태가 되어 그녀를 쳐다봤다. 말도 안 돼. 이대로 복수는 시작도 못해보고 끝내야 한단 말인가? 단심이 덜덜 떨리는 손으로 주스 컵을 힘겹게 잡았다.

'뭐야, 수전증도 있어? 얼굴도 나보다 못생긴 게 가지가지 한다. 정말.'

그런 단심을 아니꼬운 듯 바라보던 보람이 서혁의 사무 의자에 털썩 주저앉았다.

'저게 감히 어딜, 아니지. 애인이라는데 말 다 했지. 아휴, 모단심, 네 인생 왜 이러니?'

단심이 언제나 꼬이기만 하는 자신의 인생을 비관하며 막 자리를 뜨려던 찰나, 서혁이 사무실로 들어왔다.

"모단심."

그때 자리에서 일어나 나가려는 단심을 마주한 서혁이 어디 가냐는 눈초리로 단심을 불렀다. 그의 부름에 어정쩡한 모습으로 어색하게 웃는 단심과 서혁을 보고 있던 보람이 자신의 존재를 알리기 위해 헛기침을 해댔다. 그녀의 헛기침 소리에 서혁이 소리가 나는 쪽으로 고개를 돌렸고, 그제야 보람이 왔음을 알아차렸다. 그러다 갑자기 뭔가 기분이 상했는지 인상을 쓰며 보람에게 성큼성큼 다가갔다.

"여긴 왜 앉아 있어요?"

"그냥요."

"일어나요. 난 내 물건에 손대는 사람 제일 싫어해요. 뭔데 여기 앉아 있어요? 왜요, 발레 접고 회사 다니게요? 그럼 수습사원부터 시작해요. 여긴 당신 같은 사람이 함부로 앉아 있어도 되는 자리 아니에요. 일어나요, 기분 나쁘니까."

싸늘함이 뚝뚝 떨어지는 말에 보람이 어색하게 일어섰다. 서혁은 보람이 일어나는 것을 확인하고 나서야 다시 단심에게 시선을 돌렸다.

"곧 점심시간이니 밥 먹자. 시간 되지?"

"응?"

"밥 먹자. 나 이것만 끝내면 돼."

"아, 응."

"그래. 기다려."

서혁과 단심의 대화가 지속될수록 점점 없는 사람이 되어가
는 보람이 단심을 향해 눈 째림을 하다 말고 친한 척하며 서혁
의 팔에 자신의 팔을 꼈다.

"저녁 못했던 거 지금 해요."

'저녁 못했던 거? 무슨 말이야? 저녁에 못했던 것을 지금 하
자는 말인가? 뭘 못했는데?'

의미심장한 보람의 말을 전혀 이해 못한 단심이 19금 변태적
인 생각을 펼치고 있는데, 서혁이 자신의 팔에 매달린 보람의
팔을 시원하게 뿌리쳤다.

"나 바쁜 거 안 보입니까?"

"밥 안 먹을 거예요? 밥은 먹고 할 거 아니에요."

'아~ 밥. 저거 되게 웃기네. 저녁 식사라고 하면 되지. 저녁
못했던 게 뭐야? 국어를 배우다 말았나.'

서혁의 말로 이해가 된 단심이 안심의 표정을 짓다 말고 다시
심각해졌다. 대화하는 수준을 보면 사귀는 것도 같아 보이고 아
닌 것 같아 보이기도 하는 아리송한 관계라서 단심은 아직 마음
을 놓을 수가 없었다. 만약, 저 여자와 서혁이 사귀는 사이라면
단심의 복수는 끝이 나고 만다. 잔뜩 심각한 얼굴로 서혁과 보
람을 주시하는 단심이다. 그런 단심의 마음을 아는지 모르는지
보람은 자꾸 서혁에게 들러붙었다.

"난 이 친구와 먹을 테니 그만 가요."

"당신이 왜 저 여자랑 밥을 먹어요? 나랑 먹어야죠, 나랑."

“당신보다 더 오래전부터 알던 사람을 모른 척 팽개치라고
요?”

“그럴 수도 있죠.”

‘계집애가 배려심이 없어. 나 혼자 먹으라고? 이런.’

단심이 보람을 향해 조심스럽게 혀를 찼다.

“만난 지 얼마 되지 않은 당신보다 오래전부터 알고 지낸 이
친구가 더 중요하니까 그만 나가세요.”

“그럼 내일 점심은?”

“스케줄 봐서요. 나 일해야 되니까 그만 나가줘요.”

“흥! 난 무슨 일이 있어도 내일 당신하고 기필코 점심 먹을 테
니까 그런 줄 알아요.”

무슨 저런 여자가 다 있어? 싫다고 하는 서혁의 의사를 단박
에 무시한 보람이 나가자, 서혁이 황당하단 얼굴로 피식 웃었
다.

‘어라? 웃네? 진짜 사귀는 사이인가?’

자꾸 아리송하게 행동하는 서혁을 향해 단심이 아니길 바라
며 조심히 물었다.

“애인이야?”

“애인 같아?”

“어?”

‘설마…… 진짜로 애인?’

“아니야. 선봤던 여자야.”

"아, 선."

"너도 선 자주 보더라?"

"어?"

"호텔에서 내가 네 상대인 줄 알고 인사했었잖아. 벌써 잊어 버렸어? 얼마 안 된 일인데."

"어? 나, 난 줄 알고 있었어?"

"아니. 어디서 많이 본 얼굴이다 생각했다가 선 자리에서 본 게 기억이 났어."

'뭐? 그걸 왜 기억해 낸 거야? 아, 쪽팔려.'

단심은 자신이 미처 생각해 내지 못했던 그날의 사건을 서혁이 끄집어내자 민망함을 감출 수가 없었다. 단심이 어색하게 웃자 서혁도 따라 웃었다.

"근데 왜 애희 이름을 댔었어?"

"아, 실은 애희 대신 나가준 거였거든. 그래서 그랬어."

"그날 내가 좀 심했지? 하도 집에서 선선 하니까 파투 내려고 일부러 그랬는데, 내가 내 상대가 아니란 걸 알고 나도 좀 미안했어. 민망해서 큰소리치긴 했지만."

'자식, 그래도 괜찮은 면이 있네.'

단심은 금세 괜찮다며 수줍게 웃었고, 서혁은 그녀의 웃음소리에 또다시 웃었다.

서혁이 한참 모니터를 바라보며 일에 열중하는 중인데 갑자기 키폰이 울렸다.

[본부장님.]

"왜."

[회장님 호출이십니다.]

"결재 다 받았는데 무슨 호출?"

[혈압 때문에 약 드시고 진정 중이시라고 비서한테 연락이 왔습니다. 가보시는 게…….]

'혈압? 노인네가 가면 갈수록 거짓말만 늘어가지고는.'

호주에 있었을 때 전화 속에서 다급하게 울리던 모든 소리가 거짓이었다는 것을 안 이후로 서혁은 할아버지를 믿지 않았다. 물론 그 소리가 모두 거짓은 아니었다. 할아버지의 자작극에 모두가 깜박 속아 넘어간 것이었다. 그 일이 있고 나서 겨우 나흘이 흘렀는데 또 같은 방법을 쓰신다니.

서혁이 피식 웃으며 일이나 하라며 비서와 연결된 키폰을 꺼버렸다. 그리고 밀린 일을 서둘러 처리하기 시작했다.

"많이 기다렸지? 가자, 점심 먹으러."

참 오래도 기다렸다. 처음에 단심은 서혁이 자신의 존재를 잊어버린 줄 알았다. 다행히도 기억하고 있었는지, 아니면 우연히 눈에 보여 알았는지, 서혁이 의자에서 일어났다. 서혁을 따라 단심이 막 일어나 뒤따라가려는데 갑자기 서혁이 발길을 멈췄다. 순간 서혁의 발길을 멈추게 한 익숙한 실루엣. 그 실루엣을 바라보는 서혁의 눈빛이 칼처럼 누군가를 베어버릴 만큼 강렬하고도 날카로웠다. 서혁의 눈빛을 단번에 바꿔 버린 그 사람은 누구일까?

"오랜만이다, 진서혁."

"여긴 웬일이야."

"한국에 왔으니 인사는 해야지."

"형하고 내가 인사할 사이라고는 생각 안 하는데."

"여전하구나."

"여전하지 않을 것도 없지."

"점심이나 하자."

"약속도 있지만, 형과 같이 밥 먹고 싶은 마음도 없어. 내가 이렇게 형이라고 불러주는 것만도 많이 배려하는 거라는 거 알아둬. 그만 가."

냉정함이 뚝뚝 떨어지는 말투. 그 익숙한 실루엣의 주인공은 다름 아닌 준영이었다. 서혁 자신도 놀랄 만큼 인내심을 발휘한 그는 준영을 쳐다보지도 않고 단심의 손목을 꽉 붙잡았다. 그런 서혁을 준영은 한동안 말없이 지켜보기만 할 뿐이었다.

"형이 나갈 거야, 내가 나갈까?"

"지수 만났니?"

"응."

"아직도 마음 있어?"

"강준영!"

"미안하다, 너한테."

"그딴 소리 듣고 싶지 않다고 했지. 잔소리 말고 꺼져!"

“진서혁.”

“여기까지가 한계야. 나가라고, 주먹다짐하기 싫음.”

싸늘하게 식은 서혁의 음성에 준영은 작은 한숨을 내쉬고 뒤돌아 나가려다 잠시 멈춰 서서 서혁을 향해 입을 놀렸다.

“잊어라, 힘들겠지만.”

준영의 무덤덤한 말에 서혁은 주먹을 꽉 쥐었다. 그와 동시에 단심의 손목을 붙잡은 손에도 자연히 힘이 들어갔다. 서혁은 더는 그곳에 있지 못하겠다는 얼굴로 단심을 데리고 그곳을 빠져나왔다. 서혁의 갑작스런 손길에 놀란 단심은 그의 손길에서 벗어나려 했으나 그녀의 힘으로는 역부족이었다. 어찌나 세게 잡았는지 손에는 땀이 베어나기 시작했고, 급기야 그녀의 손목은 붉은 당근이 되어 있었다.

서혁의 거센 손길에 아픔을 느낀 단심이 살짝 아프다는 신호를 보내자 그제야 알아차린 그가 그녀의 손을 놓아 주었다. 겨우 피가 통하기 시작한 왼쪽 손을 단심이 마사지하듯 주무르자 서혁이 머쓱한 표정으로 서 있다가 대신 마사지를 해주었다.

“아프면 말을 해야지, 바보같이 참고 있었어?”

'말할 틈도 안 주고 데리고 나온 사람이 누군데!'

라고 말하고 싶은 단심이었으나, 서혁의 성질을 건드리고 싶은 마음은 추호도 없기 때문에 꾹 참고 그가 하는 대로 맡겼다.

“배 많이 고파?”

“응? 아, 아니. 괜, 괜찮아.”

서혁은 방금 전 준영과의 만남 때문에 입맛이 싹 사라져 버렸기에 식사가 내키지 않았다. 괜한 심술이 피어오르고 있는 와중에 단심의 말투까지 꼬투리를 잡고 싶어졌다.

'얘는 왜 이렇게 말을 더듬고 그래? 듣다 듣다 기분 나빠서 못 참겠네.'

"야! 넌 왜 나한테 그렇게 말해?"

"내, 내가 뭐, 뭘?"

"몰라! 밥 먹을 거야, 말 거야!"

'이게 미쳤나. 또 왜 심사가 꼬여서 저러는 거야? 무서워 죽겠네! 너 그럴수록 내 복수심만 타오르는 거 몰라? 나중에 얼마나 피눈물을 흘리려고 그래? 흥!'

조금 전까지만 해도 다정하게 손목 마사지까지 해주던 사람이 언제 그랬냐는 듯 말도 안 되는 억지를 쓰며 소리를 벅벅 지르자 도통 뭐가 뭔지 알 수 없는 단심은 멀뚱멀뚱 그를 쳐다보았다. '얼른 따라와!' 라고 소리친 서혁이 성큼성큼 걸었다. 단심도 그의 빠른 걸음을 뒤쫓아 가기 위해 발을 바삐 움직였다.

'고래 싸움에 새우 등 터진다더니. 발아, 미안하구나. 이 주인님의 복수심 때문에 네가 고생하는구나. 진서혁! 너 두고 보자!'

말도 없이 앞서 걸어가는 서혁을 따라잡기 위해 애를 쓰며 걷던 단심은 더욱 앞서 가는 서혁을 쫓아가다 그만 바닥에 파인 홈에 구두 굽이 끼어 넘어지고 말았다.

"아!"

무릎에서 피가 흐르는 가운데 서혁은 단심의 소리를 듣지 못했는지, 묵묵히 걸어가기만 했다. 길 가던 사람들이 힐끔힐끔 넘어져 있는 단심을 쳐다보기 바빴다.

'으, 쪽팔려.'

단심은 서둘러 일어나 홈 구멍에 꽉 박혀 있는 구두를 손으로 빼냈다. 사람들이 키득키득 웃었다. 이렇게 민망하기는 처음이었다.

'진서혁, 널 만나 되는 일이 없다.'

단심은 얼른 구두를 신고 핸드백으로 얼굴을 가린 채, 서혁을 붙잡기 위해 절뚝거리며 뛰기 시작했다.

서혁은 점점 끓어오르는 화를 분출할 곳에 없자, 애꿎은 단심에게 화풀이하기 위해 길을 멈추고 획 돌아봤다. 그러나 따라오고 있으리라 생각했던 단심은 보이지 않고 이상한 여자만 서혁을 멀뚱멀뚱 쳐다보고 서 있었다.

'얘가 어디 갔어? 그냥 간 거 아니야? 자기 생각해서 기분 나빠도 밥 사주려고 나왔는데, 그냥 가? 이거 진짜 웃기네!'

자신이 매너없이 가버린 것은 생각도 하지 않고, 단심을 탓하던 서혁은 그녀를 찾기 위해 걸었다. 때마침 저 멀리서 오는 단심이 보이자 서혁은 기분 나쁘다는 걸음걸이로 다가갔다.

"야! 간 줄 알았잖아. 빨리 빨리 따라와야, 왜 그래?"

인상을 찡그리고 있는 단심의 시선이 자꾸 밑으로 가는 것을 발견한 서혁의 눈길도 자연히 밑으로 향했다. 서혁이 너무 놀라

푸르르 내던 화도 멈추었다.

"넘어졌어."

"아주 애네, 애야. 몇 살인데 넘어져? 좀 봐봐."

무릎 살갗이 벗겨져 피가 나고 있는 것을 보던 서혁이 단심 앞에 등을 돌리고 앉았다.

"업혀."

"됐어. 일어나, 빨리."

"얼른!"

또 성질내려는 서혁이 무서워 단심이 살며시 그의 등에 몸을 맡겼다. 서혁이 당당하게 일어나 근처 공원으로 걸음을 옮겼다.

'남자 등이 참 따뜻하구나. 몰랐네. 하긴 언제 업혀봤어야 알지. 지금 칼이 있었음 등에 확 꽂는 건데. 아니지, 모단심, 살인은 안 된다, 암.'

아무리 잘해줘도 그동안 쌓인 것이 많은 단심은 순간적으로 올라오는 살인 충동에 자신의 마음을 겨우 달랬다. 그 와중에 잘생긴 외모만으로도 모든 여성들의 시선을 빼앗는 서혁이 여자를 업고 걷고 있으니 당연히 사람들의 시선이 모였다. 모두들 부러운 눈초리로 바라봤다.

"야, 저 남자 진짜 잘생겼다. 부럽다. 근데 여자는 왜 업었어?"

"다리에 피가 나는데? 다쳐서 그런가 봐."

"우와, 진짜 부럽다. 여자도 예쁜데? 완전 선남선녀 커플 아니야?”

“그러게. 우린 뭐니? 이렇게 좋은 날씨에 여자끼리. 야, 저리 떨어져. 더워 죽겠네.”

수많은 사람들 사이에서 유난히 목소리가 큰 두 여자의 수다가 고스란히 단심의 귀에 박혔다. 단심은 왠지 모르게 기분이 좋아 서혁의 등에 얼굴을 파묻고 좋아서 히죽 웃었다.

‘계집애들, 부럽니? 그럼 너희들도 만나. 자식, 하긴 네가 잘 생기긴 했지. 그건 인정한다. 싸가지가 없긴 하지만.’

‘모단심, 네가 괜찮은 얼굴이긴 하나 보구나.’

그녀들의 수다를 단심만 들은 것은 아니었다. 서혁도 그녀들의 부러운 음성을 들었고, 묘한 우쭐함에 사로잡혔다.

그렇게 단심을 업고 걸은 지 십여 분. 작은 분수 공원에 도착한 서혁은 단심을 벤치에 앉혀놓고 빠르게 약국으로 달려가 소독약과 연고, 밴드를 사 왔다. 서혁이 솜에 소독약을 묻혀 상처 부위를 소독하고 연고를 바르자, 그 손길에 단심이 움찔거렸다.

“많이 아파?”

“아, 조금.”

서혁은 다시 상처 부위에 연고를 바르며 입김을 불어주었다, 덜 아프도록.

‘느낌 되게 이상하다. 아니야! 정신 차려, 모단심! 넌 복수만 생각해, 복수!’

너무도 자상하게 상처를 치료해 주고 밴드로 깔끔한 마무리까지 한 서혁은 약 봉지를 단심의 가방에 넣어주었다.

"집에 가서 약 발라. 상처 덧나면 안 되니까."

서혁은 그제야 한숨 돌리고 단심의 옆에 앉아 분수대 주변에서 놀고 있는 꼬마 아이들에게 시선을 던졌다. 단심은 그런 서혁의 옆모습을 빤히 바라봤다. 생소한 배려. 한때 짝사랑이지만 사랑이라는 감정에 온 마음을 줬던 그 사람에게 처음으로 받아본 배려에 단심은 목울대가 울렁거리고 심장이 두근거렸다.

언젠가 그런 적이 있었다. 첫 고백이 실패로 돌아간 이후 그 누구에게도 선뜻 마음을 주지 못했던 단심에게 대학교 시절, 단심을 미치도록 쫓아다니던 남자가 있었다. 매번 사물함에 장미꽃 한 송이씩 넣어두고, 시 한 편을 적어놓았다. 모두 자작시였다. 아침마다 그 시를 읽는 재미와 함께 그가 궁금해졌다. 그래서 그를 만나기 위해 사물함을 지키고 있다가 그를 만났다. 솔직히 얼굴은 영 아니었다, 서혁에 비해서. 매일 꽃 선물을 주는 것에 대해 고맙다는 인사를 하고 돌아선 단심을 남자가 붙잡았다.

"그냥 이렇게 갈 겁니까?"

그때 만약 가지 않았다면, 그 남자 곁에 있었더라면, 이런 울렁임을 느낄 수 있었을까? 그 남자도 이렇게 가슴이 두근거리고 목울대가 울렁거리게 해줬을까? 그를 사랑하게 되었다면 난 서혁이를 잊을 수 있었을까? 여기서 딱 멈춰야 했다. 왜 기억이란 녀석은 멈추지 않고 더 달려가 상처와 아픔의 처음을 떠올려 버리는 것인지. 단심은 잠시 감성적으로 젖어 있던 마음을 돌려 이성적으로 바꿨다.

'흥! 그런다고 내가 여기서 멈출 줄 알아? 진서혁! 부숴 버릴 거야.'

단심은 불타오르는 복수심에 서혁을 바라봤다, 아니, 노려봤다. 아주 강하게.

"그만 봐. 닳겠다."

서혁이 웃는 것이 보였다. 장난기 가득한 음성으로 말을 꺼낸 서혁 때문에 놀란 단심은 얼른 시선을 거두었다. 거둬들인 시선을 처리 못하고 허둥대던 단심 옆에서 일어난 서혁이 갑자기 앞으로 걸어갔다.

'왜 저러지?'

서혁이가 분수대 근처까지 걸어가 쪼그리고 앉았다. 그 옆으로 살짝 보이는 작은 분홍색 가방. 단심도 얼른 자리에서 일어나 서혁의 곁으로 다가갔다.

"어이쿠, 넘어졌네? 너도 꼭 누구랑 똑같다."

"흐아앙~ 엄마."

서혁이 가리고 있던 분홍색 가방의 정체는 희고 고운 피부를 가진, 양 갈래로 머리를 땋은 여자 아이였다. 넘어졌는지 아이의 옷에 흙이 잔뜩 묻어 있었고, 서혁이 그 아이를 일으켜 세워 옷을 털어주고 있었다. 다행히 다친 곳은 없어 보였다. 그러나 놀란 아이는 목청 높여 울었다.

'확 팰 수도 없고. 뚝 못 그쳐?'

라는 다소 거친 말 대신 단심은 최대한 부드럽게 웃으며 아이를 달랬다.

"꼬마야, 괜찮으니까 그만 울지 않겠니?"

단심은 주위의 시선을 의식하며 아이를 달래주었으나 허사였고, 그런 단심을 웃으며 지켜보던 서혁이 나섰다.

"우리 공주님은 몇 살이야?"

"흑, 다섯 짤."

'얼레? 다섯 살이나 먹은 게 어디서 찔찔 짜고 난리야! 콱 그냥!'

아이는 눈 한가득 눈물을 담고 있어도, 서혁이 나이를 묻자 손가락 다섯 개를 펼쳐 보이며 나이를 말해주었다. 서혁은 큰 손으로 아이의 눈물을 쓱 닦아주더니 주머니에서 막대사탕을 꺼내 아이에게 건넸다. 오전에 비서가 맛있다며 건네주길래 단심이한테나 줘야겠다 생각하고는 바지 주머니 속에 넣어두었던 것이다.

"자, 이건 아저씨가 먹으려고 아껴둔 건데 우리 공주님이 너무 예쁘니까 주는 거야. 여기 아줌마처럼 뚱뚱한 사람이 안 되려면 울면 안 돼. 뚝 그쳐. 알았지?"

'이게 진짜! 내가 어딜 봐서 뚱뚱해?'

딸기 맛 사탕을 본 아이는 언제 울었냐는 듯 울음을 뚝 그쳤다. 막 울고 난 아이의 두 눈은 별을 한가득 담아둔 것처럼 초롱

초롱 빛이 났다. 아이의 손에 사탕이 들리는 동시에 저 멀리서 아이의 엄마로 추정되는 한 여자가 다가와 고맙다며 인사를 건네고 아이와 함께 빠르게 사라졌다.

'오늘 다양한 걸 보여주네.'

못된 망아지처럼 싸가지없게 굴던 사람이 이렇게 아이와 함께 있자 금방 동요되는 모습이 너무도 멋있어 보였다. 꼬마의 뒷모습을 바라보던 서혁이 옆에 있는 단심에게 눈길을 주었다.

"다리 괜찮아?"

"으응."

"아이 달래려고 그런 거야. 화내지 마."

"응? 뭐가?"

그새 까먹었다. 단순한 걸로 세상에 둘째가라면 서운한 여자가 바로 모단심인가 보다. 사탕 많이 먹으면 뚱뚱해진다는 말에 화를 푸르륵 냈다가, 그의 색다른 모습에 금세 잊었다. 그런 단심의 모습에 서혁이 피식 웃었다.

"오늘 밥 먹기는 글렀다. 데려다 줄게. 집에 가서 쉬어. 걸을 수 있겠어?"

서혁이 조심히 물었다. 단심 역시 두 번 업히기에는 몸과 마음이 심하게 떨려오기에 혼자 가는 것이 편할 것이라 생각되어 답했다.

"괜찮아. 이 정도야 뭐. 걸을 수 있어."

밥 먹는 일이야 어차피 계획에도 없던 일이니 상관없었다. 다만, 계획에도 없이 다쳐 아프기만 한 단심은 애써 웃는 것도 힘에 겨웠다.

단심이 절뚝거리며 서혁과 함께 길을 걷는데 갑자기 그가 멈춰 섰다.

"내일 회사 가려면 다리 아프니까 택시 타라."

"그, 그래. 그럼 잘 가."

뭐가 그녀의 마음을 이렇게 둥둥 띄우는 것일까? 서혁과 헤어지는 것이 못내 아쉬운 단심이다. 그러나 딱 잘라 가라고 하는데 뭐라고 하겠나, 가야지. 단심은 속으로 다음을 기약하자며 마음을 다잡고 돌아서서 택시를 잡았다. 택시를 올라타 문을 닫으려는데 서혁이 차 문을 막더니 올라탔다.

"왜?"

"집에 데려다 줘야지."

"아니야! 정말 괜찮아! 가서 일 봐."

"됐어. 집이 어디지?"

'아, 잘해주면 고민되는데. 이러면 안 되느니라. 그럼 내가 일을 진행할 수 없지 않니.'

복수를 하겠다는 마음과 다르게 자꾸 이놈의 심장이 요동을 쳐서 단심은 그저 답답할 뿐이었다. 그러나 그걸 아는지 모르는지 서혁은 그녀의 옆에 딱 붙어 앉아 있었다.

그렇게 숨 막히는 시간이 흐르고 어느새 단심의 집 앞에 도착한 택시에서 단심이 내렸다. 그런 단심을 따라 내리려던 서혁을 단심이 막아섰다.

"그냥 가. 안 내려도 돼. 오늘 고마웠어."

"그래. 그럼 조심해서 가."

서혁을 실은 택시는 다시 도착점을 향해 달렸고, 그 차가 검은 점이 될 때까지 지켜보던 단심의 뒷목을 누군가 손가락으로 콕 찔렀다.

"아!"

"어느 손이게?"

"언니!"

단심은 쿵쿵 계단을 올라 집으로 들어왔다. 그 뒤를 졸졸 따라오는 열째 현심이 계속해서 손가락을 맞히라고 난리를 쳤다.

"맞히라니까?"

"싫어. 언니는 나이가 몇 살인데 아직도 그 짓이야?"

"우리 호진이가 놀이방에서 배워왔다고 나한테 했는데, 오랜만에 하니까 재밌더라."

"그럼 호진이한테 하지, 왜 나한테까지 해?"

"호진이가 자고 있거든. 엄마가 자는 애를 깨울 수는 없잖니?"

"오늘은 일 안 나가?"

"당분간은 없어. 우리 신랑이 휴가 줬어."

"좋기도 하겠다."

무릎은 아파 죽겠는데, 놀이를 하자고 조르는 현심이 한심한 단심은 편한 옷으로 갈아입고 욕실로 들어가 샤워를 했다. 물이 닿자 따끔거리며 아파오는 무릎 때문에 온갖 비명을 질러대며 겨우 샤워를 끝내고 나오는 단심 앞에 여전히 손가락을 펴고 서 있는 현심이 보였다.

"진짜 끈질겨!"

"그러니까 맞혀봐."

단심은 고집스런 현심을 이기지 못하고 피곤함에 대충 새끼 손가락을 잡았다.

"오~ 목욕재계하고 나와서 그런지 바로 신기가 발동하네?"

"언니, 나 지금 아프고 피곤하거든?"

"어디서 한판 했어? 다리가 왜 그래?"

"넘어졌어. 딴 언니들은?"

"다 나갔지. 큰언니도 나가서 아직 안 오네. 근데 오늘 어떻게 됐니? 뭐 진도 나간 거 있어?"

단심은 젖은 머리칼을 수건으로 닦으며 서혁과의 일을 낱낱이 보고했다. 매일 툴툴거리며 싸워도 자매들 중 현심이 가장 편했다. 바로 위라서 그런가 보다. 단심의 이야기를 들은 현심은 분석을 하는 것처럼 종이에 서혁이 했던 행동들을 썼다.

"아무래도 그 애 너한테 관심이 있는 것 같은데?"

"매너가 좋아서 그럴 수도 있어."

"그렇기도 하겠네. 그래도 조금 먹히는 거 아니야?"

"뭘 했다고 먹혀?"

"우연을 가장한 첫 번째 만남."

"그거야 첫 스타트 끊은 거고 아직은 뚜렷하게 뭐 한 게 없잖아."

"그렇긴 하지만, 그래도 스타트가 순조로운 건 좋은 징조지. 근데 너 정말 그 애 좋아하는 거야?"

'헉! 갑자기 웬 질문?'

단심의 정곡을 찌르는 열째 현심의 물음에 단심은 큰 소리로 답했다.

"당연하지!"

"귀 아파! 무슨 계집애가 목소리가 그렇게 커? 너랑 안 놀아!"

갑자기 소리를 지르듯 답한 단심 때문에 현심의 고막이 놀랐고, 현심은 짜증난다는 얼굴로 단심의 집을 빠져나갔다. 현심이 나가고 단심은 가슴을 쓸어내렸다. 가끔 바보같이 보여도 예리할 때가 있는 현심이기에 방심하지 말아야겠다고 단심은 생각했다.

회사로 돌아온 서혁은 간 줄 알았던 준영이 사무실에 앉아 있자, 그를 모른 척했다. 준영 역시 아무 말도 하지 않고 가만히 앉아 있을 뿐이었다. 어색한 적막을 참지 못한 서혁이 먼저 말을 꺼냈다.

"일 안 하십니까?"

"뭐 하는 짓이야."

강한 공격. 아무런 감정이 개입되지 않은 목소리지만 가시가 박힌 말투였다. 그 소리에 짐짓 놀란 서혁이 준영을 쳐다봤다.

"뭐?"

"아까 했던 짓, 뭐 하는 짓이냐고."

"지금 그거 따지려고 여기 남아 있어? 그쪽이 한 행동이나 생각하고 말씀하시죠."

자신을 향해 따지는 준영의 행동에 서혁은 그만 페이스를 잃고 언성을 높였다. 그러나 준영은 차분하기만 했다.

"너랑은 상관없어."

"나랑 상관있음 안 되지. 하지만 내가 관여할 이유는 있어. 나 서지수 친구거든."

서혁의 말에 준영이 기분 나쁜 실소를 터뜨렸다.

"한때 사랑하기도 했지."

"강준영!"

"이혼은 우리 둘 문제야. 지수와 내 문제라고. 네 감정 따위가 뭐라고 관여하지? 지수와 난 이미 끝난 사이고 네가 왈가왈부할 처지가 못 돼."

기분이 더러워진다. 순간 페이스를 잃어버린 서혁과는 달리 일관성있게 자신의 입장을 말하는 강준영이 정말 싫어진다. 맞는 소리만 하는 강준영의 입을 꿰매 버리고 싶을 정도로 서혁의 주먹이 부들부들 떨려왔다.

"맞아. 내가 뭐라고 할 처지는 못 되지. 누가 너희 이혼 문제에 관여했어? 난 단순히 내 친구 서지수를 보러 간 것뿐, 다른 이유는 없어. 너희 이혼과는 전혀 무관하지."

"끝냈다고 정말로 다 끝난 거 아니니까, 호주에 왔다 갔다 하지 마."

"다 끝나신 분께서 웬 소유욕? 닥치고 꺼져."

"서지수, 네 여자가 아니라 내 여자다. 삼 년 전부터 내 여자 됐어. 명심해. 이만 간다."

준영은 알 수 없는 표정으로 고개를 끄덕이더니 이내 집무실에서 사라졌다. 준영이 나가고 서혁도 참다못해 밖으로 나와 차를 몰았다.

"개자식!"

똑같은 일상의 반복으로 몸과 마음이 지쳐 있던 단심이 힘들게 터덜터덜 집으로 돌아왔다. 그런데 집 앞에는 예사롭지 않은 차가 떡 세워져 있었다.

'뭐야? 손님이야? 옆에 주차장도 있는데 왜 남의 영업장 앞에 차를 세워? 진짜 웃기네.'

단심은 식당 앞에 떡하니 세워진 차를 피해 안으로 들어섰다. 식당 안 공기가 사뭇 달랐다. 종업원들 시선 역시 한곳에 집중되어 있었고, 첫째, 일심도 숨죽인 채 그들을 응시하고 있었다. 단심이 뭐야 하는 눈빛으로 시선을 돌리자, 식당 한가운데 있는 테이블에 둘째 혜심과 그녀의 영원한 앙숙이자 라이벌인 순자가 앉아 있었다. 그들 사이에 묘한 스파크가 튀겼다. 주변에는 혜심의 동창들도 있었다. 일 년에 단 두 번. 어김없이 돌아오는 여고동창 모임이 오늘이었나 보다. 역시 혜심은 옷차림부터 평소와 달랐다. 옷이 날개라는 말이 틀린 말은 아닌가 보다. 자주 하지 않던 화장에 보석을 있는 대로 걸치고 나온 혜심. 오랜만에 제대로 물 만난 듯싶었다. 단심도 조용히 식당 한쪽 구석에 앉아 그들을 관찰했다.

"어머, 혜심아. 너 이 반지 못 보던 거다."

"이번에 우리 남편이 결혼 이십 주년 기념으로 하나 사주더라구. 나는 됐다고 사양했는데, 우리 그이가 덜컥 사는 바람에."

'얼씨구, 거짓말도.'

저 반지. 사파이어로 만들어진 저 반지는 셋째 형부가 효심 언니에게 생일선물로 준 반지였다. 그걸 또 어떻게 가지고 와서는, 아무튼 둘째 언니 못 말린다.

혜심의 자랑에 모든 동창들이 감탄하며 한번 껴보자며 관심을 가졌으나, 역시 순자는 흥 하는 콧방귀 한번 껴주고 손에 거울을 들고 얼굴을 살폈다. 옆에 앉아 있던 미선이 순자의 손을 휙 낚아채더니 소리쳤다.

"어머, 이건 뭐니?"

"팬시컬러 다이아몬드라고, 몰라?"

'어쩜, 말하는 폼 좀 봐. 근데 이거 무지 재밌다. 오호호호~'

순자는 미선의 손을 거만하게 뿌리치며 자기 손등을 친구들 눈앞으로 쑥 한번 뽐내더니 틀어 올린 머리를 매만졌다. 만질 것도 없는데 말이다. 일순간에 순자에게 관심이 쏠리자, 이번엔 혜심이 입술을 비틀었다.

"색깔 진짜 고급스럽다."

"뭐, 블랙이니까. 요즘 이런 다이아몬드는 흔해, 애. 보석이라면 뭐니 뭐니 해도 다이아몬드 아니겠니? 그렇지, 혜심아?"

모혜심, 그녀를 자극하는 소리에 입술을 앙다물고 있다가 언제 그랬냐는 듯 호호 웃기 바빴다.

"요즘 개나 소나 다이아몬드 아니니? 난 나랑 같은 보석 쓰는 사람들 싫더라."

'오호호호, 진짜 웃겼다. 개나 소나 다이아몬드?'

단심이 큭큭거리자, 그제야 단심이 온 것을 알아차린 첫째 일심이 단심의 옆으로 와서 옆구리를 쿡 찔렀다. 그 손길에 움찔한 단심은 알았다는 듯이 고개를 끄덕이고 다시 숨을 죽였다.

혜심에게 한 방 먹은 순자의 얼굴이 어느새 살짝 홍조를 띠기 시작했다. 그 모습에 힘입은 혜심이 이번엔 소매를 걷어 올리자 화려한 백금 팔찌가 눈에 띄었다.

'어머, 저건 넷째 성심 언니 것 아니야?

"이거 은이니, 쓰댕이니?"

'쓰대엥? 후훗, 어떡해. 푸하하하!'

혜심의 팔목에 채워진 백금 팔찌를 본 순자가 잠시 이성을 잃고 말도 안 되는 시비를 걸자 혜심의 눈이 확 뒤집히나 싶더니 다시 원상태로 돌아왔다. 얼굴에는 조롱기 어린 웃음을 매달았다.

"어머, 넌 그렇게 보석 좋아하는 계집애가 백금도 모르니?"

두 방째다. 혜심의 말에 무너진 순자는 가방을 상 위에 올리고 그 속에서 뭔가를 찾는 척했다. 딱 보아 이번엔 가방을 자랑할 모양이었다. 어김없이 다른 친구들은 금세 새 가방으로 눈을 돌렸고, 당연하다는 듯이 순자가 입을 열었다.

"저번에 이태리 갔다가 사 왔는데, 너무 싸서 샀어."

"얼만데?"

"이백만 원쯤 되더라고."

'어머, 웬일이니. 이백만 원이 너무 싼 거면, 오백만 원은 되어야 보통 가격이겠네?'

단심은 혜심의 반응을 관찰했다. 분명히 열심히 돈 계산을 하고 있을 것이다. 현재 혜심이 달고 있는 보석의 값과 순자가 달고 있는 보석과 가방 값을 합쳐 계산할 것이다. 그리고 마지막 승부수를 날릴 것이다.

"흠흠, 요즘 왜 이렇게 목이 아프지?"

혜심은 목을 주무르며 친구들의 눈치를 살폈고, 이번에도 역시 친구들은 목걸이에 관심을 주었다. 그 시선을 즐기던 혜심은 목걸이를 아주 조심하게 만지작거렸다.

'어? 저건 현심 언니 소품 아니야? 저거 엄청 비싼 거라고, 없어지면 죽는다고, 보관을 철통같이 했는데 어떻게 가져왔지? 걸

리면 어쩌려고. 하여튼 용기도 가상해.'

행여나 단심이 목걸이를 하고 나갈까 봐 노심초사한 열째 현심은 신신당부하며 남편 호준의 촬영을 따라나섰는데, 그 목걸이는 단심이 아닌 혜심이 걸치고 있었다. 혜심이 던진 마지막 승부수는 바로 목걸이. 방송 협찬으로 받은 목걸이의 가격은 실로 어마어마했다. 요즘 잘나가는 여자 연예인이 보석 쇼에 참석한다기에 전국 쥬얼리 샵(shop)을 돌아다니며 겨우 찾은 목걸이였다. 그래도 다행히 현심이 돌아오기 전에 이 일이 끝날 듯 보였다. 단심은 가슴을 졸이며 마지막 경기를 지켜보았다.

"이거 우리 열째 현심이가 내 생일날 선물한 목걸인데, 이게 보석 중에 최고 보석이라네. 이번에 보석 전시회에 잠시만 쓰겠다며 빌려달라고까지 하더라고."

역시, 우리 혜심을 이길 자는 이 세상에 일심 빼고는 아무도 없는 것으로 판명되었다. 혜심의 말에 무너진 순자는 상 위에 올려놓았던 가방을 살며시 감추었다. 혜심은 함부로 들이대지 말라는 듯 고개를 빳빳이 들고 우쭐했다.

그때 쿵쿵거리며 열째 현심이 식당 안으로 들어섰다. 놀란 단심과 일심은 현심을 막아서려 했으나 이미 때는 늦어버렸다.

"언니!"

현심의 부름에 적잖게 당황한 혜심은 어색하게 웃어 보였다.

"왜?"

"목걸이를 말도 안 하고 가져가면 어떡해!"

"그, 그거야 내 거니까……."

"내 거? 그게 왜 언니 거야! 협찬 받은 거 없어지면 물어줘야하는데, 그거 물어주려면 우리 집 거덜나. 알아? 빨리 빼. 나 가지고 가야 된단 말이야."

아뿔싸! 이를 어쩌나. 현심의 말을 끝으로 분위기는 한 순간에 영하 50도로 내려간 것처럼 차갑게 식었다. 혜심의 얼굴빛도 싸늘하게 식어갔다. 급격히 변화하는 혜심의 얼굴을 보고서야 사태파악이 된 현심은 어쩌나 하는 표정으로 서 있을 뿐 어떤 말도 꺼내지 못했다.

그 순간의 정적을 깨버린 것은 다름 아닌 순자의 뾰족한 웃음소리였다. 깔깔깔. 호호호. 배를 잡고 바닥을 뒹굴다 못해 기기까지 하는 순자의 웃음에 다른 친구들도 일제히 웃어버렸다. 그웃음에 혜심의 얼굴은 빨간 홍당무가 되어 현심을 째려보았다. 그러면 뭐 하나, 이미 엎질러진 물인걸.

"애! 너 뻥치는 건 여전하구나? 어머, 웬일이니. 너 설마 전부다 뻥 아니야? 애, 현심아, 저 반지랑 팔찌는 언니 거 맞니?"

"맞아요. 언니 거예요. 진짜예요."

뒤늦게 맞장구치면 뭐 해. 이미 일은 터졌고, 혜심의 표정은 말로 설명하기 힘들 정도가 되어 있는데. 순자는 비싼 가방에서 지갑을 꺼내 계산을 한 후 다른 친구들에게 짧은 인사를 남기곤, 기사 딸린 차를 타고 사라졌다. 순자가 나가자 다른 친구들도 하나둘 각자의 길을 나섰다.

식당 안에는 단심과 일심, 그리고 혜심과 현심만이 덩그러니 남아 있었다. 그들을 숨죽이고 바라보는 종업원들도 함께. 잠시 아무 말이 없던 혜심이 목에서 목걸이를 빼 현심의 손에 쥐어주었다.

"자! 나쁜 년."

짧은 욕설과 함께. 그뿐만이 아니었다. 혜심의 눈에는 가득 눈물이 고여 있었다. 그 눈물에 놀란 현심이 자신을 지나쳐 가려는 혜심을 붙잡았다.

"미안, 나도 놀라서 상황 파악 못했어. 언니, 진짜 미안해, 응?"

"시끄러워! 내가 오죽했으면 너네들 보석 가지고 자랑을 하겠어! 순자 저 계집애는 올 때마다 보석 바꿔 끼고, 기사 딸린 차 끌고 오는데, 나는 그 흔한 다이아몬드 반지 하나 없고!"

"아니, 나는 갑자기 그게 없어져서……."

"나쁜 년. 내가 오죽했으면 이랬겠냐고! 못된 계집애. 박자 하나 딱딱 못 맞춰주고, 다 된 밥에 코 빠뜨리고! 저리 가! 꼴도 보기 싫어!"

화가 단단히 난 듯싶었다. 혜심은 현심의 손길을 뿌리치고 식당을 나가 버렸다. 정말 미안한 현심은 울상이 되어 혜심의 뒷모습만 빤히 바라볼 뿐이었다. 그런 현심에게 일심이 다가갔다.

"박자 좀 맞춰줘야지. 동창들 온다고 얼마나 기대하고 있었는지 몰라."

“내가 알았어? 그니러까 왜 말도 없이 가져가.”

“전화했는데 네가 전화기를 꺼놓아서 그랬지. 어쩌니. 자존심에 금 갔으니…….”

첫째 일심의 말을 끝으로 그 누구도 선뜻 말을 꺼내지 못했다. 단심은 가만히 언니들 눈치를 살피다 몰래 식당을 빠져나와 둘째 혜심의 집으로 갔다. 벨을 누르자마자 혜심의 딸 인경이 씩씩거리며 나왔다.

“이모, 엄마 왜 그래?”

“너한테 화풀이하니?”

“응! 깨끗한 집 보고 왜 집을 어지럽혔냐고 그러고, 휴교라고 그렇게 말했는데 왜 학교 안 가냐고 그러고. 뜬금없이 왜 그런대?”

“동창모임에서 순자 언니한테 제대로 물먹었거든. 넌 큰 이모 식당에 가서 밥 먹고 와. 이모가 엄마랑 이야기 좀 할게.”

“알았어.”

인경은 뿌로퉁한 얼굴로 식당으로 향했고, 단심은 조심스럽게 집 안으로 잠입하는 데 성공했다.

“뭐 하니?”

가만히 안방으로 들어가려는데 뒤에서 물컵을 들고 싸늘하게 서 있는 혜심의 목소리에 깜짝 놀란 단심이 소리쳤다.

“아! 깜짝이야! 애 떨어질 뻔했네!”

“너 애 가졌어? 벌써 애까지 만들었니?”

“어머, 언니는 무슨. 내가 그렇게 헤픈 여자로 보여? 나 쉬운 여자 아니야.”

‘이게 아닌데. 우선 언니 화부터.’

단심은 혜심의 말에 순간 욱하는 마음에 손을 저어가며 말하다가 얼른 제정신으로 돌아와 혜심의 곁에 다가가 앉았다.

“괜찮아?”

“뭐가.”

싸늘한 반응. 단심은 조금 무서워 움츠렸으나 이내 당당하게 어깨를 폈다. 혜심은 속이 많이 탔는지, 소파에 앉아 얼음이 담긴 물을 벌컥벌컥 들이켰다. 단심은 어색하게 일어나 냉장고에서 주스를 꺼내 컵에 따랐다. 주스가 담긴 컵을 들고 혜심의 옆자리에 엉덩이를 붙였다.

“화 많이 났어?”

“화는 무슨.”

“그럴 수도 있지. 현심 언니도 얼마나 놀랐겠어? 그 비싼 물건이 사라졌는데 안 놀랐겠어?”

“그 계집애 말도 꺼내지 마. 아무리 눈치가 없어도 그렇지, 거기서 그렇게 소리를 치면 되겠어? 됐어. 말해서 뭐 하겠어, 내 입만 아프지.”

언성이 높아지면서 화를 내려던 혜심은 손을 저었다. 단심은 속상한 혜심의 마음을 달래주기 위해 살며시 혜심을 껴안아주었다.

"화 풀어. 난 언니가 화내면 싫더라."

"너도 싫어. 저리 가."

"에이, 좋으면서."

"하긴 내 팔자에 무슨 보석. 입에 풀칠하기도 바빠 죽겠는데."

"언니도 참. 형부가 언니한테 선물한 거 있잖아. 그 반지."

"뭐, 흑진주? 허이고 진주 같은 소리 하고 있어요. 그거 가짜란다. 내가 그런 인간하고 산 게 억울하다."

봇물 터지듯 흘러나오는 혜심의 한탄을 단심은 가만히 들어주었고, 어느새 혜심의 눈에는 가득 눈물이 고였다.

"너 내가 그거 받고 얼마나 좋아했는지 알지?"

"그럼, 잘 알지. 언니 일주일 내내 자랑하고 다녔잖아."

"나도 미친년이지. 내가 하도 자랑하고 싶어서 친구들 만나러 갔어. 끼고 나가는 것도 아까워서 가방에 넣어놓고 버스를 탔는데 내려서 보니까 가방이 찢어져 있는 거야."

뭔가 맺힌 것이 많아 보이는 혜심의 한풀이가 계속되었다.

"어머, 소매치기 당했어?"

"말 끊지 말고 들어, 이년아. 딱 보니 반지를 쌌던 손수건이 없잖아. 너무 놀라고 황당해서 가만히 서 있는데, 누가 나를 툭툭 치는 거야."

"어머, 누가?"

"말 끊지 말랬지. 어떤 남자가 날 한심한 눈으로 보면서 손수

건에 싸인 진주를 주는 거야. 그러면서 나한테 뭐랬는 줄 아
니?”

“뭐라 그랬는데?”

“아줌마, 가짜를 왜 그렇게 꽁꽁 싸서 다녀요? 진짜인 줄 알
았네.”

소매치기한테 그런 말을 들어 황당했을 혜심이 소매치기의
성대모사까지 하며 이야기를 계속했다.

“소매치기 십 년 만에 내가 내 발로 와서 물건 돌려주는 건 처
음이유. 가짜를 그렇게 꽁꽁 싸가지고 다녀요? 내 참, 그 말에
기가 막혀서 금은방에 가져가서 확인해 보니까 가짜란다.”

“저, 정말?”

“참, 기가 막히고 코가 막혀서. 하긴 내 팔자에 무슨.”

홧김에 단심에게 모든 것을 털어놓은 혜심은 복장을 쾅쾅 쳤
다. 복장을 두드리는 소리가 크게 들려왔다. 형부도 그렇다. 아
무리 사기 칠 게 없어도 그렇지, 그런 걸 가지고 사기를 치냐.
단심은 애써 밝게 웃으며 혜심에게 큰소리를 떵떵 치기 시작했
다.

“언니 마음 다 알아. 내가 나중에 돈 벌면 언니 진짜 멋있는
반지 사줄게. 아니, 세트로. 그러니까 화 풀어. 현심 언니가 눈
치없게 구는 거 어디 한두 번이야?”

“넌 내 호박씨 까려고 여기 왔니? 흥! 저기, 언니, 진짜 내가
미안해. 나도 얼마나 놀랐는지 몰라. 응? 언니, 용서해 주라. 진

짜 내가 죽일 년이야.”

불같이 화를 내는 혜심을 달래주던 단심 뒤에서 단심을 째려보고 있던 현심이 다가왔다. 그리고는 혜심 앞에 무릎을 꿇고 손이 발이 되도록 싹싹 빌었다. 그런 현심을 쳐다보지도 않던 혜심은 됐다며 가라는 손짓을 했다.

“정말 미안해. 내가 잘못했다니까?”

“됐어. 가. 꼴도 보기 싫어.”

“언니, 진짜 잘못했어. 응? 한 번만, 한 번만 용서해 주라.”

“그럼, 흐음…… 그 반지 있잖아.”

“반지?”

또 시작이다. 점점 밝아지는 혜심의 표정과 반대로 현심의 표정은 울상이 되어가고 있었다. 단심은 그들을 소리 없이 바라보았다.

“그래, 너 쇼해서 받은 그 반지 말이야. 그 다이아몬드 예사롭지 않던데?”

“그거 줄까?”

“뭐, 꼭 달라는 건 아니고…… 그냥 그렇다고.”

차라리 대놓고 달라고 하면 덜 얄밉지. 혜심은 빙빙 돌려가며 넌지시 현심을 찔렀고, 현심은 한숨을 푹 내쉬며 물을 필요도 없는 물음을 던졌다. 할 수 없이 현심이 일어나 자신의 집으로 향했다.

한 달가량 집에도 들어오지 못하고 일해서 받은 다이아몬드 반지. 반지가 너무 예쁘고 고가여서 자신도 잘 끼고 다니지 못한 반지를 현심은 자신의 입방정 때문에 할 수 없이 혜심에게 받쳐야만 했다. 집에 고이 두었던 반지를 들고 혜심의 집으로 와 건네자 혜심의 표정이 화사하게 피었다. 반지를 끼어보고, 반지를 깨물어보기도 하고, 얼마나 반짝이는지 형광등에 대고 시험도 해보고, 입을 귀에 걸고서 호호거리며 웃었다. 그 모습에 현심은 억지웃음을 짓고 혜심의 기분을 맞춰주었다.

"정말 예쁘다, 애. 비싼 값을 한다, 그치?"

"그럼, 비싼 거야. 잘 끼고 다녀. 잊어버리지 말고."

현심은 혜심의 손에 끼어진 반지를 아쉽게 바라보며 돌아서려는데 혜심이 붙잡았다.

"야, 가져가, 계집애야."

"언니?"

"내가 아무리 보석에 눈이 뒤집혀도 그렇지, 동생 걸 탐내겠니? 가져가."

혜심이 아쉽다는 듯 입맛을 다시며 현심에게 반지를 건네자 현심은 감동받았다는 얼굴로 혜심을 안았다.

"언니, 진짜 고마워!"

눈에 그렁그렁 눈물까지 달고 고맙다고 말하는 현심 때문에 혜심이 피식 웃었다. 반지를 진짜로 가졌으면 아마 현심의 통곡 소리에 몇 날 며칠 밤잠을 못 이뤘을 것이다, 식구들 모두. 현심과 혜심이 서로를 부둥켜안고 있자, 단심도 그들을 안았다.

“저리 가!”

“싫어!”

현심이 경계하며 말했지만, 단심은 해맑게 웃으며 꿋꿋하게 껴안았다.

아침 일찍 일어난 단심은 피곤함도 잊은 채 전신거울을 통해 이옷저옷을 비춰보며 연방 콧노래를 불렀다.

“넌 지금 노래가 나오니?”

“그럼?”

“어제 둘째 언니 싸운 걸 알면서. 하여튼.”

그랬다. 어제저녁 반지 사건으로 끙끙 앓던 둘째 혜심은 결국 남편과 큰 싸움을 하고 말았다. 요란하게 한바탕하고 혜심은 다 필요없다며 머리를 싸매고 드러누워 버렸다. 그러나 혜심의 부부싸움은 그들만의 일이고, 단심에게 있어 중요한 것은 인연을 가장한 두 번째 만남이라는 것이다. 어차피 부부싸움은 칼로 물 베기라 하지 않던가. 아침 댓바람부터 단심의 집에 들이닥친 열째 현심은 거울을 보며 흥얼거리는 단심에게 옷 입는 센스까지 타박하고 나섰다.

“야, 너 옷이 그게 뭐냐?”

“왜?”

“진짜 센스 없네. 자, 이거 입어.”

현심이 무릎 아래까지 오는 정장치마를 입은 단심의 센스를 탓하며 옷장에서 얌전하면서도 전혀 구식이 아닌 면 치마를 건넸다. 단심은 현심이 준 옷으로 갈아입고 이쪽저쪽 돌아보며 자신의 모습을 살폈다.

"오늘도 회사로 들이닥쳐야 하나?"

"바보냐? 오늘은……."

"오늘은 뭐?"

"……할 말이 없다. 어차피 네 작전은 둘째 언니가 하는 건데, 귀찮다고 저러고 있으니. 어제 형부랑 제대로 한바탕해서 너한테 신경 쓸 겨를이 없을걸?"

"그럴 것 같기는 해. 어제 살림살이 다 깨부수는 것 같던데."

"하이고, 살림살이? 전혀 깨질 염려 없는 냄비나 양철 그릇만 뒹굴고 있더라. 일심 언니가 지금 달래주고 있어."

현심은 단심이 벗어놓은 옷가지들을 정리하면서 혀를 끌끌 찼다. 옷장 문을 쾅 닫더니 답답하다는 듯 말했다.

"형부도 형부야. 마누라 하나 꽉 잡지 못하고 그게 뭐니? 몰골이 말이 아니더라. 자고로 남자는 여자를 확 잡아야 하는 거야."

"언니나 잘해. 호준 형부도 언니 때문에 골치깨나 아프댔어. 내가 보기엔 우리 집 형부들 다 팔불출이야. 그나저나 오늘은 뭐 하지?"

한집에서 살다 보니 본의 아니게 언니들의 부부싸움까지 보게 되고 소식이 직통으로 오간다. 하지만 부부싸움을 말리는 사람은 없었다. 어차피 두 사람이 풀어야 할 숙제이기에 언니들은 서로 관여하지 않았다. 다만 이렇게 일을 치른 다음날 모두 모여 한바탕 수다를 떨곤 했다. 아마 지금도 둘째 혜심의 집에 모여 수다를 떨고 있을 것이다.

단심은 막상 차려입어도 갈 데가 없는 자신의 신세가 처량해 허무한 얼굴로 침대에 앉아 있었다. 현심이 무작정 단심을 끌고 둘째 혜심의 집으로 향했다.

"왜?"

"언니 부부싸움 한 거야 자기들 문제라고 말한 사람이 누군데 이러고 있니? 우리들 문제는 너 아니야, 너. 너부터 해결을 봐야지."

"됐어. 이렇게 심란한데 무슨 해결이야. 오늘은 나도 쉴래."

"시끄러워. 얼른 따라와. 언니, 단심이 어떻게 할 거야?"

현심은 기어코 단심을 데리고 집 안으로 들어갔다. 머리를 싸매고 누워 있던 혜심은 단심이 들어오자 자리를 털며 일어나려 했다. 그러자 이를 일심이 막아섰다.

"누워 있어. 뭐 하러 일어나?"

"내가 무슨 중증 환자야? 됐어. 그놈의 인간 때문에 내가 이게 무슨 꼴이야."

밤새 한숨도 못 잤을 형부는 일하러 나갔고, 혜심은 괜히 남편을 탓하는 소리만 늘어놓았다. 보다 못한 넷째 성심이 훈계하듯 입을 열었다.

"언니, 언니야 아무런 탈 없이 이렇게 누워 있지만 형부는 꼴이 그게 뭐야? 인경이한테 아빠 얼굴 보면서 음악 가르칠 일 있어? 얼굴에 오선지는 왜 그려?"

성심의 말에 둘째 혜심이 입을 삐죽거리며 듣기 싫어하는 얼굴로 앉아 있자, 성심의 훈계가 한층 더해갔다.

"형부가 그나마 성격 좋으니까 넘어가지. 남자 얼굴에 오선지가 뭐야, 오선지가. 형부 때문에 언니 꼴이 이런 게 아니라 언니 스스로가 그렇게 만든 거야."

"남자든 여자든 잘못하면 그어줘야 하는 거야."

"그게 무슨 잘못이야? 형부 말 들어보니까 언니가 바가지 긁었다면서? 반지에 밍크코트에 별별 소리 다 했다면서."

"거짓말도 아닌데 뭐."

"철 좀 들어. 바가지는 언니가 긁어놓고 왜 형부를 때려?"

"가짜 진주라도 사줬다고 큰소리치는데 그냥 놔두니?"

참고 참던 혜심은 더 이상은 못 참겠다는 듯 언성을 높이기 시작했다. 이에 성심 역시 언성을 높여 대응했다.

"그 말 한마디 했다고 그렇게 사람을 패? 다른 남자 같았으면 언니 피똥 쌀 만큼 맞고 쫓겨났어."

"아니, 근데 이 계집애가 댓바람부터 와서 염장을 질러, 지르길? 야! 그럼 가짜 반지 선물해 주고 생색내는데 봐주리!"

"막말로 형부가 부잣집 여자한테 장가갔음 이렇게 과일가게나 하고 있겠어?"

"그 인간 나 아니었음 장가도 못 갔어. 이거 왜 이래."

"언니도 형부 아니었음 시집 못 갔어. 이기적으로 생각하지 마."

"그으래! 너는 시집 잘 갔다 이거지? 시집 잘 가니까 눈에 뵈는 게 없냐? 니들은 마음대로 돈 쓰고 사니까 나 같은 건 우습게 보인다 이거야? 어?"

혜심은 자신의 심정을 몰라주고 나무라는 동생 성심이 미웠다. 동생들이 잘된 것은 좋은 일이지만, 자신은 이렇게 보석 하나 제대로 사보지 못하고 사는 것이 억울하고 속상했다. 차라리 동생들 신경 쓰지 않고 자기 공부만 하며 살았다면 지금 떵떵거리고 살 수 있었을 텐데 하는 후회까지 밀려왔다. 혜심의 소리에 성심이 미안한 듯 입을 열었다.

"그 뜻이 아니잖아. 언니는 왜 그렇게 삐딱해? 형부는 진짜 반지 사주기 싫어서 안 사줬겠어?"

성심은 자신을 보살펴 준 언니들과 형부들께 미안하고 고마웠다. 그런데 그런 마음도 몰라주는 혜심이 야속해 언니를 이해시키는 말을 이었다.

"솔직히 큰 형부나 둘째 형부가 우리들 가르치고 먹이고 부모 노릇 하느라 뼈 빠지게 뒷바라지하느라 얼마나 고생을 했어? 우리한테 쏟은 돈 모았으면 지금 재벌 되고도 남아."

"알긴 아니?"

"그래! 누가 마누라 친정 식구 거든다고 일하겠어? 우리 남편

도 그렇게는 안 해. 그런 형부 마음도 몰라주고 언닌 왜 다짜고
짜 바가지를 긁어.”

“너도 보석 하나 없이 살아봐. 그런 말이 안 나오나.”

“난 보석 하나 없어도 그런 남편이면 감사하고 살아. 언니한
테도 고마워. 그러니까 시집 잘 가서 그러느니 어쩌니 하지 마.
속상해.”

역시 카운슬러라는 직업답게 성심은 조목조목 따져가며 혜심
의 아둔함을 깨우쳤다. 말문이 막혀 버린 혜심은 입을 삐죽이며
도로 누워버렸다. 대화가 뚝 끊기자, 어색한 분위기 속에 참고
있던 단심은 안 되겠다 싶어 얼른 말을 끄집어냈다.

“언니! 난 어떡해?”

“너? 맞다! 그놈의 인간 때문에 잊었네. 아이고, 나 골 아프니
까 네가 알아서 해.”

“아니, 이제 와서 알아서 하라니.”

단심을 보자 다시 머리가 아프다며 혜심이 눈을 감았다. 황당
한 단심이 따지려 하자 셋째 효심이 그녀를 데리고 자신의 집으
로 들어왔다.

“왜?”

“언니가 나설게.”

3. 효심 언니 :톡톡 튀는 여자

「사랑할 수 있다는 것은 모든 것을 할 수 있다는 것이다.」—체호프

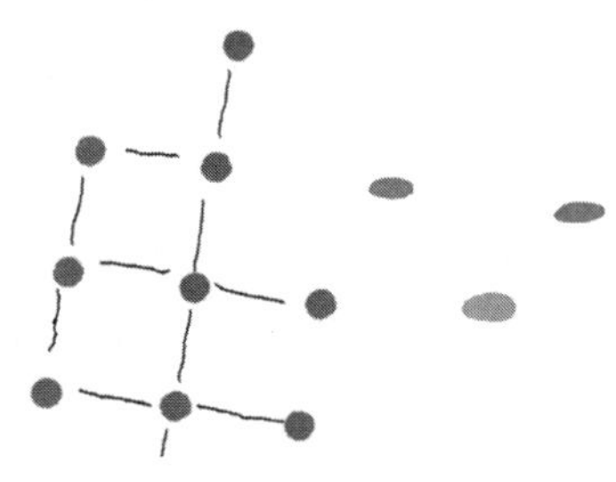

"**모**단심! 빨리 안 일어나!"

"언니, 조금만……."

"오늘 그놈 만나야 되는 날이잖아! 빨리 못 일어나?!"

아침부터 들려오는 둘째 혜심의 기차화통 삶아 먹은 소리에 단심은 침대 구석지로 파고들어 가면서 이불과 베개, 손에 잡히는 모든 것을 총동원해 귀를 막아보았다. 그러나 역부족이었기에 할 수 없이 힘겹게 눈을 떴다. 반지 사건이 조용해지자 다시 단심의 연애가 주 화제가 되었고, 언니들이 아침마다 단심을 이런 식으로 깨웠다. 비행이 없는 날에도 어김없이 혜심의 깨우는 소리가 들려왔고, 단심은 매일이 괴로웠다. 차라리 비행하는 것

이 훨씬 편할 만큼.

"내일, 내일도 OFF야. 제발 오늘은 쉬자."

"시끄러워. 얼른 못 일어나!"

눈만 동그랗게 뜨고 아직 침대에서 일어나지 못한 채 누워 있던 단심은 막무가내로 자신을 잡아끄는 혜심 때문에 어쩔 수 없이 욕실로 향했다. 피부가 놀라지 않도록 적당히 따뜻한 물로 세수를 하던 단심이 얼굴 전체에 잔뜩 비누를 묻히는데 혜심이 다가왔다.

"꼼꼼하게 세수해."

'또 잔소리, 또. 지겨워, 진짜.'

단심은 물에 손을 담그는 순간 소리를 꽥 질렀다.

"아, 차가워! 이게 뭐야?!"

얼굴 전체에 비누가 묻었다는 것도 잊은 채 단심은 갑작스럽게 차가워진 물을 살폈다. 세면대에 받아진 물속에 얼음이 동동 띄어져 있었다. 단심이 혜심을 쳐다봤다.

"이게 뭐야!"

"마무리는 차가운 물로. 그래야 모공이 수축된대."

"아니, 아무리 그래도 이게 뭐야! 아, 눈, 누운!"

"눈 따가워? 그러니까 뭐 하러 눈을 번쩍 뜨니? 얼른 씻고 나와."

단심은 눈 속에 들어간 비눗물 때문에 할 수 없이 얼음 동동 띄어진 물에 얼굴을 첨벙 담갔다. 단심은 얼굴 근육이 당기는 것을 느끼며 쓰린 눈을 찬물로 씻어내고 공포의 욕실을 벗어났다.

'아침부터 이게 무슨 생고생이야. 연애하기 전에 내가 먼저 죽겠네!'

단심은 여전히 쓰린 눈을 깜박이며 화장대 앞에 앉았다. 그러자 마치 기다렸다는 듯이 열째 현심이 단심의 얼굴에 스킨과 로션을 찍어 바르고 본격적인 메이크업에 들어갔다.

"지금 뭐 하는 거야. 신부화장 해?"

"잔소리 말고 가만히 있어."

얼굴에 뭔가를 잔뜩 바르는 통에 단심은 두 눈을 꼭 감으며 말했다. 혜심은 그런 단심의 머리를 쾅 쥐어박으며 하던 것을 마저 했다. 화장만으로 두 시간이 지나 버렸다. 좀이 쑤셔 슬쩍슬쩍 움직일 때마다 혜심은 단심에게 쌓인 분풀이를 했다. 머리를 쥐어박는 것으로.

"다 됐다."

살며시 눈을 뜬 단심은 거울 속 자신을 보고 깜짝 놀랐다.

"진짜 대공사했네."

언제 왔는지 단심의 조카 인경이 단심의 얼굴을 바라보며 감탄사를 내질렀고, 단심은 잠시 눈을 가늘게 뜨고 인경을 째려보았다. 거짓말이 아니었다. 정말 화장 하나로 얼굴이 확 바뀌어 있었다. 좁쌀만 하던 뾰루지들이 흔적도 없이 사라졌다.

"힘들어 죽겠네."

“이모! 나도 해주라. 나 오늘 미팅 있는데.”

“시끄러! 나한테 메이크업 받으면 돈이 얼만 줄 알아? 이십만 원이야, 이십만 원. 네가 줄 거야?”

“이모는 참, 인정도 없수. 조카한테 돈을 받으려고 해?”

“동생한테도 받을 건데?”

이건 또 무슨 소리? 무작정 남의 얼굴에 찍어 발라놓고 돈을 받겠다고? 단심은 넋 놓은 표정으로 현심을 쳐다보았다. 얼굴 가득 웃음을 담고 있던 현심이 단심의 눈앞에 손바닥을 내밀었다.

“줘, 돈.”

‘진짜 어이가 없네. 내가 해달라고 했어? 현심 언니를 믿은 게 잘못이지. 준다, 줘!’

단심은 입을 삐죽거리며 돈을 꺼내 현심에게 건넸고, 현심은 현금에 강한 키스를 남기더니 유유히 사라졌다. 단심은 사라지는 현심을 쳐다보다 다시 고개를 돌렸다.

‘이런 게 투명 메이크업이라는 거구나. 진짜 감쪽같다. 뭐, 그래도 돈이 안 아까워서 봐준다.’

피부는 남들보다 좋았으나 뾰루지가 잘 나는 단심의 얼굴에서 뾰루지가 흔적도 없이 사라졌다. 그러자 연예인들이 조명발 받은 것보다 더욱 화사해 보였다. 단심이 즐거운 마음으로 옷을 고르는데 또 현관문이 벌컥 열렸다. 이번엔 여섯째 경심이었다. 의상 디자이너인 경심의 등장은 당연했다.

‘아주 날을 잡았어, 날을.’

단심은 한숨을 푹 내쉬며 언니가 골라주는 야시시한 옷을 보았다.

“지금 이걸 나보고 입으라는 거야?”

“그럼 내가 입으랴?”

“못 입어. 싫어, 죽어도 싫어. 나 몸매 드러나는 거 싫어하는 거 알면서.”

“허리 24인치가 그런 말 하면 몰매 맞아 죽을걸? 잔말 말고 입어라.”

몸에 딱 달라붙는 레드 슬리브스에 무릎 위로 한참 올라오는 흰색 치마. 꼭 어디 나가는 사람의 차림 같아 단심은 고개를 저었으나, 경심은 확고했다. 경심이 고집이 세다는 것을 잘 아는 단심은 할 수 없이 옷을 갈아입었다. 훤칠한 키와 늘씬한 몸매를 자랑하는 단심은 청순한 이미지를 벗어던지고 섹시함이 풍기는 색다른 여자가 되어 있었다. 참 묘한 옷이었다. 단심의 청순한 이미지 때문일까, 분명 저렴한 아가씨처럼 보일 수 있는 옷이건만 단심이 입으니 달라 보였다.

“역시, 난 옷을 잘 만들어.”

‘내가 옷발이 좋은 게 아니고?’

단심의 몸매와 옷발을 칭찬할 줄 알았던 단심은 스스로 자신을 칭찬하는 경심을 보고 고개를 설레설레 저으며 웃었다. 경심은 자신이 들고 온 쇼핑백에서 구두를 살피더니 은색 줄로 만들

어진 오픈 샌들을 꺼냈다. 굽이 5㎝나 되는 구두를 신은 단심의
키는 매우 커졌다. 거기에 앙증맞은 백까지 들고 서 있는 단심
을 이리저리 살피던 경심은 만족함에 스스로 우쭐했다.

"너무 환상적이야. 난 세계적인 디자이너야. 완벽해."

'나 정말 황당해요. 저게 말이 돼? 어떻게 자기가 자기를 칭
찬해?'

완벽한 단심의 모습에 박수까지 치며 자화자찬에 빠진 경심
을 뒤로하고 단심이 살며시 걸어보았다. 거울에 자신을 비춰보
며 모델처럼 허리에 손도 올려보고 갖가지 포즈를 취하며 스스
로의 모습에 만족했다.

"생쇼를 해라."

어느새 자화자찬에서 빠져나온 경심이 단심을 한심하게 바라
보다 단심을 데리고 일심의 식당으로 내려왔다.

"큰언니! 단심이 변장시켜 놨어!"

'꼭 말을 해도! 변장이 뭐야, 변장이.'

식당 안에 손님들까지 모두 단심을 쳐다보며 감탄하는 가운
데 경심은 일심을 향해 소리쳤다. 손님들은 너나 할 것 없이 쿡
쿡 웃기 바빴다. 엄마가 눈치가 없으셨는지, 아버지가 눈치가
없으셨는지, 열한 명이나 되는 딸들 가운데 꼭 저렇게 눈치없는
언니들이 끼어 있었다. 그중에서도 제일로 손꼽히는 게 바로 단
심의 바로 위 현심. 현심은 경심의 말에 맞장구를 쳤다. 그것도
소리를 고래고래 지르면서.

"내가 화장을 잘해서 저렇지, 저 투명 메이크업이 보통 투명 메이크업이 아니야. 나한테 저거 받으려고 연예인들이 줄을 섰지."

안 해도 될 말까지 말하며 경심과 혜심은 각자 자신들의 능력을 높이 평가하느라 바빴다. 식당 손님들은 웃으며 단심을 마치 동물원 원숭이 구경하듯 쳐다봤다. 단심은 쥐구멍에라도 숨고 싶은 심정으로 어색한 미소를 걸치고 있었다. 첫째 일심이 눈치 없이 구는 경심과 혜심에게 눈짓을 보냈고, 경심과 혜심은 사이 좋게 식당 안에 있는 룸으로 들어갔다.

"우리 단심이 진짜 예쁘다."

"변장했잖아!"

언니들의 말에 꽁해 있는 단심 때문에 일심은 일부러 부인했지만, 정말 변장에 가까운 변화였다. 일심은 다시 한 번 동생들의 실력에 감탄하며 단심과 함께 룸으로 들어갔다. 방 안에는 상다리 부러지게 음식이 차려져 있었고, 언니들은 이미 식사를 시작한 모양이었다. 음식만 보면 눈이 획 돌아가는 단심은 얼른 자리에 앉아 젓가락을 들어 갈비찜으로 손을 옮겼다. 그때 다섯째 옥심이 손을 툭 쳤다.

"네 건 따로 있어. 저거 먹어."

단심은 의아해하며 옥심이 가리키는 쪽으로 시선을 돌렸다. 단심이 기겁을 하며 말했다.

"싫어! 저걸 먹고 어떻게 버텨!"

"그럼 어떡해? 그 옷 입고 이걸 먹으면 배 볼록 튀어나와서 참 보기 좋겠다."

냉정하게도 샐러드를 들이미는 옥심을 똑바로 바라보며 단심이 확고한 표정으로 입을 열었다.

"이 옷 안 입으면 안 입었지, 난 밥 먹을 거야. 저거 싫어!"

"시끄러워."

"아, 싫다니까! 배고파 죽겠는데, 달랑 야채샐러드? 마요네즈도 없는 저 생야채? 나 절대 못 먹어! 아니, 안 먹어!"

"이게 언니한테 대들어! 먹으라면 먹을 것이지! 너 또 살쪄서 차이고 싶어?"

툭툭. 단심의 한계가 툭툭 끊어지는 소리가 들려왔다. 눈치는 엄청 없는 열째 현심의 말에 방 안은 물을 끼얹은 것처럼 조용해졌다. 단심이 말없이 자리에서 벌떡 일어났다.

"왜 일어나?"

또 끼어드는 현심의 행동에 그곳에 있던 언니들이 일제히 현심을 째려보았다. 기분 나빠졌다는 얼굴로 단심은 룸을 빠져나갔다.

"아이고! 이 눈치없는 걸 어째?!"

단심이 문을 쾅 닫음과 동시에 둘째 혜심이 현심의 머리를 꽝 쥐어박았고, 일제히 다른 언니들도 손을 들어 현심을 한 대씩 때려주었다. 가느다란 두 팔로 열심히 막아보는 현심이었으나 맞을 건 다 맞았다. 마지막 일심의 손길까지 받은 현심이 투덜

대려는 무렵 다시 단심이 방 안으로 들어왔다.

"확실히 팼어?"

"그래, 확실히 패줬어. 저 주둥이 튀어나온 거 보면 몰라?"

단심이 현심을 쳐다보며 언니들에게 묻자, 아홉째 은심이 대답해 주었다. 그제야 만족의 미소를 짓던 단심은 기꺼이 야채샐러드를 먹었다. 현심이 맞은 것으로 마음을 달래며. 샐러드 한 접시로 양이 안 찬다는 단심에게 한 접시를 더 가져다준 첫째 일심이 이것이 마지막이라 당부했고, 알겠다며 고개를 힘차게 끄덕인 단심이 접시를 깨끗하게 비웠다. 그러나 여전히 양이 차지 않은 단심이 다른 음식들에 눈을 돌리자 셋째 효심이 단심을 일으켜 세웠다.

"이제 나가."

"어딜 나가?"

"이렇게 꾸미고 여기 있을래? 나가서 서혁인가, 서식인가 하는 그놈 만나라고."

"서혁이야, 진서혁. 서식이가 뭐야, 서식이가. 그리고 어디를 가서 그 애를 만나? 또 저번처럼 회사로 가라는 말은 아니겠지?"

"당연한 거 아니야? 프로는 똑같은 방법을 쓰지 않아."

'프로는 무슨.'

단심이 효심의 말에 콧방귀를 뀌자, 효심이 손을 획 들었다가 단심이 움츠리는 모습에 손길을 거뒀다.

"이게 언니가 말하는데. 자, 이거 한번 봐봐."

단심은 자신의 눈앞에 펼쳐진 종이에 시선을 던졌다. 가만히 살피던 단심은 서혁에 관한 정보를 보고 화들짝 놀라며 언니들을 쳐다봤다.

"넷째 제부가 준 파일이야."

이 집 안에서 시집 잘 간 넷째 성심의 남편은 누구나 부러워할 만한 재벌이었다. 바로 단심의 직장인 항공사 사장이 성심의 남편이자 단심의 형부였기 때문이다. 성심은 남편의 지위를 이용해 단심의 결혼을 성사시키겠단 목적으로 기꺼이 승객 개인 정보를 유출했다. 걸리면 바로 퇴직당할 것이다. 어쨌든 목숨을 걸고 빼온 정보에 단심은 그야말로 기절할 노릇이었다. 너무 세세한 것까지 적혀 있었다. 항공사에서 굳이 알 필요 없는 정보까지.

"이걸 어떻게 알아내셨대?"

"아는 사람들한테 전화해서 알아낸 귀한 정보야. 잘 읽어봐."

단심은 언니들의 대담함에 혀를 내두르며 계속 읽어갔고, 순간 눈에 들어오는 것이 있었다.

"Kiss클럽? 이게 뭐야?"

"뭐긴, 나이트 클럽이지. 그놈 친구가 한다는데 일주일에 서너 번은 간다더라. 미친놈."

"미친놈은 빼. 친구가 하니까 가는 거지, 그게 뭐가 미친놈이야?"

일부러 편들기는 했지만, 원래 중학교 때부터 제정신은 아니었다. 제멋대로에 왕자병과 도끼병이 워낙 심했어야지. 지금은 어쩔지 모르겠지만. 물론 그런 서혁의 모습에 반하기는 했으나 지금은 싫은 단심이다. 그로 인해 자신이 상처를 받았으니까.

"그럼, 일주일에 서너 번 가는 게 미친놈 아니고 뭐야? 친구가 하는 데지, 자기가 하는 데야? 왜 만날 가서 술을 퍼? 아무튼 오늘 갈 장소는 여기야."

"여기? Kiss클럽?"

단심은 함께 비행하는 후배들과 애희, 그리고 민경과 함께 Kiss클럽 앞에 서서 크게 심호흡을 했다. 안 간다고 버텼어야 했는데.

"남자는 청순한 여자도 좋아하지만, 섹시한 여자를 보면 녹게 되어 있어. 언니 말대로 해. 어딜 가든지 톡톡 튀는 여자가 진짜 매력있는 여자야."

이 말에 혹해서 오긴 왔다. 무작정 싫다고 버티던 단심은 효심의 말에 솔깃했다. 그리고는 언니들의 등쌀에 못 이긴 척하며 식당을 빠져나와 애희를 만났다. 그리고 애희에게 모든 것을 털어놓고 어쩌면 좋으냐고 물으니 애희는 당장 옷부터 사자며 시내 곳곳을 돌아다녔다. 애희는 야시시한 옷을 사 입고 미용실에 가서 머리 손질과 메이크업을 받았다. 그런 애희에게 너 뭐 하냐고 묻는 단심에게 당연하다는 듯이 애희가 대답했다.

"Kiss클럽 가자!"

단심과 애희는 후배들과 민경을 시내에서 만나서 그녀들과 함께 클럽 앞에 당도했다. 민경이 문 앞에서 제지당했다.

"다른 데 가세요, 누님."

"어머, 나 쟤들이랑 별로 차이 안 나."

"에이, 딱 봐도 서른 훨씬 넘었는데? 저 누님들은 파릇파릇한 이십대 초반. 클럽은 이십대가 노는 곳이고, 누님은 단란주점으로 가셔야죠. 우리, 누님 들여보내면 큰일나요. 쫓겨나요. 다른 데 가세요, 누님~"

호객꾼—일명 삐끼—이 민경을 달래듯 막아섰고, 민경은 클럽 안으로 들어가는 단심과 애희에게 어떻게 해보라는 눈빛을 보냈다. 단심은 딱 잡아떼는 표정으로 말했다.

"이모, 안 된다잖아. 다른 데 가서 놀아."

그동안 단심을 눈엣가시처럼 여기며 괴롭혔던 민경이기에 단심은 한번 당해보라는 심보로 민경을 약 올렸다. 동시에 민경의 작은 눈이 오랜만에 동그랗게 커졌다. 애희가 웃으며 삐끼에게 일행이라 말했고, 민경은 가까스로 클럽 안으로 들어올 수 있었다. 민경이 단심의 옆구리를 꼬집으며 이를 꽉 깨물었다.

"이모? 너 죽을래? 어?"

"아, 아, 언니, 이거 놓고, 놓고 말해요."

"놓고 말해요? 웃기고 있네. 왜? 아까처럼 말해보시지."

"그러니까 누가 따라오래요? 제지당한 건 언니지, 제가 아니에요.”

“이게 끝까지 죽으려고!”

온몸을 비비 꼬며 단심은 민경의 손길을 벗어나 보려 했으나 민경은 그리 호락호락한 여자가 아니었다. 단심이 몸을 꼴 때마다 더욱 강하게 힘을 주었고, 아프다고 소리를 고래고래 지르는 단심이 짠해 보인 애희가 말려서 겨우 벗어났다. 단심과 일행은 스테이지 가까운 곳에 자리를 잡고 앉았다. 잘생긴 웨이터가 다가왔다.

“오, 한 명만 빼고 물 좋은 누나들, 뭐 줄까?”

명찰에 ‘삼백 원’이라고 적힌 웨이터가 단심과 애희, 후배들을 차례로 쳐다보다 민경을 쳐다보고는 실망스런 표정을 지었다. 웨이터의 행동에 모두들 큭큭거리는 와중에 민경이 홧김에 술을 왕창 주문했다.

“왜 그렇게 많이 시켜요. 누가 다 먹게요?”

“내가 다 먹으려고! 됐냐!”

걱정스럽게 묻는 단심에게 화를 내는 민경 때문에 단심이 벌떡 일어나 화장실로 가버렸다.

‘그러니까 뭐 하러 따라와? 누가 오라고 그랬어? 흥, 고소해 죽겠네.’

단심은 배를 움켜잡고 쿡쿡 소리 없이 웃었다. 한참을 화장실 안에서 웃던 단심은 갑자기 들어온 다른 여자의 시선에 표정을 고치고는 거울을 바라봤다.

'쪽팔려.'

여자는 저 여자 뭐야, 하는 얼굴로 손만 씻고 나가 버렸고, 단심은 나가는 여자의 뒤통수에 콧방귀를 날리고는 자신도 손을 씻었다.

'그나저나 슬슬 서혁이를 찾아 봐야겠는데. 설마 오늘 마주치진 않겠지? 아무리 자주 온다고 해도 오늘이 처음인데. 우선 나가봐야지.'

단심은 열심히 손을 씻고, 마지막으로 아름다운 자신의 모습을 바라보고는 화장실을 빠져나왔다.

"어? 모단심?"

남자 화장실로 들어가려던 서혁이 너무 야시시한 옷차림의 단심을 발견하고는 단심을 붙잡았다. 갑작스런 서혁의 등장에 놀란 단심이 멀뚱멀뚱 서혁을 쳐다보았다.

'헉! 이런, 너무 빠르잖아. 아직은 때가 아닌 것 같은데. 뻥이 아니었네. 진짜 자주 오나 봐. 어떻게 첫날 마주쳐?'

단심은 서혁을 쳐다보며 배시시 웃었다. 서혁은 단심의 복장을 찬찬히 살폈다.

'가슴선이 훤히 보이는 옷에, 허벅지 다 드러내 놓고. 얼씨구, 투명 메이크업까지? 여기 오려고 용썼네. 아주 날 잡아 잡수세요, 하는 옷차림이네.'

서혁은 단심의 옷차림이 거슬러 인상을 썼다.

"옷차림이 좀 그렇다?"

"아하하, 이런 데는 이런 옷 아니면 안 들여보내 준다고 그래서."

"처음이냐?"

"응. 아, 아니!"

처음이냐는 물음에 얼떨결에 그렇다고 대답한 단심은 얼른 말을 바꿨으나 이미 눈치 챈 서혁이 피식 웃자 단심이 발끈했다.

'아니, 왜 그렇게 웃어? 어? 처음인 게 뭐가 어때서! 자주 오는 건 뭐 자랑이야?!'

라고 말하고 싶은 것을 단심은 꾹 참았다. 차마 내뱉을 수가 없었다. 단심은 서혁에게 그런 말을 할 수 없는, 그대 앞에만 서면 작아지는 여자이기에 속으로만 불을 지폈다. 서혁은 잘 놀다 가라는 말을 남기고 남자 화장실로 쏙 들어가 버렸고, 단심도 일행에게로 돌아오면서 고개를 꺄우뚱거렸다.

'이게 아닌 것 같은데.'

서혁은 친구들과의 모임으로 즐겁게 술을 마시며 노는데 자꾸 시선이 단심에게로 돌아가 짜증이 났다. 옷차림도 거슬렸고, 자꾸 웨이터들이 부킹을 시도하는 것도 거슬렸다. 시선을 주지 않으려고 노력하는데 주인의 명령을 거부하는 시선은 자꾸 단심에게 쏠려 있었다. 친구들의 이야기 역시 귀에 들어올 리가 없었다.

"야, 진서혁, 뭘 그렇게 열심히 보냐?"

"어, 어? 아니다. 술이나 마셔."

"호주에 갔었다면서?"

"응."

"괜한 짓 했다. 어차피 지수 너랑 관련없어. 너도 마음 정리했다며."

"친구로서 간 것뿐이다. 별 뜻 없었어."

별로 하고 싶지 않은 이야기가 친구 원성의 입에서 흘러나오자 서혁은 조용히 술을 들이켰다. 고등학교 때부터 친한 상류층 자제들이었다. 그렇다고 아무렇게나 여자를 만나고 돈 쓰는 애들은 아니다. 각자 자신의 사업을 하고 있었고, 집에 손 벌리는 짓은 하지 않았다. 참, 된 녀석들이다. 그런 친구들의 생각에 기분이 좋아지려는 것도 잠시, 서혁은 자꾸 단심이 신경 쓰여 기분이 점점 가라앉았다.

말없이 술잔을 기울이면서도 자꾸 다른 곳으로 시선을 던지는 서혁의 눈치를 살피던 원성과 친구들 모두가 그의 시선을 따라 고개를 돌렸다.

"어? 쟤 황애희 아니야?"

"맞네, 황애희네. 와, 쟤는 예나 지금이나 어쩜 저렇게 예쁘냐? 쟤 대학교 다닐 때 내가 미팅 자리에서 만난 적 있었거든? 남자애들이 다 쟤 찍고 다른 여자애들은 막 화냈어."

"진짜? 그래서 어떻게 됐는데?"

"내가 누구냐, 주원성 아니냐. 바로 낚았지. 근데 무슨 여자가 그렇게 도도하게 구는지, 그냥 갔어. 재미없다고."

"오, 천하에 주원성이 여자한테 한 방 먹었네?"

"내 인생에 처음이었다. 내가 장담하는데 쟤 아마 평생 시집 못 갈 거야. 여자가 말이야, 나긋나긋한 맛이 있어야지, 톡톡 쏘면 매력없어."

"야, 여자가 그냥 나긋나긋하면 재미없지. 콜라처럼 톡톡 쏘는 게 매력이지. 넌 아직 여자를 몰라. 근데 저 옆에 있는 여자는 누구야? 쟤도 한미모 하는데? 몸매 장난 아니다."

원성과 민수가 사이좋게 대화하며 단심 일행에게 관심을 보였다. 서혁은 이내 관심없다는 듯이 시선을 거두고 술을 한 모금 마셨다.

"뭐야, 진서혁. 너 쟤 보고 있었던 거야? 내가 데리고 올까?"

"됐어, 동창들끼리 무슨."

"동창? 황애희? 애희랑 안 놀면 되지. 저 옆에 저렇게 예쁜 애를 두고 뭐 하러 애희랑 노냐?"

"저 옆에 있는 애도 우리 동창이야, 모단심."

"뭐? 모단심?"

서혁의 입을 타고 흘러나오는 이름에 민수와 원성은 하나로 입을 모아 물었다. 서혁은 담배를 꺼내어 불을 붙였다. 담배 연기를 길게 들이마시는 서혁의 입에서 원성이 담배를 빼앗아 꺼 버렸다.

"우리 클럽에서는 금연인 거 몰라? 여자들이 담배 냄새를 얼마나 싫어하는데."

"자기들도 피우면서 금연은 무슨."

"진짜 웃기지 않냐? 담배 냄새를 질색하는 애들 보면 자기들도 담배를 피워요."

민수는 서혁을 따라 담배에 불을 붙이려다 말고 원성의 말에 담뱃갑을 책상에 던져 놓고는 불만을 터뜨렸다. 그러나 원성은 그것에는 관심없는 듯 단심에게서 시선을 떼지 못했다.

"그나저나 쟤가 진짜 모단심이야? 정말 예뻐졌다. 그 많은 살들은 다 어쨌대? 수술?"

너무도 변한 단심의 모습에 당연 화제는 단심에게 모아졌다. 서혁은 자꾸 관심을 보이는 원성 때문에 묘하게 기분 나빴지만, 무시하고 술을 마셨다.

"열심히 운동해서 살 뺐단다."

"독하다. 지금은 뭐 하는데?"

"스튜어디스."

"오, 직장 제대로다. 쟤 고등학교 때 너한테 고백했다가 차였잖아. 아깝지 않아?"

계속해서 원성은 단심에게 관심을 보였고, 원성의 말에 우쭐해진 서혁은 단심을 쳐다보고 있는 원성의 머리를 붙잡고 강제로 돌렸다.

"무슨, 한 트럭 갖다줘도 싫다. 그만 쳐다보고 술이나 마셔."

“야, 하루 데리고 놀 만한데?”

“그만 해, 주원성. 동창을 그렇게 말하면 안 되지.”

심하다 싶은 원성의 말에 민수가 얼른 그의 입을 막았다. 술이 과한 탓이었는지, 아니면 원래 여자를 좋아하는 탓에 나온 말이었는지는 모르겠으나 상당히 거슬리는 원성의 말에 서혁은 멱살이라도 잡으려 했지만 민수가 먼저 선수를 쳐서 참았다. 듣자 듣자 하니 말하는 것이 가관이 아니었다. 서혁은 짜증스럽다는 듯이 술을 원샷하고 잔을 쾅 내려놓았다. 서혁이 화가 난 것을 안 원성도 조용해졌다. 그렇게 분위기가 싸늘하게 식어가고 있을 무렵 민수가 소리쳤다.

“어? 야, 쟤들 부킹했나 본데?”

민수의 말에 서혁이 고개를 확 돌려 쳐다봤다.

애희와 민경 때문에 그렇게 싫다는 부킹을 하게 된 단심은 신경 쓰지 않으려고 노력하는데 자꾸 서혁이 거슬렸다. 고개를 돌리는 척하면서 서혁을 쳐다보면 뭐가 그리 불만인지 자신을 째려보고 있는 눈빛에 놀라 시선을 거두기를 몇 차례. 단심은 부킹 때문에 한숨을 내쉬었다.

‘황애희, 넌 도움이 안 돼!’

강한 시선으로 애희를 쳐다보던 단심의 눈빛을 느낀 애희가 귀에 대고 소곤거렸다.

“야, 질투심 유발 몰라? 연애의 기초는 질투심 유발이야, 이 맹추야.”

단심이 애희의 귀를 확 잡아당기며 답했다.

"그거야, 서로 관심있을 때 하는 짓이고. 그리고 난 지금 진서혁을 꼬셔야 하거든?"

"귀에 바람 불지 마, 간지럽게. 이미 해버린 부킹을 어쩌겠어. 오늘은 그냥 즐기고 내일부터 꼬시면 되지."

애희는 비행할 때 승객들에게 던지는 그 미소를 머금고 남자들 한명한명과 시선을 마주쳤다. 남자들이 황홀한 눈빛으로 애희를 바라봤다.

'아, 미치겠네. 이러면 안 되는데.'

자꾸 서혁이 걱정되는 단심은 안절부절못하고 앉아 있었다. 서혁도 문제이긴 하지만, 가장 큰 문제는 남자들에게 적응을 못하는 단심 자신이었다. 이런 만남이 익숙하지 않은 단심이 말없이 과일만 먹고 있는데, 아뿔싸, 한명이 말을 걸어왔다.

"몇 살이야?"

'너보단 내가 위일 것 같은데, 웬 반말?'

"스물아홉 살이요."

'어머, 모단심, 너도 내숭있었니? 휴, 우선 벗어나야 돼. 벗어나고 보자, 모단심.'

속마음과 다르게 고분고분하게 튀어나오는 말투에 단심은 스스로 놀라워하며 어떻게 하면 빠져나갈 수 있을까 궁리했다. 한참 머리를 굴리는 단심과는 정반대로 확실하게 관심을 보이는 남자는 더욱 몸을 밀착시켰다. 그리고 귀에 바람을 불듯 말했다.

"난 스물일곱 살이야. 누나, 너무 분위기 못 맞춰준다. 술도
마시고 해야지. 누나, 이거 한 잔만 마셔라."

'내가 그럴 줄 알았다. 어린놈이 어디서! 누나? 징그럽게! 그
리고 내가 지금 너랑 분위기 맞춰서 뭐 하겠니, 어?!'

"아니에요. 전 됐어요."

"그러지 말고, 응?"

어린놈이 건네주는 술을 받아 마신 단심이 혀와 목구멍을 자
극하는 맛에 미간을 좁혔다. 그런 단심을 흡족하게 바라보던 어
린놈은 다시 한 번 입을 열었다.

"우리 나가서 춤추자."

"아니요, 됐다니까요."

"나가자, 응? 나가."

싫다는 단심을 억지로 일으킨 남자는 단심을 끌고 스테이지
로 나갔다. 남자는 흘러나오는 노래 소리에 맞춰 단심의 허리춤
에 커다란 손을 얹고는 혼자서 몸을 흔들었다. 당황한 단심이
얼른 빠져나오려는데 이 어린놈이 놔주지를 않았다.

'이거 변태 아냐? 왜 몸을 비벼? 으악! 진짜 최악이야. 황애
희, 넌 진짜 죽었어!'

단심이 그의 손에서 빠져나오려고 발버둥을 치는데 그 어린
남자가 속삭였다.

"왜, 좋으면서."

'완전 미친놈이야. 엄마~ 나 좀 살려줘. 언니들~ 효심 언니

두고 봐! 톡톡 튀는 여자? 두 번 톡톡 튀었다간 나 변태한테 잡아먹히겠다!'

"저, 저기 저는 싫은데요."

"왜 그래, 선수끼리."

'선수는 무슨. 난 오늘 처음이거든?'

자꾸 몸을 밀착시키는 남자에게서 빠져나가기 위해 안간힘을 쓰던 단심은 갑작스런 신체 변화에 주춤했다. 몸이 나른해지고 점점 몽롱해지는 정신 때문에 머리를 세차게 도리질쳤다.

"왜? 머리 아파? 바람 쐬고 싶어? 나갈까?"

"아니, 괜찮은데……."

'왜 이러지? 머리가 멍하네. 내가 술을 몇 잔 마셨지? 별로 안 마셨는데……. 이상하다? 정신 차려, 단심. 모단심. 이상해…….'

단심은 자신 앞으로 쿵쿵 다가오는 서혁을 바라보다 픽 쓰러졌다.

멀리서 스테이지로 나가 춤을 추는 단심을 쳐다보고 있던 서혁과 친구들은 숨죽이고 그들의 행동을 지켜봤다. 춤을 추다 말고 주춤하는 단심의 폼에 원성이 혀를 끌끌 찼다.

"저거 오늘 한 건 하겠네."

"아는 놈이야?"

"우리 가게 단골. 여자들 저렇게 데리고 나가는 데 선수야."

"무슨 소리야?"

"모단심, 저놈이 주는 술 먹었지? 거기에 약 탔어. 그래서 저렇게 해롱거리는 거야."

서혁은 원성의 말에 벌떡 일어나 빠른 걸음으로 스테이지로 갔다. 단심을 데리고 밖으로 나가려던 남자 앞에 서혁이 섰고, 단심은 서혁을 쳐다보나 싶더니 픽 쓰러졌다. 그런 단심을 보며 음흉하게 웃던 남자가 단심을 데리고 나가려고 하자, 서혁이 단심을 안아 들었다. 황당한 서혁의 행동에 남자가 서혁의 어깨를 붙잡자, 서혁이 낮게 읊조렸다.

"더러운 손 치워. 어디 남의 여자를."

"이런 미친놈을 봤나."

서혁이 기분 나쁜 웃음을 지었다. 남자가 한 대 치려는 기세로 달려들려는 찰나, 서혁 뒤에서 다가오는 여섯 명의 남자 무리들을 보고 꽁무니를 뺐다. 다름 아닌 서혁의 친구들이었다.

"내일 오후나 되어야 깨어날 거야. 저런 놈들 좀 강한 약을 쓰거든. 머리도 심하게 아파할 거야."

원성의 말에 고개를 끄덕인 서혁이 단심을 자신의 차에 태웠다. 힘없이 늘어지는 단심을 한심하게 바라보던 서혁이 어디로 가야 하나 고민하다가 자신의 집으로 향했다.

여자를 업고 들어오는 서혁의 등장에 부모님이 놀란 것은 물론이고, 할아버지는 기함한 채 서혁을 쳐다봤다.

"우선 눕히고 설명할게요."

서혁은 할아버지를 피해 자신의 방으로 들어가 단심을 침대에 눕혔다. 그런 서혁을 따라 들어온 할아버지와 불안한 표정의 부모님은 서혁의 입만 쳐다봤다. 무슨 말이든 해보라는 의미. 서혁이 겉옷을 벗으며 입을 열었다.

"동창이에요."

"오늘 모임 있었어?"

불안한 얼굴로 서혁에게 질문을 던진 김 여사는 자꾸만 할아버지의 눈치를 보았고, 할아버지는 가만히 뭔가를 생각하시나 싶더니 버럭 소리를 지르셨다.

"근데 이놈이 지금 시간이 몇 신데 이제 들어와!"

맙소사. 서혁은 미처 생각 못한 통금시간에 인상을 구겼다. 오늘 한바탕 놀고 민수의 집에서 자려고 했는데, 단심 때문에 깜박하고 집으로 들어오고 말았다. 서혁이 미처 손을 쓰기도 전에 할아버지의 손이 무작정 날아왔고, 서혁은 이리저리 피하기 바빴다.

"잘못했어요. 한 번만 용서해 주세요."

"아버님, 용서하세요. 잘못했다고 빌잖아요."

서혁의 어머니인 김 여사의 만류에 진 회장은 손을 거두고 방을 나갔고, 뒤를 이어 아버지도 나갔다. 두 부자가 나가자 김 여사는 걱정스런 얼굴로 서혁에게 말했다.

"그렇게 전화했는데 받지도 않고. 그나저나 이 애는 왜 이러니? 술을 많이 마신 거야?"

"아니요. 동창회는 거짓말이에요. 실은 원성이네 클럽에 갔는데 이 친구가 있더라고요. 근데 나쁜 놈들한테 잘못 걸려서 구출해 온 거예요."

"나쁜 놈들?"

"나쁜 놈들이 애를 꾀어내려고 술에 약을 타서 먹였거든요. 할 수 없이 구출해서 데리고 온 거예요."

"어휴, 세상 무섭다. 큰일날 뻔했네. 근데 참 참하게 생겼다. 민혁이 짝으로 딱 좋을 것 같은데, 안 그러니? 옷을 이렇게 입어서 그렇지, 생김새나 분위기가 고상한데?"

이건 무슨 기러기가 날아가다 자빠지는 소리. 서혁은 김 여사의 말에 놀라 손까지 흔들며 안 된다고 소리쳤다. 절대, 절대 모단심을 형수로 받아들일 수 없는 서혁은 김 여사를 방 밖으로 내몰았다.

"가서 주무세요. 형 짝으로는 안 되는 애예요. 나가세요, 빨리."

"알았어. 넌 형 방에 가서 자. 오늘 형 안 들어온댔어."

"안 잘 거예요. 쟤 깨어나면 잘 거니까 가서 주무세요."

서혁은 막무가내로 김 여사를 몰아내고 문을 닫았다. 방 안에 약에 취해 잠든 여자와 단둘이 있게 된 서혁이 어색함과 동시에 밀려오는 강한 본능에 괜스레 헛기침을 하다. 옷장에서 옷을 가지고 욕실로 들어와 찬물로 샤워를 하고 옷을 갈아입었다. 잡티하나 없는 잘생긴 얼굴에 만족스러워하며 스킨을 바랐다. 그러자 방 안이 진한 스킨 향으로 진동을 했다. 서혁은 침대에 누워 있는 단심의 곁으로 다가와 앉아 있다가 순간 단심의 가족들과 애희가 생각나 휴대폰으로 애희에게 전화를 걸었다.

"여보세요?"

[어? 서혁아, 어쩐 일이야?]

"단심이 지금 나랑 같이 있다고 말해주려고."

[뭐? 모단심이 너랑 있어? 왜?]

"넌 친구가 나쁜 놈한테 걸려서 약 탄 술을 마신 것도 모르고 뭐 했어?"

[약 탄 술? 무슨 소리야?]

"됐어. 아무튼 단심이 우리 집에 있으니까 단심이네 집에는 너랑 같이 있다고 말씀드려. 괜히 오해하시지 않게."

[응, 알았어. 근데 단심이는 괜찮아?]

"응, 자고 나면 괜찮을 거야. 참, 내일 너희 비행 있어?"

[아니, 없어. 걱정 안 해도 돼. 근데 어쩌니? 휴.]

"걱정 말고, 너도 빨리 집에 들어가. 거기 악질들 많아."

[단심이 원래 클럽 안 다니는데 네 친구가 거기 주인이라고 해서 너 만나려고 간…… 합!]

하여튼 생긴 것과 다르게 애희는 항상 입이 방정이었다. 술까지 마시는 바람에 알딸딸한 정신으로 서혁에게 단심의 행동을 고스란히 불어버린 애희는 뒤늦게야 입을 다물어보았지만, 정작 중요한 이야기는 다 한 꼴이니 소용이 없었다. 서혁은 혀 꼬부라진 음성으로 모든 것을 털어놓은 애희 때문에 웃음을 참을 수 없어 피식 소리를 흘렸다.

[서혁아, 다 들었니?]

"난 귀를 멋으로 달고 다니는 사람 아니야."

[저기, 단심이한테는 비밀이다. 난 잘못없어, 이놈의 입이 주인 말을 안 듣고 방정을 떨어서 그래. 아무튼 잘 부탁한다.]

서둘러 전화를 끊어버린 애희 때문에 서혁은 한동안 손으로 입을 막고 낄낄거리며 웃었다. 그리고 새근새근 자고 있는 단심에게 시선을 주었다.

'설마, 너 아직도 나 좋아하니? 귀여운 것.'

아기처럼 잠들어 있는 단심을 바라보던 서혁은 일어나 욕실로 들어가 물에 적신 수건을 가지고 나온 서혁은 단심의 얼굴을 닦아주었다. 예전엔 살로 덮여 있어서 몰랐는데 콧대가 참 예뻤다. 턱 선도 그러했다.

"모단심, 너 궁금해. 너란 여자 되게 궁금해진다."

서혁은 수건에 묻어나오는 화장품에 인상을 찌푸리면서도 꿋꿋하게 모두 닦았다. 그렇게 단심의 얼굴을 말끔하게 닦은 서혁은 오랫동안 들여다보았다. 마음이 이상하다. 자꾸 뭔가가 꿈틀거린다. 이게 뭘까?

멍한 머리를 감싼 단심이 눈을 비비며 뜨는데, 항상 보던 벽지가 아니었다. 그렇다면 여긴 어디? 단심은 다시 눈을 감고 어

젯밤 일을 생각해 냈다. 춤을 추다가 쓰러진 것 같은데 그 뒤로
는 전혀 기억이 나지 않았다. 단심은 아차 싶어 얼른 자신의 몸
을 살폈다. 다행히도 옷은 그대로 입혀져 있었다. 살며시 한쪽
눈만 뜨고 방 안 구석구석을 살피던 단심은 한쪽 눈도 마저 떴
다. 그리고 상체를 일으켜 세웠다.

"일어났어?"

갑자기 들려오는 목소리에 단심이 얼른 이불을 뒤집어썼다.
그런 단심을 황당한 표정으로 쳐다보던 서혁이 이불을 확 제쳤
다.

"나와서 밥 먹어."

단심의 눈앞에 서혁이 떡 하니 서 있었다.

"아직 꿈이야?"

정신이 없는 단심은 다시 눈을 비볐다. 여전히 진서혁이었다.

"정신 차려! 모단심! 이건 꿈이야, 이건 꿈이야. 너 귀신이지?
서혁이 모습을 한 귀신이지? 훠이, 물러가라."

혼자서 북 치고 장구 치고 꽹과리까지 치는 단심의 바보 같은
행동에 서혁은 더 이상 어떤 말도 하지 않고, 단심의 손을 잡아
끌어 주방으로 걸음을 옮겼다. 식탁 위에는 몇 가지 반찬과 국,
밥이 차려져 있었다.

"앉아서 먹어."

"어?"

"나 귀신 아니거든? 진서혁 맞거든?"

"네가 어떻게…… 여긴 어디야?"

"내 집."

"네 집?"

'오, 마이 갓. 모단심, 너 뭐 한 거야!'

크게 벌어진 단심의 입이 다물어질 생각을 하지 않자, 서혁이 밥 한 숟가락을 떠 단심의 입속에 넣어주고는 단심이 궁금해하는 이야기를 해주었다.

"너 약 탄 술 마시고 정신 못 차리기에 데리고 왔어. 자세한 이야기는 밥 먹고 하자. 나도 배고파."

"으응."

단심은 입 속에 들어온 밥을 꼭꼭 씹으며 한 그릇을 뚝딱 비웠다. 야채샐러드 이후로 밥다운 밥을 못 먹은 단심에게 오늘의 식사는 그야말로 꿀맛이었다. 생각지도 못한 서혁과의 식사에, 그리웠던 밥까지. 눈물이 다 나올 지경이었다. 그렇게 식사를 마친 단심과 서혁은 나란히 커피까지 마셨다.

"앞으로 그런 데 가지 마."

"응?"

"어제 그놈 너한테 약 탄 술 먹이고, 호텔까지 가려고 했을 거야. 너 나 아니었음 그대로 당했어."

끔찍한 소리에 단심이 멍하게 서혁을 쳐다보았고, 서혁은 다시 한 번 당부했다. 단심은 알겠다며 고개를 세차게 끄덕였다.

'뭐야? 날 걱정해서 한 소리야? 아니면 너도 나한테 반했니?

오호호호. 그럼 말해라. 이 누님이 기꺼이 넘어가 주지.'

단심은 속과는 전혀 다르게 조신하게 웃었다. 그런 단심을 향해 웃던 서혁이 자리에서 일어났다.

"집에 데려다 줄게."

"아니야. 전철 타고 가면 돼."

"그런 옷차림으로 전철 타면 변태 꼬여. 데려다 줄게."

'어라? 너무 잘해주니까 마음이 이상해지잖아! 참자, 참아.'

서혁의 세심한 배려를 받으며 단심은 무사히 집으로 돌아올 수 있었다.

단심의 무사한 귀환에 언니들은 모두 단심의 집으로 모였다. 작은 집이 터질 것 같아 단심이 닫아두었던 창문을 모두 열었다.

"돌아왔구나, 단심아."

"내가 무슨 전쟁터 나갔다 왔어?"

열째 현심의 말에 단심이 꼬투리를 잡자 현심의 눈이 번뜩였다.

"말 한번 잘했다! 말만한 계집애가 어디서 외박이야! 그놈이랑 뭐 했어! 잤어?"

말은 저렇게 해도 은근히 잠을 자고 왔기를 원하는 눈치였다. 뻔한 속셈이었다. 우리 현심 씨가 호준 형부를 잡은 마지막 방법이 먼저 자빠지는 것이었으니까.

"무슨 소리야? 자기야 잤지."

“애 가진 것 같아?”

“무슨 소릴 하는 거야! 내가 무슨 메뚜기야? 잤다는 말은 그냥 걔네 집에서 하룻밤 잤다는 거지! 동생을 뭘로 보고!”

“그럼 좀 아쉽지. 그나저나 어떻게 된 건지 자세히 이야기해 봐.”

옷도 갈아입지 못하게 단심을 붙잡고 세세한 이야기를 원하는 언니들의 눈빛에 단심은 자신이 서혁에게 들은 이야기를 해 주었다. 언니들은 하나같이 서혁의 이름만 나와도 멋있다며 촉촉한 눈빛으로 이야기에 빠져들었다. 언니들의 눈빛이 부담되었지만 단심은 차분히 이야기의 마침표를 찍었다.

“그래서 오늘 아침에 데려다 줬어.”

“진짜 멋있는 놈이네. 내가 호준 씨랑 결혼 안 했음 어떻게 해 보는 건데!”

“현심 언니, 안됐다.”

“너도 안타깝지?”

“응, 뒤에 형부 있거든. 언니 오늘 우리 집에서 자야겠다. 불쌍해.”

안타까워하는 표정을 짓고 있던 현심이 천천히 고개를 돌렸다. 뒤에는 잘생긴 남편 호준이 무시무시한 눈빛으로 현심을 바라보고 있었다. 현심의 표정이 일그러짐과 동시에 호준이 단심의 집을 뛰쳐나갔고, 현심은 못살아라는 명대사를 남긴 채 쫓아갔다. 현심이 나가고 단심이 호호거리며 웃자, 여덟째 연심이 웃지 말라며 나무랐다. 단심이 얼른 입을 닫자, 첫째 일심이 입을 열었다.

"괜찮은 애네. 다른 건? 사귀자거나 그런 진전은 없고?"

'괜찮긴, 싸가지 완전 없는데.'

예전 같았음 이렇게 말했을 테지만, 지금은 마음이 조금 그렇다. 사라졌던 미련이 생겼나?

"뭐, 아직까지는."

단심의 힘 빠지는 소리에 가만히 앉아 있던 넷째 성심이 고개를 꺄우뚱하며 단심을 쳐다봤다.

"그래도 전혀 관심이 없는 것 같지는 않은데? 막말로 관심없는 여자가 딴 놈이랑 호텔을 가든지 말든지 무슨 상관이야? 안 그래?"

"에이, 생판 모르는 남이면 모를까, 단심이가 동창인데 가만히 보고만 있겠니? 관심이 있든 없던 구해줬겠지. 아무튼 좀 더 밀어붙여 보자."

셋째 효심이 단심에게 힘을 실어주었고, 단심도 굳게 마음을 먹으며 고개를 끄덕였다. 단심은 쉬고 싶은 마음에 언니들을 뒤로하고 방으로 들어왔다. 침대에 쓰러지듯 눕는데 문자메시지가 도착했다.

〈나 진서혁. 머리 안 아파?〉

서혁의 문자였다. 내 번호는 어떻게 알았지?

〈내 번호는 어떻게 알았어?〉

조금 두근거리는 마음으로 문자를 보냈던 서혁은 휴대폰을 쥐고 문자를 기다렸다. 곧이어 단심의 문자가 왔고 서혁의 얼굴에는 점점 미소가 사라졌다.

'이게 묻는 말에나 대답할 것이지. 왜 또 시비조야?'

〈스토커 아니다. 애희가 자기한테 연락 안 되면 너한테 전화하라고 알려줬어.〉

'누가 스토커랬어? 이건 꼭 이렇게 시비라니까.'

점점 원수가 되어가고 있는 듯한 묘한 분위기 속에 속에 문자는 계속되었다. 전혀 시비 걸 생각이 없이 보낸 단심의 문자를 서혁은 이상하게 받아들였다.

〈그랬어? 머리 괜찮아. 관심 고마워.〉

'뭐야, 이제 괜찮으니까 관심 끄라 이거야? 진짜 웃기는 애네?'

고맙다는 단심의 인사에 서혁은 또 오해를 하고 점점 기분이 나빠지기 시작했다. 오기가 생겨 문자를 꼬아서 보냈다.

〈관심은 무슨. 원래 지나가는 거지에게도 관심을 주는 성격이라
서.〉

'와, 그럼 내가 거지야? 그러니까 네가 싸가지없단 소릴 듣고
사는 거야.'
단심 역시 이제 막말처럼 날아오는 문자에 기분이 팍 상했고,
덩달아 막말로 문자를 날리기 시작했다.

〈그래? 참 오지랖도 넓다, 거지한테까지 관심을 갖다니.〉

'오지랖이 넓어? 그래서 불만이냐?'

〈미안하게 됐다, 오지랖이 넓어서. 근데 내 오지랖 넓은 데 보태준
거 있냐?〉
〈나도 먹고 살기 바쁜데 그쪽 오지랖에 뭘 보태줄 수 있겠어요?〉

지금까지의 모단심이 아니었다. 얼굴 마주하고 이야기하는
것과는 판이하게 달랐다. 분명 직접 대화를 했음 덜덜 진동 모
드의 음성으로 말은커녕 눈도 제대로 못 마주쳤을 터인데 문자
이니만큼 당당하게 할 말 다 했다. 휴대폰이라는 새로운 매개체

의 발전과 동시에 단심의 대담성도 발전했나 보다. 이렇게 가다가는 아무래도 큰 싸움이 일어날 것 같았지만 단심은 굴하지 않았다. 복수를 시작하고 별로 한 것도 없겠다, 무서울 것도 없는 단심이다. 차라리 이대로 싸우고 달 뜨지 않는 밤에 뒤통수 한 대 패주고 오면 그만이다. 단심은 그의 화를 돋우었고, 서혁도 날아오는 문자를 보며 혼자서 소리를 지르며 온갖 욕을 해댔다.

"악! 진짜 한 마디도 안 지네! 젠장!"

서혁은 이대로 그냥 넘어갈 수 없다는 판단하에 단판을 짓고자 문자를 보냈다.

〈숲속공원으로 나와. 차 타면 이십 분이다. 금방이니까 꼭 나와라!〉

'참 나, 차 타고 이십 분 거리가 금방이니? 어? 그리고 지금 무슨 결투 신청하니? 그으래, 나가주지. 넌 죽었어!'

단심은 서혁의 문자를 끝으로 대충 옷을 챙겨 입고 나와서 씩씩한 걸음으로 공원으로 향했다. 생각 외로 사람이 꽤 많았다. 단심은 입구와 가장 가까운 벤치에 자리를 잡고 앉았다가 도로 일어났다.

'내 문자가 좀 심했나? 아, 설마 진짜 때리는 건 아니겠지?'

서혁은 단심에게 문자를 날리자마자 거의 나는 수준으로 운전대를 잡고 숲속공원으로 향했다. 이십 분의 거리를 단 칠 분 만에 도착한 서혁은 얼른 뛰어서 입구에 막 들어섰다. 두리번거리던 서혁은 가로등 밑 벤치에 앉아 있는 단심을 보고 다가가려다 우뚝 멈춰 섰다.

'뭐야, 눈이 왜 이러지?'

가로등 빛 아래 반짝거리는 단심을 보던 서혁이 눈을 비비면서 그녀가 맞는지 재차 확인했다.

단심은 서혁을 기다리는 동안 아무 생각 없이 앉아 있는데 머리가 무척 간지러웠다. 감지 않은 탓이었다. 사람들도 많은데 여기서 무식하게 머리를 벅벅 긁을 수가 없어 조심스럽게 머릿속으로 손톱을 숨기듯 집어넣었다. 그리고 손톱 끝을 세워 천천히 머리카락을 넘기듯 쓱 밀었다.

'아, 시원하다. 이히히.'

단심은 만족스러워 입가에 저절로 미소가 지어졌다.

서혁이 또다시 우뚝 멈춰 섰다. 가로등 불빛 바로 아래 앉아 있던 단심이 천천히 머리칼을 쓸어올리는 것이 보였기 때문이다. 너무 예쁜 모습. 부드럽게 쓸어올렸던 머리칼은 힘없이 다시 내려왔다. 서혁은 가만히 서서 두근대는 심장을 손으로 눌렀다. 심장이, 심장이 미친 듯이 뛴다. 이건 달려와서가 아니었다. 모단심이라는 여자의 모습에 심장이 뛴다. 지금 이렇게.

'이건 뭐지?'

서혁은 숨조차 제대로 쉴 수 없게 되자 가슴을 쿵쿵 내려쳤다.

'미쳤어? 숨 쉬어! 진서혁, 숨 쉬어!'

"휴우."

몇 번 아주 세게 가슴을 내려치자 그제야 숨통이 트였다.

서혁이 온 줄도 모르고 벤치에 앉아 있던 단심은 어느새 흥분했던 마음이 조금씩 진정되었다. 시원하게 부는 바람에 차분히 눈을 감았다.

'제발 진정해라, 진서혁.'

서혁은 다시 걸음을 떼었다. 천천히 단심에게로 다가갔다.

"뭐 해?"

'뭐야. 왜 또 부드러운 남자가 됐어? 아깐 죽일 듯하더니만.'

언제 사람을 열나게 했었냐는 듯 부드러운 말투와 미소의 서혁이 단심에게 다가왔다. 단심은 이미 흥분이 가라앉았고, 솔직히 그가 때릴까 봐 두려웠기에 순순히 응해주었다.

"어? 왔네. 그냥 앉아 있지."

'머리를 안 감아서 긁고 있었다, 됐니?'

서혁은 자꾸 단심에게 쏠리는 시선을 겨우 붙잡고 잔뜩 굳은 채로 정면을 응시하고 있었다. 그렇게 대화가 뚝 끊겼다. 또다시 어색한 시간이 돌아온 것이었다. 사람들도 하나둘씩 사라졌고 서혁은 별 생각 없이 두리번거리다 하늘을 쳐다봤다.

"별 되게 많다."

'갑자기 웬 별 타령?'

"여기 원래 별 많아."

‘저 시큰둥한 반응. 확 깨네, 그냥!’

시큰둥하게 답한 단심을 보고 서혁은 한참 뛰던 심장이 순식간에 제자리로 돌아온 것을 느꼈다. 저렇게 분위기를 못 맞추니 시집을 못 갔을 거라는 결론도 내렸다. 하지만 서혁은 왠지 다시 한 번 분위기를 잡아보고 싶은 생각에 잔잔한 음성으로 이야기를 꺼냈다.

“옛날에 꼬마와 꼬마가 살았대. 꼬마와 꼬마는 서로 사랑했지.”

‘갑자기 웬 옛날이야기?’

“어느 날 꼬마가 꼬마에게 말했어, 하늘에 떠 있는 별을 갖고 싶다고. 그래서 꼬마는 별을 따러 산에 올라갔지. 하지만 키가 작은 꼬마는 별을 따지 못했어. 하늘이 너무 높았거든.”

자신의 이야기에 심취해 있는 서혁과는 달리, 단심은 지금 애가 뭔 말을 하나 지켜볼 뿐 어떤 반응도 보이지 않았다. 그러나 서혁은 당연히 단심도 자기 이야기에 빠져 있을 거라고 착각했다.

“하지만 꼬마는 알고 있었어, 꼬마에게 별을 줄 수 있는 방법을. 그 방법이 뭔 줄 알아?”

‘내가 알면 네 이야기를 듣고 있겠니?’

“글쎄?”

“사람이 죽으면 별이 된대. 그래서 꼬마는 꼬마의 별이 되어주었어. 꼬마는 꼬마를 사랑했거든. 인터넷에서 떠도는 이야기야. 어때? 감동적이지?”

“설마 그 이야기를 믿는 건 아니지?”

“정말일지도 모르지, 사람이 죽으면 별이 된다는 거.”

서혁이 무슨 말을 할까, 집중해서 듣던 단심은 갑자기 인상을 찡그리며 서혁의 팔을 툭 쳤다.

“에이, 그거 다 지어낸 이야기야.”

감성적인 분위기를 잡아보려던 서혁은 단심의 말에 대꾸도 없이 고개를 옆으로 돌리며 입을 씰룩거렸다.

‘아, 진짜! 분위기 못 맞추네.’

단심은 그런 서혁이 이해되지 않아 고개를 저으며 하늘을 쳐다봤다.

‘나이가 몇인데 아직도 그런 환상에 젖어 사는 거야?’

분위기를 잡으려 해도 쿵짝이 맞아야 하는 법이거늘, 서혁은 산통 다 깨버린 단심을 원망하며 망설임없이 자리에서 일어났다.

“왜?”

“가야지.”

“가게?”

“잘 거야. 피곤해.”

‘왜 느닷없이 피곤해? 하여튼 변덕이 죽 끓듯 해요.’

갑자기 확 돌변한 서혁을 따라 단심도 일어났다. 서혁은 단심을 기다리는가 싶더니 성큼성큼 걸어서 차를 타고 먼저 가버렸다.

"저런, 저 싸가지."

단심은 뒤도 돌아보지 않고 가는 서혁의 차 뒤꽁무니에 대고 나지막이 욕을 지껄이다가 집으로 돌아와 버렸다.

4. 성심 언니 :마음의 종소리를 듣게 하라

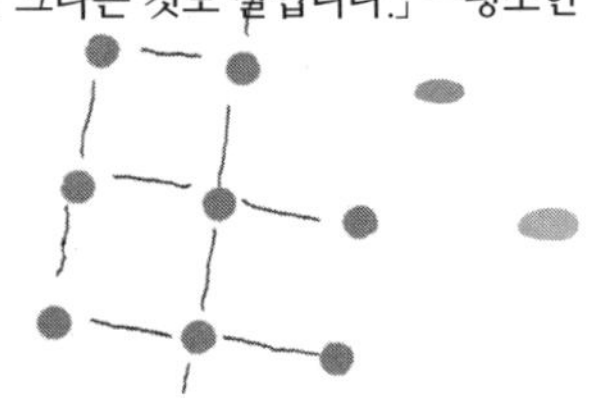

「진짜 사랑은 언젠가는 상대의 마음에 가서 닿는다는

사실을 깨달았습니다. 그 사랑이 조용한 것일수록,

닿았을 때 마음의 울림은 더 크다는 것도 말입니다.」 —왕조현

런던에서 돌아온 단심이 오랜만에 편안한 휴식을 취하고 있는데 넷째 성심이 단심의 집에 침입했다. 단심은 성심의 등장에 경계를 하며 빤히 쳐다보자 성심이 단심의 머리를 쥐어박았다.

"눈 아프겠다."

"왜 왔어?"

"화장지랑 샴푸가 떨어졌어. 있지?"

이럴 줄 알았다. 성심이 단심의 집에 오는 것에는 딱 두 가지 이유가 있었다. 집안 소모품이 떨어졌거나 단심의 고민 상담을 해주기 위함이었다. 지금은 단심의 고민을 상담해 줄 필요가 없는 때이고, 그렇다면 이유는 한 가지뿐이었다.

"안 돼! 없어! 나도 돈 주고 사서 쓰잖아!"

"뻥친다. 설날에 선물 들어온 거 봤어. 같이 나눠 쓰자!"

온몸으로 막았으나 대한민국 아줌마의 힘을 어찌 이기겠나. 단심이 졌지. 성심은 품 한가득 샴푸와 린스, 비누와 두루마리 휴지를 챙겨 들었다. 많이도 챙겼다, 정말. 단심이 불만 가득한 얼굴로 성심을 바라보자 성심이 단심에게 다가갔다.

"너 서혁이랑 진전은 있니?"

'뭐, 진전은 있긴 있지. 클럽 갔다 온 뒤로 계속 문자가 오고 있으니까.'

"그냥 그럭저럭."

"뜨뜻미지근한 사이구나?"

"이제 얼마나 됐다고."

"이게 뭘 모르네? 우선 연락 오는 건 모조리 씹어버려."

'그걸 왜? 난 얼른 진도를 나가서 사귄 다음 일방적으로 버려야 하는 사람인데, 무슨!'

"싫어."

"너 연애하고 싶지 않아? 빨리 연애하고 싶으면 언니 말 들어라."

'언니들 말 들어서 여전히 진도가 제자리인 거 모르나?'

"싫습니다."

단심은 단호하게 성심의 말을 거역하고는 TV 채널을 돌렸다.

그러자 성심이 TV를 꺼버렸다. 못마땅한 얼굴을 한 단심이 성심을 바라봤다.

"조용한 사랑일수록 닿았을 때 마음의 울림이 더 크다, 왕조현. 모르겠어?"

"모르겠습니다요."

"무작정 그 녀석을 만난다고 사랑이 이루어지는 게 아니야. 너란 존재를 알렸으니까 이제 너란 존재가 사라졌을 때 어떠한 기분이 드는지를 확인시켜 줄 차례지."

"날 사랑하는 것도 아닌데 내 존재가 사라진다고 해서 마음의 동요가 생길까?"

"시험이지, 위험한 시험. 만약 이게 통과되지 않는다면, 네가 앞으로 언니들의 연예법칙을 따른다고 해도 소용이 없어. 그 녀석의 마음의 울림이 얼마나 클지 시험해 보자."

마음의 울림이 얼마나 클지 시험해 보자…….

과연 이 방법이 통할까?

무조건 연락을 금하라는 말만 툭 던지고 성심은 행복한 얼굴로 생필품을 챙겨 자신의 집으로 가버렸다. 단심은 여전히 소파에 앉아 휴대폰을 바라봤다. 그동안 서혁과 보낸 문자 내용을 하나하나 읽어봤다. 평범하기 그지없는 문자들. 시험해 보라고? 그랬다가 마음에 동요가 없으면 어떡해? 그럼 복수고 뭐고 모조리 불가능해지는 거 아니야?

단심은 순간 불안감에 휩싸였다. 복수고 뭐고 모두 날아갈 수도 있는 상황. 하지만 해보고 싶은 이 호기심은 뭘까? 뭐, 해서 나쁠 건 없다. 이걸로 관심이 있다는 게 증명되면 더 좋고, 관심이 없다면 더욱 분발해서 하루 빨리 복수를 하면 그뿐! 단심은 두 주먹을 불끈 쥐며 다짐했다.

'너! 두고 봐!'

시끌벅적한 소리가 울리는 실내 수영장. 회사 지하에 마련된 스포츠 센터에서 서혁은 두 시간째 수영에 집중하고 있는 중이었다. 그가 즐겨하는 운동 중 하나가 바로 수영이기 때문에 아무리 오랜 시간을 해도 전혀 힘들지 않았다. 단지 점점 살이 빠지는 것이 문제라면 문제였다.

"진서혁 씨, 벌써 두 시간째인 거 알아요?"

수경을 벗는 서혁을 향한 여자의 목소리. 서혁은 그 목소리를 따라 시선을 옮겼다. 미치겠다. 완전 철거머리가 따로 없다. 잊을 만하면 나타나는 여자다.

"여기까지 웬일이에요?"

"책상 위에 산더미같이 쌓인 서류들 다 내팽개치고 여기서 뭐 하고 있나 구경 왔어요."

"연습 없나 보죠? 발레하는 사람들 하루에 열두 시간씩 연습한다던데."

"그건 성공하고 싶은 사람들 이야기죠. 전 이미 성공해서요."

"자만과 거만이 하늘을 찌르고도 남겠네요."

"프로들만이 할 수 있는 것들이죠."

발레를 한 탓인지 몸매가 상당히 매력적인 보람을 지나쳐 나온 서혁이 준비된 오렌지주스를 시원하게 마시고는 그녀를 빤히 쳐다봤다. 얼굴도 예쁘고, 키도 크고, 몸매도 잘빠진 여자. 게다가 집안까지 좋은데 왜 정이 안 갈까? 서혁이 쳐다보는 시간이 길어지자 그녀가 괜한 헛기침을 해댔다.

"아무 말 없이 나만 쳐다보고 있으니까 어색해요."

"윤보람 씨."

"네."

"내가 저번에 당신이 맘에 들지 않는 이유 한 가지라고 그랬었죠?"

"네?"

"근데 오늘 하나 추가됐어요. 자만과 거만으로 뭉친 당신, 정말 매력이 없네요."

"진서혁 씨, 근데 어쩌죠? 전 당신이 마음에 드는데."

당돌하다, 당돌하다 해도 이렇게 당돌한 여자는 처음인 서혁이다. 너무도 자신만만하게, 넌 내가 찍었으니 조용히 넘어와야 된다는 듯한 저 말투. 서혁은 어이가 없어 픽 웃었다. 세상의 모든 남자가 자신을 떠받들 거라는 착각 속에 사는 여자인가 보다.

서혁이 더는 상대 못하겠다는 얼굴로 고개를 설레설레 흔들며 샤워실로 들어서려는데 보람이 뒤따랐다. 서혁이 얼른 제지

했다.

"미쳤어요? 여기 남자 샤워실이에요."

"알아요."

"알면서 들어오려고요? 혹시 변태 끼도 있어요?"

"변태 끼는 없구요. 오늘 나랑 저녁 먹어요. 그럼 안 들어갈게
요."

"내가 왜 당신하고 밥을 먹어요? 됐어요, 시간없어요."

"이렇게 나오면 그쪽만 손해예요. 좋아요, 당신이 허락할 때
까지 당신 졸졸 따라다녀야겠네요. 얼른 들어가요, 당신 따라
들어가서 샤워 좀 하게."

와, 진짜 돌겠다. 뭐 이런 여자가 다 있는지. 서혁은 할 수 없
이 식사를 함께하기로 하고 나서야 남자 샤워실로 들어와 샤워
를 할 수 있었다.

물에 젖은 머리칼을 수건으로 대충 털고 난 서혁은 옷을 갈아
입고 스포츠 센터를 빠져나와 자신의 집무실로 돌아왔다.

"운동을 너무 오래하셨습니다."

"하다 보니까 그렇게 됐어. 무슨 일 있었어?"

투정 부리는 듯한 장 비서의 말투에 서혁이 혹시 무슨 일이
있었나, 걱정스런 눈빛으로 물었다.

"아니요. 서류 결재가 필요했었거든요. 사장님께서 먼저 살펴
시겠다고 가져가셨습니다."

"아버지 오셨었어?"

“네.”

“혹시 오늘 저녁 스케줄 뭐 없어?”

“없습니다.”

행여 보람과의 약속을 비켜갈 수 있는 핑계가 있지 않을까 싶은 서혁의 마음도 몰라주는 비서의 대답에 서혁은 아쉬운 표정을 지었다. 비서는 어리둥절한 얼굴로 집무실을 빠져나왔다.

‘그나저나 모단심은 뭐 하고 있을까?’

숲속공원에서 단둘이 만난 이후로 서혁은 단심에게 문자를 가끔 보냈지만 시간이 흐를수록 어색하기만 했다. 괜히 자신이 단심에게 목을 매는 것 같기도 하고, 자존심이 조금 상하는 것도 같았다. 또 왜 그런지 모르겠지만 단심만 생각하면 자꾸 심장이 두근거리고, 웃음도 나왔다.

“이히히.”

“쯧쯧, 벌써 맛이 갔어.”

서혁이 서류를 읽다 말고 히죽 웃고 있는데 때마침 영주가 안으로 들어오며 그 모습을 발견하곤 혀를 끌끌 찼다. 서혁이 얼른 무표정으로 돌아왔으나 이미 못 보일 걸 다 보여줬으니 무게 잡는 게 더 우스운 일이 됐다, 젠장.

“요즘 일을 많이 하더니 정신이 나갔니?”

“내 정신은 곧 돌아올 거니까 몇 년째 나가서 소식 없는 네 정신이나 찾아보지 그래?”

“어머! 내 정신 삼 년 전에 돌아왔다! 이거 왜 이래?”

"지금 그걸 개그라고 하냐?"

"시작은 그쪽이 먼저 했소이다."

느닷없이 들어와 말장난을 거는 영주를 서혁이 짜증스런 눈빛으로 쳐다봤다. 그러자 영주도 경계의 눈초리로 서혁을 노려봤다.

"마영주, 제발 너희 아버지 회사로 들어가면 안 돼?"

"왜 또 시비예요?"

"너랑 있음 머리가 다 아프다. 어차피 네 아버지 회사나 외할아버지 회사나 욕먹는 건 마찬가지야."

"됐어. 욕의 수위가 달라. 아버지네 회사는 물려받는다는 둥, 낙하산이라는 둥 말이 많아. 하지만 여긴 그렇지 않거든. 난 그게 편하고 좋아."

실제로 사람들이 그녀를 대하는 태도는 별반 차이가 없는데도 불구하고 영주가 느끼는 정도는 다른가 보다. 서혁은 잠시 휴식을 취하고 싶은 마음에 책상을 벗어나 소파에 앉았다.

"왜? 일 안 해?"

"쉬려고. 앉아, 차나 마시고 가."

"웬일이야, 네가? 오호라, 본부장님이시라 이거야?"

"너 가라고 한다."

"알았어, 알았어. 성질은 뭐 같아서는."

서혁은 중얼거리는 영주를 보며 피식 웃더니 비서에게 차와 다과를 준비시켰고, 곧이어 비서가 녹차와 다과상을 차려 왔다.

따뜻한 녹차를 천천히 마시던 서혁은 문득 궁금한 것이 생겨 영
주를 향해 질문을 던졌다.

“야, 남자가 연락을 하다가 안 하면 궁금하고 그러냐?”

“관심이 있는 사람이라면.”

‘관심? 관심이 있는지는 정확히 모르겠는데.’

“관심없는 사람은?”

“당연히 상관없지. 너 같음 보람 씨가 지겹게 문자 하다가 뚝
끊기면 궁금해?”

“아니, 편해.”

“그거야. 그게 관심이 있는 것과 없는 것의 차이지. 근데 그런
건 왜 물어?”

서혁은 휴대폰을 만지작거리며 자리에서 일어났다. 뭐가 그
리 고민인지 불만 가득 쌓인 얼굴로 왔다 갔다 정신 사납게 만
들자, 영주가 그를 빤히 쳐다봤다.

“왜 그러냐니까?”

“그럼 여자가 갑자기 연락을 안 하는 이유는 뭐야?”

“그것도 두 가지지. 다른 남자가 생겼거나 관심이 없거나.”

남자라. 그 정도 미모에 선까지 보는 것으로 보아 남자가 생
길 확률은 90%다. 젠장, 문자를 먼저 보내자니 자존심이 상하
고 기다리자니 연락이 없어 답답할 뿐이다.

“에이 씨! 먼저 보내면 어디가 덧나?”

　요즘 들어 누가 자꾸 자기 욕을 하는지 귀가 간지러운 단심은 면봉을 가지고 귀를 후볐다.

"왜, 귀 간지러워?"

"응. 누가 내 이야기 하나 봐."

"어느 쪽 귀가 간지러운데?"

"왼쪽."

"그럼 누가 네 욕하나 보다."

"왜?"

"왼쪽 귀가 간지러우면 욕하는 거고, 오른쪽이 간지러우면 칭찬하는 거라잖아."

"넌 나이가 몇인데 그걸 아직도 믿니?"

"참나, 욕한다니까 이러는 거 봐. 칭찬한다고 했어봐. 그게 맞는 소리니 어쩌니 할 텐데."

　자꾸 옆에서 단심의 성질을 툭툭 건드는 애희 때문에 단심이 귀를 파다 말고 면봉을 확 분질렀다.

"너 이렇게 되고 싶어?"

"하나도 안 무섭네요."

　단심의 행동에 혀를 날름거리는 애희를 바라보던 단심은 혀가 나오는 순간을 포착해 귀 파던 면봉으로 애희의 혓바닥을 쓱 문질렀다. 애희가 퉤퉤거리며 황급히 화장실로 달려가 물로 입을 헹구었다. 그 모습에 단심이 까르르 웃으며 박수를 쳤다.

"쌤통이다! 그러니까 왜 놀려?"

“퉤퉤! 계집애, 진짜 못됐어! 으, 더러워, 진짜. 너 나한테 받을 응징은 생각도 안 하니?”

‘맙소사.’

깔깔 웃던 단심의 웃음이 뚝 그쳤다. 애희가 기분 좋은 표정으로 천천히 단심에게 다가가고 있는데 기내 서비스를 하던 민경이 화장실 앞에서 수다를 떨던 단심의 팔뚝을 꼬집었다.

“뭐 하는 거야, 시끄럽게! 여기가 너희들 놀이터야? 어?”

“아야! 안 떠들었어요!”

“떠드는 소리 다 들었는데 안 떠들었어? 안 떠들었어? 하여튼 넌 내려서 봐!”

조용한 음성이지만 강한 여운을 남긴 민경의 말에 단심의 표정이 일그러졌고, 반면 애희의 얼굴은 활짝 폈다. 잘됐다는 듯 입을 가리고 웃던 애희는 기내실로 들어가 버렸다. 단심은 애희의 뒤통수에 대고 뜻을 알 수 없는 온갖 손동작을 해댔다. 그래도 분이 풀리지 않은 단심은 기내실 안으로 들어가 얼음을 꺼내어 입 안에 넣고 우드득 씹어 먹었다. 화가 나거나 고민이 생길 때마다 어김없이 나타나는 단심의 행동이 바로 얼음을 입에 넣고 우드득 깨물어 먹는 것이었다.

그렇게 한참 얼음을 깨먹고 있던 단심 곁에 있던 애희가 싱글벙글 웃으며 열받아 씩씩거리는 단심을 툭 쳤다.

“야, 오늘은 문자 했어?”

"아니."

"왜? 왜 안 했어?"

"언니가 당분간 하지 말래."

단심이 주스를 마셨던 종이컵을 버리고 거울을 보는데, 그런 단심을 어처구니없다는 표정으로 보던 애희가 거울을 획 낚아챘다.

"네 언니가 한 명이니? 언니라고 말하면 어떤 언니인지 내가 어떻게 알아? 콕 집어 누군지 말을 해야지."

"성심이 언니."

"네 번째 계획이 시작된 거야?"

"응."

"근데 너 진짜 복수할 거야?"

"그럼 내가 미쳤다고 언니들 말을 고분고분 듣고 있겠어? 이번 건만 제대로 하고 나서 나도 딴 남자 찾아 시집갈 거야. 나에게 상처 준 대가야."

애희는 뭔가 단단히 다짐한 듯한 얼굴을 하고 있는 단심에게 가소롭다는 웃음을 날리더니 약 올리듯 말했다.

"서혁이가 너 시집간다고 해도 눈썹이나 까딱할까?"

"야, 여자든 남자든 자기가 한때 만났던 사람한테는 다 신경 쓰이게 되어 있어. 두고 봐라."

"두고 보지 뭐. 근데 넌 어떤 남자가 좋은데?"

"근육질의 남자. 오호, 환상적이야. 만지면 굴곡이 장난 아닐 거 아니야. 한번 만져 보고 싶다.”

취향 한번 독특하다. 애희는 근육이 올록볼록한 사람이 제일
싫다. 무슨 엠보싱도 아니고, 징그럽게 올록볼록. 그러나 단심
은 다른가 보다. 그런 남자가 좋단다. 만져 보고 싶기까지 하단
다. 애희는 혹시나 자신의 몸을 더듬을까 싶어 단심의 곁에서
조금 떨어진 후에 떨떠름한 표정을 지었다.

“만져? 너 변태니?”

“변태? 변태가 되어도 좋다. 한 번만 만져 봤음 소원이 없겠
다.”

“쯧쯧. 나중에 남편 될 사람 근육 키워서 많이 만져라.”

근육질의 남자를 만지는 상상에 빠진 것인지 두 눈이 풀린 단
심을 한번 꽉 껴안아준 애희가 나가자 그 여파로 커튼이 이리저
리 흔들렸다.

거의 열두 시간 동안 비행을 한 단심은 영국 호텔로 돌아와
기진맥진한 모습으로 침대에 쓰러지듯 누웠다.

“씻고 자.”

“몰라, 피곤해 죽겠어.”

“피곤 풀리게 씻고 자. 그게 좋아.”

“먼저 씻어.”

“알았어.”

같은 방을 쓰는 애희가 먼저 짐을 풀고 욕실로 들어갔다. 단

심은 침대에 누워 미동도 하지 않다가 울리는 휴대폰 진동에 힘
겹게 몸을 일으켰다. 문자였다.

'힘들어 죽겠는데, 누구야!'

만사가 귀찮고 짜증이 나는 단심은 휴대폰 발신번호를 확인
하고 화들짝 놀라 얼른 메시지를 확인했다.

〈영국에는 잘 도착했어?〉

'어? 진서혁, 너 딱 걸렸어.'

단심은 회심의 미소를 지으며 문자를 간단하게 씹었다. 아예
삭제를 해버렸다. 휴대폰을 침대에 던져 놓은 지 오 분 후, 문자
가 다시 왔다.

〈혹시 자?〉

단심은 왠지 서혁이 넘어왔다는 생각이 들어 휴대폰을 붙잡
고 웃고 있었다. 막 샤워를 마친 애희가 머리를 수건으로 감싼
채 욕실에서 나왔다.

"휴대폰 들고 뭐 해?"

"서혁이한테 문자가 왔어."

"그래?"

"응, 어떡하지?"

"뭘 어떡해? 언니가 연락하지 말라고 했다며. 그럼 따라야지."

"확 꼬셔서 사귀는 게 어떨까?"

"그러다 또 차이고 싶어? 확인해. 돌다리도 두드려 보고 건너라잖아."

꼭 저렇다. 단심이 잊고 싶어하는 과거라는 것을 뻔히 알면서 매번 이야기를 꺼내서 염장을 지른다. 단심은 침대에서 벌떡 일어나 머리를 말리고 있는 애희를 쥐어박았다. 차가운 물기가 손에 닿자 옷에 쓱쓱 문지르며 말했다.

"내가 과거 이야기 하지 말랬지! 그건 과거고! 지금 날 봐!"

애희는 뭐라 반박을 하려다 날씬하고 예쁜 단심을 보고 고개를 돌려 머리 말리는 일에 열중했다.

서혁은 단심이 잘 도착했는지 걱정되고 궁금해 몇 번이고 연락을 하려 했으나 기내에서는 휴대폰 사용 금지이기에 하지 못했다. 영국행 비행 시간을 알아보니 대략 열두 시간 정도였다. 서혁은 영국과 한국 시차까지 알아보고 빨리 시간이 가기만을 기다렸다가 새벽 한 시를 알리는 휴대폰 알람소리에 얼른 문자를 보냈다. 그런데 답장이 없었다. 초조했다. 갑자기 연락이 끊어진 단심이 걱정되었다. 서혁은 다시 한 번 문자를 보냈다.

〈자는 거야?〉

세 번째 문자였다. 여전히 답장이 없었다.

단심은 또 온 문자를 보고 소리 지르고, 웃고, 침대 위를 뛰고, 난리도 아니었다. 덩달아 애희도 웃음이 나왔다. 문자가 와서 기뻐하는 건지, 복수의 날이 머지않아 기뻐하는 건지 알 수 없으나 애희는 자신이 참견할 일이 아니라 생각하고 피곤에 지친 피부를 마사지로 진정시켜 주었다.

세 번째 문자에도 답장이 없자 서혁은 불안해졌다. 혹시 비행이 너무 힘들어서 아픈 것은 아닌지, 무슨 사고가 났는지, 별별 생각이 다 들었다. 서혁은 안 되겠다 싶어 애희에게 문자를 보냈다.

〈나 진서혁. 단심이한테 무슨 일 있어?〉

보통문자도 아닌 긴급문자로 온 문자에 애희가 더 이상 웃음을 참지 못하고 화통하게 껄껄 웃었다.

"야, 서혁이한테 문자 왔다. 너 무슨 일 있냐고."

"정말?"

"근데 아직은 아니야. 좀 더 애타게 하는 게 좋겠어. 이걸로 서혁이가 너에게 관심이 생겼다는 게 증명됐잖아?"

단심은 이젠 확신할 수 있었다, 정말로 진서혁이 모단심에게 관심이 생겼다는 것을.

단심은 휴대폰을 고이 모셔놓고 즐거운 마음으로 욕실로 들어가 샤워를 했다. 피곤했던 마음은 온데간데없이 사라져 버렸다.

푸하하하. 진서혁이 모단심에게 관심을 가졌다? 단심은 그 사실만으로 날아갈 듯한 기분이었다. 온몸에 비누칠을 하는데 절로 노래가 흥얼거려졌다. 단심은 노래에 맞춰 춤을 추다 그만 쭉 미끄러져 철퍼덕 넘어졌다. 단심의 비명 소리와 함께 둔탁한 소리가 들려왔고 놀란 애희가 얼른 욕실 안으로 들어갔다.

"왜 그래!"

"아하하하. 넘어졌어."

'이거 바보 아니야? 넘어져 놓고선 웃어?

"일어나 봐. 괜찮아?"

"아니, 안 괜찮아. 꼬리뼈 아파."

"움직일 수 있겠어? 아휴! 조심하지!"

"이히히. 움직일 수 있어. 걱정 마."

다행히도 몸이 성한 단심은 바보처럼 배시시 웃었고, 애희는 빨리 씻고 나오라며 먼저 욕실을 나왔다. 애희는 서혁에게 온 문자를 빤히 바라보다 자신이 답장을 해주는 것 정도는 괜찮겠다 싶어 문자를 보냈다.

〈단심이가 아프긴 한데, 걱정할 정도는 아님.〉

서혁은 들고 있던 휴대폰이 문자가 왔음을 알리자 얼른 폴더를 열어 확인했다. 아쉽게도 단심의 문자는 아니었으나 애희의 문자였다. 아픈 모양이었다. 한국에 있으면 약이라도 사서 갈 테지만 영국이니 갈 수 없어 답답한 서혁은 알겠다는 답장을 보냈다. 그래도 혹시나 단심에게 답장이 오지 않을까 하는 기대를 버리지 못하고 책상 위에 올려놓은 휴대폰에서 시선을 거두지 못했다. 그렇게 십여 분이 흐르자 문자가 오는 소리가 들려왔고, 얼른 몸을 날려 휴대폰을 집어 들었다.

〈화끈한 만남. 오빠, 나 오늘 밤 외로워. 나랑 놀아줄래?〉

서혁은 순간 짜증이 나서 찍힌 번호로 문자를 보냈다.

〈한 번만 더 화끈한 만남 어쩌고 하면 대가리를 확 부숴 버린다!〉

잠시 숨을 고르던 서혁은 자신이 얼마나 바보 같은 짓을 했나 싶어 입술 사이로 웃음이 삐져 나왔다.

'진서혁 너 완전 바보 됐다. 이렇게 빠지면 안 되는데. 나 혼자만 애태우면 안 되는데.'

영국 비행을 마치고 막 공항을 벗어나는 단심과 애희의 눈앞에 뜻밖의 사람이 나타났다.

"어라? 뭔 일이래?"

"그러게?"

"잘 갔다 왔어?"

단심과 애희가 어벙하게 서서 가만히 생각을 하고 있는 동안 서혁은 밝게 웃으며 그녀들을 맞이했다. 그런 서혁의 모습에 애희가 알겠다는 듯 음흉한 미소와 함께 휴대폰을 들어 어디론가 전화를 걸었다.

"엄마, 아빠 계셔?"

[아니. 오려고?]

"오피스텔에 밥이 없어서 밥 얻어먹으러 갈게."

그들만의 시간을 주기 위한 애희의 배려. 애희는 그들을 뒤로 하고 먼저 택시를 타고 가버렸고, 서혁도 그녀에게 감사하다는 사인을 보내고는 단심을 차에 태웠다.

'뭐야? 뭔가 있어. 왜 갑자기 애희는 집에 가고, 진서혁이 나타난 거야? 혹시! 둘이 짜고 나를 죽이려고?'

말도 안 되는 의심을 품고 게슴츠레한 눈으로 서혁을 바라보는데 서혁은 아무 말 없이 차를 출발시켰다.

"근데, 여기 왜 왔어?"

"왜 요즘 연락 안 해?"

"아…… 그거?"

'아, 그거? 뭐야, 저 반응은. 누구는 피가 마르는데, 아, 그거?'

“남자 생겼어?”

“남자?”

‘오호, 이것 봐라. 내가 아무리 연애에 젬병이라도 네놈 반응은 확실히 알겠다. 너 지금 불안하지? 언니들 계획이 진짜 먹혀들긴 하네. 그럼 슬슬 시작해 보지.’

단심의 노고를 하늘이 이해해 주었는지 일이 상당히 잘 풀려 가는 듯 보였고, 단심은 슬슬 그의 마음을 떠보는 일에 집중하기 시작했다.

“선보고 일하느라 바빴거든.”

“선? 무슨 선?”

“나 집에서 선보라고 난리잖아. 그래서 선 자리 쫓아다니랴, 일하랴 바빴어.”

서혁은 수많은 생각과 시간을 투자해서 왔는데 고작 자신에게 이딴 소리나 지껄이고 있는 단심이 괘씸해서 갑자기 차를 갓길에 세웠다. 그리고 옆자리에 멀뚱하게 앉아 있는 단심을 째려보았다.

“내려.”

“뭐?”

“내리라고!”

갑자기 버럭 소리를 지르는 서혁이 무서워진 단심은 얼른 차에서 내렸고, 그녀가 문을 닫자마자 서혁의 차가 빠르게 출발했다.

'저게 미쳤나! 갑자기 왜 저래?'

단심은 황당하게 서혁의 차 뒤꽁무니를 바라보며 어이없는 탄성을 지르다 택시를 잡아탔다.

단심을 쫓듯 내려놓고 차를 출발시킨 서혁이 다시 차를 세웠다. 도저히 화가 나 견딜 수가 없었다. 누군 종일 생각하고, 걱정하고, 보고 싶어했는데 누군 그 시간에 선 자리에 가서 딴 남자랑 놀아났단다.

'이걸 죽여, 살려?'

서혁은 다시 차를 출발시키며 애희에게 연락을 취했다.

[왜, 서혁아?]

"단심이네 집 어딘지 알아?"

[어? 단심이네 집? 알긴 알지.]

"좀 알려줘. 급해. 질문은 사절이다."

[숲속공원 알아?]

"응."

[거기서 오 분 정도 더 가면 있어. '수목원 한정식' 이라는 식당 있는 빌딩. 거기 십일층이 단심이 집이야.]

"땡큐."

서혁은 애희에게 들은 것을 머릿속에 되짚어 생각하며 빠르게 차를 움직였다.

서혁에게 버림받고 택시를 타 집으로 돌아온 단심은 언니들에게 인사도 하지 않고 무작정 집으로 들어가 옷부터 갈아입었다.

"나쁜 놈!"

서혁에게 온갖 욕설을 퍼부으며 씻은 단심은 갑자기 심하게 허기져 오는 배를 감싸고 언니들이 운영하는 식당으로 걸음을 옮겼다.

어느새 단심의 집 앞에 도착하기는 했으나 연락이 안 되어 차에 있던 서혁은 갑자기 누군가 문 두드리는 소리에 창문을 내렸다.

"누군데 여기에 차를 대고 있어요?"

"아, 죄송합니다. 이 빌딩에 사는 사람 만나러 왔는데요."

"이 빌딩? 혹시, 단심이 찾아왔어요?"

"단심이를 아세요?"

"그럼, 내가 단심이 열째 언닌데."

단심의 언니라고 주장하는, 자세히 보니 닮은 듯도 싶은 그녀에게 서혁은 얼른 차에서 내려 인사를 했다.

"안녕하세요. 진서혁이라고 합니다."

"아, 그쪽이 진서혁이었구나. 반가워. 말 놓는 게 서로 편하겠지? 난 단심이 바로 위 언니 모현심이야. 그리고 우리 남편은 영화배우 이호준이야. 오호호호."

"언니!"

푼수를 떨고 있던 현심을 발견한 단심이 버럭 소리를 질렀다.

서혁은 고개를 돌려 단심을 바라봤다.

"여긴 어쩐 일이야?"

뭐가 그리 화가 났는지 서혁은 아무 대꾸도 하지 않고 단심을 빤히 쳐다보고 있었다. 그들의 묘한 분위기에 투명인간이 되어 가만히 서 있던 열째 현심이 단심과 서혁을 손가락을 콕콕 찔렀다.

"여기서 살 거유?"

"언니, 들어가. 진서혁, 넌 잘 가고."

"모단심, 나랑 이야기 좀 해."

"무슨 이야기? 난 할 말 없어. 잘 가."

서혁은 콧대 높게 행동하는 단심을 노려보다가 갑자기 현심에게 정중하게 꾸벅 인사를 올렸다. 갑작스런 서혁의 인사에 현심도 따라 얼떨결에 인사를 했다.

"죄송합니다. 잠시 이 여자를 거칠게 다뤄도 되겠습니까?"

"거칠게? 어떻게? 맘대로 해도 돼. 책임질 수 있음 해."

서혁은 웃으며 단심의 손목을 꽉 부여잡고는 강제로 차에 태웠다.

"아얏!"

"지금부터 말 한 마디도 하지 말고 가만히 앉아 있어. 안 그럼 앞으로 무슨 일이 일어날지 나도 책임 못 져."

레이저 빔이라도 쏠 법한 강한 눈빛과 음성에 단심은 아무 소리도 못하고 가만히 앉아 있었다. 서혁은 다시 한 번 현심을 향해 목례를 남기고는 차에 올라 운전을 시작했다. 현심은 눈 풀린 채로 서혁의 차를 한참 동안 바라봤다.

"완전 내 스타일이야."

어디로 가는지조차 알 수 없는 단심은 서혁의 옆모습만 뚫어져라 노려봤다.

'감히 이 모단심에게 명령을 해? 누구한테 타라 마라야?'

서혁의 얼굴에는 점점 미소가 번지기 시작했다.

"왜 웃어?"

"너 그러다 눈 돌아가겠다. 그만 노려봐."

"내 눈이 돌아가든 말든 무슨 상관이야?"

"너 나한테 점점 성격 드러내는 거 알아? 그동안 내숭 제대로 보여줬어."

"내숭은 무슨. 내가 아무리 소심해도 가끔은 성격 나와! 이거 왜 이래!"

"성격 내비치지 마. 마귀할멈도 아닌데. 무섭다, 무서워."

공포에 질린 얼굴로 성질을 긁는 서혁을 향해 단심이 못마땅한 얼굴로 짜증을 냈다.

"너 나한테 시비 걸려고 차에 타라고 했어? 하고 싶은 말이 뭐야?"

"나 궁금한 건 못 참는 성격이다."

"어쩌라구?"

"나 너 궁금해."

"프로필 작성해서 보여줄까?"

"나랑 딱 한 달만 사귀어보자."

"뭐?"

"너란 애 궁금해서 미치겠어. 알고 싶어졌어. 알아야겠다."

"제정신이 아니야. 어이없어졌다, 어이 찾아야겠어. 차 세워. 빨리 차 안 세워?"

서혁의 얼토당토 않는 소리에 단심은 서혁을 미친놈 취급했다. 단심이 차에서 내리자, 서혁도 내려 단심을 따라가 그녀를 붙잡았다.

"이거 안 놔?"

"장난 아니야."

"한 달? 지금 계약 연애하자는 거야?"

"남자 없어 보이던데 알 건 다 아네."

단심은 심각한데 서혁은 전혀 그렇지 않은 듯 장난말까지 던졌다. 단심은 버럭 소리를 질렀다.

"내가 이 나이에 너하고 계약 연애하게 생겼니?"

단심의 말에 서혁이 그녀를 설득하기 시작했다.

"그럼 난 이 나이에 장난 삼아 연애하겠어? 우선 사귀어보고 서로 괜찮다면……."

"웃기지도 않네. 이봐요, 진서혁 씨, 지금 내게 제일 급한 게 결혼입니다. 집에선 결혼하라고 난리세요. 이 판국에 당신과 뭐요? 계약 연애?"

“단순한 계약 연애가 아니라……."

“계약 연애라는 것 자체가 단순한 거야. 장난 그만 해.”

단심은 자신을 붙잡고 있던 서혁의 팔을 뿌리치며 차가 왔던 반대 길로 몸을 틀었다. 그때 서혁의 목소리가 그녀의 발길을 붙잡았다.

“모르겠어! 하나도 모르겠다고, 내가 왜 이러는지!”

잠시 그의 목소리가 끊겼다. 단심은 다시 발길을 재촉했다. 그러자 다급한 서혁의 음성이 또다시 그녀를 붙잡았다.

“내 마음이 뭔지 모르겠단 말이야. 그 마음이 뭔지 확인하고 싶어서 그래. 널 좋아하는 건지, 단지 너란 여자에 대한 호기심 때문인지.”

‘뭐야. 진짜 나한테 빠져들기 시작한 거야?’

단심이 서혁을 어리둥절하게 바라봤다. 자신에게 관심이 생겼다는 그의 고백에 단심의 마음이 움직이기 시작했다.

“정말이니?”

“그래, 진짜야.”

서혁이 묘한 표정으로 자신을 바라보는 단심의 얼굴을 붙잡고 기습 키스를 했다. 가만히 그의 입술도장을 받고 있던 단심의 심장이 심하게 요동쳤다. 황홀, 그 자체였다. 배가 고파 울며 떼쓰는 아기가 엄마 젖을 찾아 먹을 때보다 더 황홀하고 감격스러운 키스였다.

‘모단심, 드디어 첫키스했다!’

단 한 번도, 그 어떤 남자에게도, 주지 않은 게 아니라 주지 못한 입술을 다름 아닌 진서혁에게 주었다. 너무 갑작스런 키스여서 그런지 눈이 깜박이지도 않았다. 서혁이 손을 들어 단심의 눈을 가리며 살짝 입을 뗐다.

"키스는 눈 감고 하는 거야, 이 바보야."

그리고 다시 시작되는 길고 긴 키스. 키스가 찜찜하고 더럽다고 했던 대학 친구들. 키스를 한 번도 못해본 단심을 바보로 만들기 위한 거짓말들이었다. 찜찜함? 그딴 거 없다. 더러움? 내가 이 닦았으니 됐다. 이건 그냥 키스가 아니다. 사막의 오아시스 같다. 아니지. 잠깐, 지금 난 복수를 해야 하는 사람인데, 키스 하나에 이렇게 돌변하면 안 되지? 암! 그래도 첫키스는 잘생긴 놈이랑 해서 좋다. 그리고 드디어 십 년 만에 복수를 할 수 있는 기회가 와서 더욱 기쁘다. 조금만 기다려라, 진서혁. 네놈의 눈에서 피눈물을 빼줄 터이니.

5. 옥심 언니 :우선 부모님께 승낙을 받아

「사랑을 하고 있는 사람들은 다른 어떤 때보다도 훨씬 잘 견디어낸다.

즉, 사랑이라는 이름으로 모든 것을 감수하는 것이다.」 ―니체

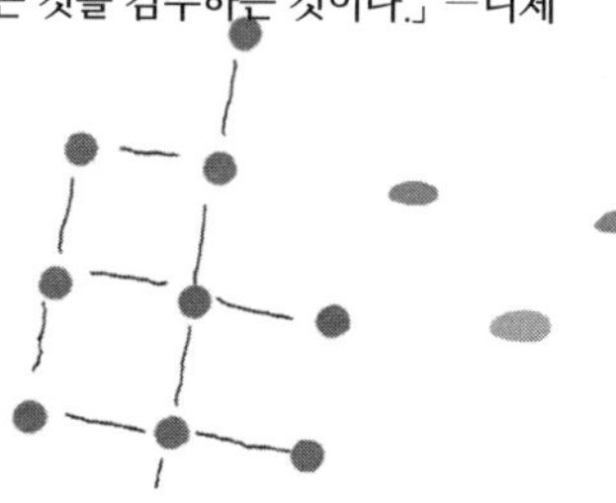

지금 단심의 집안은 결혼이라도 성사된 것 같은 분위기다. 벌써 예단 이야기가 오가고 있으니 말이다. 단심이 서혁과 사귄다는 말을 하자마자, 언니들은 예물과 웨딩드레스를 고르느라 정신이 없었다.

"언니, 난 지금 사귀는 거지 결혼하는 게 아니라니까?"

"조만간 할 거야."

"언니들! 정신 차려, 제발!"

단심은 잡지를 뒤지며 이것저것 살피는 언니들을 향해 손짓, 발짓하며 아니라고 말려보았으나 조만간 할 거라는 여섯째 경심의 말에 묵살되고 말았다. 도저히 못 참겠다는 듯 단심은 언

니들이 보고 있던 잡지들을 뺏어 들고는 소리쳤다.

"콩알만한 계집애가 어디서 소리를 버럭 질러? 너 시댁에서
도 그럴 거야?"

"언니, 나 결혼하는 거 아니라니까? 오늘 사귄 거야, 오늘! 근
데 무슨 결혼!"

"어차피 할 결혼인데 미리 준비해 놓으면 우왕좌왕하지 않고
좋지. 안 그래?"

"내가 서혁이랑 결혼한다고 누가 그래?"

"안 할 거야?"

'당연히 안 하지. 복수할 건데 무슨 결혼? 하지만! 언니들한
테는 말할 수 없다는 거.'

"그, 그거야 하지! 하는데, 지금은 아니라 이거지."

"그냥 조용히 있어. 유심아, 이 드레스 진짜 예쁘다. 얼마니?"

대화는 끝내 단심의 패로 돌아갔고, 혜심은 보고 있던 웨딩
잡지로 눈길을 돌렸다. 한참 잡지를 뒤적이던 둘째 혜심이 한
웨딩드레스를 손으로 가리키며 묻자, 유심이 안타까운 얼굴로
고개를 저었다.

"언니, 이거 이미 팔렸네요."

"누구한테!"

"윤보람이라고 알아?"

"누군데?"

"발레리나. 신이 내린 환상의 발레리나."

"뭐가 그렇게 거창해?"

"언론에서 그러더라고. 결혼하는지 드레스 입어보러 왔던데?"

"그래? 누구랑 하는 거야?"

단심의 웨딩드레스를 보다 말고 언니들은 윤보람이라는 인물로 화제를 돌렸다. 단심은 뉴스나 신문에서 많이 접한 인물로서 윤보람에 대한 이야기를 잘 알고 있었다. 특히, 이미 봤기 때문에 그녀의 성격이 썩 좋지 않다는 것도 잘 알았다. 윤보람은 초등학교 5학년 때 발레를 시작, 다소 늦게 시작하긴 했으나 그녀의 재능은 천부적이라고 들었다. 단심이 더 좋은 고등학교로 가기 위해 공부를 하고 있을 때, 윤보람은 이미 국내에서 유명해져 있었다. 단심이 어렵사리 고등학교에 진학해 대학이란 문을 넘기 위해 공부할 때, 윤보람은 세계가 칭송하는 인물이 되어 있었다. 같은 해에 태어난 두 사람의 전혀 다른 운명이었다. 뭐, 물론 단심뿐만이 아니라 이십대 후반의 여자들은 누구나 이런 생각을 한 번씩은 해봤을 것이다. 누군 이렇게 유명해져 세계를 누비는데 나는 뭐 하고 있었나, 하는 자신을 자학하는 생각. 뭐, 돈 많은 집에서 팍팍 밀어줬으니 그 정도는 돼야겠지 싶기도 한데, 샘이 나는 건 어쩔 수 없는 것인가 보다.

언니들이 윤보람은 대단한 여자라며 입이 마르게 칭송하고 있을 무렵, 단심은 갑자기 배가 아파오기 시작했다. 못된 놀부 심보가 폭동을 일으킨 것이었다.

“아!”

“왜 그래?”

“배가, 아야!”

온 집 안이 떠나가라 소리치며 바닥을 데굴데굴 구르던 단심에게 첫째 일심이 약을 가지고 와서 얼른 먹였다. 그러나 소용없었다. 배가 아픈 게 아니라 못된 심보 때문이니 약효가 들 리만무했다.

“아이고! 배야!”

“아니, 갑자기 왜 그런데?”

걱정스런 얼굴로 일심이 단심의 배를 살살 문지르는데 열째 현심이 단심의 배를 콕콕 찌르며 얄밉게 말했다.

“야! 너 꾀병 아니야?”

“아니야! 진짜 아파!”

일심은 버럭 소리를 지르고 다시 배를 감싼 단심을 자신의 무릎에 눕히고 본격적으로 배 문지르기를 시작했다. 어느 정도 시간이 흐르자 통증이 사라졌고, 일심의 손바닥은 빨간 홍당무가 되어 있었다.

“괜찮아?”

“응, 괜찮네? 역시 언니 손은 약손이야.”

“너 왜 아픈지 알겠다. 우리가 윤보람 이야기 하니까 못된 심보가 가만히 있을 리가 없지.”

“아니다 뭐!”

"아니기는 뻔하지. 너랑 똑같은 해에 태어난 누구는 세계적으로 유명한데 넌 뭐했나 싶지? 하긴 내가 봐도 한심하긴 하다."

너무 잘 안다. 현심의 신통력은 누구도 따라올 자가 없다. 차라리 코디네이터하지 말고 길거리에 돗자리 펴는 게 훨씬 돈 잘 벌었을 텐데. 현심의 예리한 지적에 단심이 움찔하자 현심이 웃었고, 그 웃음에 기분이 상한 단심이 대들었다.

"뭐가 한심해? 나도 남들이 부러워하는 승무원이야! 승무원 중에서도 최고 승무원으로 뽑혔어! 그게 쉬운 일인 줄 알아?"

"승무원이야 학원 다니고 영어 좀 하면 되는 일이지만, 윤보람은 초등학교 때부터 발레 해서 성공했어. 어떻게 너랑 같겠니?"

"너는 단심이 골리는 게 그렇게 좋아? 보람인가 보쌈인가 하는 애보다 우리 단심이가 훨씬 더 훌륭해. 우리 단심이하고 영어로 대화하라고 해봐, 할 수 있나."

보다 못한 일심이 단심을 감싸주었다. 일심의 말에 단심이 우쭐해하며 현심을 향해 턱을 치켜들며 웃었으나, 현심은 그런 단심을 보고 한숨을 푹 쉬었다.

"그 애 국적이 미국이래."

졌다. 완전 KO패당했다. 현심의 말에 단심은 서서히 턱을 원상태로 하고 목을 긁적이며 어색하게 자리에서 일어났다. 현심의 말에 다른 언니들도 어색해져 버렸다.

단심이 물을 마시기 위해 부엌으로 가자, 언니들은 일제히 현심을 향해 휴지며 잡지 등을 던졌다.

"눈치가 어찌나 없는지. 저거 저거, 바보 아니야?"

"내일 시골 가서 산파 할머니 좀 만나야겠어. 혹시 애 바꿔치기하신 거 아니냐고. 어떻게 우리 엄마 뱃속에서 저런 게 나왔지?"

둘째 혜심과 셋째 효심이 차례로 그녀를 구박했고, 현심은 금세 울상이 되어 눈물을 그렁그렁 매달고 있었다.

"내가 뭘! 난 사실을 이야기한 것뿐인데!"

"진 본부장님, 회장님께서 찾으십니다."

'노인네, 나는 또 왜 찾고 난리야.'

"외부 나갔다고 해."

"외부 나간 놈이 한가하게 컴퓨터하고 있어?"

한가하게 인터넷 뉴스를 보고 있던 서혁은 할아버지가 자신을 찾는다는 말에 비서에게 거짓말을 시키려다 할아버지에게 들통이 났다. 서혁은 떨떠름한 얼굴로 입맛을 다시며 자리에서 일어났다.

"진서혁."

"왜요."

"숙여."

"제가 뭘 잘못했는데 때리시려는 거예요."

"우선 맞고 들어."

할아버지의 말은 곧 법이나 다름없는 서혁은 반항해서 두 대 맞느니 순순히 응해서 한 대 맞자는 판단하에 고분고분 할아버지의 말을 들었다. 서혁이 할아버지의 키에 맞춰 고개를 숙이자 할아버지는 강하게 그의 머리를 강타했다.

"아얏! 왜 이렇게 세게 때리세요!"

"세게 맞을 짓을 했어."

할아버지는 서혁을 때린 손에 통증을 느끼시고는 손을 털며 소파에 앉았다. 서혁 역시 소파에 앉으면서 버럭 소리를 질렀다.

"또 뭔데요!"

"보람 양한테 또!"

"아아, 바쁜데 어떡해요. 약속은 했지. 그래서 그런 거였어요."

"그렇다고 감히 비서를 내보내? 장 비서! 너는 그렇다고 그 자리에 나가?"

보람이라는 이름이 할아버지의 입을 타고 흘러나오자 무슨 말씀을 하시는 것인지 눈치 챈 서혁이 대꾸하자 할아버지의 화살은 애꿎은 장 비서에게로 향했다. 죄없는 비서를 감싸기 위해 서혁이 나섰다.

"장 비서가 무슨 죄예요? 상사 잘못 둔 게 죄지. 근데 할아버지는 뭐가 그렇게 맘에 들어요? 그 여자 정말 밥맛이라고요."

"맘에 드는 거 없어."

“그럼 왜 자꾸 저랑 엮으시려는 거예요?”

“그 아이의 야망이 좋다. 얻고자 함에 있어 들이대는 그 패기가 좋아 보여.”

“그 패기가 오래가면 집착이 되죠. 전 싫습니다.”

“시끄럽다. 점심식사나 하자꾸나.”

‘불리하니까 또 말 돌리신다.’

아무리 자신의 말을 잘 듣는 손자라도 이렇게 한 번씩 반항을 할 때면 진 회장은 한 수 접고 들어갔다. 식사를 하자며 먼저 자리에서 일어난 할아버지 진 회장을 보고 있던 서혁은 여전히 자리에 앉아 있었다. 앞서 나가던 진 회장이 그를 돌아봤다.

“안 따라오고 뭐 해.”

“밥 생각 없어요.”

“이걸 확! 할 이야기가 있어. 따라와.”

“가요, 간다고요!”

서혁은 다시 한 번 자신을 향해 손을 드는 할아버지의 제스처에 얼른 일어나 할아버지를 세게 껴안았다. 그러자 징그럽다는 듯이 진 회장이 서혁의 품에서 떨어지려 애썼다.

끝내 할아버지를 따라나선 서혁은 별로 밥 생각이 없었기에 깨작깨작거리며 오만인상을 썼다. 그러자 서혁의 머리통에는 또다시 할아버지의 손길이 가해졌다. 이번엔 무기도 들었다. 숟가락.

“아! 왜 자꾸 때려요!”

"밥상머리에서 뭐 하는 것이야!"

"그러니까 누가 데리고 오라고 했냐구요. 먹기 싫은 밥을 억지로 먹으라고 하니까 그러죠."

이마에 혹까지 나버린 서혁은 이마를 감싸고 투정을 부렸다.

"한국 사람은 밥 힘으로 산다는 말도 있다."

서혁의 투정에 할아버지가 핀잔을 주었다.

"그건 먹힐 때 이야기죠. 먹기 싫은 밥 억지로 먹으면 체해요."

"말이나 못하면."

서혁의 이마를 강타했던 숟가락으로 계속 식사를 하시던 할아버지를 째려보며 서혁도 마저 식사를 했다. 할아버지가 후식으로 나온 식혜의 마지막 한 모금까지 시원하게 들이키고는 말문을 여셨다.

"이번 신형 모델 판매 맡아라."

"지금 무슨 말씀하시는 거예요? 또 차를 팔라고요?"

"한 번 해본 녀석이 뭘 그렇게 놀라? 오십 대만 팔아와."

"못해요."

"이놈은 싫어요, 못해요가 입에 붙었어! 하라면 할 것이지 무슨 말이 많아!"

"윽박지르지 마세요. 싫은 건 싫어요. 강요하지 마세요."

할아버지는 강력하게 나왔다. 서혁은 서혁대로 물을 들이키며 강하게 대응했다.

"네가 할 일이야. 본부장이란 놈이 그것도 못해?"

"맞아요, 전 본부장이지 판매직이 아니잖아요? 못해요."

"해."

"저번에 본부장 자리 주신다고 차 백 대 팔아오라고 하셨잖아요. 설마 그 일을 잊으신 건 아니시죠?"

"아파서 입원한 일 말하는 거냐? 네놈이 죽기라도 했어? 잔말 말고 팔아."

"죽어도 싫어요."

"죽어도 싫다고? 죽어서, 저승 가서 차 팔 거야? 좋은 말로 할 때 차 팔아."

'좋은 말은 무슨. 머리통 안 깨진 게 어딘데. 걸핏하면 폭력. 지금 내 나이가 몇인데 아직도 저러시는 거야. 확 집을 나오든지 해야지.'

서혁은 할아버지의 고집을 누구보다 잘 알고 있었기에 포기한 얼굴로 못마땅한 한숨을 내쉬었다. 서혁의 한숨이 어떤 의미인지 잘 아는 할아버지가 기분 좋은 미소를 걸치다가 이내 근엄한 얼굴로 돌아갔다. 미처 할아버지의 미소를 확인하지 못한 서혁이 힘 빠진 음성으로 말했다.

"기간은요?"

"한 달."

"할아버지! 한 달은 무리예요. 우리 회사 대리점도 한 달 평균 삼십 대 팔면 많이 팔았다고 하는데, 오십 대를 어떻게 한 달 안에 팔아요! 저 절대 못 팔아요. 절대, Never!"

"오십 대야, 오십 대. 못 팔면 너부터 팔아치울 거야. 다 먹었으면 어여 일어나!"

'영감탱이가 소리나 버럭 지르고. 그나저나 어떻게 차 오십 대를 한 달 안에 팔라는 거야.'

아무리 생각해도 한 달에 오십 대를 팔기란 무리, 아니, 거의 가능성이 희박하다고 볼 수 있었다. 측근들에게 팔면 되지 않냐는 질문을 던지는 사람들이 있을 테지만 천하에 진서혁이 있다면 할아버지는 그의 머리 꼭대기에 앉아 있었다. 차 팔라고 명령하실 때는 이미 서혁의 주위사람들에게 전화를 돌린 뒤였다. 당분간 친구들도 만날 수 없고, 착실히 차나 팔아야겠다.

땅이 꺼져라 한숨을 푹푹 내쉬는 서혁 몰래 할아버지는 음흉한 미소를 지으며, 고민하는 서혁을 바라보았다. 가장 신뢰하고 가장 사랑하는 손자가 아파하는 모습은 죽어도 보기 싫은 진 회장이 차라리 바쁘게 일하게 하는 방법이 최선일 것 같다는 생각에서 짜낸 대안이었다. 곧 지수가 온다는 소식을 전해 들었기에 미리 방책을 세워 실행시킨 것이었다.

지수의 행방을 알아보라 비서에게 조치를 취한 이틀 후 들은 소식에 진 회장은 많은 고민을 했다. 어떻게 하면 손자가 우는 모습을 보지 않을까. 사람이 나약해지지 않는 방법은 일뿐이라는 생각에 할아버지는 서혁에게 많은 일거리를 던져 주어 서혁이 일에 미쳐 주기를 바랄 뿐이었다.

"복수의 콩깍지 씌어버렸어. 나는, 나는 어쩌면 좋아."

"얼씨구, 아주 흥에 겨웠네. 야, 그렇게 좋냐?"

"물어볼 걸 물어보셔야 대답할 가치가 있죠, 황애희 양."

"미쳤어. 단단히 미쳤다. 복수에 눈이 멀었어. 복수는 또 다른 복수는 낳는다지?"

장윤정의 노래를 가사를 바꿔 흥겹게 부르는 단심에게 애희가 시비를 걸자 단심은 웃으며 노래로 화답했다.

"이러쿵저러쿵 간섭하지 마. 아무것도 보이지 않아. 저러쿵이러쿵 시비 걸지 마."

애희가 이해할 수 없다는 듯이 고개를 흔들었다. 저러다가 무슨 사단이 나고 말지. 애희와 대기 근무를 하고 있는데 단심의 휴대폰이 요란하게 울렸다.

"여보세요?"

[뭐 해?]

"지금 근무 중이지."

[밥은 먹었어?]

"아직. 자기는 밥 먹었어?"

'최대한 착하게. 진짜라고 믿게끔 해야지.'

단심은 호호 웃으면서도 복수라는 것을 머릿속에서 지우지 않았다. 서슴없이 '자기'라는 말을 꺼내자 애희가 확 째려봤다.

'허, 자기란다. 저렇게 해서 복수고 뭐고 다 때려치우는 거 아

니야? 아휴, 재수없어. 자기가 뭐야, 자기가.'

애희는 지금 대패가 있다면 자신의 팔을 팍팍 문지르고 싶은 심정이었다. 사귄 지 이제 겨우 이 주 조금 지났으면서 자기는 무슨. 누가 보면 몇 년 사귄 줄 알겠다. 심사가 뒤틀린 애희가 토악질하는 시늉을 하며 자리를 떴다. 단심이 호호 웃었다.

[왜 그래?]

"애희가 웃겼어. 우리 이러는 거 못 봐주겠다는 표정으로."

[하여튼 황애희. 근데 애희는 왜 남자가 없어?]

"눈에 안 찬대. 애희 눈 높거든."

[적당히 높으라고 그래. 우리 자기 보고 싶다.]

"나두. 이제 곧 점심시간이다. 우리 자기는 오늘 뭐 먹을 거야?"

[음, 우리 자기랑 같은 거 먹어야지. 회사 앞으로 데리러 갈게.]

"안 돼. 애희가 삐쳐."

[도움이 안 된다. 아무래도 남자를 하나 소개시켜 줘야겠어. 그래야 우리가 편하게 연애를 하지.]

사랑이 차고 넘치는 서혁과 단심의 통화에 짜증이 난 애희가 공항 매점에서 과자를 한보따리 사들고 오는데, 여전히 휴대폰을 붙잡고 있는 단심을 보고 소리를 꽥 질렀다.

"야! 나가서 통화해! 시끄러워 죽겠네, 진짜."

애희의 고함에도 아랑곳하지 않고 단심은 계속해서 통화를 했다. 한 시간이 지나자 그들의 통화가 끝났다. 그동안 애희는 귀마개까지 하고 있어야만 했다. 방글방글 웃으며 애희의 귀에서 귀마개를 뺀 단심이 말을 건넸다.

"저기, 애희야."

"왜. 데리러 온다던?"

"응."

"가라."

"가도 돼?"

"그래, 이 배신녀야. 넌 앞으로 나를 친구라고 부르지도 마. 사랑 때문에 친구를 버려? 됐어, 이 의리없는 계집애."

"미안, 애희야."

단심은 여전히 싱글벙글 웃으며 애희를 달랬다. 애희는 과연 단심이 제대로 복수를 할 수 있을까 잠시 걱정을 하다가 컴퓨터를 켰다. 인터넷에 접속하자 검색어 1위에 윤보람이 떠 있었고, 뉴스도 그녀의 기사를 톱으로 장식하고 있었다.

"결혼이요? 말도 안 돼요."

신이 내린 발레리나 윤보람(30) 씨가 최근 자신의 결혼설에 대해 그런 일은 절대 없다고 밝혀 잠잠해졌으나 한 네티즌이 올린 한 장의 사진으로 결혼설이 다시 불거지고 있다.

결혼 준비를 위해 한국에 돌아왔다는 소문으로 결혼설이 처음 등장했을 당시, 윤보람 씨는 잠시 쉬기 위해 한국에 온 것뿐 다른 이유는 없다고 말했다. 하지만 J호텔 커피숍에서 한 남자와 다정히 커피

를 마시는 모습이 포착, 인터넷에 유출되면서 그녀의 결혼설이 제기
되었다. 그러나 윤보람은 '지금은 푹 쉬고 싶어요, 다른 건 신경 쓰고
싶지 않아요'라며 대답을 회피하고 있다. 그런 가운데 사진 속 남자가
모 그룹 재벌 3세로 밝혀지면서 더더욱 그녀에 대한 관심이 높아지고
있다. 과연 세계적인 발레리나 윤보람의 배우자는 누가 될 것인지, 결
혼설의 진실은 무엇인지, 좀 더 지켜봐야 할 것이다.〉

　'재벌 3세? 부럽다, 부러워.'
　애희는 차근차근 기사를 읽어 내려갔고, 댓글까지 모조리 확
인했다. 혹시 발레를 등지는 것이 아니냐는 안타까운 우려와 절
대 결혼하지 말고 발레만 쭉 해달라는 글도 올라와 있었다.
　'부럽다. 무슨 재벌들이 이렇게 많아? 진서혁도 재벌, 윤보람
이라는 이 여자 남편이 될 사람도 재벌. 근데 진짜 결혼하는 거
야?'
　애희는 가만히 다른 기사를 검색했다.

　서혁과 함께 식사를 마친 단심은 그와 나란히 공원을 걷다가
벤치에 앉았다. 너무 가까이 있어서 그런지 자꾸 심장이 두근거
려 단심은 가슴에 가만히 손을 얹었다. 이렇게 빠지면 안 되는
데, 이 두근거리는 느낌이 너무 좋다. 가만히 눈을 감고 두근거
림을 느끼고 있던 단심은 서혁의 흥얼거림에 살짝 눈을 떴다.
그녀와 마찬가지로 서혁 역시 눈을 감고 노래를 흥얼거리고 있

었다. 잔잔한 멜로디다. 어디서 많이 들었는데, 뭐지?

"궁금하지?"

"어?"

"이 노래, 무슨 노랜지 궁금해?"

"으응."

"에이브릴라빈의 complicated라는 노래야."

여전히 눈을 감고 있던 서혁은 단심의 궁금함을 느꼈는지, 곡에 대해 말해주고 본격적으로 노래를 불러주었다.

"You fall and you crawl and you break and you take what you get and you turn it into honestly promise me im never gonna find you fakin no no no. 어때?"

말해 무엇 하겠나. 너무 감미롭고 황홀하고. 여자 노래를 이렇게 감미롭게 부르는 남자가 또 있을까. 단심은 웃고 있는 서혁을 사랑스럽게 쳐다봤다. 너무 멋있는 남자다. 서혁은 자신을 초롱초롱한 눈으로 바라보고 있는 단심의 손등에 입맞춤을 해주고 일어났다.

"내 노래 감상하면서 소화 다 됐지? 가자."

"응."

단심은 떨리는 마음을 뒤로하고 서혁과 손을 꼭 붙잡고 회사로 돌아왔다. 직접 차 문까지 열어주는 매너를 보여준 서혁은 단심의 인사를 받고 다시 차에 올라탔다.

"잘 가, 서혁아."

"잘 들어가. 오늘 몇 시 퇴근이야?"

"여덟 시."

"그래? 그럼 앞에서 기다려. 데리러 올게."

"됐어."

"내가 안심이 안 돼서 그래."

서혁은 알겠다는 뜻으로 고개를 끄덕이는 단심을 보고 나서야 차를 출발시켰다. 서혁의 차가 시야에서 사라지자, 단심도 사무실로 들어갔다.

컴퓨터를 하고 있었던 애희는 단심이 들어오자 한껏 째려보며 과자를 우적우적 씹어 먹었다.

"맛있어?"

"오냐. 아주 맛있어서 죽을 지경이다."

"나도 먹을래."

단심이며 과자에 손을 대자, 애희는 사정없이 단심의 손등을 쳐냈다.

"비싼 밥 먹고 오신 분께서 이런 과자에 손을 대시다니. 정 드시고 싶으면 네 돈으로 사 드시죠."

"삐쳤어?"

"누가? 내가? 참나, 웃기시네. 내가 왜?"

'삐쳤네. 하여튼 계집애, 완전히 삐순이라니까.'

단심은 눈에 쌍심지를 켜고 있는 애희의 등 뒤로 다가가 그녀의 목을 껴안았다.

“이게 누굴 목 졸라 죽이려고. 이거 안 놔?”

“이그, 그만 좀 해라. 다음부턴 너랑 꼭 먹을게. 알았지?”

“됐어, 계집애야. 복수나 열심히 하세요.”

잔뜩 골이 난 애희를 어쩌지 못한 단심은 그저 기분 좋은 미소를 걸치고 자신의 자리로 돌아갔다. 애희가 아참 하며 박수를 쳤다.

“야, 이거 봐봐.”

“뭔데?”

애희는 자신이 보고 있던 기사를 단심에게 보여주었다. 가만히 기사를 읽던 단심이 한숨을 푹 내쉬었다. 그러자 애희가 그녀를 빤히 쳐다봤다.

“웬 한숨?”

“부러워서.”

“뭐가 부러워? 진서혁도 재벌 3세잖아. 저도 재벌하고 연애하는 주제에.”

“누가 재벌 3세랑 연애하는 게 부럽대? 저 여자가 부럽다고. 우리 같은 사람들이 결혼한다고 누가 알아주니? 그런데 저 여자 결혼설 하나에 세계가 떠들썩하잖아.”

“하긴 그렇긴 하다.”

단심은 다른 서류를 보려던 찰나, 지난번 언니들의 이야기가 문득 생각났다. 윤보람이 유심의 웨딩드레스 샵에서 드레스를 사갔다는 이야기.

"야, 이 여자 진짜 결혼해."

"네가 그걸 어떻게 알아?"

"우리 언니 샵에서 드레스 샀단 이야기 들었어."

"어머, 정말? 웬일이니? 부럽다. 왜 난 남자가 없을까?"

"웃기고 있네. 너 Ten Minutes잖아. 이 세상 모든 남자들 십 분 안에 접수한다. 손만 뻗으면 애인 만들 수 있는 계집애가 남자 타령은."

단심의 말에 가만히 모니터를 응시하던 애희가 피식 웃었다.

'Ten Minutes 이면 뭐 하니. 다 찌질이들 뿐인 걸.'

어느덧 퇴근 시간이 되자 단심은 빠르게 가방을 챙겨들고 애희에게 간단한 인사를 던졌다. 그러자 나가려는 단심을 애희가 붙잡았다.

"뭐야, 어디 가?"

"집에 가지."

"근데 왜 너 먼저 나가?"

"아 참, 서혁이가 데리러 온다는 말을 안 했네."

"야, 이 계집애야!"

단심을 향해 소리를 고래고래 지르며 짜증을 내는 애희를 피해 달려온 단심은 서혁의 차에 타며 가쁜 숨을 쉬느라 헉헉거렸다.

"뛰어왔어?"

"응. 헉헉."

"천천히 오지, 왜."

"애희가 헉, 화를 헉, 내서."

"같이 가기로 했었어?"

"응."

"어이구."

한참 숨을 고르던 단심이 어느 정도 진정되자, 서혁이 천천히 차를 움직였다. 서혁은 자신이 불러주었던 노래를 틀어주었다. 단심이 그 노랫소리에 심취해 있는데 서혁의 휴대폰이 울렸다.

"왜 잊을 만하면 전화질이야?"

"응?"

"아, 아니야."

"안 받아?"

"응."

단심은 서혁의 휴대폰에 슬쩍 눈길을 돌렸다. 윤보람이라는 발신명이 떠 있었다.

'윤보람? 혹시 그때 그 여자?'

단심이 의심의 눈초리로 휴대폰과 서혁을 번갈아가며 쳐다보자, 서혁이 할 수 없이 전화를 받았다.

"네, 진서혁입니다."

[뭐 해요?]

"운전 중이에요."

[나 좀 픽업해 줄래요?]

"미쳤어요?"

[안 미쳤어요. 제정신이에요. 여기 강남호텔 앞이에요. 운전 중이시면 나 픽업해도 되잖아요.]

"나 지금 애인하고 데이트 중이거든요? 이만 끊습니다."

[뭐요? 이, 이봐요! 야!]

삐딱한 얼굴로 전화를 받던 서혁은 급기야 멋대로 전화를 끊어버렸고, 마지막 여자의 음성이 단심의 귀에까지 들려왔다. 상당히 앙칼진 목소리였다. 어디서 많이 들어본 것 같은 음성. 그녀의 목소리를 기억하고 있기는 한데, 정확한 얼굴이 떠오르지 않아 답답해하던 단심을 보고 서혁은 혹시 오해를 하나 싶어 얼른 변명을 끄집어냈다.

"예전에 왜, 내가 맞선 봤던 여잔데 자꾸 귀찮게 하네. 너도 봤잖아, 회사에서."

"그때 그 여자?"

'반반하게 생겼다 했더니 어디서 꼬리를 쳐? 꼬리를 쳐도 나중에 이 언니가 복수한 다음에 해라!'

단심은 괜한 질투심에 마음이 복잡해졌다.

점점 표정이 굳어가는 단심의 눈치를 보고 있던 서혁이 막 차를 세우려는데 다시 한 번 휴대폰이 울렸다. 이번엔 할아버지였다. 할아버지 전화라면 더더욱 받아선 안 될 전화이지만 또 받지 않아선 안 될 전화기도 했기에 할 수 없이 전화를 받아 들었다.

“왜요.”

[당장 데리고 집으로 와!]

이게 무슨 일인지. 단심은 기가 막히고 코가 막혔다. 집으로 가던 중 갑자기 걸려온 두 통의 전화로 인해 단심은 서혁의 집에 인사까지 가고 만 것이었다. 갑작스런 상황에 단심도 상당히 긴장하고 있었다.

단심이 집 안으로 들어서자마자 머리끝부터 발끝까지 한번 훑어보신 할아버지는 맘에 들지 않는 눈초리로 헛기침을 하더니 서혁에게 소리를 질렀다.

“다음에 정식으로 인사시켜라!”

거의 쫓겨나다시피 집으로 돌아온 단심은 언니들에게 하소연을 시작했다.

“그러니까 할아버지 눈빛이 영 아니었다, 그 말이야?”

“응. 어떡하지?”

“뭘 어떡해. 준비를 해야지.”

단심의 하소연에 다섯째 옥심은 단심을 안심시키고 언니들에게 전화를 돌렸다. 옥심의 전화에 언니들은 하나둘 단심의 집으로 몰려들었다. 중대한 회의가 시작되었다. 언니들의 이야기를 가만히 듣고 있던 단심은 점점 불안해져만 갔다.

“진서혁. 오랜만이다.”

“여기까지 웬일? 누가 반가워한다고 나타나?”

“할아버지가 부르셔서.”

막 점심 식사를 하고 들어오는 서혁의 눈에 달갑지 않은 준영의 모습이 비쳤다. 준영이 무표정한 얼굴로 지나치려는데 서혁이 그를 붙잡았다.

“지수 온대, 오늘.”

“그래서?”

“마중 나오래. 내가 가겠다고 했는데 일이 생겼어. 네가 대신 가.”

“어쭙잖게 엮으려 들지 마. 끝났어.”

“닥치고 가. 그래도 네 마누라였어.”

서혁은 너무도 담담하게 말하는 준영을 한 대 때리고 싶었다. 지수가 서혁 자신보다는 준영을 더 보고 싶어할 거란 생각에 준영을 보내려 했는데 이런 식으로 대응하는 그가 너무 미웠다. 서혁은 끝까지 참을 인 자를 가슴에 새기며 손찌검 대신 욕을 날렸다. 그러자 준영이 기분 나쁜 실소를 터뜨렸다.

“한때 네 여자이기도 했지.”

“강준영! 다 들었어. 너희들 이야기 다 들었어. 네가 이해했어야 했어. 지수, 자기 아이를 갖고 싶어 안달이 났던 여자야. 그러니 그럴 수 있어.”

“진서혁, 그렇게 이해심 넓으면 네가 데리고 살아. 난 이제 관심없어.”

"그렇게 말하면 속이 편하냐? 너 지수 데리고 갔을 때 뭐라고 그랬어? 사랑이라고 하지 않았어? 근데 이제 와서 관심없다고? 그걸 말이라고 해?"

"사랑? 사랑이라. 그래, 사랑했지. 근데 사랑을 이기는 게 뭔 줄 알아? 미움이야. 서지수란 여자가 미치도록 밉다. 미운 여자, 더 이상 보고 싶지 않아. 간다."

이젠 지수가 밉단다. 너무도 사랑해서 우정까지 저버리고 간 사람이 이젠 그녀가 밉단다. 사랑을 가려 버린 미움.

'잠깐. 미움이 사랑을 이겼다? 미움만 없다면 여전히 사랑하고 있단 소리 아니야?'

서혁은 뭔가를 감지한 눈빛으로 자신의 집무실로 들어왔다.

"지수 온대."

서혁의 나지막한 목소리가 여전히 준영의 마음을 어지럽혔다. 서지수란 이 답답한 여자가 한국에 오겠단다. 준영은 수화기를 들었다가 다시 무겁게 내려놓았다.

지수를 만났던 곳은 한국이 아닌 호주라는 타국이었다. 그곳에서 서혁은 대학을 다녔고, 대학시절 동기로 만난 지수를 준영에게 소개해 주었다. 그런데 이상하게 지수는 준영에게 마음을 던져 버렸다. 아니, 어쩌면 준영이 먼저 그녀에게 사랑이란 감정을 느껴서 접근했는지도 모른다. 그리고 그처럼 지수도 사랑의 감정을 느꼈다고 했다. 사랑했다. 하얀 피부에 긴 생머리. 천사 같은 마음이 너무 좋았다. 그래서 서혁이 그녀를 사랑하고 있다는 것을 알면서도 그녀를 품었는지도 모르겠다. 그렇게 어렵게 결혼한 그녀와 삼 년 만에 파경을 맞았다. 모든 것이 오해에서 비롯됐던 일들. 결혼 생활 동안 그녀의 성격에 질려 버린 것도 사실이었다. 그런데 지수가 한국에 들어온다는 말에 자꾸 불안하고 심장이 빠르게 뛰었다.

모두 퇴근하고 어느덧 시계 바늘이 아홉 시를 가리켰다. 더는 생각하고 싶지 않아 술이라도 마셔야겠다는 생각에 준영이 막 회사를 벗어나는데 휴대폰이 울렸다. 문자 메시지였다.

〈나 오늘 못 가. 강준영, 나 지수한테 더는 감정없어. 생각해 보니 내가 지수 마중 나갈 필요성을 못 느낀다. 알아서 해.〉

서혁이었다. 자신은 가지 않겠으니 알아서 하라는 문자였다. 준영은 빠르게 차를 타고 공항으로 향했다.

"야! 지금 몇 번째야?"

"언니, 이걸 꼭 해야 돼?"

"그럼! 다시 해봐!"

단심은 방바닥에 널브러져 있는 두꺼운 잡지를 머리 위에 얹었다. 소파에 앉아 단심의 걸음을 지켜보던 둘째 혜심은 자꾸 잡지를 떨어뜨리는 단심을 한심하게 바라보다 자신이 머리에 얹었다.

"자, 이렇게 걸어보란 말이야, 조신하게."

"언니, 미스코리아 선발대회에 나가는 게 아니라니까요?"

"말만 많아. 오늘 연습은 됐고, 십 분 뒤에 효심이 올 테니까 효심이한테 차 마시는 법 배워라."

혜심을 보던 단심은 방바닥에 쓰러지듯 주저앉았다.

'괜히 말했나? 차라리 그냥 여기서 복수하고 끝낼 걸.'

어차피 헤어질 사이인데 부모님께 인사를 가야 하나? 그런데…… 왠지 가고 싶었다. 나라는 여자도 이런 남자와 연애를 해요, 라고 보여주고 싶었다. 그래서 언니들의 조언을 받으며 노력을 하고 있긴 한데, 점점 한심한 생각이 물밀듯 밀려왔다. 그런 단심의 마음을 전혀 모르는 언니들은 여러 가지 교육을 시켰다. 걸음걸이부터 음식 먹는 방법, 웃는 모습까지 트레이닝을 받는 것은 고역이었다.

단심이 잠시 숨 돌리고 있던 순간, 셋째 효심이 단심의 집으로 들어왔다. 이제 녹차라면 속에서 신물이 넘어올 정도다.

"자, 손을 잔 밑에 받치고."

단심은 찻잔 밑을 왼손으로 받치고 입술을 축이는 정도로만 차를 마셨다.

"내려놓을 땐 절대 소리가 나지 않도록. 잘하네. 이 정도면 됐다. 이제 이건 더 안 해도 되겠다."

단심은 효심의 말이 끝나자 아예 바닥에 드러누웠다. 한계다,

한계. 효심이 누워 있는 단심에게 소곤거렸다.

"성심이 올 거니까 준비해라."

"언니!"

단심의 발악에도 불구하고 효심은 막 들어오는 성심에게 바통을 전하듯 손바닥을 맞대었다. 성심은 누워 있는 단심을 일으켰다. 성심은 온몸이 축 늘어진 단심은 아랑곳하지 않고 스크랩해 놓은 파일을 들고 질문을 던졌다. 이번엔 경제와 사회문제, 해외토픽 등에 대해 논해야 했다.

"누가 보면 나 대기업에 다시 취직하는 줄 알 거야."

"잔말 말고 공부해. 밑줄 그어진 건 꼭 외우고."

"알았어. 오늘은 언니가 마지막이지?"

"아니, 옥심이가 마지막이야."

단심은 엉엉 소리를 내어 울었다.

일주일이라는 시간 동안 피나는 노력을 한 끝에 청순미와 지성미를 두루 겸비하게 된 단심은 서혁과 함께 서혁의 집으로 인사를 드리러 가게 되었다. 단심이 집 안으로 들어서자마자, 예전에 한 번 뵈었던 할아버지는 단심을 유심히 살폈다. 단심은 언니들이 가르쳐 준 대로 조신하게 인사를 올렸다. 딱히 뭐라 말하지 않던 할아버지는 식사하자며 단심을 데리고 식탁에 앉았다. 단심은 언니들이 가르쳐 준 대로 소리 없이, 입을 다물고 밥을 씹어 먹었다. 근데 속이 이상하다. 아무래도 체한 것 같았

다. 이때까지 아무 말이 없으셨던 할아버지는 다과상을 내오라
는 주문을 하고 단심에게 물었다. 경제가 어떻고, 사회가 어떻
고. 단심은 그동안 공부한 것을 유감없이 발휘했고, 할아버지는
다시 말이 없으셨다. 차를 마시는 단심에게 할아버지가 본격적
으로 물었다.

"부모님은 뭐 하시는가?"

"시골에서 농사를 지으십니다."

"농사라. 형제는 어떻게 되고?"

"위로 언니가 열 명 있습니다."

"열? 딸 부잣집이구먼."

"네, 제가 딸 부잣집의 막내입니다."

단심의 언니 수를 듣고 할아버지는 잠시 말이 없으셨다. 단심
역시 가만히 할아버지의 눈치만 살폈다. 뭔가를 생각하시는 눈
치였다.

"승무원이라고 하던데."

"네."

"어떻게 만났지? 비행기 안에서 만났나?"

"아닙니다. 서혁이는 중, 고등학교를 같이 다닌 동창이었습니
다. 십 년 만에 우연히 다시 만난 겁니다."

"나이 먹은 사람들이 이름 부르는 건 좋은 게 아니지. 아무리
나이가 같아도."

"아, 죄송합니다."

단심이 서혁의 이름을 부르는 게 거슬렸는지 할아버지가 불호령을 내리셨고, 단심은 민망해서 쥐구멍이라도 찾아 들어가고 싶은 심정이 되었다. 점점 가슴이 콩알만해지고 있는데 다시 한 번 할아버지의 질문이 던져졌다.

"만난 지는 얼마나 됐지?"

"이제 한 달 됐습니다."

"단순한 연애구먼."

'단순한 연애? 뭔가 아쉽네?'

할아버지의 말에 미처 대답을 못하는 단심을 옆에서 지켜보던 서혁이 안 되겠다 싶어 나섰다.

"할아버지, 단순한 연애가 아니구요."

"처자, 내 방으로 들어오지. 저 녀석 때문에 무슨 말을 못하겠네."

단심을 대신해 재빠르게 이야기를 꺼내려던 서혁을 못마땅하게 바라보던 할아버지가 소파에서 일어나 자신의 서재로 걸음을 옮겼다. 할 수 없이 단심이 할아버지를 따라 서재로 들어갔다. 서혁도 같이 들어가려 했으나, 할아버지의 강한 눈빛에 주춤하고 문밖에서 기다려야만 했다.

할아버지와 단둘이 있으니 더 긴장된 단심은 자꾸 손을 만졌다.

"단순한 연애든 무엇이든 간에 난 반대네."

"네……?"

‘연애도 반대한다고? 그냥 단순하게 만나는 것도 반대하신다고? 내가 뭐가 부족해서요?’

“두 사람 나이는 단순한 연애를 하기엔 많지 않나? 결혼을 해야 할 텐데, 그런 하찮은 만남으로 시간을 빼앗길 수는 없지 않는가?”

‘사람이 사람을 만나는 게 하찮다니.’

“난 사람을 만나는 것은 신중해야 한다고 생각하는 사람이야. 그 만남이 나중엔 결혼이란 문제로 발전할 수도 있으니까. 하지만 처자와 그러는 건 생각할 수 없다네. 미안하네.”

전혀 생각지 않은 문제를 들쑤시는 할아버지의 말에 단심도 점점 심각해지기 시작했다.

“연애든 뭐든 간에 우리 서혁이 그만 만나게.”

‘뭐야? 만나지 말라는 이야기야?’

“…….”

“지금은 사랑해서 만난다고 생각하지만 그건 오래가지 않아. 사랑은 쉽게 변질되는 거야.”

쉽게 변질된다고? 중학교 3년, 고등학교 3년. 고백해서 차이지만 않았어도 더 지속될 수 있었던 그 사랑을, 그 지고지순했던 내 사랑이 변질된다고? 그 사랑을 쉽게 변할 거라고 단정 짓는 할아버지의 말에 단심은 기분이 나빠지면서 슬퍼지기까지 했다.

‘왜 속상해지지? 어차피 복수하고 끝날 인연인데 왜 자꾸 기

분이 나쁠까? 왜 눈물이 울컥 치밀까?'

"처자나 서혁이에겐 단순한 연애를 할 시간이 없어. 배우자를 만나야지. 서혁의 고집으론 돌아서지 않을 거니 그쪽이 먼저 돌아서 주게."

단지 복수심 때문에 만난 것이긴 하나 이렇게 헤어지라는 말을 듣게 되니 마음이 이상하게 요동쳤다.

'할아버지가 말 안 해도 헤어질 생각인데 마음이 왜 이렇지? 꼭 비련의 여주인공 같잖아.'

눈물이 핑 돌았다. 정말 이상했다. 단심은 자신이 왜 이러는지 이해가 되지 않았다. 궁금했다, 왜 자신은 안 되는지. 잠시 잊고 살았던 십 년 전 서혁의 웃음과 말이 눈앞에 두둥실 떠다녔다. 단심은 얼른 환상을 지워 버리고 당돌한 얼굴로 물었다.

"궁금한 것이 있습니다. 솔직히 말씀해 주세요. 제가 맘에 들지 않으신 것입니까, 제 집안이 맘에 들지 않으신 겁니까?"

"솔직한 답변을 원하겠지? 난 처자가 맘에 들지 않아."

'뭐가? 내가 왜? 이렇게 예뻐졌는데?'

"서혁이 놈을 이끌 수 있는 강한 여자가 필요하네."

"전 제가 충분히 강한 여자라 생각하는데요."

"아니, 자넨 그러지 못해. 내가 말한 강한 여자는 윤보람 양 같은 여자를 두고 하는 말이네."

"윤보람 씨요?"

"자네도 알 거야. 발레리나 윤보람 양. 내가 우리 서혁의 배우자로 찍은 손자며느리이기도 하지."

'아하, 그러니까 넌 그런 대단한 여자가 못 되니 물러가라?'

단심은 자신과 보람을 비교하는 할아버지를 향해 당당하게 입을 열었다. 헤어지더라도 이렇게는 싫다. 누군가의 반대로 헤어지다니. 그럼 단심이 계획한 복수를 할 수 없게 된다.

"이제 제가 말씀드려도 되겠습니까?"

"그래, 자신의 의사를 당당하게 말할 줄도 알아야지."

"저는 결혼 생각이 없습니다. 진서혁이라는 남자와 결혼이라뇨. 전 상당히 욕심이 많은 여자거든요."

"욕심이 많다?"

"네, 할아버지께서도 반대를 하시니 그만 만나겠습니다. 이참에 세계 최고 배우 톰크루즈 꼬시러 할리우드에나 가봐야겠네요. 저도 그 정도로 대단한 남자가 아니면 결혼 생각이 없어요."

오기가 생겼다. 나도 됐다! 라는 뜻을 전하고 싶었다. 그래서 무례하지만 말을 뱉어버렸다. 말이 되든 안 되든 자존심은 살리고 싶었다. 물론 자신이 잘난 것 하나 없는 여자라는 것 정도는 잘 알고 있다. 평범한 일상을 사는 여자인 것도 사실이다. 세계적인 스타도 아니고, 세계적으로 유명한 사람도 아니다. 하지만 자신 나름대로 행복한 삶을 살고 있는 여자라 자부했다. 그런데 단심의 인생을 무참하게 밟아버린 할아버지가 미웠다.

할아버지는 단심의 황당한 이야기에 잠시 멍하니 계시더니 피식 웃음을 걸치셨다. 그런 할아버지를 향해 단심은 꾸벅 인사를 올렸다. 문밖에서 걱정스런 얼굴로 서성이던 서혁이 눈에 밟혔다. 문 열리는 소리와 동시에 서혁이 튕기듯 단심에게 다가왔다.

"뭐라셔?"

'뭐라긴, 헤어지란다. 참 나, 네가 그렇게 잘났어? 어?'

"그냥. 잘 사귀어보라고 하셔."

"그래? 그것 봐. 긴장 안 해도 된다고 했잖아. 집에 갈 거지?"

"아니, 어디 좀 들렀다가 갈 거야."

"어디? 데려다 줄게."

"아냐. 혼자 갈게."

단심은 데려다 준다는 서혁을 밀치고 황급히 그곳을 빠져나왔다. 머리가 복잡했다. 일주일 동안 했던 노력은 물거품이 된 거나 다름없었다. 기분 참 더럽다. 그런 소리나 듣자고 일주일 내내 노력한 게 아니었는데.

단심은 어딘지도 모르는 길을 걸어가며 서혁을 처음 봤던 그 순간부터 지금까지를 되짚어 회상했다. 작은 여학생이 남학생을 좋아하고, 상처받고, 그 후 십 년이 지나 다시 만나 복수를 꿈꾸는 지금까지. 이 모든 게 참 허무하게 느껴지는 하루였다.

'옥심 언니 법칙이 안 통했어. 헤어지라니 헤어지긴 해야겠는데, 싫다. 복수고 뭐고 서혁이 그놈하고 헤어지는 게 싫다. 뭐지, 이 마음……?'

6. 경심 언니 :연애는 사랑을 낳고 사랑은 아픔을 낳는다?

「사랑이란, 슬픔 속에서도 의연하게 이해하고 미소 지을 수 있는

능력을 말한다.」—헤세

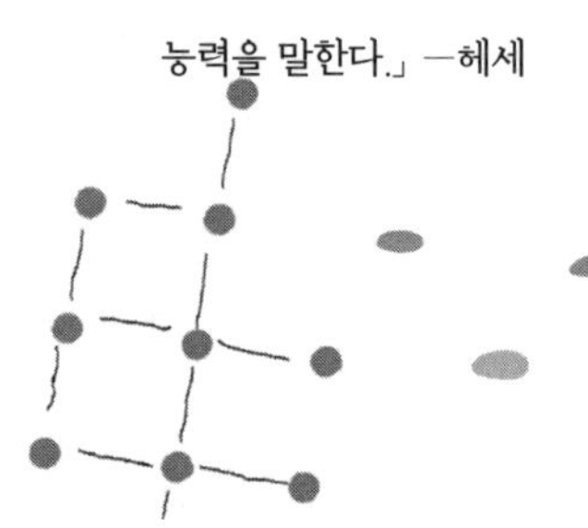

"저것들 또 싸우는 거야?"

"글쎄? 잘 안 들린다."

단심의 방문 앞, 문틈에 귀를 기울이고 있던 여섯째 경심과 열째 현심이 좀 더 자세히 듣기 위해 아등바등하고 있을 무렵 단심은 침대에 걸터앉아 휴지로 눈물을 닦아내며 통화를 하고 있었다.

"그걸 지금 말이라고 하는 거니?"

[그럼 왜 그러는 건데! 지금 며칠째야? 말을 해야 알 거 아니야!]

"말하기 싫다는데 정말 왜 그래?"

[너 답답하게 이럴 거야? 할아버지가 뭐라 그랬냐고? 너 우리 집 왔다 간 이후로 계속 이러잖아. 할아버지야? 할아버지가 뭐라 그런 거야?]

"아니야! 아니야! 아니라는데 왜 자꾸 이러는 거야?"

[아니면 뭔데! 뭐가 불만이라서 이러는 거야! 너 정말 마지막 말까지 나오게 만들 거야!]

훌쩍거리면서도 할 말은 다 하고 있는 단심은 답답한 듯 눈물을 닦던 휴지를 집어 던졌다. 단심의 눈물로 젖은 휴지가 바닥에 떼굴떼굴 굴러가고 있을 무렵, 서혁의 화난 음성에 단심의 모든 시선과 동작이 그대로 정지했다.

"……뭐?"

[…….]

"뭐라고 그랬어, 지금?"

[아니야, 아무것도.]

"마지막 말 무슨 뜻이야?"

[그만 하자.]

"뭘 그만 하자는 건데?"

[너 정말 왜 그래? 짜증나게 말꼬리 잡고.]

"뭐가 그렇게 짜증나? 왜, 나 같은 게 너한테 굽실거리지도 않고 대드니까 짜증나니?"

[너 정말! 왜 그래, 진짜! 내 말은 그게 아니잖아!]

"됐어."

단심은 더 이상 휴대폰을 들고 있을 힘조차 없어 조용히 폴더를 닫았다. 폴더를 닫기 전까지도 들려오는 서혁의 음성에 단심은 가만히 눈을 감았다. 맺혀 있던 눈물방울이 또르르 흘러내렸다.

'으이씨! 누가 눈물 보고 싶댔어? 그만 좀 흘리지?'

단심은 자신의 마음과 다르게 자꾸 흐르는 눈물을 손등으로 훔쳤다. 헤어지기 위한 연습이라고 해야 할까? 서혁의 집에 다녀온 이후 단심은 어떻게 하면 정말 멋진 복수가 될까 생각하며 고심했다. 그 생각이 지속되면 지속될수록 모든 일상이 점점 엉망이 되어가고 있었다. 헤어지기 싫었다. 잘 가라, 이 말 한마디가 입에서 떨어지지 않았다. 그 말을 미루고 미루어 지금까지 와버렸다. 시간이 지나면서 이젠 복수라는 생각보단 서혁과 행복했던 나날들만 떠올랐다. 단심은 이제 그만 생각하고 싶어 털어내듯 고개를 세차게 저었으나 소용없었다. 생각은 고개를 저을 때만 잠시 사라질 뿐, 도로 나타나 단심을 괴롭혔다.

'나 정말 어떡하지?'

싸우는 소리가 들리지 않자 경심과 현심도 방문에서 귀를 떼고 식탁 의자에 앉아 물을 들이켰다.

"저거 또 울겠네."

"경심 언니가 어떻게 해봐."

"내가 어떻게 해? 지들 문제지."

"괜히 노하우 어쩌고 한 거 아닌가 몰라. 십 년 전, 그 일 이후 단심이 우는 거 처음 본다.”

“야, 모현심, 우리가 그거라도 시작하니까 쟤가 저렇게 연애하고 우는 거야. 안 흔들리면 그게 사랑이니? 그럼 이 세상에 싸우는 부부가 왜 있고, 이혼하는 부부가 왜 있겠냐?”

“이혼하는 부부들이야 사랑이 식어서 그런 거고.”

현심이 아무 생각 없이 불쑥 내뱉은 말에 여섯째 경심이 기가 막혀했다. 자신도 사랑을 해서 결혼이란 것을 했으면서 사랑을 너무도 쉽게 치부하는 것이 황당하고 어이가 없었다.

“사랑이 식어? 웃기는 소리 하지 마. 사랑은 절대 식지 않아. 그들은 사랑이 잠시 주춤하는 그 사이를 못 견뎌내서 헤어지는 것뿐이야.”

“사랑이 안 식는다고? 호르몬 분비가 없어지고 그러면 사랑이 식는다잖아.”

“무슨 옥시토신이 어쩌고저쩌고? 웃기는 소리 하지 말라 그래. 사랑이 머리로 하는 거니? 마음으로 하는 거지.”

“그게 전혀 틀린 말도 아니지.”

“정말 머리로 사랑을 한다면 이 세상에 남녀가 같이 있을 시간은 딱 이 년이겠다. 길어야 사 년. 그럼 난 네 형부랑 언제 헤어졌어야 하니? 날짜 세기도 힘드네.”

굳이 사랑의 정의를 내린다면 경심은 그랬다. 사랑은 머리로 하는 것이 아니라 마음으로 하는 것. 이 간단한 진리를 사람들이 모르는 것은 아닐 것이다. 다만 사람들은 사랑을 하고 있을 땐 이 말을 자주 쓰지만, 막상 자신의 사랑이 주춤하고 자신의 마음이 힘들 땐 사랑의 유효기간이 어쩌고 하면서 도망치는 것일 것이다. 지금 단심도 그러하고 있다. 자신의 마음이 힘드니까 저렇게 도망치면서 누군가를 원망하고 있는 것이다. 사랑은 그렇게 하는 게 아니라는 것을 일깨워 줘야 할 것 같은데…….

"언니, 언니가 들어가서 좀 위로해 줘."

현심은 골똘히 생각하고 있는 경심을 툭 쳤고, 경심은 마지막 남은 물을 시원하게 들이키고는 단심의 방 안으로 들어갔다. 무슨 자학을 그렇게 심하게 하는지 단심은 침대에 비스듬히 누워 벽에 머리를 쿵쿵 박고 있었다. 놀란 경심이 얼른 그녀에게 다가가 머리와 벽 사이에 손을 집어넣었다.

"이게 미쳤나."

"놔둬. 생각이 너무 많아서 지우고 있는 중이야."

"생각 지우다가 뇌진탕으로 돌아올 수 없는 길로 갈지도 모른다."

경심의 진지한 말에 단심은 하던 행동을 멈추었다. 경심이 침대에 엉덩이를 걸치고 앉아 단심을 위로했다.

"아직도 흘릴 눈물이 남았어? 난 십 년 전에 다 흘린 줄 알았는데."

"눈물은 수분이야. 그게 마를 수는 없어. 아, 병에 걸리면 마른다더라. 근데 지금 난 멀쩡하거든."

"멀쩡하긴. 차라리 눈물 안 흘리는 병에 걸린 사람이 낫겠다.

이게 뭐니?"

"뭐긴, 두 번째 실연이지."

태연한 척 입술을 삐죽이는 단심의 볼을 경심이 안쓰럽게 쓰다듬었다.

"헤어지자고 해?"

"아니. 근데 지금 우리 상황이 그런 거나 다름없지. 곧 둘 중 한 명이 그 말 꺼내겠지."

"단심아, 사람이 사람을 만나 하는 게 사랑이야. 두 사람의 감정놀이가 그저 행복하기만 하면 재미있겠니? 이만한 일로 헤어지자고 하면 둘 다 바보인 거야."

"언닌 사랑이 재미니?"

"재미지. 한 치 앞도 알 수 없는 재밌는 감정놀이지. 사랑은 아프기도 하고 즐겁기도 한 거야. 너희가 만나 사랑을 싹 틔웠으면 그 사랑은 너희에게 아픔도, 기쁨도 줄 수 있는 거야."

"사랑이 아닌데 아픈 건 뭐야?"

눈물 한 방울 흘리지 않고 덤덤하고, 태연하게 묻는 단심으로 인해 잠시 당황한 경심이 그녀의 말을 이해하지 못하고 되물었다.

"무슨 소리야?"

단심의 말뜻을 미처 알아채지 못한 경심이 묻자, 단심은 작은 한숨을 내쉬더니 힘들게 이야기를 꺼냈다.

"복수하려고, 이렇게 예뻐졌으니까, 그때 그렇게 상처 주고 가버린 너도 당해보라고, 좋아 하는 마음에 상처받는 기분이 어떤지 알게 해주려고.”

“뭐?”

“십 년 전에 계획했던 일이야. 근데 그 잘난 놈이 유학을 갔대. 그래서 포기했었어. 그런데 우연히 선 자리에서 만난 거야. 그냥 지나치려 했는데, 비행기 안에서까지 만났어. 기회다 싶었어.”

“그럼 순전히 복수 때문에 그런 거란 말이야?”

“응. 너도 당해봐라, 순전히 오기로 시작했어. 만나는 동안에도 그 생각을 지우지 않았는데, 할아버지가 헤어지라고 하니까 울컥하더라. 헤어진다! 마음먹었는데, 이제 와서 말썽 피워.”

흐릿해진 눈에는 어느새 또다시 눈물이 차 올라 힘없이 툭툭 떨어졌다. 단심의 음성이 심하게 흔들렸다.

“괜히 시작했나 봐. 하늘이 노했어. 복수한다는 못된 마음 먹어서. 근데 나 정말 그러고 싶었어. 육 년 동안 간직했던 내 마음을 그렇게 뭉개고 간 그놈이 정말 죽이고 싶을 정도로 미웠어.”

흔들리는 음성을 겨우 붙잡고 꺽꺽거리면서도 끝까지 속내를 밝힌 단심의 이야기에 경심은 마음이 아팠다. 얼마나 상처를 받았으면 복수라는 걸 생각했는지. 어린 마음에 얼마나 상처를 받았으면 그랬을까 싶은 경심은 그녀가 안쓰러웠다. 그 녀석 때문에 제대로 된 연애도 못해본 단심은, 복수한다는 마음 자체가

그를 잊지 못했다는 증거임을 몰랐나 보다. 그를 미워하는 마음
도 사실 너무 사랑해서 나오는 마음이라는 것을.

"사랑이야. 사랑이 시작돼 버렸어. 이젠 복수 못해, 바보야."

"그런 거야? 그래서 내가 이렇게 눈물 흘리고 아파하는 거
야?"

"포기할래? 늦지 않았어. 지금이라도 복수하고 당분간 가슴
앓이 해."

"행복했어. 내가 몰랐던 행복이었어. 그래도 포기할까? 아니
면 복수할까?"

"언니가 도와줄 수 없는 문제야. 그건 네 선택이야."

선택. 그랬다. 그건 누가 대신할 수 없는 문제였다. 단심은 눈
물을 흘렸다.

"다만 언닌 네가 마음에 충실했으면 좋겠다."

단심이 고개를 끄덕였고, 경심도 더 이상 뭐라 말을 할 수 없
어 조용히 방을 벗어나기 위해 문을 열었다. 나가기 전에 누워
있는 단심에게 말했다.

"언니 간다. 밥 해놨으니까 먹고."

문 닫히는 소리가 들리자 단심은 천천히 일어나 침대 머리맡
에 비스듬히 누웠다.

'보상받고 싶은데, 복수는 아니야. 복수로 보상받고 싶지는
않아. ……행복하고 싶어.'

서혁은 거칠게 전화를 끊고, 분에 못 이겨 전화기를 던져 버렸다. 벽에 부딪힌 휴대폰은 산산조각 나버렸고, 이리저리 파편을 튀기며 흩어졌다. 도대체 뭐가 문제인지 알 수 없어 답답할 뿐이었다. 단심은 집에 다녀온 이후 전화도 피하고 공항으로 가도 만날 수가 없었다. 어쩌다 전화 통화가 연결되면 이렇게 싸우고 끊기 일쑤였다.

'그땐 분명 아무렇지도 않았는데 왜 그러는 거야!'

서혁이 있는 대로 짜증을 내고 있는데 문이 거칠게 열렸다.

"누구! 뭡니까?"

제멋대로 들어온 사람은 다름 아닌 보람이었다. 그녀는 당돌하게 웃으며 그를 바짝 약 올리듯 말했다.

"확인하러 왔어요."

"뭘요?"

"헤어졌는지 확인하러 왔는데, 들어보나 마나 헤어졌나 보네요."

"이봐요, 윤보람 씨! 지금 상태 안 좋거든요? 그만 나가주시죠."

"나도 그 여자 봤는데, 진서혁 씨 짝으로는 영 아니더라고요. 대체 뭘 보고 좋아한 거예요?"

서혁은 보람의 기분 나쁜 질문에 목을 조이고 있던 타이를 풀어 아무렇게나 던져 놓았다. 그리고 보람을 향해 낮고 건조한 목소리로 말했다.

“나가라는 말 안 들려?”

“이젠 막 나가시네요. 반말까지 섞으시고.”

“한 번만 더 지껄이면 끝은 나도 모르니까 입 닥치고 꺼져.”

“그쪽이 아무리 그래도 난 할 말은 하는 여자예요. 당신, 여자하고는 절대 이어질 수 없어요. 왜인 줄 알아요? 내가 막을 거거든요.”

보람은 피식 웃으면서 서혁에 대한 강한 집념을 보였고, 그가 화를 분출하기 전에 빠르게 그의 시야에서 사라졌다. 서혁은 소파에 몸을 던지듯 앉았다. 분명 단심에게 무슨 일이 있다. 서혁은 그 배후의 인물이 할아버지일 거라는 느낌이 들었다. 다시 몸을 일으켜 회장실로 걸음을 옮겼다.

서혁은 비서가 알리기도 전에 문을 박차고 들어가 할아버지의 눈앞에 당당하게 섰다.

“뭐야?”

“할아버지.”

서혁이 이를 꽉 깨물며 할아버지를 불렀다. 호칭이 맘에 들지 않은 할아버지는 눈을 찡그리고 바로잡았다.

“회사에선 회장님.”

“회장님, 지금부터 제가 묻는 말에 한 치의 거짓이 있을 시엔 저 회사 나갑니다.”

“뭐가 그리 거창해? 어디 해봐.”

“솔직히 부세요. 단심이한테 뭐라고 하셨어요?”

“뭘 불어? 음주 측정하냐?”

“말장난하는 게 아니라는 걸 아시는 분께서 장난까지. 수상해요. 단심이한테 뭐라고 하셨냐고요.”

“뭘 뭐라고 그래.”

“금방 들키실 일에 괜히 힘 빼지 마세요. 시간 아까워요. 뭐예요. 단심이한테 저 만나지 말라고 하셨어요?”

“그래, 그랬다.”

이제야 솔직히 말씀하시는 할아버지를 강한 눈빛으로 바라보던 서혁이 더욱 인상을 구기며 다그쳤다. 아무리 호랑이 같은 진 회장이라도 서혁이 이렇게 다그칠 때면 할 수 없이 모든 것을 순순히 털어놓는다.

“대놓고 그렇게 말씀하셨단 말이에요?”

“시간 아깝게 뭘 빙빙 돌려. 그냥 헤어져라 이 한 마디면 끝날 말을.”

“할아버지, 저 삼 년만이에요. 삼 년만에 처음으로, 마음 준 여자라고요.”

“마음은 단심 양 아니어도 줄 수 있어.”

서혁은 최대한 침착하게 또박또박 자신의 마음을 밝히기 시작했다.

“아니요. 그랬음 진작 다른 여자 만났겠죠. 선 자리 박차고 나온 이유가 뭐였겠어요? 지수 때문에요? 시집가서 이혼당한 여자한테 관심없어요. 제 마음을 연 사람 없었다고요.”

"그래서 단심 양이 네 마음을 열었다는 거야?"

"아직은 저도 잘 몰라요. 좋아하는 건지, 단순한 호기심인지. 그래도 이런 감정, 지수한테 느꼈던 감정하고는 달라요. 그거 모르시겠어요?"

할아버지는 지금껏 듣지 못했던 서혁의 속마음이었다. 이번엔 왠지 절실하게 느껴졌다. 할아버지는 문득 단심의 당돌했던 모습이 떠올랐다.

"네, 할아버지께서도 반대를 하시니 그만 만나죠. 이참에 세계 최고 배우 톰크루즈나 꼬시러 할리우드에나 가봐야겠네요. 저도 그 정도로 대단한 남자가 아니면 결혼 생각이 없어요."

피식 웃음이 나왔다. 단심의 모습과 서혁이 이토록 매달리는 것까지 모든 것이 새로웠다. 할아버지는 슬쩍 흔들렸으나 다시 마음을 다잡았다. 아무래도 집안이 걸렸다. 딸들이 많은 것도 그렇고, 왠지 그런 집안으로 서혁을 보내면 서혁이 잡혀 살 것만 같다.

"결혼은 안 된다."

"누가 결혼한대요?"

"만나고 결혼하는 게 당연한 이치 아니야? 그러니 안 돼. 그런 애 만나서 시간 헛되이 보내느니 보람 양하고 결혼해."

"그럼 지수랑 결혼하겠습니다. 지수 한국 들어왔거든요."

이젠 나도 모르겠다는 식으로 서혁이 할아버지께 해서는 안 될 협박을 하고 집무실로 돌아왔다.

'완전 자기 집이구만.'

서혁이 회장실에 다녀온 사이에 왔는지 보람이 소파에 앉아 잡지를 보고 있었다. 서혁은 보람을 모른 척하며 사무 의자에 앉았다. 보람도 웃으며 여전히 잡지에 시선을 주고 있었다.

"회장님이 뭐라고 하세요?"

"일 없어요?"

"많아요. 학생들도 가르쳐야 하고, 공연도 준비해야 하구요. 그래도 어떡해요. 당신을 내 남자로 만드는 게 우선인데."

"나, 여자 있어요."

"봤다고 했잖아요. 별로 잘나 보이지 않는 여자. 그 여자 좋아해요? 사랑해요? 결혼하게요?"

"좋아하는 거 넘어서, 사랑도 넘어서, 결혼 안 하면 죽을 것 같네요. 됐어요?"

"쉬운 남자는 재미없죠. 알겠어요. 이만 가죠."

보람은 만족스런 얼굴로 거만하게 잡지책을 툭 던져 놓고 손을 흔들며 사라졌다. 보람이 문을 닫자, 서혁이 쿠션을 획 던졌다. 얄미워 죽겠다. 그나저나 단심에게는 뭐라고 설명을 해야 할지, 서혁은 그저 막막하기만 했다. 어떻게 해서든 단심의 화부터 풀어주는 것이 우선인데 말이다. 순간 머릿속을 번뜩 스쳐가는 것이 있었다. 황애희!

한 시간 내내 황애희에게 단심을 불러달라는 부탁을 했다. 애희는 고작 친구 연애사업에 간섭하기 싫다는 이유 하나만으로 조르고 조르는 서혁을 한 시간 동안 애타게 만들었다. 그런 애희에게 명품 가방을 사주겠다고 꼬셔서 단심을 불러내는 데 성공했다.

돈 삼백만 원을 투자해서 겨우 만났는데 도통 말이 없는 모단심. 서혁은 답답한 심정을 음료수 석 잔으로 달래고 있었다.

"단심아, 말 좀 해봐. 응?"

"……."

벌써 서른 번째 똑같은 질문과 답. 서혁에게도 한계가 오기 시작했다. 화가 났음 났다고 말을 하든지 저렇게 입을 꾹 다물고 있으니 미칠 노릇이었다. 이젠 더는 못 견디겠단 얼굴로 서혁이 일어나려 하자 단심이 서혁을 째려봤다.

'왜 째려봐? 말을 해, 그러니까!'

서혁은 할 수 없이 다시 자리에 앉아 사정했다.

"단심아, 말을 해."

"헤어져."

"뭐?"

"이 말 하려고 한 거 아니니? 네가 하기 전에 내가 먼저 하는 거야. 나 불러낸 이유, 헤어지자고 말하려고 한 거잖아."

'이게 무슨 뚱딴지같은 소리야? 난 자기 때문에 돈을 삼백만 원이나 투자했는데! 뭐, 헤어져? 내가 하기 전에 먼저 하는 거라고? 그러면서 울긴 왜 울어?'

"넌 고작 헤어지잔 말 하려고 돈을 삼백만 원이나 써서 자리를 만들어? 나 그럴 돈 없어. 내가 돈이 있는 게 아니라 우리 할아버지가 돈이 있는 거야."

자신의 마음을 말해주고 싶은데 딱히 적당한 말이 떠오르지 않는 서혁은 답답한 듯 넥타이를 풀어헤치고 물을 마셨다.

"야, 나도 회사에서 월급 받는 사람이라고. 그렇게 어렵게 자리 만들었더니 삼십 분째 아무 말도 없다가 한다는 말이 헤어지자?"

'침착하자. 지금 화내면 진짜 헤어질 거야. 참아, 진서혁.'

서혁이 화를 꾸역꾸역 참으며 일어나 단심의 곁으로 다가가 앉았다.

"할아버지한테 다 들었어. 그런 일이 있었음 나한테 말을 해야지. 나 너랑 못 헤어져. 그래도 헤어지자고 그러면…… 그래, 헤어지자."

서혁의 말에 단심의 손에 힘이 들어간 것을 본 서혁이 서둘러 다시 말을 이었다. 조금만 시간을 지체하면 단심의 입에서 또 헤어지잔 소리가 튀어나올 것만 같았다.

"하지만 같은 하늘 아래 살 거라고는 생각 마. 너랑 헤어진 그날 난 죽고 말 테니까. 단심아, 나 후회해. 많이 후회해. 십 년 전에 왜 너 그렇게 놔두고 돌아섰는지."

서혁은 자신의 눈도 바라보지 않으려고 하는 단심을 껴안아 주었다. 그러나 단심은 미동도 하지 않았다. 그런 그녀의 행동에 서혁은 점점 불안해져 더욱 힘주어 껴안았다. 그러자 단심이 그의 품에서 벗어나려 힘을 주었다. 서혁은 오히려 더욱 힘을 주었다.

"숨 막혀. 그만 놔줘."

정말로 숨이 막혔는지 힘겹게 내뱉는 소리에 서혁은 얼른 그녀를 놓아주었다. 그러자 단심이 물 한 모금을 들이키더니 다시 묵언수행에 돌입했다.

'미치겠네. 지가 무슨 스님이야? 왜 묵언을 해?'

묵언수행에 돌입한 지 삼십 분. 서혁은 입술이 바짝바짝 말랐다. 진짜 독하다. 어쩜 한 마디도 꺼내지 않고 가만히 앉아서 서혁만 째려보고 있는지.

'입에서 단내 나겠다. 말 좀 하면 어디가 덧나?'

한참을 째려보던 단심이 눈이 아팠는지 한번 꿈쩍하더니 드디어 입을 열었다.

"너 정말 나 사랑해?"

"어?"

"너 나한테 사귀자고 한 날, 네가 날 사랑하는지 아닌지 모르겠다고 했잖아. 그러니까 계약 연애하자고 그랬었잖아."

"네가 계약 연애는 싫다고 그랬잖아. 그래서 그런 거 없이 만나고 있는 거잖아."

"그게 아니라, 날 사랑하는지 알고 싶어. 사랑이야, 아니야?"

"아니라고 하면 헤어질 거야?"

"의미가 없으니까 헤어져야지."

혹시나 해서 물어본 질문에 단심은 단호했다. 서혁은 헤어진다는 말에 얼른 부정했다.

"그럼 아니야."

"장난치지 마."

"장난이 아니야. 지금도 모르겠어. 근데 너랑 다툰 나날이 나한테 정말 지옥 같았어. 심장이 너무 아파서 죽는 줄 알았어. 지금도 이 감정이 뭔지 잘 몰라."

'심장이 아파? 이건 정말 나를 사랑한다는 소린데. 한번 튕겨봐? 그걸로 복수한 셈 치면 되지.'

심장이 아팠다면 누구나 사랑이라는 것을 깨닫게 될 만도 하련만, 서혁은 정말 바보인지 그것을 깨닫지 못했다. 이미 그의 마음을 눈치 챈 단심이 슬쩍 튕기기에 나섰다.

"아직도 못 깨달았음 헤어져, 우리."

"아니라니까! 알아! 사랑해! 진짜 사랑해!"

'진서혁, 너 딱 걸렸어!'

"정말?"

"여기서 죽을까? 아니지. 죽으면 너랑 못 있지. 뭘 할까? 어?"

이렇게 목메는 모습만으로도 복수했다 싶은 단심이 피식 웃었다. 그동안 언니의 말을 듣고 많은 생각을 했었다. 헤어지기는 싫고, 그렇다고 복수를 포기할 수도 없었다. 두 가지를 다 이루는 방법이 뭘까 생각하다, 넷째 성심 언니가 썼던 방법이 생각났다. 자신의 존재가 사라졌을 때 남자의 반응 보기. 다시 한 번 재도전이었다. 만약 이대로 헤어지자고 하면 그의 반응이 어떻게 나올지. 정말로 그대로 헤어져 버릴 수도 있는 위험한 상황에서 단심이 끝내 이겼다. 단심의 묘한 웃음에 그제야 서혁의 표정도 서서히 풀리기 시작했다.

“미안해. 서혁아, 미안해.”

“네가 뭐가 미안해. 내가 미안하지. 내가 나쁜 놈이라서 미안해.”

며칠이 흘렀다. 단심과 서혁도 예전의 평범한 일상으로 돌아와 매일 통화를 하고 서로 다정한 말을 속삭였다. 달라진 것이 한 가지 있긴 했다. 바로 단심의 마음이었다. 복수 따위는 버리고 오로지 그와 행복하기 위해 웃었다.

하루도 거르지 않고 매일 서혁을 만났던 단심은 서혁의 집안일 때문에 오랜만에 일찍 집에 들어왔다. 첫째 일심이 그녀가 샤워를 하고 있는 사이 식사를 차렸다. 일심이 따뜻하게 데운 죽을 식탁에 세팅하고 있는 사이, 단심이 수건을 머리에 뒤집어쓰고 나왔다.

“뭐야?”

“밥은 안 먹을 테고, 전복죽이야. 먹고 자. 빈속이잖아.”

저녁에는 잘 먹지 않는 단심 때문에 일심이 특별히 준비한 것이었다. 단심은 그동안의 피로 때문에 바로 누워 자고 싶은 생

각이 굴뚝같았으나 기꺼이 준비한 일심의 성의를 봐서 맛나게
먹어주었다. 순식간에 한 그릇을 뚝딱 비운 단심이 침대로 걸어
가 막 누우려던 찰나 휴대폰이 울렸다. 서혁일 것이다.

"어, 서혁아."

[넌 발신 서비스는 왜 해놨니?]

"뭐야, 황애희잖아? 야, 끊어. 피곤해 죽겠는데 전화질이야."

[싸가지. 언제는 복수한다더니 남자한테 미쳐 가지고는.]

"너 나한테 욕하려고 전화했어?"

[그래. 저주 퍼부어주려고 전화했다.]

"야, 끊어. 귀찮게 진짜."

[내일 비행이다.]

"왜?"

[스케줄 표가 B팀이랑 바뀌었다나, 어쨌다나. 아무튼 내일 비
행이야. 오후 비행이니까 일곱 시에 나오면 될 거야.]

"뭐야. 내일 서혁이랑 데이트 약속 있었는데. 연락해 줘야겠
다. 알았어."

단심은 점점 감기는 눈 때문에 대충 대답하고는 휴대폰을 닫
았고, 스르륵 빠르게 잠에 빠져들었다.

다음날, 비행은 오후 일곱 시였기에 늦게까지 자다 일어난 단
심은 늦은 점심을 먹고 TV를 보며 오랜만에 여가 활동을 즐겼
다. TV를 보는 것이 식상해지자 오디오를 켰다. 안에서 CD가

돌아가면서 팝송이 흘러나왔다. 'If I Aint Got You' 라는 잔잔
하면서도 여가수의 가창력이 눈에 띄는 노래였다. 단심은 허브
차 한 모금을 마셨다. 허브의 독특한 향이 입속을 가득 채웠고,
기분까지 좋게 만들어주었다. 차를 마시며 인터넷을 시작한 단
심은 여기저기서 보람의 기사가 나오자 얼른 클릭하여 읽었다.

〈『발레보단 사랑?』

최근 모 그룹 재벌 3세와의 스캔들로 결혼설이 나돌던 윤보람(30)
씨가 최근 한 방송에서 발레와 사랑 중 어느 것을 택하겠냐는 MC의
질문에 사랑을 택하겠다는 발언을 해 자신의 결혼설을 인정하는 듯
보였다. 결혼은 언제 할 거냐는 질문에도 그녀는 서슴없이 누군가가
나와 결혼을 하겠다고 한다면 지금 당장이라도 해야죠, 하며 시원스
럽게 웃어 보였다. 자신을 정상으로 만들어준 발레까지 버릴 정도로
열렬히 사랑하는 모 그룹 재벌 3세는 누군지, 결혼 후 은퇴를 할 것인
지에 대한 관심이 커지고 있다.〉

"이래서 우리나라 신문은 안 돼. 발레하고 사랑하고 뭘 택하
겠냐고 해서 그냥 단순하게 사랑이라고 한 걸 가지고 무슨 결혼
을 인정해? 잠깐. 그때 서혁이 할아버지가 이야기했던 여자가
윤보람? 서혁이 회사에 드나들던 그 윤보람? 맞아! 그럼 재벌 3
세가 진서혁?"

단심은 혹시나 싶은 마음에 서혁에게 전화를 걸었다.

[어, 자기야.]

"진서혁, 너 어디야."

[나? 집.]

"진짜 집이야?"

[갑자기 왜 그래?]

"너 윤보람이라는 여자랑 있는 거 아니야?"

[윤보람? 요즘 안 와. 걱정 마. 그게 걱정돼서 이래? 으이그, 걱정 안 해도 돼!]

"너 진짜 바람만 피워봐!"

[너 무서워서 못 피우니까 걱정 마!]

"알았어. 너 행여나 그 애랑 엮여서 기사 같은 거 나오기만 해봐! 그땐 국물도 없어!"

단심은 서혁에게 으름장을 놓고 전화를 끊었다. 정작 오늘 비행이라 데이트는 못하겠단 말은 쏙 빼고 말이다.

서혁은 벌써 두 시간째 앉아 있지도, 서 있지도 못하고 공항 입구만 빤히 쳐다봤다. 외국 기업 사람들과의 미팅에 먼저 나가서 그들을 모셔오라는 할아버지의 명령을 수행하고 있는데 도무지 올 생각들을 안 한다. 만약 이대로 오늘 하루가 지나가면 모든 계약은 무산이 되고 말기에 서혁이 발만 동동 구를 뿐이었다.

"이러다 진짜 안 오는 건 아니지?"

"어제 통화로는 좋은 반응이었습니다. 올 겁니다."

옆에서 묵묵히 서혁의 곁을 지키고 있던 비서가 그의 마음을 진정시켜 주었다. 서혁도 그의 말에 자신의 마음을 다독이고 있을 무렵, 공항 문이 열리고 사람들이 쏟아져 나왔다. 그들 틈 속에 외국 기업 사람들을 발견한 서혁이 막 인사를 하려던 찰나, 누군가 자신의 팔을 감쌌다.

"여기서 뭐 해요? 나 배웅해 주러 왔어요?"

"뭐예요? 여기 왜 있는 거요?"

"모스크바 초청 공연이 있어서 가는데 당신이 보이더라고요. 이를 어쩌나, 기자들도 꽤 왔네?"

보람은 방긋 웃으며 기자들을 향해 손을 흔들었고, 서혁은 열심히 플래시를 터뜨리는 기자들을 못마땅하게 쳐다봤다.

"그쪽 때문에 이렇게 몰려든 겁니까?"

"그런 것도 있고, 다른 이유도 있고. 서혁 씨는 인터넷 뉴스 안 보시나 봐요?"

"보는데요?"

"그럼 내 기사는 안 봤어요?"

"그쪽 기사만 안 봐요."

카메라를 의식하는 건지 서혁의 말이 기분 나쁠 만도 한데 보람은 억지로 웃으며 서혁과 귓속말을 나누었다. 그들의 대화 내용을 전혀 들을 수 없는 기자들 눈에는 영락없는 연인의 모습이었다. 그렇게 한참 기자들을 향해 서 있던 서혁이 그녀의 팔을 뿌리치고 가려고 했으나 보람이 잡아끌었다.

"도대체 왜 이래요?"

"기다려요."

보람은 여전히 예쁜 미소를 지으며 잠시 멈추고 있더니 황급히 자리를 벗어나는 것처럼 빠르게 움직였다. 그러자 기자들이 따라붙었고, 보디가드들이 그녀와 서혁을 에워쌌다.

"윤보람 씨, 옆에 있는 그분이 결혼설의 주인공입니까?"

그러나 보람은 아무 말도 하지 않고 그냥 멋쩍은 듯 웃기만 했다.

'드디어 미쳤나? 왜 실실 웃어? 근데 결혼설 주인공?'

서혁은 고개를 갸우뚱하며 보람에게 물었다.

"윤보람 씨, 결혼해요?"

"글쎄요? 그렇다는데요?"

도통 알아들을 수 없는 말을 늘어놓고 또 웃는 보람을 이해할 수 없는 서혁은 힘겹게 그녀에게서 벗어났다. 그녀는 기자들에게 따로 인사를 하며 비행기에 몸을 실었다. 그러자 그 기자들이 모두 서혁에게로 몰려들었다.

"무, 무슨……."

"윤보람 씨와 결혼하실 주인공이 맞습니까?"

"네? 무슨 그런……."

"맞는다는 소리군요. 모 그룹 재벌 3세라는 소리가 있던데 맞습니까?"

"모 그룹? 재벌 3세요? 재벌 3세는 맞는 소린데."

"맞군요."

"아니, 이봐요! 지금 당신들이 무슨 취재를 하는지 난 전혀 모르겠거든요?"

"결혼 날짜는 잡으셨습니까? 양가 상견례는 마친 상태입니까?"

"이 사람들이! 지금 무슨 소릴 하는 거예요!"

"네, 결혼 날짜는 아직이란 소리군요."

멋대로 질문을 하고 우물쭈물 대답하는 서혁의 말을 기자들이 멋대로 추측했다. 서혁이 아무리 화를 내도 소용이 없었다. 기자들 틈에 낀 장 비서가 공항 청원 경찰들을 동원해 서혁과 외국 기업 사람들을 데리고 황급히 공항을 빠져나갔다.

브리핑을 모두 끝내고 막 기내에 오르려던 애희는 갑자기 신호를 보내는 배의 위급한 상황에 대면해 어쩔 수 없이 가던 길을 멈추고 화장실을 찾았다.

"아야, 배 아프다. 단심아, 나 볼일! 아아, 나온다."

황급히 화장실로 들어간 단심은 화장실 첫 칸에 들어가는 애희의 뒷모습을 못마땅하게 바라보며 소리쳤다.

"황애희, 빨리 보고 나와!"

단심은 배를 움켜잡은 애희를 더럽다는 얼굴로 쳐다보고 노래를 흥얼거렸다.

"때로는 아찔하죠. 이제 그대 없이 어떡하죠. 쉽지 않지만 견려야 하죠. 지독하게 아플 시간마저. 하지만 갈 곳 없죠. 얼음처럼 시린 내 마음도 돌아갈 수도 없는 내 기억도 하나둘씩 조각나는 거죠."

"그 노래 누구 노래야?"

"러브홀릭의 〈조각〉. 좋지?"

"응. 근데 네가 불러서 별로야. 끄응."

"다 싸고 말하렴, 친구야. 나 지금 질식하기 일보 직전이거든? 도대체 어떤 음식을 먹어야 이런 냄새가 날 수 있다니?"

잔뜩 힘을 주는 애희의 강한 향기에 단심은 코를 막으며 빈 허공에 손을 저었다. 몇 차례 애희의 끙끙 힘주는 소리가 들리더니 이내 뭔가 어중간하게 물 내려가는 소리가 들려왔다. 곧 나오겠다 싶어 기다리는데 애희가 나오지 않았다. 단심은 애희가 들어간 화장실 근처로 다가가 기웃거렸다.

"뭐 하니?"

"저기, 어떡해?"

"왜?"

"……막혔네."

"으이그! 내가 못살아! 나잇값 못하고 주책이다, 정말. 어떡하긴 뭘 어떡해! 뚫어뻥 있나 찾아볼게."

조용히 들려오는 애희의 긴장한 소리에 단심은 불같이 화를 내며 도구가 있는지 찾아보았으나 없었다. 청소 도구함 문이 굳게 잠겨 있었다. 대책이 없다, 이건. 단심은 할 수 없이 평소 가지고 다니던 작은 메모지에 펜을 꺼내 글을 썼다. 씹던 껌을 종이 뒤에 붙였다.

"황애희, 변기 뚜껑 내리고 나와."

애희는 미안한 얼굴로 총총거리며 나왔고, 단심은 너 때문에 되는 일이 없어! 라고 소리치며 종이를 껌으로 문에 붙였다.

'고장.'

작은 메모지에 최대한 크게 쓴다고 썼는데, 그래도 역시 작았다. 단심은 애희보다 더욱 걱정스럽게 종이를 바라봤다.

"괜찮겠지?"

"이 방법밖에 더 있어? 이렇게 붙여놨는데 들어가면 그 사람이 재수없는 거지."

단심은 애써 불안한 마음을 감추고 스스로에게 괜찮을 거라는 최면을 걸었다. 단심은 당당하게 양 허리에 손을 얹고 어깨까지 으쓱되는 애희의 꼴이 보기 싫어 그녀의 머리를 손가락으로 살짝 밀었다.

"반성의 기미가 안 보여! 너 때문에 죄없는 사람들이 못 볼 걸 보게 됐는데 말하는 꼴이 그게 뭐니?"

"누가 막힐 줄 알았냐? 이런 건 미리 관리를 안 한 청소부 아줌마들 탓도 있어!"

"끝까지 자기가 잘못했다는 소리는 안 하네. 관리를 안 하신 게 아니라 네가 많은 양을 배출해서 그런 거야. 뭘 먹었기에 그 모양이야? 추접스럽게."

"친구한테 못하는 소리가 없어. 생리현상을 가지고 그러면 안 되지. 먹고 싸는 건 당연한 현상인데, 뭐가 추접해? 넌 안 싸?"

"야야, 더러운 이야기 그만 하자. 곧 밥도 먹을 건데. 빨리 나와. 냄새 배겠다."

애희와 단심은 마지막으로 거울을 한번 보고 화장실을 벗어났다. 화장실에서 수다로 보낸 시간이 벌써 이십 분이나 넘기고 있었다. 단심은 손목시계를 바라보며 자신들의 수다 시간에 혀를 내둘렀다.

슬슬 비행 준비를 해야 하는 단심이 시끌벅적한 공항으로 들어서는데 많은 사람들이 소리를 질러대고 카메라 플래시가 번뜩였다.

"뭐야? 연예인 왔나?"

"오늘 그런 소리 못 들었는데?"

도대체 저 사람들의 정체는 뭔가, 궁금한 얼굴로 걷던 단심이 저 멀리 서 있는 두 사람의 형체를 보고 우뚝 멈췄다. 그녀의 걸음에 애희도 멈춰 서서 그들을 쳐다보았다.

"진서혁?"

차마 단심이 입 밖으로 꺼내지 못한 이름을 애희가 꺼내며 기가 막힌 얼굴로 단심을 쳐다봤다.

"뭐니, 이게?"

"분명 낮에 통화했어. 아니라고 했어."

"뭐가 아니야? 저렇게 둘이 다정하게 카메라 세례를 받고 있는데."

단심은 비행도 잠시 잊고 서둘러 휴대폰을 부여잡고 통화를 시도했다.

[어, 단심아.]

'침착하자, 모단심.'

"어디야?"

[회, 회사! 저기 단심아, 나 지금 회의가 있어. 나중에 전화할게.]

뭔가를 감추려는 듯한 음성에 단심은 조용히 휴대폰을 닫아버렸다. 그리고 부글부글 끓어오르는 화를 겨우 삭혀냈다. 그녀의 표정이 예사롭지 않자, 옆에서 가만히 지켜보던 애희가 그녀를 툭툭 쳤다.

"뭐래?"

"거짓말했어, 회사라고."

"진서혁도 남자네, 바람을 다 피우고. 공인하고 바람을 피웠으니 들킬 만도 하지."

"분명히 아니라고 했단 말이야."

"그걸 믿어? 믿고 싶겠지. 그래도 이건 그냥 넘어갈 일이 아닌 듯 보인다. 우선 일해. 비행 가야지."

최대한 참는 얼굴로 애희의 이끌림을 따르던 단심의 주머니 속에서 휴대폰이 울렸고, 단심은 혹시나 하는 마음에 얼른 휴대폰을 꺼내 발신번호를 확인했다. 그러나 서혁이 아닌 열째 현심의 전화였다.

“왜.”

[야, 방송 뭐야? 진서혁이랑 윤보람인가 뭔가 하는 여자.]

“나도 몰라. 아직 아무 이야기 못해봤어.”

[그놈 바람피운 거 아니야?]

“아직 아무것도 모른다니까! 그런 거 아닐 수도 있어!”

[이게 어디서 소리를 질러? 끊어!]

안 그래도 속이 말이 아닌 단심에게 왜 전화까지 해서 속을 뒤집어놓는지, 성격 참 못된 현심 때문에 단심은 더욱 불안하기만 했다. 비행기에 오르는 직전까지 휴대폰을 손에서 놓지 않았던 단심은 끝내 서혁의 연락을 받지 못한 채 비행기에 몸을 실어야만 했다.

7. 유심 언니 :꼬리 아홉 달린 여우를 이기는 방법은?

「사랑을 얻으려면 자존심을 버려라.」 —앤드류 매튜스

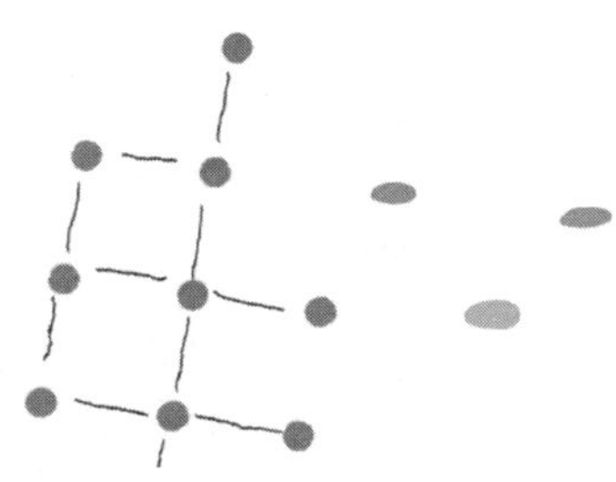

"**연**락없어?"

"응."

"오겠지. 변명이라도 하겠지. 너무 초조해하지 마."

"오늘 우리 저녁 먹기로 했었어. 지금까지 아무 연락이 없음 전화라도 해야 당연한 거 아니야? 근데 연락이 없어. 이건 뭐니, 애희야?"

일본 오사카에 온 단심은 휴대폰을 들고 초조하게 호텔방 안을 이리저리 왔다 갔다 했다. 애희가 그런 단심을 침대에 앉히고 안아주었다. 그러자 단심이 피식 웃었다.

"야, 징그러워. 떨어져."

"웃지 마. 정들어."

단심은 자신을 달래주려는 애희의 마음을 잘 알기에 애써 웃었다. 서혁이 생각을 지우려고 노력했다. 오랜만에 일본에 왔기에 단심은 꿀꿀한 기분을 털어버리고자 애희와 함께 쇼핑에 나섰다.

일본에 다녀오고 삼 일이 지났다. 정확히 일주일이었다. 여전히 서혁에게는 아무런 소식이 없었고, 기사는 점점 사실화되어 가고 있는 듯 보였다. 처음엔 아닐 것이라 굳게 믿던 단심도 점점 믿음이 깨어지고 있었는지 식음을 전폐하고 자리에 눕기 일보 직전이었으나 기어코 비행을 가겠다고 나섰다. 언니들은 단심이 걱정되어 모두들 나와 그녀를 배웅했다.

"꼭 가야 돼?"

"웬일이야? 현심이 언니가 날 걱정해 주고. 걱정 마. 그깟 일로 어떻게 내 일까지 놔둬? 일하면 잊을 수 있을 것 같아서 가는 거니까 걱정 마."

"조심히 갔다 와. 여보, 공항까지 가요. 내린다고 해도 말리고."

"걱정 마. 타, 처제."

다행히 함께 출근길에 오른 넷째 형부 덕분에 단심은 편하게 공항으로 갈 수 있었다. 단심의 등장에 민경은 물론이고 애희까지 그녀에게 선뜻 인사를 하지 못했다. 단심은 그들의 마음을 알아차리고는 먼저 인사를 건넸다.

"좋은 아침이에요."

다른 때 같았음 시비를 걸었을 민경이었지만 서혁과 단심의 관계를 아는 그녀로선 뭐라 말을 할 수 없이 그저 불쌍하다는 눈빛으로 단심을 바라볼 뿐이었다. 그러자 단심이 씩씩하게 웃었다.

"그런 눈으로 보지 마요. 언니답지 않아요."

"괜찮아?"

"안 괜찮을 게 뭐 있겠어요? 원래 연애란 게 그렇잖아요. 쉽게 하고 쉽게 접어버리고. 게다가 저흰 결혼할 사이도 아니었는데요 뭘."

보는 사람이 더 애절할 정도로 덤덤하게 말한 단심이 브리핑 서류를 살폈다. 애희는 그런 단심이 못마땅한지 한 마디도 하지 않았다.

회의실 공기마저 어색하게 감돌 무렵, 다행히도 기장이 환하게 웃으며 들어왔다.

"반가워요."

"안녕하세요?"

"오늘 특별한 건 없어요. 내일모레, 한 가지 행사가 있는데 우리 팀은 아무래도 빠져야겠죠? 다들 비행 때문에 힘들 테니."

기장은 브리핑 서류를 살피며 아쉬운 듯 말했다. 그러자 민경이 궁금한 얼굴로 물었다.

"뭔데요?"

"고아원 봉사활동 말예요. 이번은 어쩔 수 없으니까 빠져야겠어요. 하실 분 없죠?"

그래도 뭔가 아쉬운지 기장이 넌지시 묻자 단심이 손을 번쩍 들었다.

"기장님, 저 하고 싶어요. 신청해 주세요."

고아원 봉사 때는 한 번도 빠진 적이 없었던 단심이었으나, 이번만은 빠질 줄 알았다. 애희는 의아한 눈빛으로 단심을 쳐다봤다. 단심의 얼굴에 가야겠다는 확고함이 묻어났다. 할 수 없이 애희도 손을 들었다.

"저도요."

단심의 스타트로 모두들 어쩔 수 없이 손을 들어야만 했고, 그러다 보니 팀 전체가 가기로 했다. 그렇게 브리핑이 끝나고 단심이 비행기에 오르자마자 애희가 그녀를 데리고 갤리로 들어가 따져 물었다.

"왜 가겠대?"

"원래 가던 거였잖아. 새삼스럽게 왜 그래?"

"우리 오늘 가서 내일모레 돌아와. 그것도 새벽 비행으로 온다고. 그런데 쉬지도 않고 거기 가서 봉사를 하겠다고? 너 아픈 사람이야. 쉬어야 할 사람이라고."

"뭐가 아파? 다이어트 때문에 며칠 굶은 걸 가지고 무슨. 그리고 겨우 한 달에 한 번 가는 건데 빠지면 안 되지. 그 아이들은 우리를 기다리고 있을 텐데."

"우리 항공사 직원들을 기다리는 거지, 널 기다리는 게 아니야. 서혁이 때문이라는 거 아는데 이건 아니야. 복수 못해서 그래? 그럼 다른 일로 해. 다른 걸로 복수하면 되잖아."

잔뜩 흥분한 애희에게 단심은 물 한 잔을 따라주며 씁쓸하게 웃었다.

"복수? 이미 끝냈어. 좋아져서 포기했었거든. 근데 무슨 남자가 그렇게 지조가 없니? 잘난 사람이라고 바로 달려가 버리고. 미련없다, 이젠."

미련없다는 건 사랑을 시작한 사람이 자신의 마음을 숨기기 위해 하는 거짓말이라는 것 정도는 애희도 안다. 애희는 아무 말 없이 단심을 안아주었다.

"널 어떡하면 좋니."

"나 괜찮아."

바보같이 그래도 웃는다. 속이 말이 아닐 텐데 바보같이 웃는 단심이 애희는 너무 불쌍했다. 왜 진서혁이라는 남자한테 한 번도 아니고 두 번씩 그런 일을 겪어야 하는지. 왜 그런 남자에게 단심은 매번 마음을 주고 상처를 받는지. 애희는 위태위태해 보이는 단심이 걱정되었으나 의외로 단심은 씩씩하게 잘 웃고 일도 열심히 했다.

벌써 일주일이라는 시간이 흘러버렸다, 서혁이 은둔생활을 한 지. 집 안에는 어떤 통신매체도 없었다. 휴대폰은 물론이고 컴퓨터, 전화, 연락을 취할 수 있는 모든 것들이 집 안에서 사라졌다. 사건이 터지고 할아버지는 당분간 몸을 사리라는 명령과 함께 그를 감금하다시피 가두었다. 그렇게 단심과의 연락도 두절이 되고 말았다. 지금 그녀는 어떻게 지내고 있을지…….

"윤보람! 내가 당신을 상종하면 진서혁이 아니다!"

"날 상종 안 하면 어떻게 할 건데요?"

서재에 앉아 머리를 쥐어짜고 있던 서혁이 주먹으로 책상을 쾅 내려치며 소리쳤다. 언제 왔는지 즐거운 얼굴로 서 있는 보람이 보였다. 서혁이 의자에서 벌떡 일어나 서재를 나가려고 하자 보람이 붙잡았다.

"어쩔 수 없다는 거 알잖아요."

"뭐가 어쩔 수 없다는 거죠? 우린 아주 우연히 만난 거였어요. 당신이 그걸 말하면 모든 게 끝나요!"

"내가 왜요?"

"뭐요?"

서혁은 보람을 황당하게 바라봤다. 그러나 보람은 굴하지 않고 말을 이었다.

"알잖아요. 왜 모른 척해요? 그쪽만 오케이하면 우리 결혼할 수 있어요."

"결혼이요? 누가 누구랑 결혼이요? 제정신 아니죠?"

"내가 당신이랑 결혼하고 싶어하는 거 잘 알잖아요. 이렇게 일이 된 건 우리가 운명이라는 거예요."

"천하에 윤보람 씨가 운명 예찬론자일 줄은 몰랐네요. 그런데 어쩌죠? 난 아니거든요?"

운명 운운하는 보람 때문에 서혁은 피식 실소를 터뜨렸고, 보람은 기분 나빴으나 애써 무시했다.

"그쪽은 아니어도 상관없어요."

"윤보람 씨, 장난 그만 해요."

서혁의 말에 보람이 발끈하며 소리쳤다.

"그쪽은 결혼이 장난이에요?"

"결혼은 장난이 아니죠. 근데 지금 당신이 한 건 장난이거든요."

자존심이 상했다. 처음부터 무례하기는 했으나 처음엔 괜찮았었다. 그런데 이제 점점 더욱 기분이 좋지 않았고, 자존심이 너무도 상했다. 천하에 윤보람이 이런 대우를 받는 것 자체가 짜증나는 일이었다. 그러나 덤덤하게 대처해야 한다, 그를 가지려면.

"뭐, 장난이든 아니든 상관없어요. 우린 저들 앞에서 결혼할 사이가 되어 있다구요."

"저도 상관없어요. 내가 아니면 그만이니까."

"진서혁 씨, 뭔가 착각한 모양인데요, 나 윤보람이에요. 세계가 주목하는 발레리나. 그쪽이 나를 버릴 수 있다고 생각해요?"

"그쪽은 나한테 아무것도 아니니까요. 세계가 그쪽을 주목했는지 몰라도 전 아니거든요. 내가 주목한 사람은 그쪽이 아니라 모단심이란 여자거든요.”

“나한테 벗어날 수 없어요, 진서혁 씨.”

“그쪽이 뭔데요? 부모 잘 만나서 최고 선생들한테 특별 수업 받아가면서 발레를 배웠는데 그 정도로 성장 못하면 그게 사람인가요? 당신이 잘난 건 그 몸 하나 잘 움직이는 것뿐이죠. 다른 건 없어요.”

지독한 말이었다. 표독스럽게 뜬 보람의 눈에 빠르게 눈물이 맺혔다. 겨우 이 말을 듣기 위해 그렇게 몸부림 친 게 아니었는데. 윤보람, 자신은 어딜 가나 주목받는 사람이었다. 모두가 입에 침이 마르도록 칭송한 사람이었다. 그런데 지금 이 남자 앞에서는 아무것도 아닌, 그저 몸 하나 잘 움직이는 꼭두각시 인형 취급을 받고 있다. 보람은 악에 받친 듯 소리를 질렀다.

“나야, 나 윤보람이라고! 세계가 알아주는 최고의 여자라고, 나!”

“나한테는 아니에요.”

최고가 되기 위해 노력했다. 좀 더 화려하고 멋진, 세상이 다 아는 최고가 되기 위해 노력했다. 한 해 270켤레나 되는 토슈즈를 사용할 만큼 피나는 연습을 하고 또 했다. 배가 고파도 살이 찌면 안 되기에 먹고 싶은 음식도 참아가며, 연습에 연습을 거듭해서 이 정상의 자리에 올라왔다. 그런데 서혁은 그런 보람의 수고도 몰라주었다. 참을 수 없는 모욕이었다. 이렇게 포기할 수는 없다. 이날을 위해 얼마나 노력했는데, 놓칠 수 없다.

"진 회장님은 어떻게 할 건데요? 진 회장님, 이미 우리 아빠랑 이야기 끝내셨어요. 이렇게 됐으니 결혼시키자고. 당신이 고집 부려서 될 일이 아니에요."

최대한 침착한 모습으로 서혁을 살살 약 올리는 보람의 당돌한 음성에 서혁은 손을 들어 그녀의 뺨을 쳤다. 놀란 보람이 서혁을 올려봤다.

"뭐 하는 짓이죠?"

"미안해요. 하지만 참는 데도 한계가 있어요. 그러니 그만 마무리해요."

여자를 때린 것이 처음인 서혁도 보람 못지않게 당황했다. 미안한 마음에 사과를 하긴 했으나 끓어오르는 화는 어쩔 수 없었다. 보람 역시 침착한 음성으로 최대한 인내심을 발휘해 조용히 물었다. 그녀의 당당한 기세에 서혁도 물러서지 않고 그녀를 몰아세웠다.

"내가 왜 당신과 결혼하면 안 돼요? 왜 나는 안 되는데요?"

"말해줘요? 난 당신 같은 여자들을 너무 잘 알아. 당신은 욕심이 많지. 내가 좋아서, 날 사랑해서 결혼하자는 게 아니야. 배경이 필요하거든."

"아니, 당신한테 있는 배경 정도는 나도 있어요. 난 당신을 사랑해. 배경이 아니고 진서혁이란 남자를 사랑한단 말이야!"

"그건 사랑이 아니라 집착이지. 설사 정말 그쪽이 날 사랑한다고 쳐요. 그래도 난 그쪽을 사랑하지 않거든요. 내 마음을 움직일 수 있는 사람은 당신이 아니라 모단심이라고.”

또 한 번 보람의 마음을 후벼파는 서혁의 덤덤한 음성에 보람이 천천히 뒤를 돌아 나가려다 말고 멈춰 섰다.

“괜찮아요, 내가 사랑하니까.”

이것쯤은 아무것도 아니란 듯 보람은 그대로 밖으로 나와 버렸다. 그깟 사랑, 하게 만들면 된다. 보람은 서혁의 집 앞에 대기하고 있던 차에 몸을 싣고 지갑을 꺼냈다. 그리고 사람을 시켜 찍어두었던 서혁의 사진을 꺼내 강하게 쥐었다.

“진서혁, 넌 누가 뭐래도 내 남자야! 나만 가질 수 있어!”

모든 남자가 자신을 향해 있는데 왜 이 남자만 그렇지 않은지. 자존심 문제가 아니었다. 이제 분노가 일었다. 무슨 일이 있어도 가지고 말 것이다, 진서혁이라는 이 남자를.

비행을 마치고 고아원으로 향하는 버스 안에 있던 단심이 가만히 차창 밖을 바라보며 곰곰이 생각을 하다 말고 휴대폰을 들어 어디론가 전화를 걸었다.

“언니, 나 단심이.”

[어, 단심아. 어디니?]

“봉사 활동이 있어서. 언니, 지금 넷째 형부 있어?”

[그럼, 일요일인데 당연하지. 왜? 바꿔줘?]

“응.”

단심이 급하게 전화를 건 곳은 다름 아닌 넷째 성심에게였다. 성심은 얼른 남편에게 수화기를 건넸고, 넷째 형부가 전화를 받았다.

[어, 처제. 왜?]

"윤보람이라는 여자에 대해 아는 거 있어요?"

[정보야 있지.]

"연락처도요?"

[응.]

"좀 알려주세요."

[알았어. 오 분 뒤에 다시 연락 줄게, 처제.]

옆에서 가만히 그들의 통화를 듣고 있던 애희가 단심을 콕콕 찔렀다.

"윤보람은 왜?"

"물어봐야지. 서혁이 하고 연락이 안 되니까 그 여자한테 물어봐야지."

따지는 것을 전혀 못하는 단심이 뭐 그리 맺힌 것이 많은지 단호한 눈빛으로 말했다.

묵묵히 봉사 활동을 끝낸 후에 형부가 알려준 번호로 전화를 걸었다.

[네, 윤보람입니다.]

"안녕하세요. 저 모단심이라고 합니다."

[모단심? 아, 네. 어쩐 일로?]

"저에 대해 아시나 보네요? 그럼 무슨 일로 연락했는지도 아실 텐데. 좀 만나죠."

단 한 번도 보여주지 않았던 단심의 당찬 모습에 애희가 멍하니 그녀를 지켜보았다. 단심은 약속을 잡고 전화를 끊었다. 단심이 택시를 잡자 애희가 그녀를 막아섰다.

"이대로 가서 무슨 소릴 들으려고? 이 정도로 일이 커진 건 그 여자 때문이잖아. 꼬리 아홉 달린 여우한테 무슨 소리를 들으려고."

"이대로는 포기 못하겠어. 미련없다고 생각했는데 있는 것 같아. 확실하게 따지든지 해야겠어."

단심은 막무가내로 애희에게서 벗어나 택시를 탔고, 애희는 할 수 없이 그녀를 보내고야 말았다. 단심은 아무리 생각해도 이대로는 물러날 수 없었다. 할아버지도 윤보람 때문에 자신을 밀쳐 냈고, 모든 사람들이 윤보람과 진서혁이 잘 만났다고 이야기해도, 단심의 마음은 아니었다. 보내더라도 따져야겠다.

단심이 약속한 커피숍 안으로 들어서자, 자리에 앉아 있던 보람이 쳐다보며 피식 거만하게 웃었다. 그래도 예의를 아는 여자이기에 자리에서 일어나며 자리를 권했다. 단심이 자리에 보람도 앉았다. 보람은 얼굴에 띤 미소를 지우지 않았다. 한번 해보라는 표정도 함께 말이다.

"상당히 미인이시네요."

갑자기 웬 칭찬 퍼레이드? 보람의 갑작스런 칭찬에 단심은 자신도 모르게 헤벌쭉 웃어 보였다.

"그럼요. 제가 원래 한미모 해요."

단심이 아무리 스스로 푼수가 아니라고 우기면 뭐 하나? 저렇게 툭툭 튀어나오는 짓은 푼수인데. 단심의 황당한 대답에 보람이 더욱 웃으며 말했다.

"진서혁 씨는 상당히 피곤하시겠어요?"

'이건 또 무슨 뜬금없는 소리?'

보람이 단심을 훑어보며 먼저 이야기를 꺼냈다. 그런 보람을 단심이 황당하게 쳐다봤다.

"농담과 진담을 구분 못하는 사람을 대하는 건 상당히 피곤한 일인데. 전 그냥 예의상 드린 말씀이에요. 참 황당하네요. 오호호호~"

예의상이란 말을 강조하는 보람의 말에 단심은 웃던 얼굴을 접고 보람을 째려봤다. 한 남자가 다가와 보람에게 종이와 펜을 건넸다.

"발레리나 윤보람 씨 맞죠? 저 팬인데요, 사인 좀 부탁해요."

"어머, 그러세요? 당연히 해드려야죠."

보람은 유달리 친절하게 사인을 해주었다. 보람에게 사인을 받은 남자는 감사하다며 인사를 건넸고, 생크림 케이크를 선물하기까지 했다. 그 모든 것을 지켜보고 있던 단심의 속은 찌개 열댓 그릇은 끓이고도 남을 만큼 부글부글 열이 나기 시작했다.

"이런 일 처음 보시죠? 단심 씨도 연예인한테 사인 받아본 적 있죠?"

"아니요. 전 그런 유치한 짓은 한 적이 없거든요."

"그래요? 그럼 이런 일 잘 모르시겠네요? 조금 놀랐죠? 제가 이런 사람입니다. 전 잘 모르겠는데, 사람들이 제가 연예인보다 더 유명하다고들 하더라고요."

'참나, 거만 덩어리네. 제가 이런 사람입니다? 좋으시겠네요.'

속으론 단심도 아니꼬웠지만, 참아내고 대수롭지 않게 말을 끄집어냈다.

"그러시구나. 전 그쪽에 대해 잘 몰라서요. 그쪽이 서혁이하고 맞선볼 때도 살짝 봤는데 전혀 몰랐어요. 대단한 분이셨구나. 하긴 그러니까 제멋대로 기사도 내고 그러겠죠."

"제멋대로라뇨?"

"우리 서혁이가 모르는 일이니 그쪽 맘대로 한 일이 아니고 뭐겠어요?"

단심의 반격에 이번엔 보람의 얼굴이 굳어갔다.

'저거 생긴 건 멍청하게 생겨서 제법이네? 좋아, 한번 해보지.'

보람이 다시 반격에 나섰다.

"저도 모르는 일이에요. 워낙 유명하다 보니 사생활이란 게 없고, 그러다 보니 그런 일도 생기고 그러더라구요."

"아하, 사생활이요? 그런데 왜 남의 남자를 멋대로 꼬셨단 소식은 없을까요?"

"말은 바로 하셔야죠. 전 서혁 씨를 꼬신 게 아니라 서로 사랑한 거고요, 우린 두 집안이 허락한 사이에요."

'서로 사랑하는 사이? 진서혁이 없으니 확인은 불가능한데, 내 보기엔 넌 진서혁의 타입이 아냐. 진서혁 같은 성격에 어떻게 자기랑 똑같은 너를 만날 수 있겠니? 날마다 싸우게?'

"사랑하는 사이는 그쪽이 아니라 나라고요. 집안 허락은 확인되지 않으니 모르겠네요."

강력하게 대응하는 단심의 반격에 보람이 잠시 생각하는 듯하더니 다시 얼굴에 미소를 지어 보였다.

"만약 우리가 사랑하는 사이가 아니라면 그 기사가 지금까지도 나돌고 있을까요? 진서혁 씨가 막아도 진작 막았을 텐데."

하긴 듣고 보니 그렇다. 이거…… 진짜 뭔가 있는 거 아니야?

점점 기분이 나빠지려는 단심은 최대한 입을 찢어 웃어 보였다.

"기사야 기자들 마음대로 쓰는 거고, 서혁이도 이미지라는 게 있는데 어떻게 함부로 기사를 내고 말고 하겠어요? 당신하고 어떻게든 좋게 해결하려고 노력 중이겠죠."

속을 있는 대로 긁었으나 보람은 아무런 반응을 보이지 않았다.

'독한 계집애.'

“어쨌든 오보라고 정정하세요.”

“그럴 순 없죠. 저도 이미지란 게 있는데, 스캔들이라니요. 스캔들이 아닌 사실이긴 하지만요.”

“그쪽 혼자 무슨 생각을 하든 상관없어요. 절대 정정 기사 낼 수 없다, 이거죠?”

“당연한 거 아닌가요?”

“그럼 알겠습니다. 일어나겠습니다.”

“그러실래요? 바쁜 사람을 너무 오래 붙잡으셨어요.”

“당신만 바쁜 건 아니죠.”

“당신한테 진서혁 씨 뺏어올 거예요, 무조건. 당신하고는 어울리지 않는 사람이에요. 언론이 얼마나 무서운지 이참에 한번 알아보세요.”

“어머, 마지막 말씀은 정말 감사하세요. 괜히 왔다 싶었는데 이런 성과가 있었네요.”

의미심장한 말을 남긴 단심은 자리에서 일어났다. 뒤돌아 가려다 뭔가 생각난 듯한 얼굴로 주머니에서 뭔가를 꺼내 테이블 위에 올려놓았다. 녹음기였다. 자신과 보람의 대화를 녹음한 녹음기를 들고 보람을 향해 흔들던 단심이 방긋 웃었다.

“이걸 들은 당신 팬들은 어떻게 생각할까요? 당신이 진짜 진서혁 씨의 여자라고 생각해 줄까요, 아님 일방적으로 좋아 미친 스토커라고 생각할까요? 그건 팬들의 판단에 맡겨야겠죠?”

보람을 향해 제대로 돌팔매질을 한 단심이 가벼운 발걸음으로 커피숍을 나가 버렸다. 보람은 단심이 던진 돌에 맞은 충격에서 헤어나오지 못한 채 멍하니 그녀의 뒷모습만 쳐다볼 뿐이었다.

보람과의 스캔들이 어느 정도 진정이 됐나 싶었던 서혁은 이제 결혼 날짜 이야기가 나도는 것을 보고 할아버지께 연락을 취했다. 어찌 된 일이냐고 따져 묻던 서혁에게 그건 사실이 아니라며 자신만 굳게 믿고 있으라던 할아버지의 배신이었다. 서혁은 황당하고 어이가 없어 따지기 위해 연락을 했으나 할아버지가 피하시는 모양이었다. 서혁은 일하는 아줌마의 휴대폰을 빌려 단심에게로 연락을 취했다.

일이 없는 날이라 집에서 뒹굴거리던 단심은 모르는 번호가 뜨자 전화를 받았다.

"단심아!"

[누구세요?]

"그새 애인 목소리 잊었어?"

반가움과 미안한 마음에 서혁이 애교까지 섞어가며 말했으나 단심이 갑자기 말이 없더니 급기야 전화를 툭 끊어버렸다. 단심은 남자가 일 처리 하나 제대로 못하고 얼마나 행동을 뜨뜻미지근하게 했으면 결혼 소리가 나도는 걸까, 생각하며 자신이 녹음 테이프까지 만들게끔 하게 한 서혁이 괘씸해서 전화를 끊어버렸다.

그 뒤로 서혁은 여러 번 문자와 전화를 했으나 단심은 받지 않았고, 서혁은 그녀의 행동에 심하게 놀랐다.

서혁의 전화를 툭 끊어버린 단심은 보람의 음성이 녹음된 테이프를 복사하기 시작했다. 앞으로 더욱 그녀를 궁지로 몰아넣기 위함이었다.

'진서혁, 아직은 너 용서 못해. 윤보람 씨, 어디 한번 갈 데까지 가보자!'

"뭐야. 그거 또 보내는 거야?"

"응. 애희야, 나 지금 회의 들어가야 되니까 택배 아저씨한테 연락해서 좀 보내줘. 부탁이야."

"미쳤어, 모단심. 야, 너 이거 알려지면 큰일나."

"이거 알려지면 윤보람에게도 좋을 거 없어. 아, 얼른! 나 회의 들어간다."

단심은 복사 테이프를 싼 작은 상자를 애희에게 툭 던지며 뒷일을 부탁했다. 애희가 부탁받은 것만 벌써 열 건. 단심의 손으로 한 건이 스무 건. 단심의 괴롭힘에 못 이겨 애희도 이 엄청난 짓에 동참하고 있긴 하지만 잘못했다간 협박죄로 걸리는 건 아니가 싫어 애희는 불안하기만 했다. 윤보람이 절대 터뜨릴 수 없다는 단심의 단호한 말만 믿고.

그러나 일은 터지고 말았다.

〈『발레리나 윤보람, 협박 테이프에 시달리며 심한 우울증에 입원 중?』

발레리나 윤보람(30)이 최근 자신의 연인을 밝히면서 곤욕을 치르며 급기야 입원 중이라는 소식에 나라가 암울해졌다. 윤보람은 자신의 연인을 몰래 짝사랑하고 있는 한 여자로부터 협박을 받아왔다고 털어놓으며, 그 사람의 마음을 이해하기 때문에 아무런 조치를 취하지 않았으나 점점 몸과 마음이 힘들다고 그동안의 심경을 호소했다. 윤보람의 측근들은 경찰조사를 의뢰하고 싶으나 한사코 거절하는 윤보람으로 인해 이러지도 저러지도 못하는 상황이라며 제발 이 기사를 보고 그만 해주었으면 한다고 눈물을 흘렸다. 현재 S병원에서 입원 중인 윤보람의 병실 앞에는 꽃다발과 갖가지 선물들이 줄이어 배달되고 있으나 혹여 그 속에 협박 테이프가 들어 있을까 불안해하며 팬들의 선물은 감사하지만 돌려보내고 있다. 유명인을 늘 따라다니는 스토커, 테러 등으로 인해 피해를 보는 사례가 늘어나고 있는 이 사태 속에 경찰 측은 윤보람이 허락만 한다면 강력하게 수사를 펼쳐 범인을 잡아 강한 처벌을 할 것이라 확답했다. 과연 천사표 윤보람을 협박하는 30대 여성은 누구인지, 윤보람은 그녀의 처벌을 어떻게 할 것인지 세계가 집중하고 있다.〉

"그러니까 내가 그만 하라고 했지?"

"이씨, 이게 기사를 내?"

"생각을 해봐. 협박 녹음이야 윤보람이 틀어주기 싫다고 하면 그뿐이고, 기사 내는 거야 일도 아닌데.”

“그렇게 생각 잘하는 계집애가 왜 동참했어?”

“네가 하도 괴롭혀서. 이제 그만 하든지, 아님 서혁이한테 얼른 사태를 진정시키라고 해. 벌써 삼십대 여성이라고 나오잖아. 아마 조만간 기사에 직업까지 나올 거야.”

애희와 나란히 인터넷 뉴스를 보던 단심이 불안한 마음에 손톱을 자꾸 깨물었다. 그때 단심의 휴대폰이 시끄럽게 울려댔고, 단심이 얼른 전화를 받아 들었다.

“네, 모단심입니다.”

[녹음테이프 설마 네 짓이야?]

‘얼씨구, 진서혁. 아직 용서도 안 빌어놓고 다짜고짜 따지는 거야?’

단심이 전화를 강제로 끊고 한동안 연락이 없더니 팔 일 만에 다시 전화를 걸어 사과는커녕 다짜고짜 따지는 서혁이 황당했지만 단심은 그 어떤 말도 하지 않고 고분고분 대답해 주었다.

“그래.”

[야, 모단심! 왜 그랬어!]

“너는 아무것도 안 하고 묵묵히 당하고만 있는데, 나라도 해야 될 거 아니야! 설마, 그 기사들 사실이야? 아니지?”

[당연히 아니지! 단심아, 내가 잘못을 하긴 했는데 이건 아니다!]

기사를 봤는지 다짜고짜 소리부터 내지르는 서혁을 향해 단심도 꼿꼿하게 입을 놀렸다. 서혁이 기가 막히다는 듯 한숨을 푹 내쉬었다. 자신의 잘못을 아는지 모르는지 단심은 오히려 당당하게 소리쳤다.

"그러니까 네가 해결을 봤어야지!"

[네가 망쳐 놨잖아!]

"어차피 나인 줄도 모르는데 무슨 상관이야?"

[무슨 일이 있든 사람을 협박한 건 범죄야. 당장 보람 씨한테 사과해.]

"싫어! 내가 왜?"

[모단심!]

"너 자꾸 그 여자 편들 거야?"

[철없는 소리하지 말고 당장 사과해. 안 그럼 나도 해결이고 뭐고 손 떼고 지켜볼 테니까.]

"이씨, 협박 나쁘다면서! 왜 네가 날 협박해?"

[네가 한 협박에 비하면 이건 협박 축에도 못 끼지. 당장 사과하고 전화해!]

잔뜩 화난 목소리로 전화를 툭 끊어버린 서혁 때문에 단심의 얼굴은 울상이 되었으나 별수없었다. 서혁의 말대로 사과를 할 수밖에. 아무리 서혁이 단심을 추켜세워 주었다지만 한 번 화가 난 서혁을 이길 수 없기에 할 수 없이 단심은 전화를 걸었다.

[네.]

"접니다, 모단심."

[그래서요?]

'이걸 콱 그냥!'

"원래 전화를 그런 식으로 받아요?"

[당신한테만 이런 식으로 받아요. 뭐예요, 할 말이?]

진짜 자존심 구겨지는 순간이다. 그러나 자존심보다는 진서혁 그놈이 더 중요한 단심은 할 수 없이 자존심을 구겨가며 입을 열었다.

"협박, 미안하네요. 난 분명히 그쪽한테 사과했어요."

단심은 자신의 말만 후다닥 하고는 전화를 툭 끊었다. 다시 서혁에게로 전화를 걸었다. 단심의 행동을 빤히 지켜보던 애희가 불쌍하단 얼굴로 애처롭게 쳐다봤다. 차라리 사랑 따위를 안 하는 것이 낫지, 저렇게 자존심 구기기 싫다는 결론도 내려 버린 애희였다. 단심은 서혁에게로 전화를 거는 그 짧은 순간 울컥 눈물이 치솟았다. 자존심이 무척이나 상한 것이었다.

[사과했어?]

"그래! 그래, 이 나쁜 놈아! 흐아앙."

[왜 울고 그래?]

"너 같음 안 울겠어? 자존심 상해 죽겠는데! 내가 너 땜에 이래야겠어? 자존심 한 번 제대로 못 세우고! 그 여자가 나보다 잘나서 얼마나 불안하고 초조했는데, 이 나쁜 놈아!"

[그 여자가 너보다 뭐가 잘났다는 거야?]

"뭐?"

[유명해서? 그거 말고 뭐가 있어? 넌 나한테 최고인 것만으로 부족해? 그 여자가 아무리 사람들 사이에 최고라 불려도 나한텐 네가 최고야. 모르겠니?]

"몰라!"

[윤보람이 너보다 유명하고 최고라 칭송받을지 몰라도 나한텐 아니야. 나한텐 네가 최고야. 그리고 나한테만 유명하면 돼. 딴 남자한테 그러는 건 못 참아, 모단심. 알아들었어?]

갑자기 감동 모드로 전환시켜 버린 서혁 때문에 단심은 가슴이 찡하면서 눈물과 콧물이 제멋대로 흘러내렸다. 콧물 훌쩍이랴, 눈물 닦으랴 바쁜 단심이다.

단심과 전화를 끊고 서혁은 할아버지를 급히 찾았다. 절대로 회사에는 나오지 말라는 할아버지의 명령도 어긴 채 회장실 문 앞에 서 있던 서혁은 안에서 들려오는 여자의 웃음소리와 할아버지의 묵직한 웃음소리에 문에 바짝 다가가 소리를 엿들었다.

"내가 그래서 보람 양을 좋아해요."

"고맙습니다, 회장님."

"이제 슬슬 약혼식 진행해야지? 그 정도 했음 알아서 떨어져 나갔을 테고."

"그래도 아직은 아닙니다. 제대로 쐐기를 박아야죠, 꼼짝 못하게."

"뭘 꼼짝 못하게 하시겠단 소립니까?"

"혁!"

서혁이 문을 벌컥 열고 들어가자 안에 있던 할아버지와 보람이 당황하며 서혁을 바라봤다. 서혁은 표정 없이 할아버지를 쳐다봤다. 그러자 할아버지는 얼른 서혁의 시선을 피했다.

"왜 제 눈빛을 피하세요, 할아버지?"

"뭐, 이놈아?"

"개싸움에선 상대의 눈을 피하면 그 게임은 지는 거라지요."

"그럼 내가 개란 소리냐!"

"비유를 하자면요. 저한테 여잔 딱 둘이라고 했죠. 모단심, 아니면 서지수."

"그래서 지수를 택하겠다 이거야?"

"말을 끝까지 들으셔야죠. 지금은 지수보다 단심이가 더 소중해요. 모단심, 무슨 일이 있어도 제 여잡니다. 오늘 당장이라도 기자회견 열 테니 그렇게 아세요."

서혁은 할아버지를 강하게 쳐다보며 말했고, 보람에게 시선을 돌렸다.

"윤보람 씨, 난 내 여자의 자존심까지 구기게 하면서 최대한 당신에 대해 예의를 보였습니다만 이젠 그럴 수 없겠군요. 내 여자의 자존심을 세워줄 때가 됐거든요."

서혁의 발언에 보람이 자리에서 벌떡 일어났지만 서혁은 개의치 않고 회장실을 빠져나왔다. 그런 서혁의 뒤를 보람이 따랐다.

"이봐요!"

"이 손 놓으시죠, 좋은 말로 할 때."

그대로 회사를 빠져나온 서혁은 곧바로 집무실로 돌아와 기자회견을 시작했다. 기자들은 빠르게 인터넷에 기사를 띄었다.

〈『동명그룹 진서혁. 윤보람과의 결혼, 사실과 무관하다 밝혀.』

동명그룹 진서혁(30) 씨는 결혼에 관한 사실을 밝히겠다며 기자회견을 가졌다. 그는 윤보람(30)과의 결혼은 사실과 다르다며 자신은 현재 사랑하는 여자가 따로 있다고 밝혀 논란을 일으키고 있다. 그는 윤보람과는 집안끼리 아는 사이이며, 맛선 장소에서의 만남이 전부라며 입장표명에 나섰다. 그리고 현재 사랑하는 여자가 있다며, '제 여자가 많이 화가 났습니다. 자존심도 상처를 받고 많이 울었어요. 빨리 화를 풀어주고 싶네요'라고 강한 애정을 보였다. 진서혁 씨는 그녀와 중, 고등학교를 함께 다녔고, 고등학교 때 자신을 좋아했던 그녀를 십일 년이 지나 다시 만난 러브스토리까지 밝혀 최고의 순정남으로 거듭나고 있는 추세이다. 진서혁 씨의 갑작스런 기자회견에 대해 윤보람 측은 어떤 해명도 하지 않고 있는 상황에서 팬들은 어찌 된 사태인지 혼란스러워하고 있다.〉

기사를 보며 입술을 짓이기던 보람은 요란하게 울려대는 휴대폰을 꺼버렸다. 집 전화 코드까지 빼버린 그녀는 침대에 털썩 주저앉아 손톱을 깨물었다. 설마 설마 했다. 기자회견까지 하리라고는 생각지도 못했다. 할아버지가 오케이하셨으니 포기하고 결혼에 동참할 줄 알았다. 진서혁이란 남자를 너무 얕잡아본 것이 문제였을까? 보람은 짜증난다는 듯이 휴대폰을 컴퓨터 모니터를 향해 던졌다. 모니터 깨지는 소리에 놀란 보람의 엄마가 방 안으로 들어섰다.

"보람아."

"엄마."

"왜 이러니! 기자들이 왜 저렇게 난리야? 응?"

"바보 같은 진서혁이 자기는 아니라고 말했어. 결혼이고 뭐고 다 틀렸어."

엄마는 불안한 음성으로 울먹이는 보람을 놔두고 방 밖으로 나와 자신의 휴대폰으로 남편에게 연락을 취했다.

"여보, 어디예요?"

[왜 전화가 다 안 돼!]

"서혁이 그놈이 다 까발렸나 봐요. 밖에 기자들이 와서 난리예요. 전화가 너무 많이 와서 코드도 빼버렸어요. 우선 당신은 진 회장님하고 이야기 좀 해봐요."

[알았어.]

엄마는 서랍에서 청심환을 꺼내어 씹어 삼켰다. 보람을 이대로 놔둘 수는 없는 노릇이었다. 엄마는 곰곰이 생각하더니 보람의 방으로 빠르게 갔다. 멍청한 얼굴로 이불을 덮고 있는 보람을 침대에서 강제로 끌어 내린 엄마는 보람을 힘차게 껴안았다.

"내가 너 무슨 일이 있어도 진서혁이랑 결혼시켜."

"엄마?"

"그러니까 울지 마. 그나저나 진서혁이 결혼한다는 그 여자가 누구야?"

"모단심이라는 여자야. 승무원이야. 비행기 탄다는 말만 들었어."

"모단심? 항공사 뒤져 보면 나오겠네. 엄마가 알아서 해결할 테니까 넌 가만히 있어."

보람의 엄마, 장옥자 여사. 처음 빈털털이였던 보람의 남자와 결혼해서 자신의 남편을 기업가로 성공시킨 대단한 여자가 바로 보람의 엄마 장 여사였다. 힘든 생활 속에서도 악착같이 돈을 모으고, 아낌없이 남편의 사업자금을 대고, 또 그를 도와주기 위해 경영까지 배운 그녀는 하나뿐인 딸 보람이 상처받는 꼴은 죽어도 볼 수가 없었다. 자신은 할 짓, 못할 짓 다 해가면서 돈을 벌고 생활했지만 딸에게만큼은 행복만 느끼게 해주고 싶었다. 원한다면 하늘의 별이라도 따줄 준비가 되어 있는 장 여사는 이렇게 자신의 딸을 무시하고 상처 준 서혁을 가만히 놔두고 싶지 않았다.

옥자는 고상한 옷으로 차려입고 고요한 적막이 흐르는 서혁의 집으로 향했다. 갑작스런 옥자의 등장에 서혁이 긴장한 얼굴로 그녀를 맞이했다.

"누구신지……."

"잦은 만남이 없어서 날 기억 못하는가? 나 보람이 엄마야."

“아, 안녕하세요.”

“자네 같음 안녕하겠는가?”

되바라지게 대답하는 옥자로 인해 말문이 막힌 서혁이 머쓱한 얼굴로 자리를 권했다. 그녀가 고상하게 살포시 소파에 앉았다.

“기사는 아주 잘 봤네.”

“아, 그러셨습니까?”

“왜 고집 피워서 일을 이렇게 만드나? 회장님도 허락하셨는데.”

“기사에 나온 대로 전 사랑하는 여자가 있습니다.”

“그런 여자 하나 때문에. 쯧쯧, 아무튼 자네는 무슨 일이 있어도 우리 딸하고 결혼해야 하는 거 명심하게.”

서혁이 뭐라 말할 틈도 주지 않은 옥자는 얼른 자리에서 일어나 차를 타고 돌아갔다. 어둡고 칙칙한 검은 옷을 벗어 던지고 고귀한 마나님 모습으로 차려입고 화장까지 한 옥자가 다시 차에 올라탔다. 쉽게 단심의 집까지 알아낸 장 여사는 단심의 집을 찾았다. 도도한 걸음으로 옥자가 식당 안으로 들어서자, 카운터에 있던 둘째 혜심이 그녀를 경계의 눈초리로 보았다

“어서 오세요. 몇 분이세요?”

“여기가 모단심 양 집 맞죠?”

“맞는데, 누구시죠?”

“안녕하세요, 나 윤보람 엄마 되는 사람이에요.”

"윤보람? 누구야? 애, 박 군아! 윤보람이 누구니?"

보람의 정체를 뻔히 알고 있으면서도 빼기는 듯 말하는 옥자가 꼴 보기 싫어 일부러 큰 소리를 냈고, 옥자는 황당한 얼굴로 혜심을 바라봤다. 여전히 박 군을 향해 눈을 돌리고 있던 혜심의 박자를 맞춰주기 위해 박 군이 주방에서 고개를 빠끔히 내밀고 소리쳤다.

"그 왜 있잖아요, 발레도 못하는 게 키만 멀대같이 큰 애요. 눈 쫙 찢어지고."

"아~ 자기가 잘난 줄 아는 애?"

변죽이 척척 맞는 박 군과 혜심의 대화에 열이 받친 옥자가 헛기침을 하자 혜심이 고개를 빳빳하게 들고 옥자를 바라봤다.

"근데 무슨 일이시죠?"

"할 이야기가 있어서요. 단심 양 있나요?"

"없어요. 할 얘기가 뭔데요? 우선 들어가시죠."

차분히 룸으로 옥자를 안내한 혜심은 테이블을 사이에 두고 앉아 옥자와 한참 기 싸움을 펼쳤다. 눈빛이 무척이나 매서운 옥자를 보고 혜심도 질 수 없어 한참 째려봤다.

'저거 진짜 재수없게 생겼네. 꼭 순자 그 계집애같이 생겼잖아? 저렇게 졸부 마누라 티를 내고 싶을까?

"무슨 일이시냐구요."

"단심 양 어머니이신가 보죠?"

"아닌데요! 언닌데요!"

당연히 엄마라고 생각한 옥자는 혜심의 말에 놀라며 말을 이었다.

"그래요? 흠. 아무튼 단도직입적으로 이야기하죠. 우리 보람이하고 서혁이하고 결혼을 해야 하는데, 단심 양이 걸리네요. 정리를 해줬으면 해서요."

"뭐요?"

"서혁 군 집안하고 우리 집안은 알다시피 격식도 맞고, 여기를 보아하니 서혁이네에서 반대할 만하네요. 오호호호."

"어머, 누가 반대를 해요? 이봐요! 우리 집안에도 재벌 있거든요? 우리 넷째 제부가 항공사 사장이에요! 이거 왜 이래요!"

갑작스런 반격에 옥자는 잠시 주춤했으나 이내 웃으며 평정을 되찾았다.

"그것도 재벌이라고. 뭐, 재벌은 재벌이죠. 그렇다고 그쪽 집안이 재벌은 아니잖아요? 그건 둘째 치고 단심 양이 뭐 볼 게 있다고."

무시하는 것이 확 드러나는 옥자의 말에 혜심이 참을 수 없다는 듯이 '아니, 근데 이 여자가' 하면서 막 일어서려는 찰나, 룸 문이 열리더니 일심이 들어오고 차례로 동생들이 들어왔다. 우르르 들어오는 무리를 보고 적잖게 놀란 옥자가 그들을 빤히 쳐다보며 너희들은 뭐니 하는 얼굴로 앉아 있자, 그들이 자리에 앉았다.

"난 단심이 첫째 언니 모일심이라고 해요."

"아~ 그러세요? 근데 이분들은 다 누구? 동네 아낙들하고 마실 다녀오셨나 봐요? 오호호호."

"아니요. 다 제 동생들이에요. 단심이 언니들이죠."

입을 가리고 품위있게 웃으며 물을 들이키던 옥자는 일심의 말에 그만 입에서 물을 토해냈다. 무슨 딸들을 저렇게 많이도 낳았는지. 열 명이나 되는 그녀들의 기에 자연히 눌린 옥자는 애써 어깨를 쭉 펴며 인사를 건넸다.

"반갑네요."

"그나저나 무슨 일로 오셨어요?"

최대한 부드러운 음성으로 첫째 일심이 물었다.

"흠, 아까도 말했듯이 단심 양과 서혁이가 어울리지……."

"듣자 듣자 하니까, 이봐요! 당신이 뭔데 어울리네, 마네야? 당신이 서혁이 엄마야, 뭐야?"

"둘째 언니, 진정해. 아줌마, 아줌마가 왈가왈부할 처지가 아니잖아요? 우리 언니들 성질 안 좋기로 소문났으니까 더 험악한 꼴 당하지 말고 가시죠."

흥분할 대로 흥분한 혜심이 손가락질을 하며 소리를 지르자, 현심이 그녀를 막아서며 옥자를 좋게 타일렀다. 옥자 자신도 한때 시장판에서 한성깔 했던 여자였기에 아무리 고상한 척해도 그 버릇을 버리지 못해, 성질이 올라 소매를 걷어 올렸다.

"아니! 이 여자들이 떼거지로 몰려와서 뭐 하자는 거야? 누군 성질 없는 줄 아나!"

"뭐 이런 게 다 있어? 떼거지? 야! 너 몇 살이야! 지가 유명한 년 엄마면 다야? 야, 네 딸이 유명하지, 네가 유명해? 어디 와서 유세야, 유세가!"

언성이 높아지는 것을 지나 손찌검까지 오갔다. 혜심이 먼저 옥자의 머리채를 휘어잡았고, 옥자도 질 수 없다는 기세로 혜심의 머리를 잡아 흔들었다. 크게 벌어진 싸움에 일심과 동생들은 혜심을 뜯어말렸으나 소도 때려 잡을 정도로 힘이 센 혜심이 그들을 뿌리쳤다. 그들은 혜심의 손길에 벌레 떨어지듯 우르르 떨어져 자기들끼리 엉켜 넘어졌다. 말 그대로 난리도 아닌 상황이 되어버렸다.

그녀들의 싸움은 서로 힘이 다 해서야 끝이 났다. 옥자는 어깨 부분이 찢어진 옷을 안타깝게 바라보며 코에서 흐르는 피를 손으로 쓰윽 훔쳤다.

"야! 너 내가 옷값이랑 약값 청구할 테니까 그렇게 알아!"

"아니, 이게 그래도 맛을 덜 봤나! 너 이리 안 와!"

포악스럽게 손을 들어 다시 한 번 옥자의 머리를 잡으려는 혜심의 손길에 놀란 옥자가 얼른 도망치듯 그곳을 빠져나갔다. 혜심의 상태 역시 만만치 않았다. 얼굴에 상처가 나서 피가 흘렀고, 머리는 심하게 산발되어 있었다.

"좀 참지!"

"저게 우리 단심이를 무시하잖아! 우리 집안이 어쩌고저쩌고. 확 저걸 그냥."

여전히 씩씩대고 있는 혜심에게 휴지를 건네며 일심이 혼을
내자 혜심이 주먹을 들어 옥자가 나간 방문을 향해 날렸다. 그
러자 그 모습을 지켜보던 일곱째 유심이 피식 웃었다.

"품, 푸하하하."

"아하하하."

"오호호호~"

유심의 웃음을 스타트로 각자 다들 배꼽을 잡고 웃기 시작했
다. 방금 전 혜심 때문에 놀라 도망간 옥자의 모습이 생각난 것
이 이유였다.

"진짜 우리가 모이면 해결 안 되는 게 없어."

"맞아. 아까 그 여자 얼굴 봤어? 혜심 언니가 머리를 다시 잡
으려고 하니까 놀라서 도망가는 거."

"그러길래 나한테 왜 기어올라? 내가 누군데. 천하에 모혜심
아니야!"

"어이구 어련하시겠어요."

열째 현심이 너무 웃어 흐르는 눈물을 닦으며 말하자, 넷째
성심이 뒤를 이었다. 그녀들의 말에 힘입은 둘째 혜심이 우쭐하
자 혜심의 등짝을 때린 일심이 그녀에게 핀잔을 던지고 일어섰
다.

서혁의 기자회견으로 세상이 다시 들썩이고 있을 때 단심의
서혁의 기사를 보고 내심 기분은 좋았다. 하지만 아직 미안하다

는 사과를 듣지 않았기에 다시 단심은 서혁의 전화를 일체 받지 않았다. 서혁은 다시 연락이 뚝 끊기자 점점 불안해져만 갔다. 보람과의 결혼 기사 대신 보람을 주목한 기사가 나돌았고, 서혁은 서혁대로 공개적으로 단심에게 사과 기사를 내보내기에 이르렀다.

"언제까지 그럴 거야?"

"뭘?"

"서혁이."

"몰라."

"기사 낸 것 보면 정말 미안해서 그런 거 아니야?"

"누가 기사 보고 싶대? 입으로 왜 직접 말을 못해? 벙어리야? 됐어."

비행을 마치고 막 공항을 빠져나가려는 단심에게 애희가 걱정스럽게 말했으나 단심은 오히려 더욱 화를 내며 소리쳤다. 막 공항버스에 몸을 실으려는데 익숙한 차가 그녀의 눈앞에 멈춰 섰다.

'서혁이?'

역시나 그 익숙한 차는 다름 아닌 서혁의 차였다. 차에서 멋진 정장 차림으로 내린 사람은 당연히 서혁이었다. 그리고 그는 다짜고짜 단심을 향해 달려와 그녀를 와락 껴안았다.

익숙한 향기. 오랜만의 맡아보는 향기에 취해 단심이 가만히 서 있자 서혁이 더욱 힘을 주었다.

“미안해. 정말 미안해. 너 아프게 해서 미안해.”

서혁의 목소리가 울먹였다. 단심은 그런 서혁의 품에 가만히 있다가 살며시 품 안에서 벗어나 서혁을 올려다보았다.

“서혁아.”

“응?”

“누가 멋대로 안으래?”

단심은 서혁을 떼어내고, 있는 힘껏 그의 정강이를 걷어차 주었다.

“이 나쁜 놈아!”

8. **연심 언니** :밀고 당기기가 중요한 때

「사랑은 성장이 멈출 때만 죽는다.」 ─펄 벅

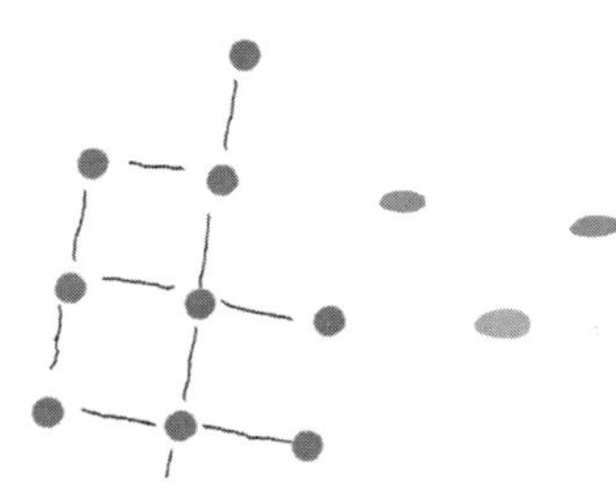

"**적**당히 튕겨야지."

"알았다고."

"서혁이 그놈 때문에 네가 피해를 봤는데 그냥 두고 볼 거야? 여자는 남자를 긴장시킬 수 있어야 하는 거야."

"알았다니까?"

"밀고 당기기를 해야지. 그래야 사랑이 원만해지는 거지."

"알았다고. 알아들었다는데 벌써 몇 번째 반복하는 줄 알아? 지금 무슨 녹음테이프 틀어놨어? 왜 그래? 나 일 좀 하자. 재택근무라고 편한 게 아니야."

벌써 두 시간째 똑같은 말을 되풀이 중인 일곱째 유심 때문에 단심은 보던 컴퓨터 모니터를 끄고 유심을 째려봤다. 그러나 유심은 끄떡도 하지 않고 단심의 손을 꼭 부여잡았다.

"튕겨라!"

"언니야!"

유심이 말하는 동안 짜증만 내고 있던 단심은 언니가 가고 난 후 가만히 앉아 생각을 해보았다. 어쩌면 언니 말이 맞을지도 모르겠다. 지금까지는 자신이 서혁의 성격을 있는 대로 받아줬다. 그의 앞에서는 순한 양이 되어버렸던 단심이었다. 슬슬 자신에게 변화를 줘야겠다 생각은 했으나 어떻게 변화를 해야 하는지 감이 잡히지 않은 단심이 서둘러 휴대폰을 들고 애희에게 통화를 시도했고, 가만히 단심의 이야기를 들어준 애희가 한숨을 쉬며 입을 열었다.

[그러니까 유심 언니 말대로 튕기기는 해야겠는데, 어떻게 해야 할지 모르겠단 소리 아니야?]

"그렇지. 모르겠단 말이지."

[우선 서혁이가 하자는 건 싫다고 해. 네가 하고 싶은 걸 하자고 해야지.]

"그러다 맞으면?"

[여자를 때리는 놈은 남자가 아니지 않아?]

"그렇긴 해. 그리고 어떻게 해?"

[너도 다른 남자를 만날 수 있다는 걸 강조해.]

"안 때릴까?"

[그런 놈은 아니라며.]

"그렇긴 해."

[모단심, 지금 막 내가 한심하단 생각이 들었거든? 너랑은 이
야기하고 싶지 않다. 끊어라.]

자꾸 한심한 소리만 지껄이는 단심에게 조언을 해주던 애희
는 바보같이 지껄이는 그녀 때문에 전화를 툭 끊어버렸다. 단심
은 가만히 전화를 붙잡고 있었다.

"지수야, 이건 어때?"

"아휴, 그만 사. 됐어."

"든든하게 먹어야지. 냉장고에 넣어두고 먹어."

서혁은 한국에 들어와 잠시 머문다는 지수를 데리고 마트에
들렀다. 먹을 만한 과일과 반찬 등을 사들이기 시작했고, 지수
가 그런 서혁을 말리느라 정신이 없었다. 꼼꼼하게 유통기한을
확인하고 영양성분을 살피던 서혁의 모습을 빤히 보던 지수가
천천히 그에게 손길을 던졌다.

"지수야?"

갑작스런 그녀의 손길에 서혁이 놀란 얼굴로 지수를 쳐다봤
다.

"많이 까칠해졌어."

"그래?"

"응. 그만 사도 돼."

“그럼 이것까지만 사고 옷 사러 가자.”

“그러지 마, 서혁아. 네가 자꾸 그러면 나 너한테 기대하게 될 거야.”

“무슨?”

“준영이 오빠를 잊게 해줄 수 있다는 기대 말이야. 그러니까 그러지 마.”

서혁은 지수의 진심 어린 말에 걷던 발길을 멈추었다. 그리고 지수를 그윽하게 바라봤다. 보면 볼수록 아픈 여자. 휴대폰 발신에 ‘떠난 여자’로 찍히는, 삼 년 전 자신을 놔두고 떠난 여자. 서혁은 지수를 가슴 깊이 안아주었다.

“후회하니?”

“응, 후회해.”

“바보같이. 어쩔 수 없다는 거 알지?”

“……응.”

서혁은 지수를 품에서 놓아주고는 씩씩한 척 웃었다.

“배고프지? 밥 먹으러 가자.”

서혁이 먼저 카트를 끌며 앞서 걸었고, 지수는 그런 서혁의 뒷모습을 바라보며 희미하게 웃더니 뒤를 따랐다. 물건을 차에 싣고는 가까운 곳에 있는 한정식 식당에 자리 잡았다.

“나 화장실 좀.”

서혁은 화장실을 가겠다며 일어나 화장실로 향하는 길목에 서서 휴대폰으로 단심에게 전화를 걸었다.

"어디야? 밥 먹고 있어?"

[응. 지금.]

"누구랑?"

[우리 기장님이랑.]

"기장님? 몇 살인데?"

[나보다 네 살 많아.]

"설마, 단둘은 아니겠지?"

[애희는 약속 있다고 나가고 나랑 기장님, 단둘이 있는데?]

"거기 어디야!"

[왜 소리를 질러? 어디라고 하면 올 거야? 먼저 약속을 깨고 가버린 사람이 누군데!]

"그거야, 어쩔 수 없는 사정이."

[그래, 만날 생기는 그놈의 사정.]

"아무튼 갈 테니까 어딘지나 말해."

[됐네요. 그 사정 끝까지 다 보시고 전화하세요.]

버럭버럭 소리까지 지르며 화를 내는 서혁을 약 올리는 것인지 단심은 해보라는 듯 전화를 툭 끊어버렸다. 서혁은 죽어도 하기 싫었던 위치 추적에 나섰다. 꼭 스토커 같아 정말로 이 짓까지는 하지 않으려 했으나, 모단심을 기장 놈이랑 그대로 놔둘 수는 없는 노릇이었다.

"모단심, 감히 이 진서혁을 긴장시켜? 넌 죽었어."

서혁은 단심의 위치를 알아내고 곧바로 지수에게로 갔다. 이미 음식들이 차려져 있었고, 지수는 서혁이 오기만을 기다리고 있었다. 서혁의 얼굴이 보이자 지수가 살며시 웃어 보였다.

"빨리 와."

"지수야, 미안해서 어쩌지? 나 어디 좀 갔다 와야겠는데. 먹고 있어라. 금방 올게."

"저, 서, 서혁……."

뭐가 그리 급한지 서혁은 지수를 쳐다보지도 않고 빠르게 사라졌다. 지수는 그의 이름을 부르며 일어나려다 다시 주저앉았다. 그리곤 한숨을 푹 내쉬었다.

"이젠, 네가 가버리는구나."

단심을 찾으러 움직인 서혁은 아내의 불륜 현장을 덮치는 남편처럼 잔뜩 화가 났다. 데이트 코스로 유명한 레스토랑에 네 살밖에 차이 안 나는 기장 놈이랑 단심이 단둘이 식사 중이란다. 그곳은 연인만 출입할 수 있는 곳이기도 했다. 당당하게 레스토랑 안으로 들어가려던 서혁은 당연히 제지를 당했다.

"여긴 연인이 아니면 출입할 수 없는 식당입니다, 손님."

"사람 찾으러 왔으니깐요. 잠시만요."

"손님, 죄송합니다."

무슨 이런 식당이 다 있는지 서혁은 이곳이 갑자기 짜증나기 시작했다. 서혁은 무작정 들어가려다가 자꾸 제지를 당하자 한참 머리를 굴렸다. 서혁 주변에 모단심 말고 여자의 성별을 가진 사람은 회사 직원들과 윤보람, 그리고 지수뿐이었다. 그러나 모두 연락을 할 수 사람들이었다. 그것도 지극히 개인적인 청춘 사업으로 말이다. 그때 문득 머릿속을 스쳐 지나가는 인물이 있었다.

"주원성!"

서혁은 서둘러 원성에게 전화를 걸었다.

[왜.]

"너 지금 어디야?"

[우리 집.]

"너희 집? 다행이네. 오 분 안으로 뽀레밀떼 레스토랑으로 여장하고 와."

[여, 여장? 미쳤냐? 내가 네 꼬붕이야?]

"당장 와라. 안 그럼 너 내 명의로 산 외제차 아저씨한테 다 불어버린다."

[아, 알았다. 여장만 하고 가면 되지?]

원성은 자신의 아버지 몰래 서혁에게 부탁해서 서혁의 명의로 산 차를 아버지께 이른다는 말에 얼른 전화를 끊었다.

정확히 칠 분이 지나고 있을 무렵, 가발을 아무렇게나 뒤집어 쓰고 치마 밑으로 드러나는 울퉁불퉁한 다리를 움직이며 차에서 내린 원성을 보고 서혁이 깔깔 웃었다. 그, 아니, 그녀가 되어버린 원성을 끌고 안으로 들어갔다.

"저, 소, 손님?"

"여자 친군데, 뭐가 문제가 되나요?"

"그, 그러니까요, 손님."

"아직 수술을 못해서 그렇지, 여자 맞습니다. 요즘은 이런 사람을 보고 트랜스 젠더라고들 하죠."

서혁은 능청스럽게 말했고, 서혁을 제지하던 사람들이 당황했다. 그런 그들에게 쐐기를 박기 위해 서혁이 원성을 남몰래 툭툭 치자, 원성이 호호 웃으며 최대한 여성스런 목소리를 내세웠다.

"어머, 자기는~ 다음 주에 수술하니까 걱정 마. 들어가자, 나 배고파."

서혁은 그들을 향해 환하게 웃으며 원성과 함께 나란히 레스토랑 안으로 진입하는 데 성공했다.

안으로 들어선 서혁이 두리번거리며 단심을 찾았다. 얼씨구, 창가 가장 전망 좋은 자리에 앉아 있었다. 식당의 두 번째 특징이 바로 자리마다 가격이 다르다는 것. 많은 사람들이 선호하는 창가 자리에 앉은 두 사람이 다정스럽게, 진짜 연인처럼 웃으며 식사를 하고 있었다. 서혁은 자신의 옆구리에 딱 붙어 있는 원성을 떼어냈다.

"저리 가. 징그러워."

"이거 시킨 사람은 너다!"

"이제 됐으니 그만 가봐라."

"장난해? 밥 사."

"나 사람 찾으러 왔다. 수술도 안 한 트랜스 젠더한테는 관심 없다. 저기 모퉁이 돌면 주방 나와. 주방 뒤에 문 있으니까 거기로 나가라."

냉정하게 원성을 내친 서혁이 천천히 단심과 준영 옆으로 움직였다.

한창 즐겁게 식사를 하던 단심이 어딘가에서 풍겨오는 검은 오로라에 시선을 툭 던지다가 기겁을 했다.

'저거, 저거, 의처증 있는 거 아니야? 여긴 어떻게 알고!'

그런 단심을 보고 히죽 웃던 서혁이 기장을 강하게 노려봤다.

"즐겁게 식사들 하시나, 구경 왔습니다."

마치 조폭 똘마니처럼 이를 앙다물고 말하는 서혁을 기장은 피식 웃으며 기꺼이 응해주었다.

"안녕하세요."

"모단심 씨 제 여자인 건 아시고 식사 중이신가요?"

"서혁아, 왜 그래."

조금이라도 건드리면 주먹부터 올라올 것 같은 무시무시한 얼굴로 기장을 응시하는 서혁을 단심이 얼른 일어나 말렸다. 서혁의 눈빛은 살인을 저지르고도 남을 만한 눈빛이었다. 그런 서혁을 보고 기장이 피식 웃더니 휴대폰을 들어 어디론가 전화를 걸었다.

'지금 이 상황에서 전화를 해? 이 새끼 피하려고 이러는 거 아니야?'

서혁이 잔뜩 오로라를 뿜어내고 있는데, 기장은 그런 서혁을 재밌다는 듯 바라보며 통화를 시작했다.

"자기, 밥은 먹었어? 우리 지유는? 우리 딸 잘 놀고 있어?"

'자기? 우리 딸?'

서혁은 전화 내용으로 충분히 알겠다는 얼굴로 힘이 들어갔 던 눈을 풀고 단심의 옆구리를 콕콕 찔렀다. 상황을 설명하라는 의미였다. 그러자 단심이 아주 조용히 입을 놀렸다.

"그러게 왜 다짜고짜 와서 시비야."

"네 살 연상이라면서."

"그래. 네 살 연상. 결혼해서 애가 돌인 나보다 네 살 많은 우리 기장님."

"왜 그건 뺐어? 끝까지 말을 해야지."

"끝까지 안 들은 사람이 누군데?"

기장이 통화를 하는 동안 서혁과 단심이 작은 실랑이를 벌이고 있었다. 서혁이 갑자기 어딘가를 가만히 응시하더니 다짜고 짜 그쪽을 향해 걸음을 옮겼다.

'저거 또 왜 저래? 누구한테 시비를 걸려고.'

상당히 다정해 보이는 두 남녀 앞에 우뚝 멈춰 선 서혁이 남자를 향해 조용히 입을 놀렸다.

"일어나."

"진서혁, 이게 무슨 예의없는 짓이야?"

"일어나라는 소리 안 들려? 일어나라고!"

남자는 서혁의 말대로 움직여 주었다. 그러자 서혁이 그의 손목을 붙잡고 무작정 끌고 나왔다.

"놔. 안 놔?"

"당장 가."

'아니, 저것들이 사람 앞에 두고 뭐 하는 짓이래? 난 뭐야, 내가 투명인간이야?'

단심은 차마 드러낼 수 없는 불만을 가슴에 안고 그들의 뒤를 쫄랑쫄랑 따라갔다.

밖으로 나온 그들은 서로를 가만히 노려봤다.

"넌 여기서 다른 여자하고 목구멍으로 음식이 넘어가?"

"무슨 말이야?"

"지수, 지금 식당에 있어. 혼자 밥 먹고 있을 거다. 가보는 게 전남편으로서의 예의 아니야?"

서혁의 말이 끝나자 준영이 움찔했으나 다시 평정을 되찾았다. 서혁 앞에선 죽어도 그의 말을 따르기 싫은 쓸데없는 자존심 때문인 것이었다. 그런 준영을 이미 알아차린 서혁이 먼저 그의 곁에서 떠나며 마지막 말을 남겼다.

"내가 왜 지수를 놔두고 여기 왔을 것 같아?"

준영은 서혁이 움직이는 것을 보고 얼른 그곳을 뛰쳐나왔다. 서혁 역시 그가 나가는 것을 살짝 곁눈질로 확인하고서 단심을 응징하기 위해 발빠르게 움직였다.

가만히 앉아서 물만 홀짝이던 단심은 자신의 눈앞에 거만한 자세로 앉은 서혁을 쳐다보다 얼른 시선을 회피했다.

"모단심, 왜 내 눈을 피해?"

"내, 내가 뭘?"

"뭔가 찔리는 게 있나 보지?"

물론 찔리긴 찔린다. 단순한 식사였다면 상관이 없으나 이건 단심이 언니의 말대로 밀고 당기는 계획을 시도했던 것이니 찔리는 것이다. 근데 그걸 알 턱이 없는 진서혁이 어떻게 찔리느냐 묻지?

"내가 찔릴 게 뭐 있어?"

"아하, 찔릴 게 없으시다? 멀쩡한 애인이 있는 사람이 대낮에, 그것도 연인 레스토랑에서 당당하게 식사를 하셨는데, 안 찔리신다?"

'아, 뭐야. 놀랐네.'

"그거야 여기 스테이크가 맛있으니까 그런 거지."

"웃기지 마. 얼른 일어나."

서혁은 있는 대로 인상을 찌푸리며 자리에서 일어나 단심을 재촉했다. 단심은 일어날 기미를 보이지 않고 그에게 따졌다.

"야, 아직 반도 못 먹었어."

"다른 데 가서 먹어. 여기 기분 나빠."

"싫어! 난 무슨 일이 있어도 여기서 먹을 거야. 그리고 기장님도 계시는데 어떻게 일어나?"

끝까지 버티려는 단심을 서혁이 힘으로 일으켜 세웠다. 그리고 강제로 데리고 나와 차에 태웠다.

"내가 네 거야? 왜 네 맘대로 해?"

"네가 내 거 아니면 저 기장 놈 거야?"

"나 물건 아니야. 물건 취급하지 마. 그리고 우리 기장님 애 아빠야! 자꾸 엮지 마!"

"물건 취급한 적 없어. 그러니 지금부터 내가 하는 행동에 토 달지 마."

서혁이 무섭긴 무서운 모양이었다. 불만 때문에 얼굴은 복어같이 부었어도 말은 못하는 단심이다. 서혁은 그런 단심이 그저 사랑스럽고 귀엽기만 했다. 게다가 서혁 자신을 이렇게 웃게 만드는 모단심이 그저 예쁘게만 보였다. 서혁은 단심은 데리고 자신의 집으로 향했다.

"뭐야, 여긴 왜 왔어?"

"밥 먹게."

"싫어! 미쳤어?"

"너 요즘 말끝마다 미쳤다고 묻는데, 너 그렇게 정신병자랑 사귀고 싶어? 나 정상인이야. 그만 좀 미쳤냐고 물어봐라. 얼른 들어와."

"이 꼴로 어떻게 너희 집에 가니? 차라리 우리 집에 가자, 응?"

"정말?"

"그래, 그게 속 편하겠다."

서혁은 얼른 차에 올라탔다. 뭐가 그리도 좋은지 휘파람까지 불며 난리도 아니었다. 그런 서혁을 못마땅하게 바라보던 단심이 핀잔의 말을 던졌다.

"제대로 좀 운전하지 그래? 우리 집 가다가 죽고 싶은 생각은 눈곱만큼도 없거든?"

"운전 구 년 베테랑이야. 걱정 마."

"베테랑은 무슨, 누가 보면 딱 음주 운전인데."

서혁은 단심의 이죽거림에도 굴하지 않고 신나게 그녀의 집 앞에 당도했다.

"넌 일층이야, 십일층이야?"

"십일층. 이 빌딩 우리 거야. 정확히 말하면 우리 넷째 형부 거야. 여기 식구들이 다같이 살아."

"다같이? 어떻게? 십일층에서?"

"아니. 너 저번에 우리 현심이 언니랑 인사했지? 그 언니가 열째 언니야. 나까지 포함해서 열한 명. 언니들은 여기 층마다 차례대로 살아. 난 막내라서 십일층."

대식구가 이런 도시 한복판에 살다니, 참으로 놀라운 일이다. 서혁이 꽤 놀란 눈치로 빌딩을 쳐다보고 있는데, 누군가 빌딩 안에서 툭 튀어나왔다.

"어? 저, 저 사람?"

"형부!"

"처제! 언니 좀 말려줘!"

갑자기 튀어나온 남자는 다름 아닌 열째 현심의 남편인 호준이었다. 호준은 황급히 뛰어나와 단심의 뒤로 숨었다. 뒤를 이어 밥주걱을 들고 뛰어나온 현심이 호준을 잡으려 안간 힘을 썼다.

"이리 안 와?"

"여보! 진정해!"

"진정? 너 같으면 진정하겠어? 다른 년이랑 또 붙어서 불화설이 나와!"

"기자가 맘대로 지껄인 건데 나한테 뭐라 그러면 어떡해!"

"모델 A양이 누구야!"

"이니셜로 나온 여자를 내가 어떻게 알아? 모델은 만난 적도 없구만!"

"다 필요없어! 내가 말했지? 한 번만 더 불화설 어쩌고 나오면 너 죽고 나 산다고! 너 오늘 나한테 죽었어! 얼른 못 나와?"

갑자기 싸움판에 휘말린 단심이 호준의 이끌림에 이리 뒤뚱, 저리 뒤뚱했다. 가만히 서서 자신의 눈앞에 벌어진 광경을 믿을 수 없다는 듯 쳐다만 보던 서혁이 얼른 단심을 구출했다. 방패막이 사라진 호준은 현심에게 엄청 맞았다. 서혁이 말리려는데 단심의 그의 옷깃을 붙잡았다.

"왜? 말려야지."

"내버려 둬. 저러다 다시 화해해."

단심은 자주 보는 일인 듯 대수롭지 않은 얼굴로 식당 안으로 들어갔다. 서혁이 그녀를 따라 들어가며 어수룩하게 물었다.

"저 사람, 영화배우 이호준 아니야?"

"이호준? 우리 형부가 네 친구야, 이름을 막 부르게?"

"형부?"

"지금까지 무슨 소리 들었니?"

세상에. 서혁도 지금까지 연예인을 많이들 봐왔지만, 형부가 연예인인 경우는 처음 보았다. 서혁은 알 수 없는 무언가에 점점 기가 눌리기 시작했다. 셋째 효심이 그들을 놀란 눈으로 쳐다봤다. 서혁은 얼른 효심을 향해 꾸벅 인사를 올렸다.

"안녕하세요, 장모님! 단심이 남자 친구 진서혁이라고 합니다."

"장모님?"

"바보, 다시 제대로 인사해. 우리 셋째 언니야."

"아! 죄송합니다, 처, 처형."

"괜찮아요. 그런 일이야 자주 있어. 들어와요."

"너 호칭이 웃긴다? 누구 맘대로 처형이고 장모님이야?"

제멋대로 호칭을 사용하는 서혁을 가만히 보던 단심이 딴죽을 걸자, 서혁이 그냥 조용히 들어가라는 눈치를 보냈다. 그러나 단심은 굴하지 않고 그의 대답을 듣길 원했다.

"왜 그렇게 쳐다봐?"

"대답해. 누구 맘대로? 너 나랑 결혼할 거야?"

"그만 들어가자, 응?"

“그래, 그만 하고 얼른 들어와.”

효심이 웃으며 서혁을 맞이했고, 서혁이 식당 안으로 들어섰다. 식당 안 여자 손님들의 시선이 일제히 서혁에게로 모아졌다. 훤칠한 키에 깔끔한 외모, 넉넉한 풍채에 모두가 반한 눈치였다. 그런 시선에 단심의 어깨가 으쓱해졌다. 너희들은 꿈도 꾸지 못할 남자라는 듯한 표정. 눈독들이지 말라는 경고를 던지듯 단심이 서혁에게 팔짱을 끼고 당당히 식당 룸으로 들어갔다.

룸 안에는 상이 거하게 차려져 있었다. 오늘이 아마 식구들끼리 뭉치는 날인가 보다. 단심은 그제야 알았다는 얼굴로 자리를 잡고 앉았다.

“오늘이 4일이었어?”

“정신머리 없는 계집애. 근데 저 잘생긴 청년은 누구야?”

혜심이 단심에게 핀잔을 주다 말고 서혁에게 시선을 던졌다. 이미 다른 언니들도 서혁에게로 댁은 뉘세요, 하는 눈빛을 보내고 있었다. 그런 언니들의 시선이 부담스러운 서혁이 어색하게 웃으며 꾸벅 인사를 했다.

“아, 안녕하세요? 단심이 애…….”

“애인?”

“아, 네.”

“아, 서혁이라는…… 윤보람하고 바람났다가 돌아온 청년?”

둘째 혜심은 말을 해도 저렇게 남의 약점을 콕 집었다. 혜심을 째려보던 단심이 언니의 허벅지를 남몰래 툭 찔렀다.

"그만 찔러. 안 할 테니까."

눈치도 없다. 그걸 또 입으로 내뱉는다. 단심이 한숨을 푹 내쉬며 서혁에게 자기 옆 자리를 권했다. 서혁은 자리에 앉았으나 가시방석 같았다. 인원수가 너무 많은 것도 불편했고, 모조리 여자라는 것도 그러했다. 그때 남편을 개 패듯 패던 열째 현심이 안으로 들어오다 서혁을 발견하고는 웃었다.

"어머, 저번에 왔던 그놈, 아니, 그 사람이네?"

'그, 그놈? 내가 남자니까 놈은 맞는데 영 어감이 기분 나쁘네.'

푼수처럼 웃으며 입방정을 떠는 현심을 보고 단심은 포기한 얼굴로 음식을 맛보았다. 그리고 가만히 앉아 있는 서혁의 손에 젓가락을 들려줬다.

"우선 먹어. 언니들도 먹어. 먹는 동안은 대화 금지."

단심은 서혁에게 먹으라는 제스처를 보내고, 그의 밥 위에 반찬들을 올려주었다. 수많은 시선에 불편한 서혁은 억지로 먹기는 했으나 속이 거북했다. 억지로 밥 한 그릇을 다 비운 서혁이 물을 들이켰다. 열 명의 언니들과 되도록 눈빛을 마주치지 않기 위해 두리번거리던 서혁에게 둘째 혜심이 말을 걸었다.

"결혼은 언제 할 건가?"

이건 또 무슨 황당한 질문?

"네?"

"언니!"

둘째 혜심의 뜬금없는 질문에 황당한 눈빛을 뿜어내는 서혁을 보고 단심이 얼른 제지에 나섰지만 그녀 역시 궁금하기는 했다. 그런 단심의 마음을 아는지 모르는지 서혁은 단칼에 무 자르듯 대답했다.

"철들면 장가가라 하시는데, 아직 제가 철이 안 든 것 같아서 생각 중입니다."

'싸가지. 그냥 한다고 하면 어디가 덧나?'

단심은 내심 바랐던 답변이 아니자, 순간 서혁에게 서운했다. 둘째 혜심 역시 그렇게 대답하는 서혁이 맘에 들지 않아 비꼬듯 말했다.

"그래 보이네. 철들 때 가야 한다면 자네는 평생 장가 못 가."

'장가를 못 간다고? 저주를 내리시는구만.'

"그게 무슨……."

"남자는 장가를 가야 철이 들거든."

혜심의 말에 서혁은 대답을 하지 못하고 고개만 살며시 끄덕였다. 점점 분위기가 이상하게 흘러가고 있을 무렵, 열째 현심이 단심을 쿡 찌르며 물었다.

"근데 너 그거 말 안 했어?"

"뭐?"

"일심 언니가 너희 결혼 안 할 거면 연애도 못하게 한댔어."

다행히 가장 반대가 심한 일심은 자리에 없었다. 열째 현심의 갑작스런 말에 단심은 물론이고 서혁 역시 놀랐다. 가만히 서혁의 표정을 살피던 단심은 얼른 현심의 입을 막았다.

"그만 해. 일심 언니랑 이야기해 볼 거야."

단심이 서혁의 손을 잡아끌었다.

"이 손 좀 놔. 말을 해야지."

"서혁아, 얼른 일어나."

단심은 이 자리에 계속 있다간 서혁의 입에서 결혼 안 한다는 소리가 나올까 봐 얼른 그를 데리고 밖으로 나왔다.

"미안해. 언니들이 좀……."

"단심아."

"응?"

"다음부턴 이렇게 나오지 마. 예의없는 행동이야. 잘못된 행동이다."

단심은 데리고 나와 줘서 고맙다고 할 줄 알았는데, 서혁은 오히려 단심을 혼냈다. 단심은 그런 서혁을 가만히 안았다.

"고맙고, 미안해."

"다음에 정식으로 인사드리자. 반대하신다는 언니도 있는 자리에서. 알았지?"

"알겠어. 조심히 들어가."

단심은 흐뭇한 얼굴로 서혁을 바라보았다. 단심은 서혁이 얼마나 예의가 바른 사람인지 새삼 깨닫게 되었다. 처음 진서혁은 싸가지에 자기가 최고인 줄 아는 그런 무례하기 짝이 없는 사람으로만 알았다가 이 남자를 만나면서 점점 자신의 생각이 틀렸다는 것을 느꼈다.

'나 아무래도 이 남자 사랑하길 잘한 거 같아. 복수 같은 거 때려치우길 잘했어. 이렇게 매너 좋고 예의 바른 남잔데. 정말 너무 멋있다.'

자신의 예의없는 행동을 지적해 줄 수 있는 남자라는 사실에 단심은 서혁에게 한층 더 깊이 빠져들었다.

새벽 공기를 마시며 출근길에 오른 단심은 브리핑이 끝나고 기내 청소를 하는 내내 인상을 구기고 있어야만 했다. 다름 아닌 오늘의 VIP 고객이 보람이었기 때문이다. 시간이 흐르면 흐를수록 짜증만 일고 있는데, 어느덧 시간이 흘러 고객이 하나둘 기내에 몸을 실었다. 옥자와 보람이 나란히 기내에 올랐다. 단심은 불편한 심기를 감추고 밝게 웃으며 그들을 안내했다. 보람이 얄밉다는 눈빛으로 옥자를 툭툭 건드려 단심 들으라는 듯 말했다.

"엄마, 쟤가 모단심이야. 진짜 못생겼지?"

'참 나. 나이가 몇 살인데 엄마한테 일러? 그리고 뭐? 못생겼다고? 내가 너보다는 쫌 못해도 그리 못생긴 얼굴은 아니거든!'

"저 얼굴이니 이런 직업을 갖고 있지."

'어라? 이런 직업? 이런 직업 못 가져서 안달난 사람이 얼마나 많은데! 이것들이 사람을 앞에 두고 뭐 하는 플레이야?'

보람과 옥자가 다정한 모습으로 단심을 도마 위에 올려놓고 이리저리 살피며 대화를 나누었다. 단심은 황당하고 어이없지만 그래도 지금은 참자며 마음을 달래고 억지로 웃었다. 그런 단심에게 보람이 피식 웃으며 말을 툭 던졌다.

"이봐, 와인 가져와."

아무리 아는 사이라지만 싸가지없게 말을 툭툭 내뱉는 보람의 입을 확 비틀어 버리고 싶은 심정이었으나 차마 그럴 수 없는 단심이었다. 최대한 인내심을 발휘해 와인을 준비하러 기내실로 들어갔다. 그녀의 표정을 살피던 후배들이 조용히 단심을 피해 밖으로 나갔다.

"애들 다 도망간다."

"왜?"

"네 표정 보고. 윤보람이 뭐래?"

"대놓고 나보러 못생겼대. 기가 막혀서."

"원래 그런 족속인데 어쩌겠니? 와인 가져오래?"

"응, 뭐라고 그러는 줄 알아? 이봐, 와인 가져와. 말하는 싸가지 하고는."

"우리가 이해해야지. 빨리 가져가라. 또 늦게 왔다고 트집 잡을라."

애희는 열받아서 물을 벌컥벌컥 마시고 있는 단심을 대신해 와인을 준비해 주었다. 애희가 준비해 준 와인을 가지고 단심이 보람의 곁으로 다가갔다.

"이번에 새로 들인 와인, 카베르네 소비뇽(Cabernet

Sauvignon)입니다.”

“맛이 어때요?”

“향기가 무척 독특하고 좋습니다.”

“마셔봐요.”

‘이게 미쳤나?’

“손님, 죄송합니다. 승무원은 비행 중에 술을 마실 수 없습니다.”

“나 무시해요? 한 모금 먹는다고 어떻게 되나요? 마셔요, 빨리.”

참고 참으면서 와인까지 따라줬더니 이제 마셔보라고 한다. 단심은 이를 꽉 깨물며 억지 미소를 지었다. 그러자 보람은 알겠다는 듯 고개를 끄덕이더니 와인 맛을 음미했다.

‘크으, 계집애. 와인 마시는 폼이 장난 아니네. 그래, 인정했다. 너 예쁘다.’

살짝 눈을 감고 와인을 마시는 보람의 옆모습이 너무 예쁘고 섹시해 보였다. 발레 하지 말고 차라리 연예인 하지. 저렇게 와인을 아름답게 마실 수 있는 외모를 가졌으니. 와인을 한 모금 들이켜고 여전히 눈을 감고 있던 보람이 와인 잔을 코끝에 가져다 대었다.

“어때요? 진서혁이란 남자.”

“네?”

“엄마, 잠깐 자리 좀 비켜줘.”

무슨 말을 하려고 그러는지 엄마까지 비켜달라는 보람 때문에 옥자가 조용히 일어나 자리를 피해주었다. 여전히 와인 향을 맡고 있던 보람이 되물었다.

"어떠냐구요, 진서혁."

"무슨 말인지……."

"남자로서 어떠냐구요. 난 겪어보지 못했잖아요."

"좋아요. 멋있는 사람이에요."

"그래요? 나한테 빼앗은 소감은 어때요?"

"뺏은 게 아니라 원래 내 거였어요."

"아니요. 당신만 아니었다면 진서혁 씨 내 남자였어요. 당신 때문에 모든 게 망가졌지만. 난 진서혁 씨 사랑하고 있어요, 당신보다 훨씬."

단심은 안다, 보람이 어떤 마음인지. 자신도 한때 짝사랑이라는 지독한 열병을 앓았던 사람으로서 그 마음을 모르는 것은 아니었다. 그러나 그건 과거의 일일 뿐이다. 지금은 그와 사랑을 하고 행복한 시간을 보내고, 즐거운 것만 보고 느끼고 싶다. 그러기 위해선 이 사랑을 지켜내야 한다. 그것이 사랑을 하고 있는 단심의 의무였다. 보람에게 있어 자신의 말이 얼마나 큰 상처를 줄지 아주 잘 알고 있다. 하지만 어쩔 수 없는 선택이다. 이것이 차이다. 짝사랑을 하는 사람과 완벽한 사랑을 하는 사람의 차이.

"사랑은 깨지게 되어 있어요. 사랑 가지고는 아무것도 할 수 없죠. 우린 현실을 사는 사람들이에요. 사랑이라는 감정 하나만으로 살 수 없는 동물이라구요.”

“그래서요?”

“진서혁이라는 남자, 그쪽이랑은 어울리지 않아요. 나한테도 과분한 남자인데 그쪽이 어떻게 감당할 거죠?”

“당신은 자신이 나보다 대단한 존재라고 생각되나 보죠? 난 내가 그쪽보다 더 대단한 여자라고 생각되는데.”

“어차피 상처받고 돌아서야 할 거예요. 그러니 포기해요.”

“아니요. 난 상처받지 않아요. 세상 사람들 모두가 어울리지 않다고 비난해도, 진서혁이란 남자가 나를 감싸주고 있으니 상처받고 싶어도 받지 못할 겁니다.”

“포기해 줘요.”

“싫어요.”

끝내 언성까지 높였으나 단심의 비해 감정 조절을 잘하는 보람이 먼저 흥분을 가라앉혔다. 그리고 차분한 음성으로 다시 입을 열었다.

“할아버지가 반대하신다고 들었어요.”

“문제 될 거 없어요.”

“진 회장님, 서혁 씨가 가장 믿고 신뢰하는 분이세요. 회장님하고 서혁 씨 사이, 잘 알 거 아니에요? 그쪽 때문에 두 사람 사이 갈라지는 거 보고 싶어요?”

나긋나긋한 목소리로 단심을 설득하듯 말하는 보람에게 점점 단심은 빨려 들어가는 느낌을 받았다. 신경 쓰고 싶지 않은 문제를 끌어들인 보람이 야속하게만 느껴지는 단심이다. 보람의 말에 동요되는 단심 자신도 미웠다.

"윤보람 씨, 어차피 그쪽도 아닌 거잖아요. 당신 말대로 내가 할아버지 때문에 서혁이랑 헤어진다고 해도 당신은 아니야."

"그건 아무도 모르는 거죠. 당신이 진서혁 씨와 연애하는 것처럼."

할아버지는 차를 팔아오라며 서혁을 다그쳤다. 할아버지의 성화에 못 이겨 서혁은 할 수 없이 차를 팔기 위해 이리저리 뛰어다니며 차를 팔았다. 그러나 아직 삼십 대도 채 팔지 못한 서혁은 편의점에서 먹던 컵라면을 짜증스럽게 집어 던졌다. 편의점 유리가 컵라면 파편으로 더러워진 것도 모르고 서혁은 짜증내기에 바빴다.

"이봐!"

"네?"

"남의 영업장에서 이게 무슨 행패야!"

서혁의 만행을 지켜보던 주인아저씨가 씩씩거리며 서혁에게 다가와 소리쳤다. 그때까지만 해도 자신의 잘못을 깨닫지 못하고 있던 서혁을 주인아저씨가 유리 쪽으로 몸을 돌려 세워주었다. 라면의 국물과 파편으로 더러워져 있었다. 그제야 자신의 행동에 반성의 기미를 보이며 서혁은 아저씨에게 죄송하다고 고개를 숙여 사죄했다.

“진짜 죄송합니다. 제가 다 치우고 갈게요.”

“그럼 그쪽이 치워야지, 내가 치워? 빨리 해! 생긴 건 멀쩡하게 생겨 가지고, 성질이 왜 그래!”

서혁은 아저씨가 던져 준 걸레를 들고 열심히 바닥을 닦고, 유리에 묻은 국물과 파편들을 닦아냈다. 이런 서혁을 보고 누가 부잣집 아들이라고 생각하겠는가. 문득 서혁은 자신의 신세가 처량해져 걸레질하던 손길이 느슨해졌다. 그러자 아저씨의 불호령이 떨어졌다.

“빨랑빨랑 안 치워!”

“네, 네. 치우고 있잖아요.”

서혁은 다시 손을 빠르게 움직이며 말끔하게 청소를 했다. 기분이 영 아닌 서혁은 집으로 차를 몰았다.

“다녀왔습니다.”

“어머, 왜 벌써 들어와?”

“그냥요.”

“어디 아프니?”

“아니요. 할아버지는요?”

“오늘은 좀 늦으시네. 아직 회사에 계신 것 같다. 저녁 먹어야지?”

“아니요, 라면 먹었어요.”

일찍 집에 들어온 서혁은 김 여사에게 힘들지만 내색하지 않고 최대한 예의있는 미소를 지었다. 지친 아들의 모습에 김 여사는 그저 속이 상했다. 하고 많은 일 중에 왜 차 파는 일을 시키는지 김 여사는 자신의 시아버지를 이해할 수 없었다.

"아줌마, 우유 한 잔 데워줘요."

김 여사는 일하는 아줌마에게 주문하고 얼른 서혁의 방으로 들어갔다. 서혁은 상당히 힘이 들었는지 옷을 벗지도 않고 침대에 누워 있었다. 서혁이 김 여사의 방문에 얼른 침대에서 몸을 일으켰다.

"날씨가 꽤 춥다."

"10월이 다 끝나가니까요."

서혁이 침대에서 일어나 옷을 벗어놓자, 김 여사가 그 옷을 정리하고는 테이블 의자에 앉아 안쓰러운 표정으로 물었다.

"몇 대나 팔았니?"

"서른 대 조금 못 팔았어요."

서혁의 한숨 섞인 대답에 김 여사도 안타까운 한숨을 내 뱉었다. 서혁이 그런 엄마를 향해 애써 밝게 웃었다.

"아직 기간이 남아 있으니까요. 걱정 마세요. 저 씻을게요."

"그래, 아줌마가 우유 데워놓을 거야. 그거 마시고 좀 쉬렴."

"네, 그럴게요."

서혁이 아줌마가 데워놓은 우유를 들이키고 단심에게 전화를 걸려고 하는 순간, 집에 누군가 들어오는 소리가 들려와 방 밖으로 나갔다. 준영이 웃으며 김 여사와 이야기를 나누고 있었다.

"어쩐 일이야?"

"집에 있었네? 진 회장님 심부름 때문에 왔어."

김 여사는 애써 웃으며 준영을 맞이해 주었다. 자신의 아들이
모든 것을 다 바쳐 사랑했던 여자를 과감하게 빼앗아가고, 아무
렇지도 않게 다시 돌아와 서혁의 눈앞에서 왔다 갔다 하는 것이
맘에 들지 않은 김 여사지만 그런 자신의 마음은 차마 내비치지
못한 채 웃어주었고, 서혁도 그런 김 여사의 마음을 잘 알기에
기분 나쁜 내색을 하지 않았다. 준영은 진 회장의 서재로 걸음
을 옮겼고, 서혁이 뒤따라 들어갔다.

"뭐 찾으러 왔어?"

"지난 해외 수출 기록 장부."

"그건 내 사무실에 있는데."

"그래? 그럼 그거 내일까지 가져다 줘."

"그러지."

준영이 헛걸음에 힘 빠진 얼굴로 일어나 나가려는데 서혁이
그를 붙잡았다.

"왜?"

"지수, 어떻게 할 거야?"

"뭘?"

차마 대놓고 참견할 수 없던 서혁이 잠시 머뭇거리는 사이,
준영이 강하게 나왔다.

"진서혁, 너도 이제 지수한테 관심 꺼. 네 여자나 잘 챙겨."

"고작 한다는 소리가 그거야? 내 일은 상관 마. 지금도 잘 챙

기고 있어. 나도 네 여자한테 관심 끄고 싶어. 근데 서지수, 그
래도 한때는 내 여자기도 했어.”

“과거는 아무런 힘이 없다는 말도 모르나? 넌 과거일 뿐이야.
그러니 주제넘은 간섭은 여기서 멈춰.”

준영이 서혁의 어깨를 툭 치며 지나쳤다. 그의 힘에 살짝 밀
려난 서혁이 준영을 향해 주먹을 부르르 떨었다. 너무도 정확한
지적을 한 준영이기에 때릴 수도 없었다.

쉬고 싶은 마음이 사라진 서혁이 침대에 누워 노래 볼륨을 크
게 키우고 스트레스를 푸는 동안, 단심이 그에게 전화를 몇 번
이나 걸었다. 서혁은 전화를 받지 않았고, 단심이 휴대폰을 힘
없이 닫았다.

“왜? 또 안 받아?”

“응, 요즘 자주 그러네. 전화를 잘 안 받아.”

“혹시 다른 여자 생긴 거 아니야?”

“여…… 자?”

설마 이 남자가 날 두고 바람을 피우겠어? 에이, 아닐 거야.
이렇게 잘난 여자를 옆에 끼고 뭐가 부족해서 바람이겠어.

9. 은심 언니 :주문을 외워, 괜찮아질 거라고

「사랑에 가슴 태우며 병이 난 사람을 고칠 수 있는 사람은
다름 아닌 본인 자신이다.」―마르셀 프루스트

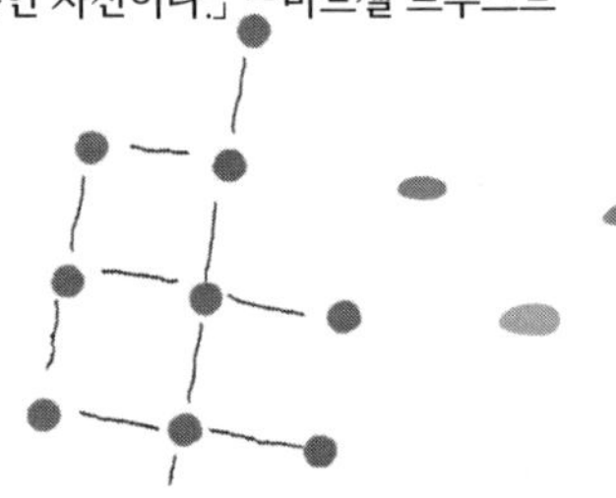

"God make me love. God make me stay around you. 푸른 밤이 별을 보내 너의 애길 환히 비추면, 온 세상은 달콤한 마법처럼 사랑 느낌 내게 주는 미소가 예쁜 너로 가득해."

"뭐가 그렇게 신나?"

"오늘은 태클 금지. 오랜만에 서혁이 만나니까."

아침 일찍 이옷저옷 코디를 하며 잔뜩 흥에 겨워 콧노래를 부르는 단심에게 열째 현심이 태클을 걸려고 하던 찰나, 단심이 미리 방어에 나섰다.

"그렇게 좋아?"

"말해 뭐 해?"

"자고로 남자가 여자를 더 좋아해야 연애든 결혼이든 편한 거야."

"사랑은 받는 것이 아니라 주는 거랬어. 나갔다 올게."

활동하기 편한 옷으로 입은 단심은 얼른 가방을 챙겨들고 나왔다. 미리 단심의 집 앞에서 차를 대기하고 있던 서혁은 계단을 폴짝폴짝 뛰어내려 오는 단심을 발견하고 차에서 내려 그녀를 맞았다.

"보고 싶었어."

서혁이 단심을 두 팔 벌려 안아주며 그녀의 귀에 속삭였다.

"나두, 자기야."

단심 역시 그를 꼭 안으며 애교 섞인 목소리로 답했다. 서혁은 조수석 문까지 친절하게 열어주었고, 단심이 차에 타자 자신도 차에 올라탔다.

"자, 오늘 일정 한번 읊어보세요. 오늘은 모단심 씨가 하자는 대로 다 하겠습니다."

"음, 우선 드라이브하다가, 김밥을 사서 가까운 공원에서 점심을 먹고! 시내를 걸으면서 구경을 하다가, 저녁에 밥을 먹고, 심야 영화 보고, 집에 오기!"

"오케이!"

서혁은 웃으며 차를 출발시켰다. 신나는 드라이브를 원하는 그녀를 위해 한적한 길로 들어서려는데 서혁의 휴대폰이 울렸다. 문득 울리는 벨소리가 썩 기분 좋게 들리지 않았다.

'기분이 이상하네?

"네, 진서혁입니다. 여보세요? 왜 그래? 많이 다쳤니? ……알
았어. 곧 갈게. 어느 병원이라고? 그래, 기다려."

상당히 다급한 전화인 듯 서혁이 전화를 빠르게 끊었다. 그리
고 차를 돌려 시내로 접어들자 차를 세웠다.

"저 카페에서 기다려. 금방 올게."

"무슨 일인데?"

"시간없다, 단심아. 미안한데 급해, 카페에서 기다려, 알았
지?"

걱정스런 얼굴로 불안해하기까지 하는 서혁에게 더는 물어볼
수 없는 단심이 빨리 오라는 말만 남기고 차에서 내렸다. 단심
은 시무룩해진 얼굴로 서혁이 말한 카페로 들어갔다.

서혁이 향한 곳은 한 대학병원의 응급실이었다. 응급실 안으
로 헐레벌떡 들어간 서혁은 다급하게 간호사 스테이션으로 달
려갔다. 한 간호사에게 다급하게 물었다.

"서지수 씨요."

"서지수 씨 보호자 되세요?"

"네? 네."

마치 꼭 보호자여야만 한다는 듯이 물어보는 간호사 때문에
할 수 없이 얼버무리듯 대답했고, 간호사는 서혁을 지수가 누워
있는 침대로 안내했다. 서혁은 파리해진 얼굴로 누워 있는 지수
를 안쓰럽게 바라보며 그녀의 얼굴을 쓰다듬는데 서혁을 빤히

쳐다보던 지수의 눈에 눈물이 맺히더니 이내 침대에서 몸을 일으켜 서혁을 와락 껴안았다.

"서혁아."

"괜찮아? 어디 다쳤어? 어디어디 다쳤어!"

"많이 안 다쳤어. 타박상 정도래."

서혁은 애써 웃으며 말하는 지수의 얼굴을 안쓰럽게 바라보았다. 교통사고인데도 이 정도여서 다행이다 싶다. 서혁이 가만히 지수 곁에 앉자, 자신을 보호해 줄 누군가가 왔다는 것이 안심되었는지 지수는 두 눈을 감고 조용히 잠의 나락에 빠졌다. 그런 지수를 빤히 바라보던 서혁이 가만히 일어나 준영에게 전화를 걸었다.

[네, 강준영입니다.]

"나야. 진서혁."

[말해.]

"지수가 병원에 있어. 좀 와줘야겠어."

[많이 다쳤니? 얼마나? 무슨 일로!]

"걱정되면 와. 와서 봐."

그동안 냉정한 척, 다 잊은 척하더니 다쳤다고 하니까 소리를 버럭버럭 질러대는 준영을 보고 서혁은 먼저 전화를 끊어버렸다.

갈까 말까, 주저하던 준영은 자존심을 이기고 일어나 병원으로 향했다. 조마조마하는 마음에 액셀을 밟는 힘이 커지고 속도 또한 빨라졌다. 병원 근처에 가까워질수록 준영은 괜히 불안하기만 했다. 얼마나 다쳤을까, 혹시 수술을 해야 하는 건 아닐까, 그 예쁜 얼굴이 망가진 건 아닐까. 준영은 빠르게 응급실로 향했다. 의자에 앉아 있는 서혁의 뒷모습을 찾아내고 그곳으로 황급히 달렸다.

"진서혁."

"빨리도 왔다. 괜찮단다. 타박상이래."

"후유. 사고라니, 어떻게 된 거야?"

"교통사고란다. 잘 챙겨줘. 지금은 아무렇지 않다고 해도 후유증이 무서우니까."

서혁은 이제 가야겠다 싶어 자리를 뜨는데 갑자기 준영이 붙잡았다.

"왜?"

"나보단 네가 있는 게 낫겠다."

"네 마누라잖아. 넌 네 마누라가 딴 놈이랑 있는 게 보기 좋냐? 잔말 말고 네가 지켜."

"불편할 거야, 지수가."

"안 불편하게 해주면 되겠네. 나 바빠."

"서혁아, 부탁한다. 네가 좀 있어줘."

언제는 자기 부인이니 상관하지 말라고 온갖 성질을 내더니, 이제 와서 준영은 피하기에 급급했다. 그런 준영의 마음을 이해할 수는 없지만 부탁이라는 것을 한 적이 없던 준영이었기에 서혁은 할 수 없이 들어주겠다는 마음을 먹었다. 단심이 기다리고 있어 빨리 가봐야겠지만 그래도 조금만, 지수가 깨어날 때까지만, 준영도 자신에게 부탁하고 가버린 이 시점에서 지수를 혼자 둘 수 없어 서혁은 기다리자라고 마음먹고 그녀의 빈 옆 자리를 채워주었다. 서혁은 자리에 앉아 잠들어 있는 지수를 바라봤다.

"손님, 영업 시간 끝났는데요."
"아, 그래요? 죄송합니다."
아무도 없는 빈 카페에 홀로 앉아 있던 단심을 향해 종업원이 미안한 듯 말을 건넸다. 단심은 천천히 일어나 카페를 벗어났다. 민망하고 낯 뜨거웠다.
'저 사람들이 날 얼마나 못난 여자로 생각할까? 남자한테 바람이나 맞고. 감히 나를 바람맞혀? 이게 진짜 바람났나?'
단심은 다시 한 번 휴대폰으로 전화를 걸었다.
[응, 단심아.]
사십 번 만에 성공한 전화였다. 그건 지금까지 꺼져 있던 전화가 다시 켜졌다는 것을 의미했다. 그런데 그 전화기를 타고 흘러나온 목소리는 너무나 태평하기만 했다. 참고 참던 단심이 버럭 소리를 질렀다.
"응, 단심아? 지금 그 말이 태연하게 나오니? 너 지금 어디야?"
[왜 그래?]

"너 나 바람맞힌 거 몰라? 오전 열한 시부터 밤 아홉 시까지 자리에서 꼼짝 않고 기다렸어. 너 요즘 치매 있니? 어떻게 애인을 잊어버릴 수가 있어? 툭하면 애인을 길에 버리질 않나!"

[미안해 단심아. 사실 사정이 생겨서. 조금만 더 기다려 줄 래? 아니, 아니야. 내가 지금 갈게. 어디야?]

'뭐? 조금 더 기다려 줘? 이 나쁜 놈!'

"오지 마! 이 나쁜 놈아!"

단심은 있는 대로 성질을 내고 전화를 끊어버렸다. 오랜만의 데이트를 이런 식으로 파투 낸 서혁이 미운 단심은 괜스레 눈물 까지 나왔다. 서럽다.

"짜증나!"

단심은 눈물을 훔치며 택시에 몸을 실었다.

택시가 집 앞에 당도하자 눈에 익숙한 차와 사람이 보였다. 단심은 못 본 척 지나치려는데 서혁이 그녀의 팔을 잡아끌었다.

"어디 가?"

"집에. 이거 놔."

"미안해."

"됐어. 너한테 미안하단 소리 듣는 것도 이젠 지겹다."

"친구가 교통사고를 당했어. 다급해서 나한테 전화한 모양이 야. 친구가 다쳤는데 어떻게 모른 척해."

"네가 뭔데? 네가 그 친구 보호자야? 왜 네가 가?"

"여기엔 아는 사람이 없어. 호주에서 만난 친군데, 어떻게 여기에 아는 사람이 있겠어."

"전화라도 한 통 해줬어야지! 문자라도! 어떻게 날 잊어버릴 수 있어? 내가 너한테 그 정도밖에 안 되는 사람이니?"

"그 정도밖에라니. 아니야, 단심아. 널 잊은 게 아니라 그 친구가 깨어날 때까지 옆에 있어준다고 하다가 그런 거야. 전화 안 한 건 내가 잘못했어. 근데 진짜 널 잊은 거 아냐."

순순히 자신의 잘못을 인정하는 서혁을 보며 한숨을 푹 쉬던 단심이 이해할 수 없다는 얼굴로 다시 입을 열었다. 단심이 어떤 소리를 할까 잔뜩 긴장한 서혁의 모습이 보였다.

"그럼 전화 꺼놓은 건 무슨 짓이야?"

"전화 벨소리에 깰까 봐. 진동으로 해놓고 싶어도 그 소리도 클까 봐."

"얼씨구, 그렇게 걱정이 됐어? 애인은 까맣게 잊고서 친구는 그렇게 걱정됐단 말이지?"

"단심아, 제발 그런 식으로 말하지 말아줘."

"됐어, 그만 하자. 나 오늘 너 기다리면서 진 다 빠졌어. 너랑 이렇게 싸울 힘도 없다. 그만 가."

단심은 서혁을 지나쳐 집 안으로 들어가 버렸다. 서혁 역시 더는 그녀를 붙잡지 못했다. 최대의 실수였다. 너무 지수만 생각하다 보니 정작 자신이 보살펴야 할 진짜 여자는 뒷전이었던 것이다.

서혁은 오랫동안 그곳을 떠나지 못했다. 몇 시간째 그녀의 집

앞에 있던 서혁은 새벽 세 시가 조금 지나서야 차를 움직여 집
으로 돌아갔다.

단심은 불을 모두 끄고 창문 틈으로 그의 모습을 지켜보았다.
그러나 여전히 화는 풀리지 않았다. 그가 너무 미웠다. 친구가
교통사고를 당해서 그렇게 애인을 버리고 가는 것까지는 그럴
수도 있다고 이해할 수 있다. 그런데 전화는 정말로 이해할 수
가 없었다. 뭐 물론 서혁의 말을 믿지 못하는 것은 아니다. 다만
화가 난다는 거다. 전화 딱 한 통만 해줬어도 이런 기분이 되진
않았을 텐데. 단심은 풀리지 않는 화를 가슴에 품고 그대로 침
대에 누웠다.

"여전히 별로야?"

"그럼 내가 그냥 넘어갈 줄 알았니?"

"적당히 하고 넘어가. 남자가 의리 생각하다 보면 그럴 수도
있지."

"의리 따지다가 자기 마누라 죽는 줄도 모르겠다."

Airport stand-by(결원이 발생했을 때를 대비, 지정된 장소에서
대기하는 것. 공항 대기) 근무로 단심과 애희는 승무원 대기실에
앉아 커피를 마시며 수다를 떨고 있었다. 서혁과 싸우고 일주일
이란 시간을 버티고 있는 단심은 여전히 화가 풀리지 않았는지
봐줄 기색이 전혀 보이지 않았다.

"너한테만 그러면 괜찮은데 왜 나까지 끌어들여? 봐, 또 나한

테 전화가 왔잖아."

"너 저번에 나랑 서혁이 싸웠을 때 만나게 해주는 조건으로 삼백만 원짜리 명품 가방 받았다면서! 이번에도 그딴 식으로 도와주기만 해봐!"

애희는 책상 위에서 요란한 소리를 내며 진동하는 휴대폰을 끔찍하다는 눈빛으로 쳐다보다가 단심에게 툭 던져 주었다. 단심은 휴대폰을 가만히 노려봤다.

'이번에도 대충 넘어가려고? 어림없지.'

단심은 휴대폰 배터리를 빼버리고 치약과 칫솔을 챙겨 화장실로 향했다.

이젠 애희도 전화를 받지 않았다. 애희가 전화를 받지 않는 이유는 두 가지였다. 휴대폰이 자신의 손에 없거나 단심이와 함께 있는 것. 화 좀 풀지. 원래 이런 애가 아니었는데 나이가 먹어서 그런지 성격이 모났다. 서혁 역시 새로운 프로젝트를 맡아 일에 치여 바빴으나, 틈틈이 전화와 문자를 보내 그녀를 달래왔다. 그러나 이젠 애희까지도 모른 척하고 있는 실정에 도저히 방법이 없는 서혁이 한참 머리를 굴리는데, 갑자기 영주가 불쑥 들어왔다.

"아, 깜짝이야! 노크 몰라? 매너가 왜 그렇게 꽝이야?"

"너부터 매너있고 상대한테 매너를 바랐으면 한다. 그건 둘째 치고 이거 결재 좀 해줘."

"무작정 무슨 결재야?"

"네가 오케이하면 할아버지도 오케이하시잖아. 도저히 디자인이 안 나와. 이게 우리 디자인팀이 만들어낸 최고의 디자인이다. 우리도 한계야."

"디자인팀 다 갈아엎어야겠군."

"오늘은 나 안 건드리는 게 좋아. 우리 팀 사람들한테 한바탕 질러서 나도 기분 엿 같아."

새로운 자동차 디자인이 필요하다는 할아버지, 진 회장의 요구에 디자인팀은 한바탕 폭풍우가 휩쓸었다. 디자인팀 팀장인 영주가 곤욕을 치르고 있었다. 끝내 참고 참았던 것들이 폭발하면서 팀 전체를 뒤흔들고 서혁의 집무실로 온 것이었다.

"그러게 아버지 회사로 가면 얼마나 좋아? 할아버지처럼 까다롭게 하지도 않을 테고."

"할아버지 까다로운 건 이해해. 근데 우리 팀 사람들 프랑스 갔다 왔네, 어쩌네 하더니 다 바보들이더라? 내놓은 디자인이 하나같이 엉망이야."

"그렇게 심각해?"

"끝내 내가 만든 디자인으로 가져온 거야. 외국물 먹으면 뭐 해? 하나도 쓸 만한 게 없는데."

열받는지 영주는 서혁의 눈앞에 던져 놓았던 서류를 집어 들어 부채질을 시작했다. 고모 성격을 닮아서 그런지 영주는 한 번 폭발하면 무섭다. 평소에는 잘 웃고 잘 놀던 동갑내기 사촌이지만 영주가 화가 나면 서혁은 그녀를 건드리지 않고 화가 가라앉을 때까지 기다렸다. 안 그랬다간 뼈도 못 추린다. 유도와 합기도, 태권도 등등 싸우는 운동은 모조리 배운 그녀였기 때문이다.

"우선 내가 할아버지께 결재 받을게. 이 정도면 충분하다. 역시, 마영주다."

"칭찬 퍼레이드 사양한다. 이 기분으론 도저히 일 못해. 우리 실장한테 말해줘. 나 조퇴한다."

"야! 그깟 일로 팀장이 조퇴를 하면 어떡해!"

정말 기분이 별로인지 영주는 대답도 없이 서혁의 집무실을 나가 버렸다. 그녀를 부르는 서혁의 목소리는 빈 메아리가 되어 다시 돌아왔다.

"저놈의 성질머리 하고는."

서혁은 영주가 만든 디자인 파일을 가지고 회장실을 찾았다. 회장실 안으로 들어간 서혁은 우뚝 발걸음을 멈췄다.

'저 젖소 오랜만에 나타났네.'

"무슨 일이야? 불쑥불쑥 들어오지 말랬지! 회의라도 하고 있었음 어쩔 뻔했어!"

"다시 문 닫고 나가면 되죠. 그나저나 당신, 여긴 왜 또 나타났어요?"

"말버릇이 그게 뭐냐?"

"걱정 말아요. 진서혁 씨 보러 온 거 아니니까요."

"듣던 중 반가운 소리군요."

실로 엄청나게 오랜만에 얼굴을 비친 보람은 더 말라 있었다. 예쁜 얼굴은 여전했다. 서혁의 등장으로 대화의 맥이 끊겨 한동안 말없이 정적만 흐르다가 보람이 일어남으로써 분위기가 깨어났다.

"저 이만 가볼게요."

"그래, 잘 다녀오너라."

"네. 그동안 감사했어요, 회장님."

"그래그래. 어디서든 내가 응원하고 있다는 거 잊지 말고."

진 회장과 보람의 짧은 인사말이 섞인 대화를 가만히 듣고 있던 서혁이 진 회장을 한번 쳐다보더니 이내 고개를 돌려 조금 씁쓸한 미소를 짓고 있던 보람을 쳐다봤다. 그러자 보람도 서혁에게 고개를 돌려 그를 바라봤다. 서혁이 그런 보람에게 무뚝뚝한 음성으로 물었다.

"어디 가요?"

"진서혁 씨가 나한테 관심을 보일 때도 있네요? 영국 가요. 발레단에서 다시 활동할 계획이거든요."

"그래요? 잘 가요."

일말의 미련도 없이 잘 가라는 인사를 남긴 서혁은 디자인 파일을 뒤적였다. 보람은 아쉽지만 씁쓸한 미소와 함께 회장실을 나섰다.

"아까운 아가씨야."

"잘됐어요."

"뭐가 잘돼, 이놈아!"

"어차피 저랑은 인연이 아니었다고요. 이루어질 수 없는 사이."

"아무짝에도 쓸모없는 놈. 그건 뭐야?"

"쓸모없는 놈을 왜 회사에 묶어두셨을까? 알 수가 없네. 이거 영주가 두고 간 거예요."

할아버지는 서혁이 준 파일을 가만히 보더니 고개를 가로저었다. 영주가 디자인한 삼십 장을 모두 살핀 할아버지의 얼굴은 여전히 못마땅한 눈치였다. 이게 아니라는 눈빛. 이미 할아버지의 손에서 떠나 버린 파일을 서혁이 다시 살폈다. 몇 군데만 고치면 훌륭한 디자인이었다. 그러나 할아버지의 예리한 눈으로는 흠 잡을 곳이 끝도 없나 보다.

"몇 군데 고치라고 할게요. 근데 제가 보기에 이 정도 디자인은 국내에서 나오기 힘들어요."

"우린 세계를 겨냥한 회사야. 국내에서 최고의 디자인이라고 해도 세계는 냉정하지."

너무도 정확한 할아버지의 말에 서혁은 대꾸하지 못했다. 뭐, 어차피 디자인이야 디자인팀에서 할 일이니까. 서혁은 알아서 하세요, 라는 말만 남기고 회장실을 빠져나와 집무실로 직행했다. 갑자기 들이닥친 영주 때문에 조금 지체된 일을 다시 처리하기 위해서 서둘렀다.

일을 마친 서혁은 차를 타고 근처 백화점에 들러 과일 바구니와 영양 보조제, 화장품 등을 대량으로 구입한 후 다시 차를 움직였다. 서혁이 룰루랄라 휘파람을 불며 즐겁게 찾아간 곳은 다름 아닌 단심의 집이었다. 서혁이 식당 앞에 차를 세우고 물건들을 꺼내 식당 입구에 내려놓았다. 갑자기 등장한 서혁과 갖가지 선물들에 첫째 일심의 입이 쩍 벌어졌다.

"안녕하세요, 처형."

"아니, 어쩐 일인가?"

"좀 들어가도 되겠습니까?"

"들어와."

서혁은 넉살 좋게 웃으며 신발을 벗고 안으로 들어섰다. 선물들을 일심 눈앞에 옮겨놓았다. 그때 둘째 혜심도 쪼르르 달려와 구경에 나섰다.

"어머, 이게 다 뭐야?"

"둘째 처형도 안녕하셨어요?"

"안녕은 항상 하지. 근데 이게 다 뭐냐고."

"뇌물입니다."

"뇌물?"

"단심이가 삐쳐서요. 단심이 화도 풀어줄 겸, 처형들께 점수도 딸 겸 준비했습니다. 맘에 드세요?"

"맘에 들고 말고를 떠나서, 이건 너무 과하지 않나?"

"과하다니요. 단심이는 언제 옵니까?"

“오늘 여덟 시 퇴근이라고 들었는데.”

“그래요? 그럼 여기서 기다리겠습니다. 밥은 주실 거죠?”

“으아, 피곤해 죽겠네.”

“무슨? 딱 오늘 같기만 했음 좋겠는데.”

“나 데려다 줄 거지?”

“피곤해. 너 혼자 가.”

“계집애! 친구 좋다는 게 뭐야! 좀 데려다 주라!”

뻐근한 뒷목을 마사지하며 자리에서 일어난 단심은 나가려는 애희의 뒤를 촐싹대며 따라갔다. 단심이 집에 데려다 달라 칭얼거렸고, 단칼에 싫다던 애희도 단심을 버스 태워 보내기가 양심에 걸려 할 수 없이 그녀를 집 앞까지 고이 모셔다 드렸다.

“내일부턴 택시비 받는다.”

“나중에 내가 재벌하고 결혼하면 그땐 내가 널 기사 딸린 차로 데려다 주마.”

“그날이 올 때까지 기다리는 것보단 택시비 받는 편이 빠르겠다. 잘 가.”

“응. 운전 조심하고.”

우스갯소리를 주고받은 애희가 차를 움직였다. 단심도 배가 고파 얼른 식당 안으로 들어가려는데 서혁의 차가 눈에 띄었다.

‘진서혁 차잖아?’

단심은 서혁이 혹시 가게에 있을까 싶어 얼른 안으로 들어갔다. 역시 진서혁이 왔는지 언니들의 모습이 보이지 않았다. 단심은 종업원에게 언니들이 있는 룸 번호를 물어 찾아갔다. 언제 모였는지 열 명의 언니들 가운데 연방 껄껄 웃으며 즐거워하는 서혁의 모습이 포착되었다.

'얼씨구, 잘들 논다.'

벌컥 문을 열고 들어온 단심을 본 서혁이 환하게 웃으며 맞이했다.

"어서 와, 자기야."

서혁의 닭살스러운 멘트에 언니들은 비명을 지르면서도 단심을 부럽다는 듯 바라봤다.

'가식을 떠네.'

그런 서혁이 못마땅한 단심은 그의 인사를 무시하고 멀찍이 떨어져 앉아 언니들이 먹고 남은 반찬으로 식사를 시작했다. 서혁은 단심이 그러거나 말거나 열 명의 처형들과 즐거운 수다를 떨었다.

"글쎄 우리 호준 씨가 이번에 드라마를 찍는데, 이진학 그놈이 다른 방송사에서 우리 호준 씨랑 같은 시간대에 나오는 거 있지?"

"그럼 또 호준 제부랑 이진학이랑 붙어?"

"언니! 붙긴 뭘 붙어! 그럴 가치도 없는 놈인데."

한참 재밌게 이야기를 나누다 말고, 자기 남편 자랑을 낙으로 삼는 열째 현심이 이야기를 꺼내자 셋째 효심이 그녀를 자극했

다. 현심이 발끈하며 열을 내고 있는 사이 서혁은 자신과 상관
없는 이야기가 나오자 혼자서 가만히 다른 생각에 잠겨 있었다.
다섯 대나 남아 있는 차를 어떻게 할까 곰곰히 생각하던 서혁을
옆에서 지켜보던 단심이 그가 무슨 생각에 잠겨 있는지 금세 은
아차렸다. 사실 지금 눈앞에서 언니들과 사이좋게 이야기하고
있는 서혁이 밉지만 그래도 단심 자신 때문에 이렇게 성격에 안
맞는 아부까지 하고 있다는 생각과 회사 일까지 신경을 쓰고 있
는 것이 안쓰러워진 단심은 주체할 수 없는 오지랖에 언니들 대
화 틈 사이로 넌지시 이야기를 끄집어냈다.

"언니, 근데 저번에 형부 차 보니까 바꿀 때 된 거 같던데."

"응? 무슨 소리야? 호준 씨 차가 왜? 산지 얼마 안 된 거 알면
서."

"아니, 저번에 TV에서 보니까 이진학 씨 차가 나오는데 형부
차는 거기다 댈 것도 아니더라구."

뻔히 현심이 이진학이란 이름을 꺼내면 파르르 떤다는 것을
알면서도 단심을 서혁을 위해 일부러 현심을 자극하기에 나섰
다. 갑작스럽게 차 이야기를 꺼내는 단심을 옆에서 지켜보던 서
혁은 도대체 무슨 대화를 하는 걸까 궁금한 얼굴로 그들을 지켜
봤다.

"이진학이 무슨 차 타고 다니는데?"

"FTW 신형 승용차던데?"

역시나 현심은 파르르 떨며 이진학이 산 차에 대해 궁금해했

고, 단심은 무심한 듯 대답을 해주었고 현심은 단심의 계획대로 움직여 주기 시작했다.

"그래? 거기 말고 다른 회사 신형 모델 나온 거 없나?"

"글쎄. 참, 서혁이네 회사 이번에 신형 나왔는데! 서혁아, 이번에 신형 자동차 출시됐지?"

단심은 현심의 말에 이때다 싶어 얼른 말을 꺼냈고, 서혁은 갑작스런 그들의 대화에 당황스러움을 감추지 못했다.

"어? 어."

"그래? 어떤 차야? 카탈로그 있어?"

"카탈로그요? 있긴 한데."

"얼른 가져와 봐."

현심은 말에 서혁은 주춤하면서 일어나 차 캐비닛에 넣어두었던 카탈로그를 들고 들어왔다. 서혁이 나간 사이 언니들은 쉴 새 없이 잘생겼네, 싹싹하네, 예의 바르네, 칭찬을 아끼지 않았다. 단심은 하도 어이가 없어 아무 말도 하지 않고 그들의 행동을 가만히 지켜만 보고 있었다. 카탈로그를 들고 다시 등장한 서혁은 머뭇거리며 카탈로그를 방바닥에 내려놓았고 단심은 자신이 나서서 차 판매원이 되었다.

"이게 서혁이네 야심작이래. 차도 되게 좋아 보이고, 눈에 확 띄지?"

"넌 조용히 해, 기집애야. 이거 차에 대해서 설명 좀 해봐."

"뭐, 이 차 특징은 차 앞뒤에 카메라가 달려서 후진할 때, 시야를 확인할 수 있어 아주 편리하고요. 가장 좋은 점은 이 차가 오픈카라는 것입니다."

"오픈카?"

"네. 겉으로 보기엔 그저 평범한 승용차 정도로 보이시겠지만요, 여기 이 버튼을 누르시면 차 뒷부분이 열리게 됩니다. 차 문을 여는 방법도 새롭게 도입했구요."

서혁은 조심스럽게 카탈로그를 보여주며 설명을 이어갔다. 서혁의 설명에 현심은 물론이고 현심의 언니들 역시 관심을 보이기 시작했다.

"도어의 키를 지문 인식 형태로 바꾸었습니다. 차 손잡이를 잡으면 지문을 인식해 문이 열립니다. 최첨단으로 만들어져 도난이라는 것은 꿈도 꿀 수 없게 되어 있습니다."

"어머, 정말?"

"물론입니다. 그리고 내비게이션도 음성 인식 형태라서 수동 작업은 없습니다. 그야말로 최첨단 기술을 도입한 것이죠."

"솔깃하다."

서혁의 말에 현심은 이미 빠져들어 사겠다는 마음이 확실해 보였다. 관심에 힘입은 서혁은 더욱 열성적으로 설명을 보충했다.

"차 A/S는 기존의 차량과 다르게 삼 년간 지속되구요."

"맞아. 다른 차는 보통 이 년이면 A/S 끝나잖아."

차를 사려는 건지, 서혁과 함께 언니들에게 차를 팔 요량인지, 완전히 넘어간 현심이 서혁의 말을 거들고 나섰다. 그녀의 호응에 서혁은 조금 얼떨떨했다. 그런 서혁을 보고 있던 단심이 남몰래 피식 웃었다. 왠지 모르게 자신도 서혁에게 도움을 줄 수 있구나 하는 생각이 기분이 좋아졌다.

"진짜 좋다."

"저희 회사 야심작이니까요. 그냥 이번에 회사에서 많이 신경을 썼어요. 다른 기업도 비슷한 시기에 차를 내놓고 그래서."

"가격은 어느 정도인데?"

"팔천 오백 정도 해요."

"비싸네. 그때 호준 씨 차는 칠천 줬었는데."

"그렇죠? 워낙 새롭게 기술 도입하고 그래서 가격이 쎄더라구요. 재미없는 차 이야기 그만 들으시구 다른 이야기해요."

서혁은 차 이야기하기가 민망해져 얼른 화제를 돌리려 웃으며 말을 꺼냈고, 그의 말에 현심은 또 맞장구를 쳐주려 하자 단심이 답답해하며 급히 말을 꺼냈다.

"언니, 형부 차 안 바꿔? 이진학 씨 차 바꿨는데."

단심의 말에 현심은 아차차 하며 얼른 휴대폰으로 호준에게 연락을 취했고, 진학의 이름을 거론하며 한참 통화를 하고는 흔쾌히 차를 구입했다. 계약서에 사인한 현심을 지켜보던 넷째 성심도 계약에 나섰다. 본의 아니게 단심의 가족들에게까지 차를 팔게 된 서혁은 조금 민망하고 쪽팔리는 감도 있긴 했지만, 그래도 왠지 모르게 안심이 되었다. 이제 세 대만 팔면 된다는 생각에 말이다. 단심의 덕분에 차를 팔게 된 서혁이 조심스럽게 차 한 모금을 마셨다. 그런 서혁을 보고 있던 단심이 잠깐 나오라는 말을 하고 서혁을 강제적으로 끌고 밖으로 나왔다. 서혁은 군말없이 단심을 따라나서 주었다.

"왜?"

"나 아직 화 안 풀렸어."

"그럼 우리 조용하게 너희 집으로 가는 게 어때? 나 십일층에는 아직 못 가봤다."

"시끄러워. 얼른 네 집에 가."

"야, 나 오늘 너 만나려고 얼마나 노력했는지 알아? 좀 봐주라."

"싫어. 화 풀릴 때까지 오지 마."

"어떻게 하면 화 풀래? 키스해 줄까?"

"시끄러워!"

"알았어. 오케이, 거기까지. 원래 키스는 말없이 하는 건데."

"야! 흐읍."

화를 내려는 단심에게 서혁이 갑자기 키스를 시도했다. 갑작스런 키스에 단심이 서혁의 가슴을 주먹으로 사정없이 때렸으나, 서혁은 그녀의 손을 단번에 제압하고 달콤한 키스에 빠져들었다. 단심도 그동안 화를 내느라 하지 못했던 달짝지근한 키스에 점점 녹아들었다.

그들의 긴 키스가 끝나고 서혁이 입술을 떼며 그녀의 입술을 엄지손가락으로 살짝 닦아주고 활짝 웃었다.

"침 묻었다."

"너 이렇게 해서 내가 넘어갈 거라고 생각하면 큰 오산이야. 절대 화 안 풀 거야."

"화를 안 풀고 계속 키스는 하실 거고? 우리 단심이 은근히 엉큼해."

처음엔 카리스마만 보이던 녀석이 이젠 점점 애가 되어가는지 애교가 서슴없이 튀어나온다. 단심은 그런 서혁을 보고 피식 웃을 수밖에 없었다. 저렇게 아기처럼 웃으며 애교 떠는 자신의 애인, 진서혁의 모습에 웃음을 참을 수가 없었다. 저 녀석은 자신의 저런 모습을 알기나 알까?

"어? 웃네? 화 풀렸구나?"

"화? 안 풀렸어. 왜!"

"그래? 그럼 다시 할까?"

"진짜?"

"앙큼쟁이. 너 휴가 받으면 우리 여행 가자."

기분 좋게 웃으며 단심을 품 안에 안았다. 한참 동안 단심을 안고 있던 서혁이 뜬금없이 여행 이야기를 꺼내자 단심이 그의 품 안에서 빠져나와 서혁의 얼굴을 빤히 바라보더니 냉정하게 말을 끄집어냈다.

"할 일 많아. 너랑 여행 다닐 시간이 어딨어? 너랑 안 다녀도 나 세계를 다니는 사람이야."

"그럼 사직서 낼래?"

"아저씨, 한 번씩 왜 그러세요? 그런 말도 안 되는 소릴. 시끄럽구요. 얼른 집에나 가시죠. 할 건 다 했으니까."

단심의 거침없는 말에 서혁도 피식 웃으며 말했다.

"내가 변할수록 너도 변한다. 너무 터프해졌어. 여자가 터프하면 매력없는데."

"남자가 애교 많은 것도 느끼해. 내일부턴 우리 원래의 모단심, 진서혁으로 돌아가자. 안 되겠다."

"그래, 그게 좋겠다. 잘 자. 내일 공항 앞으로 갈게."

서혁의 차 앞에서, 정확히 말하면 식당 현관을 살짝 비켜서서 엉큼한 짓을 하던 그들이 이윽고 헤어졌다. 단심은 손을 흔들어 주고는 집 안으로 들어왔다.

들어오자마자 창가에 서서 서혁의 차가 가는 것을 지켜보던 단심이 피식 웃었다. 한 번도 사랑다운 사랑을 해보지 못한 그녀가 처음으로 마음을 줬던 그 사람과 사랑을 이루고, 만약 그 사랑이 영원히 지속될 수만 있다면……. 행복의 단꿈에 젖은 단심이 까만 밤하늘을 바라봤다.

"수고하셨습니다."

"그래요, 단심 씨도 수고했어. 애인 왔네? 어서 가봐."

"네, 기장님. 그럼 먼저 실례할게요."

단심이 기장과 짧은 인사를 나누자, 그 모습을 지켜보던 서혁의 눈에서 불빛이 뿜어져 나왔다. 그리고 방긋 웃으며 자신을 향해 달려오는 단심을 무섭게 차로 몰아세우고는 다짜고짜 따지기 시작했다.

"저놈이랑 무슨 이야기 했어!"

"또, 또 병 도졌어?"

"무슨 말 했냐니까? 왜 말을 못해! 왜 말을 못하냐고!"

"너 지금 파리의 연인 찍니? 참 나. 진서혁, 주책 부리지 말고 들어가!"

버럭버럭 소리를 지르며 드라마의 한 장면을 연출하려는 서혁의 어이없는 행동에 단심이 포기한 얼굴로 차에 올라타려 했다. 그때 단심의 뒤에서 그녀를 살며시 껴안으며 어깨에 고개를 묻은 서혁이 나지막이 웃었다.

"바람 쐬고 싶다."

"걷자고? 잠깐, 너 술 냄새 나는 것 같은데?"

"와인을 좀 먹었더니 그러네. 우리 이 근처 조금만 돌고 오자."

서혁은 단심의 가방을 차에 싣고, 빈손이 된 그녀의 손에 자신의 손을 포개었다. 겨울이라는 날씨가 두 사람을 떨어질 수 없게 만들어주었다. 춥다고 자꾸 품으로 파고드는 단심을 서혁이 가슴 깊이 안으며 넌지시 물었다.

"너 남자 몇 명 만났어?"

"남자? 없어."

"거짓말. 너 옛날에 나한테 그랬잖아, 연애 박사라고."

"이론적으로 연애 박사이기는 해, 실전이 부족하지만."

"난 사랑하는 사람이 있었다. 너 처음 아니야."

"나이 스물아홉에 내가 처음이면 너도 상당히 문제가 있지."

단심은 그러했다. 다 이해할 수 있었다. 불어나는 나이와 함께 또 늘어버린 것이 바로 이해심이었다. 아무렇지도 않은 단심과는 다르게 서혁은 상당히 미안했나 보다, 굳이 물어보지 않은 자신의 과거까지 털어놓는 걸 보니.

"대학시절에 정말 좋아하던 여자가 있었는데, 그 여자가 날 버렸어. 그 뒤론 여자가 다 싫더라. 근데 너 만나고 이런 감정 처음으로 느꼈어. 그 여자한테도 느껴보지 못한 감정."

"사랑이야?"

"사랑을 초월해 버린 감정이랄까?"

"거창하다, 거창해."

"거창한 게 아니라 진심이야."

"그럼 내 감정도 그런 건가? 내가 보기엔 너보다 내가 널 더 좋아하는 것 같아."

"사랑은 깊이를 잴 수 없어. 누가 더 많이 좋아한다고 말할 수 없지. 그건 서로의 표현 차이니까. 좋아하지 않아도 표현은 얼마든지 할 수 있어."

"그럼 표현하지 말아야겠다."

단심은 장난스럽게 웃어 보였고, 서혁 역시 그녀의 볼을 어루

만지며 그녀의 까만 눈동자를 응시했다. 맑고 깨끗한 눈동자를 가진 여자. 이 여자와 영원히 함께하고 싶다. 모단심이라는 이 여자와 함께.

　단심은 휴가를 즐겁게 보내기 위해 서혁과 함께 커피숍에서 머리를 맞대고 계획을 짜고 있었다.
　"제주도 갈까?"
　"신혼여행 가니?"
　"신혼여행은 해외로 가야지."
　"넌 갑부 아들이라 좋겠다. 난 돈 없어서 해외로 못 간다. 신혼여행지는 제주도야. 다른 데 골라."
　"넌 네 애인이 돈 많은 게 싫어?"
　"또 말꼬투리 잡는다. 쓸데없는 데 돈 쓰려고 그러니까 그렇지. 어디로 갈까? 보성 어때?"
　"싫어, 너 혼자 가든지 말든지. 일어나, 점심시간 끝났어."
　으, 저놈의 성질머리. 또 삐쳐서 툴툴거리는 서혁의 뒤통수를 딱 한 대 때려주고 싶다는 충동을 느끼는 단심이었다. 그러면서도 커피숍에서 나와 서혁의 차에 올라탔다. 서혁이 운전석에 오르며 혼잣말을 지껄이는데 그 말이 단심의 귀에 딱 박혔다.
　"성질은 있는 대로 내고 차는 왜 타?"
　"야! 진서혁, 너 진짜 이렇게 좀생이처럼 나올 거야?"
　"좀생이, 야! 너 내려. 안 내려?"

“치사하다, 치사해. 내린다, 내려!”

단심이 치사하게 나오는 서혁 때문에 황당해하며 콧방귀를 뀌더니 내리려 하자, 서혁이 얼른 자동차 문을 잠갔다.

“장난이야.”

꼭 이기지도 못하면서 저렇게 한 번씩 속을 뒤집어놓는 서혁이다. 서혁은 한번 씩 웃고는 차를 출발시켰다.

단심을 데려다 주고 회사로 들어가려던 서혁은 요란하게 울리는 휴대폰을 한번 쳐다보고는 받았다.

“네, 진서혁……..”

[서…… 혁.]

“여보세요? 지수? 지수니?”

[배가…… 배…… 아흑!]

“지수야! 서지수! 호텔이니? 갈게. 기다려, 지수야!”

어딘가 상당이 좋지 않은 목소리의 지수 전화였다. 서혁은 신호까지 위반하며 급히 호텔에 도착했다. 얼른 지수가 머무는 방으로 달려들어 갔다. 지수는 거의 반쯤 몸을 소파에 기댄 채 식은 땀을 흘리고 있었다.

“지수야. 서지수, 내 말 들려?”

“서혁…… 아.”

“그래, 나 왔어. 걱정 마.”

서혁은 황급히 지수를 침대 위에 눕히고 친분이 있는 의사에게 연락을 취했다. 의사가 올 동안 서혁은 물수건으로 지수의 땀을 닦아주었다. 여전히 의식이 불분명한 지수는 이십 분이 흘러서야 의사의 진찰을 받을 수 있었다.

"스트레스에서 오는 위경련입니다."

"그럼 어떻게."

"편하게 휴식을 취하고 당분간 유동식을 먹는 게 좋습니다."

"감사합니다, 바쁘실 텐데 이렇게 와주셔서."

"아닙니다. 진서혁 씨가 부르시는 건데 당연히 와야죠. 그럼 전 이만."

"네, 멀리 못 나갑니다. 고생하셨어요."

서혁은 친히 와주신 의사선생님께 인사를 올렸고, 의사는 괜찮다며 얼른 자리를 비켜주었다. 서혁은 의사가 놓아준 링거를 맞고 있는 지수를 바라봤다.

"넌 왜 이렇게 아프기만 하니? 교통사고에 스트레스 위경련. 무슨 스트레스를 그렇게 받아? 바보같이."

아파 다 쓰러져 가던 지수는 이제 한결 가벼워졌는지 표정이 많이 부드러워졌다. 안쓰러운 마음에 정신도 못 차리는 지수를 향해 혼잣말을 하던 서혁은 호텔 프런트에 전화를 했다.

[네, 손님. 무엇을 도와드릴까요?]

"여기 2008호입니다. 전복죽 좀 부탁합니다."

[알겠습니다, 손님.]

서혁은 룸서비스를 주문하고 여전히 식은땀을 흘리는 지수의 곁에 앉아 그녀를 돌봐주었다.

죽이 도착하고 어느 정도 식었을 무렵 정신을 못 차리던 지수가 살며시 눈을 떴다.

"정신 들어?"

"흐음."

"나야, 서혁이. 알아보겠니?"

"으응, 나 좀 일으켜 줘."

눈만 간신히 뜬 지수가 몸을 일으키려 하자, 서혁이 얼른 그녀를 부축해 침대에 비스듬히 기대게 해주었다. 하얀 피부가 하얗다 못해 푸른빛이 감돌았다. 그런 지수의 얼굴을 서혁이 만져보았다.

"괜찮아?"

"고마워."

"스트레스성 위경련이래. 안정 취하면 괜찮아진대. 죽 좀 먹자."

"서혁아."

"응?"

"나 호주로 돌아갈게. 준비해 줘. 더는 여기에 있고 싶지 않아."

"무슨 일 있었니?"

"나 사실은 오빠한테 미련이 남아서 한국 쫓아온 거였는데, 이젠 필요없어. 다 끝났어. 그때 이미 끝났어. 돌이킬 수 없나 봐. 흐흑…… 나 이제 어떡해.”

갑자기 알 수 없는 말을 늘어놓으며 눈물을 보이는 지수를 서혁은 살포시 안아주었다. 너무 약한 여자. 조금만 세게 안아도 부서질 것 같은, 이젠 내가 아닌 다른 남자를 생각하며 아파하는 여자. 서혁은 오랫동안 지수를 안아주었다. 그녀의 마음이 조금이라도 진정될 수 있도록.

“황 여사, 너 선봤다며?”

“누가 그래?”

“어머니께 안부전화 드렸다가 알게 됐지. 오호호호! 어느 집 자제든?”

“말 마.”

“왜왜? 재미는 좀 봤어?”

“재미는 무슨? 선 자리에 나오는 놈들은 딱 두 종류지. 너무 완벽해서 탈인 남자와 너무 딸려서 탈인 남자.”

엄마가 고르고 골랐다며 만나보라고 했던 그 남자는 후자 쪽이었다. 어떻게 고른 남자가 그런 남자인지, 참 엄마의 안목도 알 수 없다는 얼굴로 애희가 말했고, 그녀의 말에 단심이 피식 웃으며 말했다

“후자 쪽인 남자가 나올 확률이 99%인데 어쩌니? 1%의 남자를 열심히 찾아보거라.”

점심시간을 훌쩍 지나서야 회사에 들어온 애희와 마주친 단

심이 그녀를 약 올리고 집무실로 가려는데 애희가 그녀를 잡아 끌었다.

"왜?"

"나 서혁이 봤어."

"한국 땅이 좀 비좁니?"

"아무리 비좁아도 보지 말아야 할 장소에서 봤는데?"

"어디서?"

"호텔."

"너처럼 선보러 갔나 보지."

"장난해? 네가 있는데 무슨 선? 그게 아니라."

"어이고! 미팅했었나 보지. 우리 같은 직장인들한테 호텔이 잠자는 곳이니? 일하는 곳이지. 얼른 일이나 해!"

단심이 애희의 이상한 상상을 단칼에 잘라 버리고 갤리를 빠져나갔다. 단심이 나가자 애희가 조용히 읊조렸다.

"여자랑 호텔방에 있는 건 의심을 해야 하지 않나?"

"야! 모단심!"

"왜?"

"벌써 네 번째야. 아무래도 이상해."

"뭐가 네 번째야?"

"진서혁을 본 거 말이야. 호텔방에서."

"일하나 보지. 지겹지도 않아? 근데 너 벌써 선을 열 번이나 봤니? 네가 급하긴 급한 모양이다."

"장난 아니야! 여자가 일하는 옷차림이 아니었어. 호텔에서 투숙하는 사람 차림이었다니까?"

"투숙하면서 일하나 보지."

"아니야. 이건 뭔가 있어. 이건 은밀하게 알아본 호텔방 넘버거든? 찾아가 봐. 알았지?"

날마다 선을 보러 다녔는지, 애희는 선보고 올 때마다 몇 번째 서혁이를 봤다며 의심해 보라고 소리를 고래고래 지르고 난리를 쳤다. 그리고 이번엔 방 넘버까지 알아왔다. 아무렇지도 않게 만나고 밥 먹고 전화하는 서혁이가 바람이라니.

'저 계집애, 불륜 드라마를 너무 많이 봤어.'

"모레면 가네? 정말 형한테 말 안 하고 갈 거야?"

"포기했어."

"정말? 너 형 이야기 나올 때마다 눈빛이 변하는 거 아니? 잡아. 잡을 수 있을 때 잡아라, 지수야."

"너도 그랬니?"

"뭐?"

"너도, 나 붙잡고 싶었을 때 잡지 못한 거 후회하냐구."

"안 한다면 거짓말이겠지. 한때는 정말 미칠 것만 같았는데, 이젠 아니야. 나도 곧 결혼할 거야. 정말 놓치고 싶지 않는 여자랑."

"나도 가끔 후회했다. 너 같은 남자를 왜 모른 척 버렸을까."

"후회할 필요 없어. 넌 나보다 강준영을 사랑했으니까. 사랑은 죄가 아니야. 그러니 후회하고 미안해할 필요 없어."

지수는 마지막 가방을 싸고 서혁과 마주 앉아, 서로를 바라보며 옛 추억에 빠져들기 시작했다. 한때 이 남자가 아니면 죽을 것만 같았던 사랑이 다른 남자에게 돌아가 그 남자를 아프게 했다. 지조없는 여자라며 욕하고 화낼 만도 한데, 이 남자는 끝까지 웃으며 그들을 축복해 주었다. 그리고 뒤돌아 눈물을 흘린 남자였다. 이 남자를 아프게 한 벌일까? 지금 자신이 이렇게 마음 아픈 걸 보면. 이렇게 멋진 남자를 버리면서까지 사랑했던 그 남자는 너무도 냉정했다. 다시 돌아가고 싶은데도 틈을 내주지 않았다. 단번에 자신이 다가갈 곳을 막아버렸다, 너무도 냉정하게. 이젠 마음을 접을 때가 왔나 보다. 그래서 돌아가려 한다. 그와 처음 만났던 그곳으로 돌아가, 처음처럼 홀로 새로운 출발을 위해 그곳으로 떠날 것이다.

서로 말 없이 앉아 있는 자리가 어색해진 지수가 일어나 커피를 타서 서혁에게로 다가가 건네려는데 누군가 벨을 눌렀다.

"누구 올 사람 있어?"

"아니, 없는데. 누구지?"

벨소리에 서혁이 벌떡 일어났고, 그 바람에 지수가 들고 있던 커피 잔이 쓰러져 서혁의 옷깃에 스며들었다.

"어머! 이를 어째!"

“앗! 아, 괜찮아. 넌 안 다쳤어?”

“넌 안 데었어?”

“응, 괜찮아. 문 열어봐.”

지수는 황급히 휴지로 그의 하얀 와이셔츠를 닦았으나 커피는 점점 번져만 갔다. 할 수 없이 서혁이 셔츠를 벗어야만 했고, 자꾸 울리는 벨 때문에 지수는 할 수 없이 문을 열어주었다.

“누구세요?”

“누구야?”

문 앞에 서서 안을 들여다보는 단심을 보고 지수가 불쾌하단 얼굴 표정을 지어 보였다. 얼른 양해를 구하려던 단심은 그녀의 등 뒤로 보이는 남자에게 시선을 고정시켰다. 셔츠를 벗고 튼튼한 근육질의 몸매를 자랑하는 서혁의 모습이었다. 천천히 문 앞으로 다가온 서혁이 박힌 듯 서 있는 단심을 보고 우뚝 멈춰 섰다.

“단심아.”

서혁의 입에서 자신의 이름이 불리자, 단심의 입에서 막혔던 숨이 턱 터져 나왔다. 그리고 천천히 몸을 돌려 비틀거리며 그곳을 벗어나려는데 서혁이 그녀를 얼른 붙잡았다.

“아니야.”

“뭐가 아니야?”

“네가 생각하는 그런 거 아니라고.”

“그럼 뭐니? 설명 좀 해줄래?”

"나 믿어. 우선 믿는다고 말해."

"그래, 믿어. 믿을 테니까 말해봐."

"친구야, 호주 친구. 예전에 교통사고 났던."

단심은 서혁의 말에 옛 기억을 더듬었다. 친구가 교통사고를 당했다며 자신을 버리고 갔던 일들. 친구를 챙기는 그의 모습. 그 대단한 친구가 바로 이 여자였나 보다. 단심은 피식 웃으며 몸을 돌리려 했으나 서혁의 의해 다시 돌아서야만 했다.

"모단심!"

"이거 놔, 이 나쁜 놈아!"

"믿는다고 그랬잖아!"

"네 말이 믿을 수 있는 말이라고 생각하니? 여자를 숨겨두고선, 친구? 진서혁, 너 진짜 저질이다."

단심은 욕설까지 내뱉으며 가려는데 서혁은 끝까지 그녀를 붙잡았다. 단심은 그의 얼굴에 손바닥을 마찰시켰다. 살과 살의 마찰음이 호텔 복도를 가득 매웠다.

"네 옷 꼬라지를 보고 말해. 호텔방에서, 그것도 여자와 단둘이서 윗옷을 벗고 할 수 있는 일이 뭐가 있다고 생각하니?"

단심은 차 오르는 눈물을 참아내려 두 손을 꽉 쥐었다. 주먹을 쥔 손에 너무 많은 힘이 들어갔는지 부들부들 떨려왔다. 그렇게 단심이 돌아서 가버렸고, 차마 서혁은 그녀를 붙잡지 못했다.

단심은 그대로 호텔을 뛰쳐나오기는 했으나 마땅히 가서 울곳도 없었다. 그대로 천천히 걸으며 눈물을 쏟아냈다. 괜히 왔다. 차라리 모르고 지나쳤다면, 차라리 그랬다면 좋았을 걸. 적어도 이렇게 비참하게 헤어지진 않았을 테니까. 끝까지 아무것도 모르고 진서혁 입에서 헤어지자라는 말 한 마디만 들을 걸. 너무 많은 것을 알려고 하니 정말로 다쳤다. 정말로 마음이 다쳐 버렸다.

어딘지도 모르는 곳을 걷던 단심은 두 다리에 힘이 풀리자 그대로 바닥으로 주저앉았다. 도저히 걸을 힘이 나지 않았다. 단심은 휴대폰을 꺼내어 애희에게 연락을 취했다. 그러나 애희는 받지 않았다. 필요할 때 없는 친구가 황애희를 두고 하는 말인가 보다. 저 때문에 일이 벌어졌는지도 모르고 한창 선을 보고 있는 모양이었다.

'이씨, 서러운데 이대로 집으로 가야 돼?'

단심의 청천벽력 같은 소식을 전해 듣고 하루가 지났다. 언니들은 열로 인해 물조차 삼키지 못하는 단심의 곁에서 걱정의 한숨을 내쉬었다.

"내가 진서혁 이놈을 그냥!"

"그만 해. 아직 정확한 이야기를 못 들었잖아."

"들어보나 마나지. 진서혁 그놈이 먼저 끝내자고 했겠지. 저 멍청한 계집애가 그런 말이나 할 수 있겠니?"

"애 깨겠다. 좀 진득하니 기다려."

단심을 곁에 두고 둘째 혜심과 넷째 성심의 대화가 오갔다. 언니들 둘이 짝을 지어 단심의 곁에서 교대로 그녀를 보살폈다. 꼬박 하루를 자고 일어난 단심이 눈을 뜨자, 눈앞에는 아홉째 은심이 보였다.

"단심아, 언니야, 은심이 언니. 알아보겠어?"

"언니, 물 좀……."

일어나자마자 물을 찾는 단심에게 은심이 컵에 물을 따라 먹여주었다. 단심은 물 한 모금 들이키는 것도 힘겨운지 겨우 입술만 살짝 축이고는 다시 침대에 누웠다.

"괜찮은 거야?"

"응."

"꼬박 하루를 잤다. 아니?"

"그랬어? 그동안 밀린 잠 잤네."

"언니들한테 너 일어났다고 전화해야겠다."

"지금 몇 신데?"

"열 시. 언니들 네 걱정 땜에 다 못 자고 있어."

은심은 단심의 머리 위에 올려두었던 수건을 교체하고는 언니들에게 전화를 하기 위해 방문을 열었다. 막 나가려던 은심이 멈춰 서서 단심에게 시선을 돌렸다.

"무슨 일인지는 모르겠지만, 주문을 외워. 다 괜찮아질 거라고. 그럼 정말 모든 일이 괜찮아질 거야. 너같이 착한 여자들을 위해 만들어진 주문이거든."

'나같이 착한 여자들? 나같이 바보 같은 여자들. 남자한테 등신같이 당하는 여자들을 위해 만들어진 주문, 다 괜찮아질 거야.'

10. 현심 언니 :우선 자빠져 봐. 그게 네 인생을 바꾼다

「사랑은 성욕을 초월한 것이다.

그것은 인생의 절반에서 많은 남녀가 괴롭고 외로운 고독의 늪에서

도피하기 위한 중요한 수단이다」 ─버트 랜드 러셀

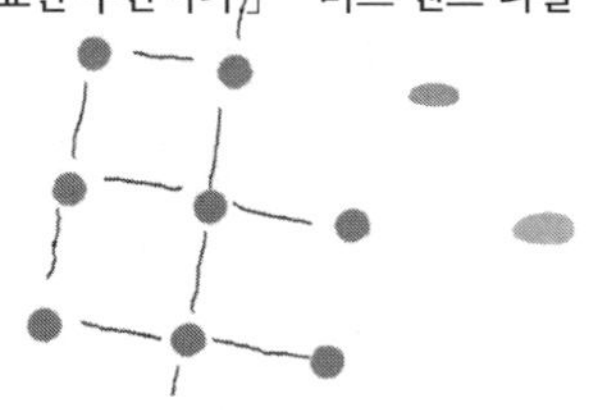

단심과 허무하게 헤어지고 일주일이라는 시간이 지났다. 서혁은 회사에도 가지 않고 날마다 단심의 집을 찾아갔다. 이젠 차 소리만 들어도 서혁의 차인지 단번에 알아차린 둘째 혜심은 주방에서 바가지로 소금을 퍼와 서혁을 향해 뿌렸다. 걸어오던 서혁이 그 자리에 멈춰 섰다.

"여기가 어디라고 와! 어디라고! 당장 안 가!"

서혁은 고래고래 소리를 지르는 혜심을 보고, 몸에 쌓인 소금을 털 생각도 하지 않고 가만히 무릎을 꿇었다.

"죄송합니다."

"죄송? 죄소옹? 참 나, 야! 넌 이게 죄송하단 말로 해결이 될

문제라고 생각하니? 두 번이야. 우리 단심이 가슴에 대못 박은 게 두 번이라고!"

혜심의 외침에 서혁은 그저 고개를 숙이고 사죄했으나 혜심의 화는 누그러지지 않았다. 오히려 더해졌다.

"윤보람 그년이랑 스캔들 생겼을 때도 단심이는 널 믿고 기다렸어. 근데 이번엔 호텔방? 기가 막혀서. 너 같은 놈한테는 우리 단심이 절대 못 줘! 아니, 안 줘! 당장 사라져!"

"잘못했습니다."

"됐어. 더 이상 말도 하기 싫어. 내가 너 같은 거한테 뭐 하러 입 아프게 말해? 당장 가! 너 당장 가!"

"오해예요. 다 설명할게요. 단심이가 어쩔 수 없었던 상황에 온 것뿐이에요."

"이제 단심이한테 뒤집어씌워? 가! 빨리 가! 꼴도 보기 싫으니까, 가!"

마지막 소금까지 서혁을 향해 털던 혜심의 행동에도 굴하지 않고 서혁은 말없이 무릎을 꿇은 자세 그대로 고개를 숙였다. 꼼짝도 하지 않고 앉아 있는 서혁을 향해 언니들은 하나같이 욕설을 퍼부었고, 소금도 남김없이 퍼부었다. 마치 은행나무 침대의 황 장군이 눈 맞으면서 앉아 있던 모양처럼 서혁은 눈 대신 소금을 맞은 채로 그렇게 무릎을 꿇고 앉아 있었다.

밤 열두 시가 되어서야 서혁은 천천히 일어나려다 다시 주저 앉았다. 다리가 펴지지 않았다. 바닥에 손을 짚어가며 힘겹게 일어난 서혁은 쏟아지는 눈물을 참으려 애썼다.

'모단심, 제발 목소리만이라도…….'

서혁은 겨우 걸음을 떼어 차에 몸을 실었다. 다리가 후들거려 도저히 운전을 할 수 없었다.

죽어도 강준영한테는 전화하기 싫었는데, 이대로 가다간 사고가 날 것 같아 할 수 없이 준영에게 운전을 부탁하는 전화를 걸었다. 준영은 택시를 타고 와 서혁의 차로 옮겨 탔다.

"어떻게 된 거야?"

"우선 가자."

준영은 서혁을 옆 좌석에 태우고 운전을 했다. 준영은 말없이 창밖만 바라보는 서혁을 준영은 힐끔힐끔 쳐다볼 뿐 뭐라 말을 걸지 못했다.

그렇게 누구 하나 말을 꺼내지 않고 서혁의 집에 도착했다. 준영이 서혁을 부축해 집으로 데리고 들어갔다.

"아니! 서혁이 왜 이래? 무슨 사고라도 있었니?"

"아니에요, 어머니."

"근데 왜 거동을 못해. 이게 무슨 일이야!"

거동조차 제대로 못하는 서혁을 보고 깜짝 놀란 김 여사가 준영에게 물었다. 준영은 애써 별일 아니라고 했으나 상황이 심각성을 보여주고 있으니 별 효과 없는 말이었다. 서혁을 방에 눕힌 김 여사는 얼른 서혁의 다리를 주물렀다. 할아버지도 방 안으로 들어와 다리를 주물러 주셨다. 그때까지도 말 한 마디 하지 않던 서혁이 힘들게 상체를 세우고 모두 나가달라 말했다.
그러나 김 여사는 자리를 뜨지 않고 계속해서 다리를 주물렀다.

"어머니, 할아버지, 그만 나가세요. 내일이면 괜찮아져요."

"그런데 다리가 왜 이 모양이야!"

서혁을 향해 할아버지가 소리를 질렀다. 그 소리에 놀란 준영
이 얼른 할아버지를 말렸다.

"별일 아닙니다. 우선 좀 쉬게 해주세요."

준영의 등장에 놀랄 만도 한데 서혁의 모습에 너무 놀라 버린
할아버지는 준영의 등장에 신경 쓸 겨를이 없었다.

잠시 후 할아버지와 어머니가 나가자 준영은 가만히 침대 위
에 누워 있는 서혁에게 물었다.

"뭐야, 왜 이래?"

"종일 무릎 꿇고 있어서 그래."

"무슨 일인데?"

"너랑 지수 때문이다. 어쩔래!"

"지수가 왜?"

"지수 곧 호주 가. 짐 정리하는 거 도와주려고 몇 번 지수 호
텔방에 갔었는데 단심이 그 사실을 알고 오해하게 됐어. 덕분에
일주일째 연락 두절이고."

서혁은 다리의 통증보다 단심의 얼굴을 보지 못하고, 목소리
를 듣지 못하는 것이 그저 가슴 아플 뿐이었다. 그때 갑자기 서
혁의 오른쪽 눈에서 눈물 한 방울이 또르르 흘러내렸고, 준영은

서혁의 눈물에 당황했다. 하지만 잠시 후 한 가지 생각으로 준영의 머리가 꽉 찼다. 그것은 서지수가 다시 떠난다는 것.

충격이 너무 컸기 때문일까? 일상적인 생활을 유지하고는 있지만 단심의 마음은 공허한 상태에 빠져 있을 뿐이었다. 그래도 밥은 꼬박꼬박 먹으니 언니들은 다행이다 여겼다. 단심 역시 더 이상 남자 때문에 언니들을 걱정시키고 싶지는 않았다. 털어지지 못했지만, 지워지지 않지만, 털어진 척, 지워진 척하고 있었다. 단심도 서혁이 매일같이 무릎을 꿇고 있는 모습을 창밖으로 지켜보고 있었다. 어차피 그 여자한테 갈 거면서 저렇게 하는 이유는 뭘까? 그래도 양심은 있나 보다. 단심은 애써 부정적으로 냉정하게 생각했다. 진서혁은 자신을 절대 사랑한 게 아니었다고 스스로에게 최면을 걸었다. 단심은 서혁의 모습을 보며 커피를 마시다 말고 휴대폰으로 전화를 걸었다.

"김 실장님, 저 모단심이에요."

[네.]

"발령 좀 내주세요. 자리 있나요?"

[자리야 있는데, 가게요?]

"네, 제가 갈게요."

애희는 단심에게서 서혁이 단심의 집 앞에서 무릎 꿇고 앉아 있다는 황당한 소식을 전화로 전해 듣고 기어이 집을 찾아왔다.

애희는 단심의 집 앞에 죽치고 앉아 있는 서혁을 어이없게 바라보더니 한마디 했다.

"너 그냥 가라, 양심이 있다면."

서혁이 뭐라 대답하기도 전에 애희가 먼저 안으로 들어가 단심과 이야기를 나누었다. 단심은 의외로 덤덤했다. 울지도 않고 그런대로 괜찮아 보였다. 그런데 눈빛은 아니었다. 마치 영혼이 없는 것처럼 허한 눈이었다. 말도 잘 하지 않았다, 꼭 우울증에 걸린 환자처럼.

'뭐야, 눈빛이 왜 이래? 충격받아서 이런가? 아님, 미쳐 버렸나?'

애희는 단심이 너무 충격을 받은 나머지 혹시 미친 것이 아닐까 생각도 해보았으나, 그건 아닐 거라며 애써 고개를 저었다. 한참 서로가 말없이 시간만 보내던 중 애희가 일어났다.

"정말 갈 거야, 미국?"

"응, 갈 거야."

"휴…… 그나저나 그동안 회사는 어떻게 나온 거야? 서혁이가 저렇게 만날 죽치고 있다면서."

"식당으로 바로 가는 문 있잖아. 거기로 들어가서 뒷문으로 빠져나가면 돼."

"아휴, 못할 짓이다. 기운 좀 차려. 다른 때보다 지금이 더 힘내서 움직일 때야. 너다운 모습을 보이라구. 항상 밝게 웃는 모습, 그게 너다운 모습이란 거 잊지 마. 나 이만 갈게."

단심의 언니들도 더 이상 서혁에게 그 어떤 터치도 하지 않았
다. 다만 째려보고 지나갈 뿐. 저리다 못해 감각도 없어진 다리
때문에 인상을 구기고 있던 서혁 앞에 단심의 집에 들어갔다 나
오던 애희가 멈춰 섰다.

"일어나."

"안 돼."

"이야기 좀 해."

"여기서 해."

"여기서 어떻게 이야기를 해! 고집 그만 피우고 일어나! 난 자
세히 좀 들어야겠어!"

애희가 소리치자 서혁은 무감각한 다리에 힘을 주어 일어섰
으나 바로 비틀거렸다.

애희가 서혁을 부축해 가까운 카페에 온 뒤 주스를 주문했다.
애희는 주문한 주스가 나올 때까지 침묵을 지켰다. 이윽고 주스
가 그들 앞에 놓이자 애희가 한 모금 마시고 입을 열었다.

"어떻게 된 거야? 단심이 말로는 호텔방에서 옷 벗고 있다가
걸렸다면서?"

"아니야! 커피를 쏟아서 옷을 벗었는데 마침 그때 단심이가
온 거야."

"나도 니 호텔방 드나드는 거 자주 봤어. 호텔방 넘버도 내가
알려준 거고."

"그 애, 내 대학 친구야. 강준영이라는 아는 형 부인이고. 나랑은 아무 사이도 아니야."

"그걸 왜 말 안 했어!"

"했어. 했는데도 믿지를 않아."

애희는 서혁이 거짓말할 사람이 아니라는 것쯤은 잘 알고 있기에 그의 말을 믿어주었다. 애희는 잠시 망설이다가 단심의 상태를 알려주었다.

"심하게 상처받은 거 같아. 웃지를 않아. 차라리 울고 아파하면 좋겠는데 웃지도 않고, 죽지 않을 만큼씩만 밥 먹으면서 연명하고 있어. 저러다 우울증이라도 생기면 어쩌나 걱정 돼."

서혁은 단심의 소식을 듣고 눈물을 흘렸다. 애희는 남자가 우는 모습을 처음 봐서 무척 당황스러웠다. 어찌할 바를 모르고 앉아 있다가 조심스럽게 휴지를 건넸다. 휴지 대신 손등으로 쓱쓱 눈물을 닦은 서혁이 충혈된 눈으로 애희에게 말했다.

"도와줘. 단심이 마음이 풀릴지 안 풀릴지 모르겠지만 해보는 데까지는 해봐야지."

"그럴게. 하지만 너무 큰 기대는 하지 마. 마지막이 될 수 있다는 것 명심하고."

"응."

만약 서혁의 눈물을 보지 않았다면 애희는 절대 도와주지 않았을 것이다. 남자의 눈물이 왜 이렇게 가슴 아프게 느껴지는지. 그리고 왜 이렇게 멋있는지.

애희가 돌아가고 서혁은 집 앞에서 단심에게 전화를 걸었다. 받아줄지 안 받아줄지 반신반의(半信半疑)했다. 그런데 의외로 단심이 전화를 받았다. 단심에게 전화를 시도한 지 딱 200번째였다. 단심은 전화를 받긴 받았지만 아무 말이 없었다. 침묵이라도 감사해하며 서혁이 천천히 말을 시작했다.

"단심아, 미안해. 지금 할 말은 이것뿐이다. 하지만 나 하늘에 맹세할 수 있어. 정말 아니야."

여전히 그녀의 목소리를 들을 수가 없었다. 하지만 그녀의 숨소리가 휴대폰을 타고 흘러나오는 것 같은 느낌이었다. 그리고 자신의 전화를 받고 눈물을 흘릴 것이라는 걸 서혁은 알고 있었다.

"나를 깨우는 자명종 소리 대신 네 목소리가 듣고 싶었고, 아줌마가 해주는 밥 대신 네가 해주는 밥 먹고 싶었고, 너랑 날 닮은 아이를 낳고 싶었어."

그랬다. 서혁의 마음을 전달하기에는 모자란 말들이지만 최대한 그의 마음을 전할 수 있는 말들이었다.

"그리고 늙어 이 빠진 노인이 될 때까지 너랑 사랑하고 싶었어. 당분간 찾아오지 않을게. 네게 시간을 줄게. 시간이 지난 후에도 나를 정리하고 싶다면 어쩔 수 없지. 내가 잘못한 거니까. 용서해 달라고 강요하지 않을게. 연락 기다릴게."

여전히 침묵을 지키고 있던 단심에게 말 한마디도 듣지 못한 서혁이 아쉽게 전화를 끊으려 하는데 단심의 덤덤한 목소리가 들려왔다.

[지금 대답할게. 헤어져.]

좌절이었다. 서혁은 단심의 무섭도록 덤덤한 말에 무너져 내렸다. 그러나 꿋꿋하게 버티려고 노력하며 애써 웃었다.

"드디어 목소리 들었다. 이 주 만이네. 지금은 대답하지 마. 내가 시간 줬잖아. 일주일, 아니, 한 달, 아니, 일 년. 십 년, 이십 년이라도 좋아. 기다릴게. 지금은 아니야. 지금은 아닌 것 같아. 네가 더 생각을 해야 할 것 같아. 생각해. 생각하고 연락 줘. 먼저 끊을게."

서혁은 혹시 또 단심의 덤덤한 목소리가 들릴까 봐 먼저 전화를 끊어버렸다. 이렇게 허무하게 헤어질 수는 없다. 진짜 사랑을 찾았는데 이대로 끝낼 수는 없었다. 서혁은 차를 몰고 그 자리에서 사라졌다.

단심은 십일층에서였지만 그의 모습을 다 보았다. 헤어지자는 자신의 말에 흔들리는 것, 전화를 쥐고 있던 손이 떨리는 것, 모두 볼 수 있었다. 그는 날 사랑하는 게 아닌데, 왜 자꾸 그의 행동이 사랑을 표현하는 것인지. 단심은 베란다 창문을 닫고 방으로 들어와 버렸다.

또다시 이 주라는 시간이 흘렀다. 단심은 미국으로 발령을 받게 되었다. 모두가 말렸으나 그녀가 가겠다고 자처한 것이니 어쩔 수 없었다. 미국으로 가기 위해 준비도 할 겸 잠시 휴식을 가지라고 회사가 며칠 간의 휴가를 주었다. 단심은 아무렇지도 않게 다시 일상을 계속해 갔다. 다만 밥은 죽지 않을 만큼 소량만을 먹었고, 살은 계속해서 빠졌다. 빈혈이 생겨 움직일 때마다 머리를 짚고 서 있기 일쑤였고, 코피는 거의 매일 흘리다시피 했다. 단심이 연락하기 전까지 기다릴 거라는 서혁 역시 아무런 연락을 하지 않았다.

"단심아, 밥 먹어."

"응."

단심은 첫째 일심이 차려놓은 밥상에 앉아 대충 몇 숟갈 뜨더니 일어났다. 그러자 일심이 단심을 붙잡아 도로 앉혔다.

"앉아! 더 먹어, 단심아!"

"강요하지 마. 나 이것도 겨우 먹는 거니까. 강요하면 이것마저 안 들어가. 그러니까 언니, 내가 정리될 때까지만 기다려줘."

단심은 안타까운 마음에 화를 내는 일심에게 희미하게 웃고는 방 안으로 들어왔다. 휴대폰이 문자 메시지가 도착했다는 신호음을 냈다. 단심이 문자를 확인했다. 애희였다. 지금 뭐 하고 있는지, 밥은 먹었는지 등등 단심의 안부에 대한 문자 메시지였다. 당분간 찾아오지 말라는 부탁으로 애희는 단심의 집에 가지 않았고, 간간이 이렇게 연락을 했다. 단심은 얼른 그녀에게 전화를 걸었다.

"애희야."

[밥 먹었니?]

"응, 잘살고 있지? 아무 일 없고?"

[나야 아무 일 없어. 너한테 이런 말이 무슨 소용일까 싶은데 안 되겠어서 말하는 거야. 서혁이 병원에 입원했대.]

단심은 뜻밖의 소식에 놀라 눈이 커지고 동공이 심하게 흔들렸다. 전화기를 쥐고 있던 손에 땀이 베어나 미끄러지려는 걸 간신히 힘을 줘 잡았다.

"……왜?"

[네가 연락할 때까지 아무것도 안 먹고 있었나 보더라. 물만 먹고 버티다가 끝내 쓰러졌나 봐.]

"그래……?"

[실은 단심아, 나 서혁이 만났는데 서혁인 절실해. 너에 대한 마음이 너무 깊어. 너 아픈 것도 이해하는데 서혁이가 더해 보였어. 병원 갔다 왔는데, 눈 뜨고 못 보겠더라.]

"밥 잘 먹고 버티라고 그래. 애희야, 나 먼저 끊을게."

단심은 차마 더 듣고 있을 수 없어 먼저 전화를 끊어버렸다.

"사랑은 당당해야 돼. 그리고 아파도 웃을 수 있어야 하고. 사람들은 사랑이 아플 거라는 걸 아주 잘 알아. 하지만 사랑을 하지. 그러면서 웃는 법도 함께 배우는 거야. 아파도 웃을 수 있는 법. 사랑이 끝나면 고비일 수도 있지만 그냥 웃어넘겨. 정말 끝이면 나에게도 이런 사랑이 있었구나 하고 웃고, 고비일 때는 이렇게 한 고비 넘기고 사랑이 더욱 단단해지는구나 하고 웃고. 사랑은 행복에 웃음 짓기 위해 하는 거야. 아파하고 슬퍼하려고 하는 것이 아니라."

단심은 아홉째 은심이 멍하니 하늘을 보는 자신에게 들려줬던 말을 떠올렸다.

웃고 싶다. 하하하 소리 내어 웃고 싶다. 사랑이 끝나서 나에게 이런 사랑이 있었구나, 추억하면서 웃는 웃음이 아니라, 한 고비 무사히 넘겨서 다시 행복에 젖은 웃음을 갖고 싶다. 단심은 서혁과의 사랑을 끝내고 싶지 않았다. 하지만 용기는 없다. 이젠 사랑 앞에 당당하게 나설 수가 없다. 또다시 흔들릴까 봐. 또다시 아파하고 웃음을 잃어버릴까 봐. 차라리 시작을 안 하는 편이 훨씬 나을까 봐.

단심의 연락을 기다린다고 한 지 이 주가 지나고 서혁은 끝내 병원 신세를 지고 말았다. 그동안 물만 마시며 회사 일에 집중하다 보니 과로와 영양실조가 겹친 것이었다. 한동안 정신을 잃고 병원에 쓰러져 있던 서혁은 천천히 눈을 떴고, 코끝을 찌르는 강한 소독약 냄새에 인상을 찡그렸다.

"일어났니? 괜찮아?"

일어나자마자 제일 먼저 눈에 비치는 어머니 김 여사의 모습에 서혁은 떴던 눈을 도로 감아버렸다. 꿈이었나 보다. 자신을 향해 웃으며 이름을 부르는 단심의 모습. 그 모습을 쫓아가다 일어났는데, 눈을 뜨니 단심의 모습이 지워져 버렸다. 가슴이 시렸다. 심장이 자꾸 조여왔다. 서혁은 다시 눈을 뜨고 일어나 자신의 몸에 꽂힌 바늘을 빼버렸다.

"서혁아!"

"집에 갈래요."

"너 왜 그러니, 정말! 이 엄마 죽는 꼴 볼 거야? 왜 그러는지 말도 안 하고! 단심 양 때문이니? 단심 양이랑 무슨 일 있었어? 말을 해야 알지. 한 달 동안 매일같이!"

"안 죽어요. 걱정 마세요."

서혁은 끝내 김 여사의 말을 듣지 않고 집으로 돌아와 버렸다. 집에 오자마자 혹시나 단심의 연락이 왔을까, 휴대폰을 급히 찾았다. 그러나 단심에게 온 문자는 없었다. 그런데 책상 위에 파란 장미 한 송이가 놓여 있었다. 서혁이 이게 뭐지, 하고 궁금해하고 있는데 도우미 아줌마가 방 안으로 들어왔다.

"택배가 왔었어. 달랑 그거 한 송이었어."

서혁은 아줌마의 말에 꽃을 보며 골똘히 생각에 잠겼다. 누가 보냈을까? 왜 파란 장미일까? 그것도 달랑 한 송이만. 한 송이만 보낸 것으로 봤을 때 문병 차원으로 보낸 것은 아니었다. 뭔가 의미가 있는 것이었다. 한참 꽃을 보고 있던 서혁은 순간 머릿속을 스치는 글귀가 있어 어머니 방에 있던 꽃에 관한 서적을 뒤졌다.

파란 장미의 꽃말, 얻을 수 없는 것……. 이 꽃을 보낼 사람은 단 한 사람뿐이다, 모단심.

이젠 자신의 마음을 얻을 수 없다는 뜻인가 보다. 서혁은 꽃을 노려봤다. 아무리 그래도 이렇게 끝낼 수는 없다. 이럴 수는 없다. 인정할 수 없다. 연락하면 깨끗하게 보내주겠다고, 헤어지자고 하면 어쩔 수 없으니 보내줄 거라고 말했지만 막상 이렇게 되고 보니 아닌 것 같다. 이렇게 끝낼 수는 없는 것 같다.

서혁은 애희에게 연락을 취했다.

서혁에게 파란 장미를 보내고 일주일이 지났다. 어떤 연락도 없었다. 꽃의 의미를 모르는 것일까? 눈치 빠른 서혁이 그 꽃의 의미를 모를 리는 없었다. 아니, 어쩌면 모를 수도 있겠다. 그는 눈치 빠른 척만 했지 바보였으니까…….

비행도 없고 할 일도 없어 침대에 멍하니 앉아 있던 단심의 휴대폰이 오랜만에 울렸다. 전혀 모르는 번호였다. 단심은 천천히 전화를 받았다.

"네, 모단심입니다."

[안녕하세요. 전 서지수라고 합니다.]

"네?"

[단심 씨가 봤던 호텔방의 여자예요.]

단심이 어처구니없는 얼굴로 전화를 끊으려는데 그녀의 목소리가 들려왔다.

[끊지 마세요. 기다려 주세요. 할 이야기가 있으니 저 좀 만나 주세요.]

"제가 그쪽을 왜 만나야 하죠?"

[서혁이를 사랑하세요? 서혁이를 사랑한다면 절 만나셔야 돼요.]

"사랑하지 않는다면 안 만나도 된다는 뜻이군요. 저 서혁이 잊었습니다."

[잊은 사람의 이름을 그런 목소리로 부르진 않겠죠. 단심 씨가 왔던 호텔 커피숍에서 기다리고 있겠습니다.]

뭐가 그리 당당한지 여자는 단심이 올 거라는 확신에 찬 목소리로 전화를 끊었다. 그녀의 전화를 무시하던 단심은 점점 화가 났다. 얼마나 대단한 여자이길래 자신에게까지 전화를 걸어 사랑을 운운하는지. 가서 머리끄덩이라도 잡아끌고 싶었다.

단심은 대충 옷을 갈아입고 초췌한 모습으로 서지수와 서혁의 모습을 보았던 그 호텔을 찾았다. 커피숍 한쪽 구석에 앉아 있는 그녀의 모습이 보였다. 단심은 당당히 그녀 앞에 섰다.

"앉으세요."

단심보다 더욱 당당해 보이는 그녀가 자리를 권하고 단심이 앉자마자, 종업원을 불렀다.

"여기요."

"아니요. 난 커피 먹으러 이 자리에 나온 거 아니에요. 당신 뻔뻔한 면상 한 번 더 감상해 주러 왔어요."

잔뜩 독기를 품고 자신을 공격하는 단심을 보고 지수는 더욱 차분한 얼굴로 이야기를 이끌었다.

"서혁이한테서 당신 이야기 많이 들었어요. 나는 서혁이와 아주 잘 아는 강준영이라는 남자의 부인이었던 사람이고, 한때 서혁이와 연애도 했던 사람이에요."

"아아, 이제 그 스토리 이해가 되네요. 그러니까 남편하고 이혼하고 옛 남자를 못 잊어서 왔다는 말씀이시군요?"

단심이 말하는 수준이 점점 도를 지나쳐 가고 있었으나 단심도 지수도 그에 대해 일체 언급하지 않았다.

"삼류극은 취미없어요. 다만 한국에서 편하게 대할 수 있는 사람이 서혁이뿐이었어요. 그리고 기대고 싶은 마음도 없지 않아 있었죠. 그건 인정해요."

"그래요? 잘됐네요. 나만 비켜주면 된다는 말씀하시게요? 걱정 마요. 우린 헤어졌으니까."

"나 내일 호주 가요. 서혁이하고 같이 가는 게 아니라 나 혼자서요. 내가 왜 이혼을 했는지 얘기하자면 길어요. 요점만 말하자면, 서혁이와는 친구 그 이상도 이하도 아니에요. 그리고 난 서혁이가 아니라 강준영 씨를 붙잡기 위해 한국에 왔어요."

몰랐던 사실을 알게 된 단심은 애써 부정의 눈빛을 보냈다. 갑작스레 갈증이 일어 단심은 눈앞에 놓인 물을 벌컥벌컥 들이켰다. 그러자 지수가 그녀의 눈앞에 녹음테이프를 건넸다.

"서혁이가 녹음한 거래요. 이젠 소용없다고 버린다고 하는 걸 내가 가져왔어요. 들어봐요."

단심은 지수가 준 녹음테이프를 가지고 집으로 돌아왔다. 처음엔 듣지 않으려 휴지통에 한번 버렸다가 도로 꺼내어 듣게 되었다.

─네가 이걸 들어줄지나 모르겠다. 난 너한테 해준 게 없어. 비싼 레스토랑 식당에서 밥 사준 것 외에는. 난 무엇이든지 돈으로만 해왔어. 너처럼 내 마음을 담아 해준 것이 아무것도 없어.

너무도 절실하게 들려오는 목소리다. 그의 목소리에서 눈물과 웃음이 동시에 흘러나왔다. 피식 웃음을 터뜨리고 한참 말이 없던 녹음테이프에서 다시금 소리가 들려왔다.

─그래서 생각했다. 내가 널 위해 뭘 할 수 있을까. 그리고 내가 너한테 해줄 수 있는 건, 마음뿐이라는 걸 알았어. 내 마음을 너한테 전하는 것뿐이라고. 유치하다, 이런 내가. 고작 한다는 게 이것뿐인 내 자신이 창피하고 유치하다. 그래도 널 사랑하는 마음에서 나오는 행동인 거 알지?

단심은 괴로운 마음에 더는 들을 수가 없어 정지 버튼을 눌렀다. 서혁이 얼마나 눈물을 참고 있는지 눈에 훤하게 보였다. 무슨 남자가 바보같이 눈물을 흘리는지. 그러나 그를 용서하겠다는 마음이 생기지 않는 이유는 무엇일까? 그냥 정리하고 싶다. 이 복잡한 마음과 슬픈 마음을 빨리 정리하고 싶었다. 마음은 당장이라도 전화하고 싶었지만 단심은 꾹 참았다. 지금은 모두 정리하고 싶은 생각뿐이니까.

그렇게 뜬눈으로 밤을 새고 일어나 씻고 떠날 준비를 하는데 언니들이 우르르 단심의 집으로 몰려들어 왔다. 그리고 단심 대신 짐 가방을 싸며 이것저것을 챙겨 넣기 시작했다.

"언니들, 뭘 이렇게 많이 싸? 누가 보면 나 거기서 사는 줄 알겠다.”

“그래도 거기서 얼마나 일할지도 정확히 모르잖아. 그러니 이 정도는 준비해 가야지.”

단심이 가는 것이 못내 가슴 아픈지 열째 현심이 단심을 차마 쳐다보지도 못하고 말했다. 단심은 현심이 언니를 살며시 껴안아주었다. 그리고 가만히 언니의 등을 쓰다듬어 주었다.

“그래도 가끔씩 한국 들어오잖아. 걱정 나. 나 잘 지내다 올게.”

“편지 꼬박꼬박 써. 안 그럼 너 진짜 죽어!”

“걱정 마!”

단심은 자신에게 협박하는 현심을 보고 피식 웃었다.

언니들이 준비해 준 가방을 들고 현관 앞에서 한 명씩 모두 포옹을 하고 돌아섰다. 절대 공항에 나오지 말라고 신신당부한 단심 때문에 언니들은 할 수 없이 이곳에서 그녀를 보낼 수밖에 없었다. 단심은 배웅해 주겠다는 친구 애희의 차를 타고 공항으로 갔다.

공항 입구에 들어서자 단심의 가슴이 묘하게 콩닥콩닥 뛰었다.

“크리스마스에 떠나는 친구가 어딨어?”

“크리스마스는 남자랑 노는 날이라고 만나주지도 않는 게 무슨 말이 많아?”

“쳇, 계집애. 딱 한 번 그런 걸 가지고 아직도 꽁해가지고. 잘

가. 연락 꼬박꼬박 하고.”

“국제 전화비 만만치 않다. 친구야, 연락은 나중에 한국으로 발령나면 하마.”

“야! 전화비 하나 때문에 몇 십 년 된 친구하고 연락을 끊는다는 거야? 이거 진짜 못된 계집애라니까!”

“으이그, 진심으로 받아들이기는. 나한테 친구라고는 황애희 하나뿐인데, 너한테 연락 안 하면 누구한테 하니? 고맙다, 친구야.”

“친구끼리 고맙고 그런 게 어딨어? 잘 갔다 와. 너무 오래 있지는 말고, 한국에 오고 싶음 말해. 내가 회장님께 말씀드릴게.”

잔뜩 장난기 어린 미소로 애써 밝게 웃으며 말하는 단심에게 큰소리치며 장난을 치는 애희를 보고 단심이 그녀를 살며시 안았다. 한참 동안 말없이 포옹을 하고 있던 단심이 먼저 애희를 품에서 떼어냈다.

“그래, 나 들어갈게.”

단심은 쓸쓸하게 웃으며 한발 떼다 말고 뒤를 돌아보았다. 뒤에는 자신을 배웅하는 애희뿐이었다. 자신이 잡지 않았으니 서혁이 올 리가 만무했다.

‘그래, 모단심. 이제 잊어버리자. 모든 걸 다 잊어버리자.’

단심이 비행기에 올라탔다. 모든 승객들이 자리를 잡고 앉아 이젠 비행기가 떠나기만 하면 된다. 단심의 가슴이 심하게 요동

쳤다. 왈칵 눈물도 쏟아지려 했다. 가슴이 아팠다. 이젠 정말 진
서혁을 잊어야만 한다. 한 방울의 눈물이 떨어짐과 동시에 단심
은 얼른 훔쳐냈다. 그때 방송으로 기장의 목소리가 들려왔다.

　―승객님들께 잠시 안내말씀 드리겠습니다. 승객 여러분 중에
모단심 씨 계십니까?

　갑자기 자신을 찾는 소리에 단심이 어리둥절해하며 슬쩍 자
리에서 일어나자, 한 승무원이 예쁘게 웃으며 장미꽃 다발을 건
네줬다. 그리고 다시 한 번 기장의 목소리가 들려왔다.

　―승객 여러분, 죄송합니다만 삼십 분의 시간을 투자해 큐피
트가 되어보시는 건 어떠십니까?

　기장의 엉뚱한 말에 사람들이 술렁이기 시작했다. 단심 역시
이게 뭐 하는 건지 그저 궁금한 얼굴로 이리저리 고개를 두리번
거렸다.

　―죽어가는 한 사람을 위해 시간을 내주시면 감사하겠습니다.
저희 항공사의 직원이자 현재 비행기 안에 계신 모단심 씨와 헤
어질 위기에 처한 미래 배우자가 준비한 이벤트를 시작하겠습니
다.

　기장님의 말에 박수로 환호하는 사람도 있었고, 작게 투덜대
는 사람도 있었다. 갖가지 다양한 사람들의 표정을 살피던 단심
도 얼떨떨한 얼굴로 스피커에 귀를 기울였다.

　―여러분의 여행에 불편함을 드려 죄송하단 말씀을 드리고
시작하겠습니다. 전 얼마 전 발레리나 윤보람 씨와 스캔들이 났

던 동명그룹의 진서혁입니다.

서혁은 차분한 음성으로 집안끼리 알던 윤보람과 스캔들로 단심의 마음을 아프게 했던 일들과 자신의 친구 지수로 인해 단심이 오해했던 일들을 간추려 이야기하고 진심을 쏟아 말했다.

—제 여자 모단심 씨께 마음을 전하기 위해 이렇게 여러분들께 폐를 끼치게 된 점, 진심으로 사과드립니다.

서혁의 음성이 흘러나오고 자신이 누군지 밝히자 승객들의 웅성거리는 소리가 더욱 커졌다. 그리고 사람들은 일제히 꽃다발을 안고 있는 단심에게 시선을 고정하며 수군거렸다. 그사이 스피커에서는 서혁의 목소리가 계속 흘러나왔다.

—실은 제가 그녀에게 너무 많은 상처를 줘서 아프게 했습니다. 헤어지자는 말을 들었습니다. 그리고 파란 장미 한 송이도 이별 선물로 받았습니다. 파란 장미의 꽃말이 얻을 수 없는 것이 더군요.

꽃의 의미를 알았나 보다. 단심은 표정 하나 없는 무덤덤한 얼굴로 서혁의 이야기만 듣고 있었다. 단심의 머릿속에는 여러 가지 장면들이 무수히 지나치고 있었다.

—전 그 꽃의 의미를 알고 다시는 그녀를 얻을 수 없을까 봐 마음을 졸였습니다. 그러다 도저히 이렇게 그녀를 보낼 수 없어 여러분들께 무례인 줄 알면서 이렇게 이벤트를 시작합니다.

서혁의 목소리였다. 차분하면서도 떨리고 있는 서혁의 목소리였다. 차분하게 이야기를 꺼낸 서혁이 노래를 부르기 시작했다.

　—기다렸었어~ 너 전화하기를. 난 하루 종일 휴대전화만 바라보고 있었어. 생각 못했어. 너 떠나갈 줄은 나 허무해진 내 빈 가슴만 쓰다듬고 있었어. 너 그렇게도 날 미소로 반겨주던 그때, 엊그제 같아 난 아직도 더욱 네 모습 자꾸 떠올리는데~ 나에게 너뿐이라고. 오로지 너뿐이라고. 이 세상 무엇보다도 소중히 여기는 너라고. 나에게 너뿐이라고 오로지 너뿐이라고 이 세상 그 무엇과 절대로 바꿀 수 없다고~

　덤덤하게 있던 단심은 서혁의 노래가 시작되자 두 손으로 입을 틀어막고 그 어떤 표현도 하지 못한 채 눈물만 흘렀다. 서툴면서도 끝까지 최선을 다하는 서혁의 노랫소리는 천상의 하모니와도 같았다. 영화에서만 나오는 청혼인 줄 알았다. 비행기 안에서, 이 많은 사람들 앞에서 수줍게 노래를 부르는 서혁의 모습이 도무지 상상이 되지 않았다. 서혁은 떨리는 음성으로 노래를 계속 불러주었다.

　—단심아, 그동안 너한테 제대로 이 말한 적이 없었던 것 같다. 모단심, 사랑한다. 나 한 번만 용서해 줘. 우리 결혼하자.

　말이 끝나자 동시에 승무원이 하트 모양으로 만들어진 케이크를 들고 왔고, 서혁이 반짝이는 루비를 들고 단심의 눈앞에 나타났다. 승객들은 단심을 향해 힘찬 박수를 쳐주었고, 단심은 끝내 눈물을 흘려야만 했다. 너무도 멋진 생애 최고의 프러포즈라는 생각이 들었다. 받아주지 않는다면, 이 남자를 놓치면, 다시는, 다시는 사랑을 할 수 없을 것 같은 생각이 들었다. 단심은 무릎을 꿇고 떨리는 손으로 반지 케이스를 들고 있는 서혁을 바라보며 반지를 받아 들었다. 서혁은 활짝 웃으며 단심을 안았다. 단심도 눈물을 쏟아내며 서혁의 품에서 마음껏 울었다. 한 고비를 무사히 넘기고 그제야 단심을 웃을 수 있었다. 사랑은 아파도 웃는 것. 단심은 아픈 고비를 넘고 웃었다. 십 년 전의 크리스마스는 최악의 크리스마스였는데, 매년 크리스마스면 떠올렸던 그 악몽이 이제 사라졌다. 크리스마스의 역사는 다시 쓰인 것이었다. 너무도 행복하고 감동적인 크리스마스가 되었다.

단심은 서혁의 황홀한 프러포즈를 받고 그를 용서하기로 했다. 그러나 더 큰 문제는 언니들이다. 다시는 허락해 줄 것 같지 않은 분위기다. 만약 서혁과 결혼을 하겠다고 한다면 언니들은 단심을 아예 내쫓을 것이다. 단심이 서혁 때문에 해외 발령을 포기한 줄도 모르고, 그저 서혁이 얘기만 나오면 으르렁거리는 언니들에게 단심은 차마 진실을 말할 수 없었다. 대신 언니들 때문에 눌러앉은 거라 대충 얼버무리고 며칠이 지났다. 그동안 단심은 언니들 몰래 서혁과 데이트를 즐겼다.

"나 다시 허락 받으러 가면 맞아 죽겠지?"

"응. 이번엔 그냥 안 넘어갈 거야."

"어쩌지?"

"그러게. 우리 집도 문제지만 너희 할아버진 어떻게 설득할 거야?”

아무리 생각해도 뾰족한 대안이 없는 두 사람은 그만 가자며 자리에서 일어났다. 서혁은 단심을 집 앞까지 데려다 줄 수 없는 상황이기에 집에서 멀리 떨어진 곳에서 작별을 해야만 했다.

“우선 내가 어떻게 해볼게. 우리 집은 걱정 마.”

“너희 집은 그렇다 치고, 우리 집은 어떡해? 왔다가 맞으면.”

“괜찮아. 죽지 않을 정도로만 때리시니까 걱정 마. 우리 둘 다 파이팅 해야 돼.”

“응, 혹시 언니들이 때리면 얼른 십일층으로 도망 와.”

“응. 잘 가.”

단심은 행복하게 웃으며 서혁에게 손을 흔들어주었고, 서혁도 단심에게 손을 흔들며 유유히 사라졌다. 단심이 걸음을 옮기려던 찰나, 뒤에서 들려오는 익숙한 비아냥거림.

“얼씨구.”

단심은 그대로 굳은 채 천천히 고개만 돌렸다. 아뿔싸, 입 싸기론 세계 챔피언을 받아도 하자없을 열째 현심이 서 있었다. 단심은 좌절한 얼굴로 현심에게 달려갔다.

“언니야, 절대로 말하지 마라. 응?”

“다시 붙었냐?”

“내가 이야기하면 언니도 넘어갈 거야.”

“너 혹시 미국 안 간 이유가 재였어?”

“응.”

"왜, 비행기 안에서 노래 부르면서 청혼이라도 했나 보지?"

"우와! 어떻게 알았어?"

"뭐? 진짜? 그 가능성없는 짓을 했단 말이야?"

"그러니까 대단하지. 언니 제발 말하지 마, 응?"

현심은 단심의 애원에 인심 쓰는 얼굴로 고개를 크게 두어 번 끄덕였다. 하지만 안심할 수 없는 단심은 지갑에서 돈을 꺼내 현심의 손에 쥐어주었다. 현심이 못마땅한 눈초리로 단심을 째려봤다.

"야! 언니가 되어서 이런 걸 받겠니? 내가 말하든 안 하든 간에 결혼은 어떻게 하려고?"

"지금 그게 제일 걱정이야. 언니들도 언니들이지만 서혁이네도 반대하니까. 두 집안이 다 반대하는데 우리가 어쩔 도리가 없잖아."

"등신들. 너희는 건강한 남녀가 아닌가 봐?"

"무슨 소리야?"

"밖에서 말하기 좀 민망하니까 우선 집에 가고 보자."

뭔가 대단한 묘책을 가지고 있는 듯해 보이는 열째 현심은 단심을 데리고 얼른 집으로 돌아왔다. 현심은 자신의 생각을 열심히 설명했고, 단심은 현심의 이야기를 들을 때마다 얼굴을 붉어져 손으로 부채질하기 바빴다.

"야! 얌전히 좀 들어! 정신 사납게 하지 말고."

"드, 듣고 있잖아."

"그러니까 우선 애부터 만들고, 그래도 언니들이 반대하면 너희들끼리 살림 차려. 그리고 애를 세 명 정도 또 낳아. 그럼 아이가 네 명이잖아?"

"응."

"애들을 두고 설마 언니들이 이혼시키겠니? 아예 자식들 때문에라도 살라고 생각하게끔 네 명을 낳아. 아무리 무서운 언니들이라도 네 명의 아이들을 생으로 부모 없는 고아로 만들겠니?"

"그러니까 무작정 들이대라, 이거야?"

"그래! 그까짓 거, 자빠져 버려! 언니들이 반대한다 해도 설마 서혁이네까지 그러겠니? 그러니까 그냥 들이대. 그게 네 인생을 바꾼다."

현심이 오랜만에 좀 쓸 만한 내용을 꺼냈다.

'하긴, 어차피 결혼할 사이인데 미리 아이 낳는 것도 나쁠 건 없지, 암. 근데 임신하면 나중에 웨딩드레스를 배불러서 입어야 되는 거야? 아, 그건 싫은데.'

단심은 배가 부른 채 드레스를 입은 자신의 모습을 상상하다가 이건 아니다 싶어 생각을 지웠다.

'아니지, 결혼을 못할 수도 있는 긴급한 상황에서 그게 대수야? 근데 서혁이가 동참할까? 하긴, 저도 남잔데 지금쯤 달아오를 만큼 달아올랐을 거야.'

단심은 점점 음흉한 세계에 빠져 들어가면서 흘러나오는 미소를 주체하지 못했다. 그러자 현심이 그녀의 머리를 때렸고, 단심은 고통에 의해 음흉한 세계에서 깨어났다.

"아파!"

"침 닦아, 이년아. 아무튼 내일부터 실행해라."

"서혁이랑 상의해 보고."

"무슨 상의? 남자들 막상 여자들이 애 갖자고 달려들면 무서워서 도망간다. 괜히 입방정 떨어서 초 치지 말고 언니 말대로 해. 가면 돌아올 수 없는 곳에 가. 가장 좋은 곳, 남이섬."

"남이섬?"

단심은 현심의 코치를 받아 서혁을 꼬시기 위해 살살 콧소리까지 내어가며 앙탈을 부렸다.

"우리 내일 남이섬 가자, 응?"

[회사 끝나고 언제 가? 일찍 나와도 네 신데. 안 그래?]

"충분하대. 남이섬이 생각보다 작아서 세 시간 정도면 다 구경하고 올 수 있어. 마지막 배가 아홉 시 삼십 분에 있대. 갔다 오자, 응?"

[그래도.]

"나 남이섬 한번 가보고 싶어. 응? 갔다 오자, 제발."

단심은 그동안 보이지 않았던 애교를 잔뜩 부리며 서혁을 졸랐다.

[왜 갑자기 남이섬이야?]

"그냥, 그냥 가고 싶어졌어. 갔다 오자, 응?"

느닷없이 남이섬 타령을 하는 단심을 이해할 수 없다는 서혁의 목소리가 들려왔다. 단심은 가자고 조르고 또 졸랐다. 간간이 협박도 했다. 그러나 서혁은 전혀 관심없는 눈치였다.

[우리가 지금 여행 다닐 때야? 우리 결혼 허락받아야 되잖아.]

"가야 돼!"

[아, 깜짝이야. 알았다. 가자, 가. 내일 네 시 삼십 분에 나와 있어. 알았지?]

"응, 내일 봐."

단심은 음흉한 미소와 함께 휴대폰을 닫았다. 그녀의 웃음에 현심도 함께 웃었다. 현심은 이제 슬슬 준비를 해야 한다며 그녀를 자신의 집으로 데리고 들어왔다. 그리고 그동안 사들인 야시시한 잠옷을 단심에게 보여주었다.

"골라봐."

단심은 잠옷을 보고 기절초풍(氣絶-風)할 뻔했다. 하나같이 정상적인 게 없다. 아무래도 보통 속옷가게에서 산 게 아닌 듯했다.

"이거 어디서 났어?"

한심하다는 듯한 얼굴로 묻는 단심에게 현심이 아주 자랑스럽게 말했다.

"성인용품점."

"못살아. 이렇게 안 하면 부부생활이 안 되나 보지?"

"우리 호준 씨도 밤이 무섭다는 남자에 속하거든."

"나 같아도 무섭겠다. 마누라가 걸핏하면 이상한 옷 입고 나오는데 안 무서울 남자가 어디 있냐?"

"너 안 빌려준다."

"아! 알았어, 알았다고. 언니가 제일 크게 효과 본 걸로 골라 줘."

현심은 천천히 기억을 더듬어가며 잠옷을 살폈고, 제일 이상하게 생긴 빨간색 잠옷을 건넸다.

"이거 백발백중(百發百中)이야. 아무리 성인군자도 이 옷 입은 여자를 보면 꼴까닥 넘어갈걸?"

"나 언니만 믿는다!"

단심은 현심에게서 옷을 받아 들고 집으로 돌아왔다.

현심의 말에 의하면 한 번의 성관계로 임신되는 경우가 의외로 많단다. 희한하게도 결혼한 부부보다 처음 성관계를 갖는 사람들이 한 번에 임신되는 경우가 꽤 있단다. 과학적인 근거는 없지만 믿고는 싶다. 눈 딱 감고 한 번 할 용기는 있어도 두 번 들이대지는 못할 것 같다. 이 한 번에 인생을 걸겠다!

드디어 결전의 날이 다가왔다. 모단심이 결혼을 하느냐, 마느냐. 단심은 째깍째깍 초침이 움직이는 소리에 침을 한 번씩 삼켰다. 이젠 삼킬 침도 없다. 너무 긴장되고 심장이 빨리 뛰어서 곧 멎을 것만 같다. 그러나 이 일을 시작해야 한다. 미리 알람을 맞춰놓은 대로 4시 30분을 알리는 요란한 시계 울음소리가 들렸고, 단심은 서둘러 밖으로 나갔다. 언니들 몰래 서혁과 약속한 장소로 가자 서혁이 먼저 와서 기다리고 있었다.

"남이섬에는 갑자기 왜 가자고 해?"

"그, 그냥."

'우린 꼭 결혼해야 돼. 진서혁, 이 방법뿐이다. 오늘만은 날 아끼지 말고 마음껏, 네 맘대로 해다오. 늑대의 본성을 보여다오.'

단심은 열의에 찬 눈빛으로 서혁을 바라봤다. 오늘따라 자꾸 이상하게 구는 단심에게 적응 안 되는 서혁이었다.

서혁과 단심은 배를 타고 남이섬에 도착했다. 두 사람은 남이섬을 구경하느라 정신이 없었다. 생각보다 무척 좋은 곳이었다. 서혁과 단심은 쉴 곳을 찾아 앉았다.

"서혁아, 배표 너한테 있지?"

"응."

"나한테 줘."

"그래. 잘 챙겨, 잊어버리지 말고."

"그래."

'서혁아, 미안하다. 배 끊겼다. 배는 오후 여섯 시면 끊긴단다. 우린 어쩔 수 없이 여기 머물러야 한단다.'

단심은 피식 웃으며 배표를 건네는 서혁을 빤히 쳐다봤다. 그 모습에 왜 웃느냐고 서혁이 물었다. 단심은 너무 사랑해서라고 달콤한 멘트를 던지고는 배고프다, 앙탈 부려가며 즐거운 한때를 보냈다.

어느덧 시계는 아홉 시를 가리키고 있었고 서혁은 이제 가야겠다며 일어났다. 단심도 아쉽다는 얼굴로 일어섰다.

'오호, 오늘 표정 연기가 좀 되네.'

단심은 서혁에게 배표를 주고 선착장으로 갔다. 역시나 사람이 없다.

"어? 왜 아무도 없지?"

당황한 서혁은 두리번거리다 지나가는 행인을 붙잡았다.

"저기 죄송한데 말씀 좀 여쭐게요. 배는 언제 오나요?"

"배라뇨? 끊긴 지가 언젠데요. 배는 여섯 시에 끊깁니다."

"어머! 말도 안 돼. 난 분명 인터넷에서 아홉 시 삼십 분에 끊긴다고 봤는데."

"그건 무슨 행사가 있을 때 이야기죠."

단심이 서혁을 올려다보았다. 서혁 역시 뭐라 할 말이 없었다. 꼼짝없이 남이섬에 갇혔다.

"할 수 없다. 오늘은 여기서 자고 내일 일찍 가자. 집에 연락드려. 걱정하시겠다."

'걱정 말거라. 다 말하고 왔단다.'

"응."

단심은 흠칫흠칫 나오려는 웃음을 간신히 막고 서혁을 따라

갔다. 미리 호텔방까지 미리 알아둔 단심은 서혁을 따라가다 말고 잠깐 공용 화장실에 들린다며 급히 화장실을 찾아 안으로 들어섰다.

"여보세요? 거기 러브호텔 맞죠? 저기요, 지금 바로 거기로 남자하고 여자하고 갈 거든요? 방 있냐고 물어보면 무조건 하나밖에 없다고 말해주셔야 해요. 지금 바로 갑니다."

화장실로 들어서자마자 급히 휴대폰을 들어 전화를 한 단심은 아무 일 없었다는 듯 걱정스런 얼굴로 화장실을 빠져나왔고, 화장실 앞에서 단심을 기다리고 있던 서혁에게 아까 호텔을 봤다며 그곳으로 인도했다. 여자와 단둘이 호텔에 가는 건 처음인 서혁이 괜히 헛기침을 하며 단심의 눈치를 살폈다. 그러나 단심은 웬일인지 무척이나 침착한 모습이었다. 그런 단심과 달리 한참 눈치를 살피던 서혁은 서서히 뜨거워지는 신체 변화에 붉게 물든 자신의 얼굴을 매만지면서 얼른 직원에게 입을 열어 물었다.

"방 있죠?"
"네, 손님."
"두 개 주세요."
"죄송합니다, 손님. 오늘 남은 룸은 한 개뿐이라서요."

단심이 미리 시킨 대로 호텔 직원은 착실히 임무를 수행했고, 서혁은 놀라서 삼킨 침이 기도로 들어가는 불상사를 당하고는 얼굴이 붉어질 때까지 기침을 해댔다. 그런 서혁을 대신해 단심이 키를 받아 들었다. 서혁은 자꾸 흥분되는 마음을 차분히 가라앉혔다.

'절대로 결혼 전엔 손 안 댄다. 진서혁! 넌 남자다. 동물이 아니다.'

서혁은 자신과 굳게 약속하며 방 안으로 어색하게 들어갔다. 단심 역시 안으로 들어갔고 어색하게 침대에 앉았다.

"우와, 여기 쿠션 좋다."

"원래 호텔은 좋은 것만 써."

이 어색한 대화들. 단심은 슬슬 움직여야겠단 생각에 현심의 말을 되뇌었다.

"먼저 와인을 주문해서 마셔. 네가 먹고 싶다고 하면 서혁이가 바로 사주잖아. 너는 와인을 한 잔 마시고 씻어야겠다고 욕실로 들어가. 그러면 서혁이가 떨려서 남은 와인을 다 마시게 될 거야. 그사이 너는 잠옷으로 갈아입고 나가자마자 조명을 끄고 스탠드를 켜. 그 다음 점점 서혁이를 침대로 몰아가. 그럼 그 다음부터는 서혁이가 다 알아서 하게 될 거다."

단심은 현심의 말대로 서서히 일을 진행하기 시작했다. 와인을 주문해서 한 잔 마신 다음 단심은 씻어야겠다며 욕실로 들어갔고, 서혁은 자꾸 뛰는 심장을 진정시키기 위해 와인을 혼자 홀짝홀짝 마셨다. 단심은 욕실 문틈으로 술을 마시는 서혁을 확인하고는 옷을 갈아입고 나가자마자 불을 끄고 스탠드를 켰다.

분위기 좋다. 단심은 서서히 서혁에게로 다가갔다.

"다, 다, 단심아, 왜 그래?"

"이리와 봐, 응?"

"야, 야, 너 왜, 왜 그래."

"다 알면서."

"단심아, 이성을 찾아! 어? 이성!"

서혁은 자신을 점점 침대로 몰아가는 단심의 눈빛에 공포를 느꼈다. 머릿속에선 이미 빨간 경고등이 삐뽀삐뽀 울렸다. 이대로 가다간 남자의 약속은 물 건너간다. 서혁은 안 되겠다 싶어 침대 옆 테이블에 놓인 물을 단심에게 확 끼얹었다.

"엄마야!"

단심의 비명이 끝나기도 전에 방 안에 불이 환하게 켜졌다. 서혁은 서둘러 수건으로 단심의 얼굴을 닦아주려 했으나 단심이 서혁의 손에서 수건을 확 빼앗아 던졌다.

"너 이게 무슨 짓이야?"

"네가 정신을 못 차리니까, 정신 좀 차리라고."

"어쩜 남자가 그렇게 무드가 없어? 너 날 정말 사랑하는 게 맞긴 해?"

"당연히 사랑하지. 그건 그렇고, 모단심! 그 잠옷 어디서 났어?"

서혁은 불을 켜자마자 이상한 빨간색 옷을 입고 있는 단심을 발견하고 바로 표정을 굳혔다. 단심도 서혁의 표정에 얼른 이불로 몸을 가렸다.

"너 의도적이었지! 오늘 여기 오자고 한 거!"

서혁의 말에 단심은 시선을 내리깔며 우물쭈물했다.

"그, 그게 실은……."

"말해, 모단심."

단심은 산통 다 깨고 이유를 듣자고 덤비는 서혁 때문에 할 수 없이 현심의 이야기를 털어놓았다. 서혁은 참다 참다 웃음을 터뜨리며 배를 잡고 떼굴떼굴 굴렀다.

"으하하하! 어디서 이상한 것만 배워와요!"

"그럼 어떡해! 애라도 안 만들면 허락 안 하실 텐데. 우리 집은 물론이고 너희 집도."

"그래서 네 성격에 이것까지 준비했단 말이야?"

"그럼 어떡해. 결혼은 해야겠는데."

"이건 아니야. 아이는 나중에 만들어도 충분해."

"우린 급해. 이렇게라도 안 하면 결혼 못한다고."

서혁은 단심을 이불을 꽁꽁 동여매고는 자신을 똑바로 바라보게 만들었다. 뽀로통한 얼굴의 단심을 귀엽다는 듯이 바라보던 서혁이 무게를 잡고 입을 열었다.

"나도 남자야, 건장한 남자. 내 나이 이제 스물아홉이야. 한창 때라고. 근데 이렇게는 싫어. 불건전한 관계 같아서 싫다고."

"왜 불건전한 관계야?"

"우리가 결혼해서 정식 부부가 됐을 때 첫날밤을 치러야 멋있잖아. 난 널 소중하게 대해주고 싶어. 이런 식으론 아니야."

서혁이 단심을 살며시 껴안아주자 단심은 마음이 아찔하게 쓰려옴을 느꼈다. 정말로 진서혁이란 남자는 참 좋은 남자라는 것을 절실하게 느꼈다.

아기를 만들어 허락을 받자는 계획은 그렇게 실패로 돌아갔다. 그러나 서혁의 진짜 마음을 확인할 수 있었으니 그게 더 값진 성과였다. 다음날 돌아와서 현심에게 구박과 폭력을 당하기는 했지만 말이다.

그 뒤로 서혁은 매일같이 식당일을 도왔다. 처음에 언니들은 마른 명태를 들고 때리면서 쫓아내고, 소금을 바가지로 뿌리며 쫓아내기도 했으나 점점 그 수가 줄어들어 가기 시작했다. 매일 명태에 맞고, 짠 소금에 온몸이 간질간질거려도 서혁은 꾹 참고 웃으며 식당 안에 발을 들여놓았고, 넉살 좋게 언니들에게 듣지도 않을 이야기들을 주저리주저리 늘어놓기도 했다. 그러다 손님이 부른다 치면 언니들이 나서기도 전에 먼저 손님의 곁으로 달려가는 서혁의 모습에 언니들은 신경도 쓰지 않다가 점점 편해지는 것에 기대어 급기야는 서혁을 일꾼처럼 부려먹기까지 했다. 자신들이 아무리 쫓아내도 저렇게 득달처럼 달려와 일하는 것이 꼴 보기 싫으면서도 점점 의지가 되었나 보다. 오늘도 서혁은 팔을 걷어붙이고 일을 하고 있었고, 그런 서혁을 둘째 혜심이 소리 높여 불렀다.

"진 군아, 여기 숯불 좀 갈아라."

"혜심 언니! 정말 이렇게 나올 거야? 서혁이한테 진 군이 뭐야! 서혁이가 일꾼이야?"

"일하니까 일꾼이지. 잔소리하지 마! 바빠! 진 군아! 얼른!"

"네네, 가요."

서혁을 정말로 일꾼처럼 부려먹는 언니들을 향해 소리를 질러보는 단심이지만 서혁은 오히려 그런 단심을 혼냈다. 서혁은 즐거운 마음으로 비싼 정장 소매를 걷어붙이고 일을 도왔다. 그런 서혁의 정성과 마음이 언니들에게도 전달이 되었을까? 한참 숯불을 갈고 있던 서혁을 첫째 일심이 살며시 룸으로 불렀고, 긴장한 채 안으로 들어선 서혁이 그녀 앞에 무릎을 꿇고 앉았다.

"자네, 정말로 우리 단심이 이제 안 아프게 할 자신있나?"

"예? 네! 앞으로 절대 단심이 마음 아프게 하지 않겠습니다. 맹세합니다."

서혁을 눈앞에 앉혀 놓고 대뜸 하는 소리에 서혁이 멍하니 바라보다 얼른 입을 열어 씩씩하게 대답했다. 그의 씩씩한 대답에 싸늘했던 일심의 눈초리가 서서히 부드럽게 바뀌어갔고, 음성 역시 많이 부드러워졌다.

"아직 화가 다 풀리진 않았네. 다만, 자네가 우리 단심이 때문에 이렇게 매일같이 식당에 와서 일하는 것도 그렇고 단심이를 많이 사랑하고 있는 것 같아서 용서해 주는 거야."

"감사합니다. 정말로 감사합니다. 절대 앞으로 단심이 다치게 하는 일 하지 않겠습니다. 감사합니다."

용서하겠다는 일심의 말에 서혁은 넙죽 절을 올리며 말했고, 그의 행동에 일심의 얼굴에는 살며시 미소가 번져 갔다.

그렇게 서혁과 단심은 정말 힘겹게 결혼을 허락받을 수 있었다.

"상견례는 언제 할 거야?"

"우선 서혁이네 할아버지가 허락을 하셔야지. 전혀 꿈쩍도 안 하신대."

"아니, 자기 손자가 뭐 그리 대단해서."

첫째 일심과 둘째 혜심이 결혼에 대해 대화를 하는 도중, 여전히 허락을 하지 않으신다는 서혁의 할아버지를 혜심이 못마땅하게 말하자 일심이 그녀를 째려봤다. 그런 말은 하는 것이 아니라는 충고의 눈빛이었다.

"나도 알아. 자꾸 반대하니까 꼭 우리 집이 안 좋아서 그런 것 같잖아. 그러지 말고 우리들이 나서자."

"어떻게?"

"단심이 너는 우선 서혁이한테 할아버지와 자리를 만들라고 그래. 우리가 나온다고 하면 안 나오실 양반이니까 그냥 자기랑 점심하자고. 그럼 우리가 나설 테니."

무슨 꿍꿍이인지 혜심이 계획을 짜기 시작했다. 단심은 언니들의 말에 일말의 의심없이 계획을 실행에 옮겼다.

"서혁아."

[응. 저녁 밥 먹었어?]

“응. 있잖아, 우리 언니들이 할아버지랑 약속 잡으래.”

[우리 할아버지? 안 나가시려고 그러실 텐데.]

“그러니까 언니들 만난다고 하지 말고, 너랑 점심 먹자고 하고.”

[왜?]

“나도 잘은 모르는데, 언니들이 시키는 대로 우선 해보자.”

[그래, 알았어.]

단심은 서혁과 함께 일을 진행시켰다.

드디어 언니들이 계획한 상견례 장. 언니들이 절대 두 사람은 참석하면 안 된다고 해서 단심과 서혁은 근처 카페에서 소식만을 기다리고 있었다. 그 무렵, 언니들은 할아버지와 대면을 했다. 서혁과 점심 식사를 하기 위해 조용한 룸에서 서혁을 기다리던 할아버지는 갑자기 우르르 방 안으로 들어오는 언니들을 보고 당황스러워하면서도 침착하게 말했다.

“뉘신지? 방을 잘못 찾아오셨나 보네요.”

“안녕하세요, 진서혁 군의 할아버지 되시죠?”

“그러소만, 누구신지.”

“안녕하세요, 여기는 모두 다 단심 양의 언니 되는 사람들입니다.”

열 명이나 되는 여자들의 등장에 살짝 긴장하신 할아버지는 그녀들이 모두 단심의 언니들이라는 말에 깜짝 놀라 그저 입만 벌리고 그녀들을 쳐다봤다. 열 명의 언니들이 있다는 소린 들었으나 직접 보긴 처음이기에 할아버지는 더더욱 놀랍기만 했다.

"이렇게 막무가내로 뵙게 되어 죄송합니다. 이런 방법이 아니면 절대 허락 안 하실 것 같아서요."

"그래도 무례하십니다."

"죄송합니다. 전 단심이 첫째 언니 모일심입니다. 그리고 여긴 저희 둘째 혜심이, 셋째 효심이……."

일심이 자신과 동생들을 설명하느라 시간이 조금 지체되었다. 소개가 끝나고 둘째 혜심이 동생들의 자랑과 집안 이야기를 꺼냈다. 왜 딸만 있는 집안이 되었는지부터 시작해서 자신들의 인생담까지. 혜심의 이야기에 동생들은 하나둘씩 눈물을 보였고 할아버지는 적잖게 당황했다.

"왜들 우십니까?"

"흑흑. 그래도 제 동생 하나 잘되는 꼴을 보고 싶었는데…… 부모님께서 단심이 좋은 집안으로 시집가는 모습 보고 돌아가시게 하고 싶은데…… 그건 무리겠지요?"

그걸 왜 저한테 물어보시는지, 하는 얼굴로 할아버지가 셋째 효심을 어이없게 바라봤으나 굴하지 않고 모두들 눈물을 쏟아냈다. 모두들 연기학원에 다녔는지 사람을 현혹시키는 눈물과 말에 할아버지도 잠시 흔들리는 듯 표정이 변화하고 있었다.

한편 언니들의 연락을 기다리고만 있던 단심은 아무런 소식이 없자, 가슴 졸이며 안 되겠다 싶어 급히 서혁과 함께 할아버지와 언니들의 만남의 장소로 갔고, 방문을 빠끔히 열고 언니들 모습을 지켜보았다. 그때 첫째 일심의 눈물을 보자, 가슴이 울컥한 단심이 문을 휙 열고 안으로 들어가 할아버지를 향해 넙죽 무릎을 꿇고 앉아 울었다.

"할아버지, 저희 언니들이 저 하나 시집보내겠다고……."

하소연 비슷한 어조로 말을 꺼낸 단심이 울컥해서 순간 말을 잊지 못했고, 그사이 룸 안으로 들어온 서혁이 단심의 옆에 무릎을 꿇고 앉아 할아버지를 뚫어져라 바라보았다.

"할아버지, 저 진짜 잘살게요. 앞으로 할아버지 말 어기지도 않을 거구요, 정말 잘살게요."

"네, 맞아요 할아버지. 저희 싸우지도 않고 정말 행복하게 애도 순풍순풍 잘 낳아서 키울게요. 제발 허락해 주세요."

서혁의 말에 힘입어 앉아서 울고만 있던 단심이 다짐하듯 말했고, 두 사람과 단심의 언니들을 쭉 쳐다보던 할아버지가 드디어 입을 여셨다.

"정말 잘살 수 있어? 싸우지도 않고, 애도 많이 낳고 그렇게 살 수 있어?"

"네. 정말 잘살 거예요. 정말이에요. 그러니까 제발 허락해 주세요, 할아버지. 네?"

다시 한 번 확답을 원하는 할아버지의 말에 단심이 얼른 대답을 했고, 할아버지는 가만히 단심을 쳐다보다 슬쩍 고개를 끄덕였다.

"좋다, 결혼하거라. 단! 절대 싸우고 이혼을 하네 마네 소리 나오면 알아서들 해!"

할아버지의 승낙이 떨어지자마자 언니들은 언제 울었냐는 듯 눈물을 훔치고 몇 번이고 감사하다는 인사를 올렸다. 언니들과 함께 단심과 서혁 역시 할아버지께 감사하다며 인사를 했고, 서혁은 일어나서 할아버지께 달려가 자신보다 한참 작으신 할아버지를 꼭 안아드렸다. 서혁의 행동에 징그럽다며 소리치시던 할아버지도 싫지 않은 듯 그의 품에서 벗어나려고 하시지는 않았다. 그렇게 어렵사리 서혁과 단심은 할아버지의 승낙을 받고 결혼을 할 수 있게 되었다.

에필로그

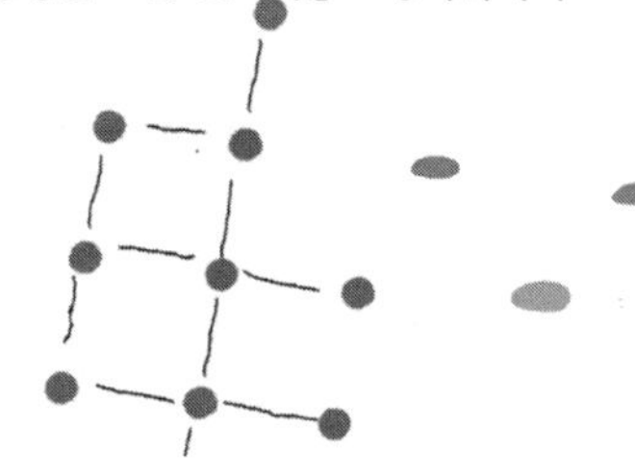

"**내**일이 상견례지?"

"응. 누구누구 나오시기로 했어?"

"할아버지하고 부모님. 형은 일 때문에 못 오고, 아마 고모도 오실 것 같아."

"고모? 고모도 있었어?"

"말 안 했던가? 있어. 우리 고모 되게 웃기셔. 근데 나 고모한 테 웃긴 이야기 들었다? 너희 집하고 똑같은 집이 또 있다더 라."

"정말? 우와, 신기하다. 거기도 딸이 열한 명이래?"

"응. 신기하지?"

하하하. 호호호. 웃음소리가 끊이지 않는 테이블에 많은 사람들의 시선이 꽂혔다. 너무도 아름답고 멋있는 선남선녀 커플이 앉아서 연신 예쁜 웃음소리를 흘리니 자연히 사람들의 시선을 모을 만도 했다. 개중엔 서혁을 알아보는 사람들도 있었다. 그리고 단심을 알아보는 사람도 있었다. 그 이유는 바로 파란만장했던 프러포즈 이야기가 일파만파로 퍼졌기 때문이다. 누군지는 알 수 없으나 비행기에 탔던 한 승객이 촬영한 휴대폰 동영상이 인터넷에 띄워지면서 한동안 인터넷 화제 인물로 떠오르기까지 했던 두 사람이었다. 둘은 앞으로 다가올 결혼식에 설레어하며 다정히 손을 잡고 서로를 가만히 마주 보았다. 앞으로 매일 볼 얼굴인데도 지금 안 보면 영영 못 볼 것처럼 사랑스런 눈빛으로 서로를 바라봤다.

"떨린다."

"내일?"

"내일두, 결혼식 날두."

"내가 있으니까 괜찮아."

"응."

단심은 자신의 얼굴을 계속해서 쓰다듬고 있는 서혁의 손에 자신의 손을 겹쳤다. 따뜻한 손길. 단심은 이런 행복은 자신에게 없을 줄 알았다. 하는 사랑마다 너무 아파서. 물론 진서혁이라는 남자만 두 번 사랑한 것이기는 했지만, 그 사랑이 매번 아파서 앞으로는 사랑 따위는 하지 않을 거라고 생각했었다. 너무 행복하다. 오늘 당장 죽어도 여한이 없을 정도로 행복하다.

서로 말없이 바라보고 있기를 십여 분. 그들 앞에 붉은 하트 모양의 무스 케이크가 놓였다. 놀란 단심과 서혁이 동시에 올려다보자, 서빙을 하던 직원이 해맑게 웃으며 입을 열었다.

"결혼을 진심으로 축하드립니다. 이건 어떤 손님께서 선물하신 것입니다. 그분의 메시지도 있습니다. 행복하게 잘 먹고 잘 사시랍니다."

웃으면서 전해 들은 이야기이지만 왠지 말에 뼈가 있어 서혁과 단심은 고맙다고 인사를 하고 고개를 돌려 주위를 살폈다. 아무리 살펴도 누가 보낸 것인지를 모르겠다. 누구인지 밝혀내는 것을 포기하고 단심이 막 고개를 돌리려는 순간 누군가 카페를 빠져나가는 것이 보였다. 선글라스에 긴 생머리, 차분한 검은색 정장, 그녀였다.

"나 누군지 알았어."

"응?"

"케이크 선물. 누군지 알았다고."

"누구?"

"윤보람 씨."

"뭐?"

그랬다. 쓸쓸한 뒷모습으로 나가 버린 사람은 다름 아닌 보람이었던 것이다. 단심은 문득 두려워졌다.

"독 탄 거 아닐까?"

"내가 먼저 먹어볼까?"

"한 명이 먼저 먹고 죽으면 남은 사람은 어떻게 해? 동시에 먹어보자."

"그러다 둘 다 죽으면?"

"한 명만 남는 것보다 둘 다 죽는 게 낫지. 하나 둘 셋, 하면 먹는 거다?"

단심은 우스갯소리를 하며 서혁에게 케이크를 조금 떠주고 자신도 포크로 적당량을 떴다. 단심의 입에서 하나 둘 셋, 소리가 떨어졌으나 둘 다 먹지 않았고, 서로를 바라보며 어이없게 웃었다. 그리고 동시에 케이크를 입에 넣었다. 달콤한 벌꿀 향기와 딸기 향기가 절묘하게 조화를 이루며 입 안 가득 퍼졌다. 사랑을 하지 않는 사람도 이 케이크를 맛보면 금방 사랑에 빠질 만큼 달콤한 맛이었다. 사랑의 맛처럼.

'윤보람 씨, 고맙네요.'

단심은 흐뭇한 마음으로 서혁과 맛있게 케이크를 먹었다. 윤보람이 그들에게 보내는 노래 선물도 함께 있었다. 양혜승의 '결혼은 미친 짓이야' 였다. 진짜 윤보람답다. 끝까지 기대를 저버리지 않았다.

'웃기는 여자네!'

아침부터 온 식구가 분주했다. 바로 서혁 집안과 진짜 상견례가 있어서였다. 단심 역시 최대한 예쁘게 차려입었다. 모두들 쫙 빼입고 상견례 장소로 향했다.

"어디랬지?"

"워커힐튼호텔이라던데?"

"응."

가는 내내 단심보다 언니들이 더 요란했다. 일심은 가는 동안 부모님과 결혼식 날자를 상의했고, 둘째 혜심과 열째 현심은 떨린다는 둥, 호텔 경치가 어떻다는 둥, 말이 많았다. 그녀들의 수다를 듣는 것만으로도 심심하지 않게 도착할 수 있었다. 차 네 대가 차례대로 와서 모두 한꺼번에 사람들이 내리자 호텔 직원들이 적잖게 놀라는 듯 보였다. 하지만 그녀들은 모른 척 고개를 돌리고 안으로 들어섰다. 안내원의 친절한 도움으로 단심네 식구들은 상견례 장소까지 쉽게 찾아갈 수 있었다. 단심네가 십 분이나 일찍 왔음에도 불구하고 이미 서혁의 가족들이 앉아 있었다.

"이거 실례가 됐네요. 일찍 온다고 온 것인데."

"아닙니다. 일찍 오셨어요. 십 분이나 일찍 오셨네요. 앉으세요. 단심 양 앉아요."

일심이 인사를 건네자 서혁의 엄마 김 여사가 예쁘게 웃으며 자리를 권했다. 그녀의 권유로 가족들 모두가 자리에 앉았다. 그런데 둘째 혜심이 자꾸 김 여사를 바라봤다. 어디선가 많이 본 얼굴인데 기억이 안 난다. 기억이 날 듯 말 듯해서 고개를 이리 갸우뚱, 저리 갸우뚱 하는데 김 여사가 먼저 말을 건넸다.

"저, 혹시 모혜심 씨 아니세요?"

"맞는데요. 잘 기억이 안 나서요. 우리가 어디서 봤죠?"

"어머! 어머! 반갑네요! 삼십일 년 전에 우리 첫째를 낳을 때, 도와주셨잖아요! 여보, 이분이 그때 우리 민혁이를 길거리에서 낳을 뻔한 걸 도와주신 분이세요."

"뭐? 그래? 아, 반갑습니다. 그때 사례를 했어야 했는데 워낙 급하게 가시는 바람에."

김 여사와 진 사장의 말에 혜심은 알겠다는 듯이 웃었고, 다른 가족들은 이게 무슨 소린가 하는 얼굴로 그들의 대화를 가만히 듣고 있었다.

"아버님, 절 병원까지 데려다 주신 분이세요."

진 회장도 아는 이야기인 듯했다. 김 여사의 반가움이 잔뜩 묻어나는 음성에 혜심은 어쩔 줄 몰라 연방 입을 가리고 웃기 바빴다. 단심은 뭐가 뭔지 알 수 없어 옆에 앉아 있던 열째 현심을 쿡쿡 찔렀다.

"뭐야? 뭔지 알아?"

"몰라. 다들 웃으니까 너도 웃고 있어."

도대체 알 수 없는 분위기 속에 단심도 가만히 웃고 있었다.

이야기를 들어보니 김 여사와 혜심의 인연은 이러했다.

아침 일찍 공장에 출근을 하던 혜심이 몇 시인지 궁금해 시계를 찾던 중, 하얀 양산을 쓰고 걷던 김 여사에게 시간을 물었다.

"저 지금 몇 시인 줄 아세요?"

“아홉 시네요.”

평소보다 조금 늦게 나온 탓에 지각할 사태에 놓인 혜심이 고맙다며 인사를 하고 가려던 찰나 배가 한참 불러 있던 김 여사가 풀썩 주저앉았다. 그리고는 고통을 호소하기 시작했다. 혜심은 택시를 잡으려 했으나 그날따라 지나가는 택시가 없어 할 수 없이 그녀를 안고 뛰었단다. 다행히도 가까운 거리에 병원이 있었고, 혜심은 김 여사의 남편이 올 때까지 그녀의 곁을 지켜주다가 그녀의 남편이 허둥지둥하며 도착하자 인사만 남기고 사라졌단다. 그 뒤로 김 여사는 혜심을 찾기 위해 여러 번 버스 정류장을 찾았지만 볼 수 없었다. 왜? 그날로 혜심은 공장에서 잘렸으니까.

“세상 참 좁네요.”

“그러게요. 그때 정말 감사했어요.”

“아휴, 당연한 일을 한 거죠.”

“단심 양이 왜 이렇게 착하고 고운가 했더니 이런 분들 밑에서 자라서 그런가 보네요.”

“우리 단심이 예쁘게 봐주셔서 감사해요.”

인연은 인연이었나 보다. 단심과 서혁이 만나기 전부터 이미 혜심과 김 여사의 인연의 끈이 얽혀 있었으니, 진정한 천생연분이었나 보다. 생명의 은인과도 같은 사람을 만난 것도 놀라운데 서혁과 단심의 인연의 고리가 있었다니 정말 놀라웠다.

모두가 즐거운 마음으로 식사를 마쳤다.

"그럼 날은 다음 달 둘째 주요?"
"네, 그렇게 해요."
"그래요."
기분 좋은 마무리. 모단심! 이제 진짜 결혼한다!

　드디어 길고 긴 여행을 끝냈습니다. 『연애의 법칙』, 정말 저에게는 긴 여정이었습니다. 『연애의 법칙』을 완결시킨 시간은 짧았으나 그 후가 무척 길었습니다. 중간중간 사고가 생겨 병원 신세도 지고, 가슴앓이도 하고……. 이번 해에는 저에게 『연애의 법칙』 출간이라는 선물과 함께 아픔도 던졌습니다. 그래도 꿋꿋하게 잘 버텨내고 이렇게 『연애의 법칙』 완결을 보니 흐뭇합니다.

　『연애의 법칙』, 요즘은 보기 힘든 그런 집안이 나오죠? 11자매. 연애의 법칙 집필을 들어가기 전 우연히 부모님께서 즐겨 보시는 노래를 부르는 프로그램에서 10자매가 나왔습니다. 모두가 2년 터울이더군요. 그것도 참 신기했었습니다. 그 자매는 자신들이 왜 태어났는지 탄생 비화를 이야기했고, 그걸 지켜보시던 어머님은 우시더라구요. 바로 호랑이 같은 시어머니의 아들 타령에 못이겨 자식을 낳다보니 딸만 10명이 되었다더군요. 그것을 보고 참 많이 울었습니다. 그리고 그날부터 글을 쓰기 시작했습니다. 10자매에서 1명을 더 추가해 11자매. 이 글을 보시고

작 가 후 기

세상에 그런 딸 부잣집이 어디 있어 하시겠지만 존재한다는 거 잊지 마세요. 글을 쓰는 내내 무척 신이 났었습니다. 그래서 무척 빨리 끝을 보기도 했구요. 저도 재미있게 썼으니 읽어보신 독자님들도 재미있게 보셨을 거라 믿어요.

주저리주저리 하고 싶은 이야기가 되게 많은데, 이젠 슬슬 끝을 내야겠어요. 이 글을 탄생하게 해준 10자매님, 참 고맙습니다. 그리고 언제나 옆에서 힘이 되어주시는 우리 아버지, 어머니, 오빠. 정말 너무너무 고맙고 사랑합니다. 또 우리 식구들도 너무너무 고마워요. 그리고 우리 친구들. 은비, 가영이, 하니, 복정이, 사랑이, 담비, 수진이, 미강이, 경윤이 너무너무 고맙고 사랑해. 마지막으로 날 지켜봐 주신 많은 은사님, 김숙희 선생님, 윤혜숙 선생님, 정선 선생님, 그리고 또 무수히 많은 은사님들 정말 감사합니다. 또 항상 제 고민을 들어주시고 상의해 주시는 금옥이 아줌마께도 감사를 표합니다. 이렇게 쓰고 나니 정말 감사할 분들이 너무 많네요. 진짜 마지막으로 제 글을 다듬고, 눈에 힘주어 봐주시고, 품어주긴 청어람 한지윤님, 이종민님, 정말 감사해요. 정말정말 고생하셨구요.

『연애의 법칙』을 읽으신 모든 독자님들께도 감사의 말씀 전하면서 언제나 활기차고 긍정적으로 생활하는 심은정은 앞으로 더 좋은 작품으로 독자님들을 찾아뵙기 위해 노력하고 최선을 다하도록 하겠습니다. 아차차! 그리고 제게 정말 새로운 경험을 안겨준 가족뮤지컬극단 레미, 레오 분들, 감사합니다. 언제나 열정적인 모습에 큰 감동을 받았습니다. 앞으로 정말 멋진 뮤지컬 많이 많이 탄생시키시길 기원합니다. 감사함을 느끼게 해주는 모든 분들이 있어 저는 너무너무 행복합니다. 열심히 하는 작가 심은정이 되도록 노력하겠습니다.

―오늘도 펜을 들어 머리를 쥐어짜는 심은정 올림.